浮云世事改，孤月此心明

孤月渡 上

且墨 著

北京联合出版公司
Beijing United Publishing Co.,Ltd.

孤月渡

第十五章　提亲下聘　四〇一

第十六章　大婚当日　四二一

第十七章　匣子记忆　四五一

第十八章　祠堂情定　四六九

第十九章　婆母教导　四九七

第二十章　别来无恙　五一九

第二十一章　偶遭绑架　五四一

第二十二章　当年真相　五六七

第二十三章　郁郁寡欢　五八七

第二十四章　灵雁岁岁来　六〇七

番　外　六二七

目录

第一章 奉旨为妾 〇〇一

第二章 簪花小楷 〇三七

第三章 廊桥情动 〇六七

第四章 月家秘辛 〇九五

第五章 灯会相亲 一一三

第六章 崇文原作 一四一

第七章 进国学府 一六五

第八章 心上烙印 一九七

第九章 密室真相 二二九

第十章 提议成亲 二六五

第十一章 万华节上 三〇一

第十二章 殿前暗斗 三二三

第十三章 她在等我 三四一

第十四章 余家母女 三六九

秦卿，别来无恙

第一章 奉旨为妾

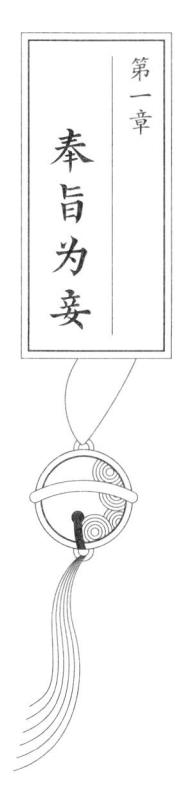

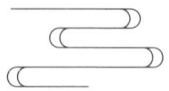

秦卿是奉惠帝的旨意去给当朝宰相月一鸣做妾的。

扈沽月氏家族,历朝历代受封列侯者不计其数。月一鸣更是扈沽月氏数位大佬中的大佬。

惠帝将秦卿丢给月一鸣做妾是抱着一种她能顺利死在月家的美好希望。

秦卿和当朝文坛大家崇文先生是至交好友。崇文自有思想以来就呼吁"天下大同,人人平等",这一思想无疑动摇了惠帝治国的根基。

很快,亦师亦友的崇文将秦卿也教导成了一名反惠帝分子。

他们动摇惠帝的统治,惠帝便也想要他们的脑袋落地。但惠帝在位期间,文学家的社会地位不低,更何况对崇文这样的泰斗,自是不好堂而皇之地下手。

有几分理智的皇帝不打算杀人,他打算"杀鸡给猴看"。惠帝惩处秦卿的方法就是将她丢给月一鸣做妾,以告诫崇文停止散播他的反叛思想。而扈沽月氏这个百年大族,偏就推崇帝王至上、男尊女卑的思想。所以惠帝的意思很明显,把秦卿这个反他分子拎到月家接受"天大地大,皇帝老子最大"的文化熏陶,并希望月一鸣好好让她体验一把什么叫"生而为人,三六九等"。

秦卿超前的思想并不妨碍她贪生怕死,抗旨就是去死。在生死面前,她屈服得很快。

那日,她一脚踏进了月家史册。

秦卿坐在轿子里把玩一颗镶嵌了银蝙蝠花纹的夜明珠,听见不远处传来少女的哭声,正细听时,轿子忽然刹停,她身子往前一送,径直扑出轿门。夜明珠滚落,不知所终。

等她爬起来了才有嬷嬷凑上来说明情况:"姑娘,街头闹事,有个女娃被打得很惨,围观的人多,把咱路给堵了。"

秦卿正低头找夜明珠,闻言从袖中摸出一袋银锞子,往聚众处走去。

闹事的是官宦子弟,闲得慌。在他们看来,少女的贱命不值钱。他们图个乐子,这下玩尽兴了,远远瞧见一顶八抬大轿,月家的,以为是什么重要人物,没等秦卿带着人走到跟前就全跑光了。

说来令人费解，她是去做妾的，又不是明媒正娶，不晓得月一鸣哪根筋搭错了，给她派了八抬大轿。

秦卿拿钱打发了周遭看客，等人散尽，才蹲身把剩下的银子递给跪坐在地上的少女。

少女没有接银子，抹了把脸上的泥，隐忍着啜泣声低喃："我反正不想活了，要银子做甚。"

秦卿点点头，认同道："说的也是。"

少女错愕地抬眸看她，欲言又止。

"又想要了？"秦卿晃了晃钱袋示意。

默然片刻，秦卿见她没有动静，径自将钱袋塞到她手中，说道："死就死，活就活，犹犹豫豫的便是还想活。"

少女踌躇地握住钱袋。"谁又想死。"她轻声呢喃着，目光偏至一旁，堪堪落在一颗镶有银蝙蝠纹的珠子上。

"拿着吧。"秦卿捡起夜明珠，放在她掌心，"钱袋里的银子剩得不多。这颗珠子倒是值些钱，熬不过去的时候就把它变卖了。若不愿卖，拿着它去郊外雅庐找崇文先生，就说秦卿给的，看他愿不愿意接济你一段时间。"

她觉得少女是过客，打发就打发了。

晃过日头就到了月府。

忽而鞭炮声震天响，嬷嬷唤她下轿："相爷在门口呢，仔细些。"

仔细什么？自打几年前相识，月一鸣见天儿在她面前晃来晃去，一会儿"秦卿，我渴了"，一会儿"秦卿，这个字怎么念"，再一会儿"秦卿你真是冰雪聪明机智过人"。两人熟得不能再熟。

她撩起帘子走出来，瞧见月一鸣身着银纹绛服立在轿前，青丝以玉簪绾正。

默立须臾，月一鸣唇畔笑意渐深，朝她伸出手，调子慵懒："秦卿，好久不见。"

"好久不见？两个时辰前带着侍卫跑来我家敲门唤我起床嫁人的难道不是你？"秦卿挑眉，随即上下打量着他误穿的婚服，"你今天是不是喝醉了？"

月一鸣不知从袖中拿出个什么，一边拽过她的手将东西放在她的掌心，一边戏谑道："我每次看到你就醉得甚是不清醒。拿着，过府礼。"

秦卿低头看掌心，一块花纹奇特的玉质印章，刻的是他的名字。

"我手边一块不打紧的破烂印子，交给你管管。"猝不及防间，月一鸣将她抱了起来，瞥见她惊慌的神情，不禁低笑。他的声音倦懒，似有醉意："奉陛下旨意，我这个破烂人，也好好管管你。"

稍一顿，他将她在怀里掂了掂，唇角轻扬："头回抱，有点儿不称手啊。秦姑娘赏脸，搭个肩可否？"

秦卿不情不愿地将手臂搂在他的肩膀上。

月府正门，他就那么抱着她跨进去了。抬轿子的小厮提醒他要走后门，他头也不回，语调不屑道："八抬大轿都没把你们累清醒。"

"姑娘，姑娘……"如梦似幻，耳边有女子的声音和鞭炮声重叠在一起，忽而唤得她有几分清明。

卿如是睁开眼，梦散了。

秦卿已经死了，她穿过百年，如今成了晟朝二品左都御史家的千金卿如是。缓了整整一个月，她接受了这个现实。今次是她来到晟朝后头回出府。

她错过的这一百年异常精彩，因为此间有两任女帝颠覆了男尊女卑的传统，打开了新思想的大门。

尽管不久前女帝被灭，如今的晟朝皇帝仍是推崇男尊女卑，但经历过女帝王朝，子民们的想法无疑产生了巨大分歧。

这是最混乱的朝代，却也是思想和言论最自由的朝代。

而她憎恶的月氏家族，仍在扈沽城内活跃着。

所谓盛极必衰，衰极必盛，扈沽月氏熬过了女帝时期的衰微，便又要趋于鼎盛了。

她的丫鬟皎皎还在唤她："姑娘，姑娘？你可算醒了，今日戏魁萧殷亲自上场，这般精彩你也能睡过去。"

卿如是的视线挪至戏台。她其实不大爱听戏，不过是找个清闲处待一待，免得被卿母抓回去相亲。

"姑娘，府里传来消息，月家来人了。你真的不打算去和西爷相看相看吗？"

卿如是撑着下巴，说道："月家人没什么好的，流水相亲宴我还上赶着去，没面子。"

"就算不与西爷相看，姑娘借口抱恙，也应当在府中卧着吧，若被熟人看见您在此处听戏，转口告诉月家的人，面上不好看。"皎皎皱起眉。

卿如是不甚在意道："不能回去。等到了时辰，我要去采沧畔。"

在惠帝统治之前，没人管得着采沧畔，各路墨客以文会友，畅所欲言。

一卷草席为帘，来者隐姓埋名，只谈文墨，不分贵贱。高谈阔论后各回各家，谁也不认识谁。

直到有一日，崇文在会上写了一篇文章，涉嫌蔑视皇威，入了狱。同日，卿如是的文章也被挑出错处，官兵冲入采沧畔，当场将她杖责二十。

此后谁都知道惠帝已暗中掌控了斗文会的言论风向，谁也不许再说出"天下为公，男女平等"这等言论。

斗文会无人敢随意放言，便也没什么意趣了。

成为卿如是的她昨日却听闻，女帝已不再掌控斗文，如今晟朝又正值言论自由的时期，采沧畔有些起色了。

"斗文会有甚好看？西爷可是扈沽四魁中最抢手的人物，多少闺秀挤破脑袋想见一面都不成，姑娘也太不当一回事了。"

卿如是搓着下巴："扈沽四魁？"

"喏，戏魁萧殷，男生女相，那副金嗓子雌雄莫辨。"皎皎指了指戏台，又掰着手指数，"文魁倚寒公子，采沧畔里可比肩当年崇文先生的墨客，不过戴着面具没见过真人就是了。茶魁沈庭，是扈沽第一茶博士，常来戏楼，听说前日失踪了。西爷是君魁，举手投足都是君子之风，清风明月般的人物。"

卿如是点头，中肯道："只有月家那位是靠脸吃饭的。"

她这方语罢，廊间迎面走来一人，是名黑衣劲装的侍卫，手执佩剑，从她的桌边擦身而过时微眯眸瞥了她一眼。

卿如是不解地挑眉回看，侍卫挪开了视线，抬手示意身后官兵："刑部接到案子，沈庭公子失踪。我奉世子之命搜查照渠楼，闲人避退。"

照渠楼老板迅速迎上来，拱手作揖："斟隐大人，世子也到了？"

被唤作"斟隐大人"的侍卫往卿如是这方瞥了一眼，回道："世子有要事在身，今日我代劳。"

卿如是蹙眉，转头轻声问皎皎："谁是世子？"

皎皎摇头叹气，一脸死相："姑娘，你近日怎么回事？西爷是襄国公的独子，襄国公是世袭爵位，你说谁是世子？完了，斟隐大人是西爷的近侍，西爷今日在小楼等着与你相看，你却装病在此听戏，还出言不逊……"

月陇西原是这么个人物。

父系扈沽月氏鼎鼎有名的将军，斩女帝，清君侧，有功在身，圣上御笔亲封襄国公。母系昱阳郡主，当朝皇后亲姐。巧的是，百年前她嫁的那位宰相月一鸣，是他的高祖父。

月陇西本人，年十九，襄国公府世子，刑部郎中兼通政司参议，堪称扈沽城风流才俊中的翘楚。

他的近侍斟隐，年十六，乃是御赐一等侍卫，此时正专注指点官兵进行搜查，没空搭理她。

"茶魁沈庭失踪，为何要来戏楼找？"卿如是的视线随意扫掠，掠过戏台时，落在了戏魁萧殷的身上。

官兵鱼贯而入，周围的人多少有些惊慌，唯有萧殷处变不惊，自若地整理着衣冠。

"方才不是和姑娘说了嘛，沈公子常来照渠楼听戏。倘若茶坊寻不着他，一准儿是在这照渠楼睡下了。"皎皎歪头，低声道，"不过我听说，沈公子和萧殷向来不和，来这里一多半是为了羞辱萧殷。"

卿如是点头，道："羞辱的意思我明白，男人羞辱男人我也可以理解，毕竟专程来戏楼听戏，只为羞辱一个人，完全有可能是真爱。"

皎皎愣住，反应片刻红着脸摇头："姑娘你前段时间厌食闭门，定然没有听说。一月前，沈庭公子以身份欺压萧殷，要他下跪，萧殷跪了，他便一脚将萧殷的脑袋踩在地上蹋，直蹋到额头出血才放过他。得亏萧殷的性子温顺，才没起争端。"

卿如是漫不经心地盯着萧殷，没承想萧殷似是感受到了她的目光，亦抬眸看向她。双目交接，她缓缓道："那些看起来温顺的人，往往最为决绝。物极必反，越是压抑到极致，爆发时就越是可怕。"

当年温润端方的崇文就是这样的人。为了护住自己用毕生心血所做的文章，他决绝赴死。他忍了一辈子，死时将天皇贵胄悉数骂了个遍，最后遭受千刀万剐之刑。可惜，崇文死前托付给她的文章著作，她也没能护住。都怪她当年狂放不羁，不懂隐忍。

戏台上这位叫作萧殷的戏魁，和她恰巧相反，必定是个懂得韬光养晦之人，说不定日后有一番大作为。

恰是时，官兵开始盘查在场者身份，她不再凑热闹，拿出卿府的腰牌示意斟隐检查，并指了指身后的皎皎，说道："这是我的丫鬟。我们可以先离开了吗？"

斟隐的视线扫过腰牌，落定在她的脸上。

想要用特殊方式吸引西爷注意的姑娘他见过太多了，没见过这般做戏做全套的。她定是故意在戏楼这等人多眼杂的地方诋毁西爷，好引人注意，然后经由他口传入西爷耳中，得西爷一句"别致有趣"。

啧，女人。

斟隐收回视线，点头放人。

卿如是还不晓得自己已经被一个爱看话本子的少年编派得明明白白，她心中只惦念着斗文会。

斗文会戌时开始。

按照采沧畔里不成文的规定，自己的侍卫奴婢都是不允许带进去的。卿如是戴上鬼脸面具，独身入楼。挂满画像的长廊上时不时有人驻足仰望。

她一眼望见崇文的画像，目光平静地扫过像下朱砂小字。那行鲜血淋漓的字风轻云淡地记载着他的一生。能提出"天下为公，男女平等"这般奇思妙想的贤者，如今也只是一抔黄土。

卿如是蹙起眉，轻叹了口气。

"时至今日，还会站在崇文先生的画像前唉声叹气的人不多了。"

她微感惊讶，转头见是一名普通的侍墨小厮。

她下意识摸了摸自己的面具，确信安好后才朝小厮颔首致意，却并未出声。

小厮望着画像，轻声道："过几日，采沧畔的主人会将秦卿的画像挂上去，就挂在崇文先生旁边。"

卿如是震惊地抬头看他，眸露不解，等着他说下文。

小厮以为她不知秦卿是谁，悉心解释道："秦卿是崇文先生的知己。那是百年之前的事了，她性情乖张，思想又有悖于世，皇帝有心磋磨她，命她给月一鸣做妾。

"她心有不甘，常私自出府，日日流连采沧畔，挥毫万字，明里暗里将皇帝骂了个结实，直到崇文先生因文章有藐视皇威之嫌入狱，她才有所收敛。也就是崇文入狱那日，她被杖责二十，拖回月府，回到府中时那奄奄一息的模样，都以为她要死了。

"你也知道，崇文的生死是大事，他入狱后皇帝一直举棋不定。直至一月后，崇文请旨赴死，但有两个要求：一是，一年内，他雅庐内所有的书籍文章都不得销毁；二是，死前见秦卿一面。你猜他见秦卿做什么？"

小厮故意卖个关子。卿如是配合地摇头。

"据后来事推知，这最后一面自然是为了交代秦卿，要誓死护住他放在雅庐内的毕生心血。崇文于次日行刑，秦卿到场，亲眼看着他被千刀万剐，一面洒脱赴死，一面又大骂皇权。整整一千刀，崇文死了。秦卿也险些背过气去。

"好在她知道自己不能死。秦卿这等心高气傲的女子，愣是连跪三日不吃不喝，求得月一鸣允她在雅庐内住一年。这一年里，她死守承诺，拼命誊抄崇文的著作。因为一年后雅庐里的著作定会被皇帝下令销毁，所以她必须誊抄多份逐一送出。可皇权之下，那累积如山的文章无人敢要，她连送都送不出去，你说这要如何留存传世？"

采沧畔。那是当时最后的希望。

卿如是想到当年自己无助到去投靠已被皇权控制的采沧畔，真觉愚蠢不堪。

"自然是咱们采沧畔了。当时采沧畔虽被皇帝掌控，却也还有无数明智的文人墨客犹存风骨，把文章送给他们，还有些许希望。

"坏就坏在，采沧畔里看不惯崇文的人太多，这些人借机明嘲暗讽，又拿千刀万剐说事。秦卿生性狂放，受不得窝囊气，当即挥鞭大闹采沧畔，那鞭子割裂草席三十帘，笞伤十五人。"

实际是割裂草席三帘，笞伤一人。卿如是在心中纠正，却已没了去计较对错的身份。所谓传说，不就是那群赢了的人自己写来看着玩的嘛。

"皇帝等了她一年，终于等到她犯错的机会，趁机缴了她所有的手抄，和整间雅庐一起烧为灰烬。火起之时，秦卿竟冲进雅庐救书，呼天抢地，却无一人助她。官排兵列，抬眸净是冷眼。她昏死在火海，最后被月一鸣救了出来。"

听到此处，卿如是愣怔了一瞬，月一鸣？

等会儿，这个版本是不是有问题？

当年月一鸣是这么说的："一位不愿意透露姓名的侍卫看不下去了才将你救出来。我心疼这侍卫，不能让他白救一趟，于是把你带回了府。"

卿如是顾不得想太多，小厮又叙述："秦卿醒后没有寻死觅活，反倒精神百倍地找来纸笔写东西。据后世揣测，她写的是崇文的文章。崇文的著作秦卿誊抄过百遍，会背不稀奇。她当时，应是想从头再来，可惜……还未写成就被月一鸣发现了。"

准确说来，是她写成了第一篇文章，急于送出月府，前脚踏出去，后脚就被月一鸣逮了回来。

"再后来，月一鸣命人废了她的十指，终身不得再执笔，又下令将其禁足西阁，不允出府。她枯坐西阁整整十年，最后郁郁而终。死时方满二十八，大好年华……"

小厮叹惋，一副哀伤的神情。

不过卿如是私心里还是要纠正一点，她并非枯坐西阁郁郁而终，她是被月一鸣给烦死的。

月一鸣每日下朝后定会来西阁教化她。围绕着"男尊女卑，自古为常"的主题教化她半个时辰，高谈阔论，风雨无阻。

整整十年，谁受得了？反正她受不了，只好原地去世。

"精彩的在后面，秦卿死后没几年，女帝登基，知道她的事迹，赐她'明珠夫人'之称，意为'遗世明珠'，风光厚葬。然而她妾室身份终究难看，女帝做主，追抬她为正妻，与月一鸣的正夫人平起平坐。月一鸣也没有意见，此事就这么定了。最终她葬进了月氏祖坟。"

卿如是："……"

她，秦卿，最恨月家的人，最后葬进了月氏祖坟？

所以……这么算起来，月陇西那个要和她相看的厮是不是还得叫她一声小祖宗？

以后逢年过节的，她还得虚受月氏子孙的香火。被告慰的在天之灵现在浑身上下都极其舒适。

她轻哧，身后传来男子的轻叹声。忽而风起，哗哗的开卷声将叹声淹没。

回眸时一卷画纸晃眼而过，再定睛看去时，白纸已在墙上抻开，与崇文的画像并列。

一名面戴狼纹面具的男子负手而立，之后左手执笔，毫不迟疑地蘸墨行画。执笔便作画，落笔则画成。墨白二色，一气呵成，行云流水般晓畅。

他身旁一名小厮急忙问："这是……明珠夫人？"

男子稍侧身，颔首，又提笔蘸了朱砂，题道：此日明也，灿其华光；此月明也，皎其流光。

落笔，看向方才那位说明日要挂秦卿画像的侍墨小厮。

侍墨小厮反应迅疾，吩咐身旁奴婢："快、快叫人来！倚寒公子的墨宝！秦卿的画像！"

卿如是的目光流连在画上，那清逸隽永的字，是她当年常用的簪花小楷。这人的字迹，和她当年的好像。卿如是抬眸看他。

男子一袭月纹白裳，身姿颀长，仪态端方。廊上轻窗不知被哪个推开一角。采沧畔外，清风明月。

文魁倚寒？狼纹面具？

"倚寒"是化名，那么面具底下的这个人，是谁？

"倚寒公子许久未来采沧畔，主人可惦念着。"小厮拱手施礼，随即邀行道，"公子快请随我来吧。"

两人被小厮的声音惊扰,纷纷回神。

倚寒朝卿如是稍颔首,示意自己先行一步。卿如是也颔首回礼,随即目送他转身离去。

采沧畔里有"墨客无声"的规矩,因此倚寒和小厮行至一处,只有小厮自说自话。

"主人说,公子上回送来的那本书他已竭力帮忙修复,无奈文采有限,有些字句仍须公子自己揣摩。"小厮一边与倚寒同行远去,一边叹气道,"又说,公子若有需要,可以随时来找他探讨。"

倚寒听及此才稍有些反应,轻"嗯"了声。

他们的声音愈渐遥远,卿如是驻足不前。文魁倚寒,采沧畔里可比肩崇文的墨客。她在心底默念完这句话,视线又落至画像。

晟朝留有不少秦卿的画像,大部分都出自月一鸣之手。没错,月一鸣之手。卿如是知道后,出于"我倒要看看月一鸣那个家伙究竟能把我抹黑成什么样"的极端心理,生生从病榻上爬起来,将画逐一看了。

果然不出她所料,月一鸣笔下的她皆一副神情恹恹的怨妇模样,旁批还赫然写着诸如"若有来世,愿为知交"等不要脸的字迹。

卿如是险些笑得满地找头,够了够了,放过她吧,洗了她十年脑子还不满意,还想下辈子接着同化。

她从来不求月一鸣理解她的思想,月一鸣却总逼着她学月家那套。脸皮厚是真的厚,没完没了的厚。

她被废十指之前喜欢写字,尤其喜欢誊抄崇文的文章著作。

月一鸣每次看到,都喜欢勾着唇角在一旁指手画脚,语调还甚是慵懒:"你就是崇文的文章抄得太多,才信他那套遭天谴的说辞。不若你抄抄我的文章,当朝宰相月一鸣的深邃思想,不想了解一下吗?"

秦卿手腕一抖,笔尖的墨汁洒了一滴:"……"

抑或从她椅后俯身撑着书桌,将她拢在下方,有意无意辖制得她无法动弹了才指着纸上的字笑说:"你看,他此处写的这首诗,平仄便不太对。而我就不一样了——我从来不写诗。"

秦卿无语,抬头却只望见他的下颔,待他低头朝她挑眉时,她才纠正道:"……那是他故意改来讽刺某些谄媚的文人墨客的,不懂别乱说。"

又或是另唤侍从搬一把椅子来,与她并坐一处。

在她讶异的目光下,拿出纸笔,坐得端端正正,开始誊抄他自己写的文章,一边誊抄一边对自己的文采赞不绝口:"生晚了,若比崇文早出生几年,文坛还有他什么事。"

秦卿许久不拿鞭子的手蠢蠢欲动。

在秦卿眼里，月一鸣就是个纨绔，不晓得坊间的人为何说他行事稳重，向来不苟言笑。

她的目光逐渐聚合，眼前这幅随意勾画而成的像存了她年少轻狂时的神韵。

她秦卿本就是灿若旭日、皎若明月之人，不能无光而活，所以月一鸣囚她不得。

可惜月一鸣不懂，月家的人都不懂。他们太过忠心，敬仰九五之尊，看重身份地位，崇尚男尊女卑。这些思想在月氏家族根深蒂固，一代一代教下来，月氏子弟都被教成了冥顽不灵的家伙。

如今可好，月氏因灭女帝而东山再起，他们可以理直气壮地冥顽不灵。

卿如是今生不想关注月家的兴衰，更不想和月家有任何瓜葛。她只对这个能画出她年少模样的倚寒有兴趣。

因为在她的认知中，嫁入月家之前，秦卿不过是籍籍无名之辈，后来崇文出事，她奉旨做妾，世人才知她和崇文的关系，进而对她投以莫大关注。

可她自奉旨做妾开始，脸上便再没了笑意，唯有在采沧畔里，戴上面具，还保有一二分鲜活。

她相信倚寒能画出她年少神采绝非偶然。他或许很了解年少的秦卿。那要有多理解她所思所想、所见所闻，才能理解年少轻狂的她，才能知道她并非月一鸣笔下那般死气沉沉。

知音难觅，万分荣幸。

卿如是入座以后仍沉浸于喜悦之中，直到有侍墨小厮唤她："请问客人是头次来我们采沧畔吗？"

卿如是点头。

侍墨小厮便将一根竹笺放在她的桌前，说："请客人写下名号。"

卿如是思忖片刻，正想提笔落"青山"，细想来又觉"青山"二字太容易联想到"如是"，便改为"青衫"。

小厮拿起竹笺，说："客人，竹笺挂在草席外，今夜这里便归你了，我会在旁侍墨，候你佳作。"

说罢，小厮撩起草席，在外挂上竹笺。约莫等了半刻钟，提笔铃响，他才又回到席内，对卿如是道："客人久等，今夜的辩题已出：'昨日之势，穷途末路；今日之势，方兴未艾。'出自崇文先生《方兴论》。请客人提笔。"

卿如是一怔，眉间微蹙。崇文的书，不是都被雅庐那把火给烧干净了吗？她一本都没能救出，后来又被废掉十指，誊抄不得，如今哪儿来的崇文遗作？

不过，这说是崇文遗作，却错了个字。崇文写的文章，她几乎都誊抄过百遍，倒背如流。《方兴论》中此句应为"今日之势，穷途末路；今日之势，方兴未艾"。

两个"今日"。须知第一个字若错了，意思就大不相同。

崇文写这篇文章时，已临近入狱，对赫赫皇权以及愚昧百姓都失望透顶。"穷途末路"四个字，一是他存心诅咒这个帝王迟早要完，二是他真心感慨这个王朝迟早要完。

但他终究是崇文，他明白，所有的穷途末路，其本质都是方兴未艾。有倾覆，有结束，才有开始，才有发展。于是，"今日之势，方兴未艾"。

回到这篇错误的《方兴论》。第一个字若是"昨"，意思便成了：崇文对这王朝有期待和寄予，他认为穷途末路终究是"昨日"，方兴未艾才为本真。

虽能与他的思想合上，但时间线不对，对那个王朝拥有期待的是才入世不久的崇文，不是临近入狱的崇文。

若《方兴论》是他年轻时写的，"昨日"就没什么不对。那时候他以为自己能改变专制帝王和愚昧百姓的想法。那时候他对方兴未艾的王朝满怀期待。

可惜的就是，最终他什么也没改变。入狱的前一日，他完成了《方兴论》。那日他说："今日之势，穷途末路。"

不再细想那许多，她呼出一口气，提笔而书。

采沧畔内，静谧无声。她能听见自己一颗心急跳的声音。所思渐深时，远处走廊上一阵急促的脚步声她也听得分明。

脚步声越来越近，外间那些侍墨小厮竟开始相互低语。她不得不抽神顿笔，堪堪听见草席外传来一位少年冷沉的声音。

"奉刑部之命查案，打扰之处还请见谅。"是下午那位名叫斟隐的侍卫。

一瞬静谧后，有人压低声音道："在下是采沧畔的管事，斟隐大人有何事，请随小的往后房来。"

紧接着，又是一阵脚步声，逐渐远离。

想必是下午沈庭失踪那个案子，不知为何查到采沧畔来了。卿如是将思绪拢了回来，专注于手底的文章。

时辰过了大半，她的文章写成。过眼两遍后，她看向身旁的小厮，点头示意。

小厮心领神会，低声道："采沧畔有'礼让新客'的规矩，客人静等片刻，待落笔铃响，我便头个将客人的文章公之于众。"

采沧畔的铃分为两种。提笔铃，提笔而书。落笔铃，落笔成文。这些风雅的规矩倒是经年不变。

卿如是一边静待落笔铃响，一边期待倚寒的文章。出神间时辰就打发过去，她的文章果然第一个被小厮念出。

半篇不到，外间便有此起彼伏的吸气声。一是惊艳于她的文采，二是因为，她跑题了。文采斐然毋庸置疑，但她的立意都要偏到西边去了。

采沧畔里，文采倒是次要，最忌讳的就是偏题。

卿如是当然知道自己偏题了。准确说来，不是她偏题，是在座除她以外的所有人偏题了。唯有她知道是"今"非"昨"，可她不能说，只好用正确的理解来隐晦地提点世人。

不知有没有人看出端倪……她沉吟着。外面又起喧哗之声，打断她的思绪。

"诸位，刑部查案，事关重大，今夜斗文会到此为止。"方才那管事似是又从后房出来，张罗道，"还请诸位墨客留下今日文章，改日诵读品评。"

话落，她听见隔壁有小厮与墨客说道："请客人落款后再交与我。"

她的小厮方才诵读她的文章时出去了却还没有回来。

正想直接离去，草席被撩起，定眼一看竟是那侍墨小厮。他一手正轻托着一只雪白丰满的信鸽，另一只手则拎着鸟笼。

见到她，小厮激动地笑道："客人，你的文章被倚寒公子要去品赏了。他看完后，要我把这只信鸽送给你，还写下字条让我传话说：'望青衫兄赐教。'"

卿如是不解，为何是"青衫兄"，而不是"姑娘"？

小厮看出她的疑惑，解释道："自女帝登基后，便不允许采沧畔将文作的性别一并交代，客人应当明白为何。虽然女帝王朝已经过去，但这个规矩一直沿用至今。"

她明白。女帝之前，秦卿那个时候的采沧畔，男子天生对女子有歧视，自觉高人一等。采沧畔是纯粹之地，不该以文作本人来品评一篇文章的好坏，因此女帝下的这个命令也有维护女子的意思。

而她的字迹向来狂放，文风亦是如此，才被倚寒误认为是男子。

"嗯。"卿如是点头，接过白鸽。

倚寒，他果然能懂她的立意，能懂她的立意更符合绝境中的崇文。

为避免有心人调查墨客身份，采沧畔的主人在客座之后设有通向十个不同地点的门，有时又会转道，毫无规律可循。

听小厮说，只有倚寒公子不同些。采沧畔谁都知道他惯是戴着狼纹面具，身为采沧畔的名人，想堵截他的人太多，所以他从来都是去后房换了衣裳另走一门。

卿如是走出门摘下面具，将白鸽放进鸟笼。

从后门回府，把笼子挂在自己房间的窗边，一边给它喂食，一边唤皎皎。

皎皎捧着一只精致的小盒子，神情萎靡，进门见她竟还在逗鸟，哭丧着脸道："姑娘，西爷派人送了份随礼过来，说是'今生无缘，备感遗憾，随礼奉上，愿卿姑娘觅得佳偶'。那些被西爷相看过的姑娘也都是得了一份随礼并一句话，连盒子款式和祝福句式都不曾变。"

卿如是不甚在意，头也不回地点头："送的什么？"

"好像是颗夜明珠吧，还挺漂亮的。"皎皎问道，"姑娘要看看吗？"

"不必了，放库房里去吧。我对月家的人事物都没什么兴趣。"卿如是撑着下颔，突然想到什么，又道，"我问你，扈沽城内，哪儿有崇文先生的遗作？"

"书斋有。府里也有。扈沽城处处皆有。整个晟朝都有。"

次日站在书斋内，捧着崇文的遗作长吁短叹的卿如是回忆起皎皎的回答，仍是不敢相信。

她一度认为这些书全都葬送在那场火里了。

可现在这是什么情况？上天送了她一条命嫌不够，带的附赠品？

卿如是抬眸望着满书斋的崇文著作，心情很复杂。早说啊，早些年老天爷干什么去了？她郁郁而终的时候心里净惦记着这些东西了，若不是因为自责，以她自幼习武的体格说来，何至于郁结在心最终病逝于一方幽阁。

而今她不得不怀疑起上辈子的人生，并十分想替当年那狗皇帝问问，他御笔亲封的宰相怎么办事的？手下人干活不利索，没烧干净？

按照月一鸣滴水不漏的作风来说，不太可能啊。

可要那厮冒着触怒皇帝、被革去职位的危险替她保下雅庐的书，就是更不可能的事情。当年雅庐起火前，月一鸣还专程唤人给她留了个最便于观摩灰飞烟灭的尊贵席位，让她清楚认识到她和崇文那堆人思想变革的失败。

月一鸣恶劣如此，又怎会帮她。

崇文的著作能留下来她自然欣喜，但为何能留下来，残卷中的字句又是谁修复推敲的，依然是个疑问。

身旁小厮见她捧书出神许久，忍不住问："姑娘可是想要买这本文集？"

买，是没必要买的，这本文集她闭着眼睛都能默出来。唯一促使她买下此书的原因无非是这书中的错字错句。

修复者无疑是很了解崇文的，但了解得不甚透彻。就好比昨夜的《方兴论》，修复此文的人理解崇文的思想，只是不清楚文章的创作背景，以至于会错文意，修错字句。

"你们这里可有这本书未修复前的残卷原文？我想以我的理解重新斟酌词句。"文人墨客大多喜欢凭自己的理解对不完整的前人著作进行修复。

卿如是倒不必真的修复，只是打着修复的幌子，把正确的文章重默出来。

小厮听了却十分惊讶，问："什么残卷原文？这里许多崇文的著作自百年前被秦卿修复完成后一直流传至今，何曾有人再修复过？"

卿如是反问道："你说，谁？谁修复的？"

"秦卿啊。崇文先生的知己好友，秦卿。"

卿如是险些就地趔趄栽倒，皎皎在身后扶了一把，道："姑娘，怎么了？"

见她目光逐渐诡异，小厮又解释道："历史上有名的'雅庐焚书'你知道吧？月一鸣为救秦卿，躬身进火场，相爷都进去了那火谁还敢继续烧，不得赶紧灭火？正因为此，雅庐的书并未烧毁殆尽，之后秦卿被囚西阁，就是在日夜修复火后遗存的残卷。"

卿如是再度反问："你说谁？究竟谁下火场救的秦卿？"

"月一鸣啊。扈沽月氏的丞相中，唯这一位十七岁便称相的——月一鸣。"

卿如是离开书斋半个时辰，神情还很恍惚，深一脚浅一脚地踩在地上，周遭一切都不甚真实。

她是重生之后失忆了吗？怎么自己不记得有这段？她什么时候修复过崇文的著作？原文她都会背，怎么会修复成这样？卿如是很快从怀疑上辈子的人生中脱离出来，转而开始怀疑自我。

"姑娘，你怎么了？"皎皎拽了拽她的衣角，"前边不远就是廊桥了，咱们去桥上坐会儿再走吧。"

卿如是没有异议，任由她摆布，神思仍在天外。直到在廊桥坐下，卿如是反握住皎皎，问："我一个月前脑子是被撞了才病的不成？"

"那倒是没有。不过，嗯……"皎皎欲言又止，最后在卿如是催促的目光下说道，"自姑娘病愈后这一个月里，倒像是脑子被撞过。"

卿如是幽幽叹了口气。

"其实关于雅庐焚书这件事，坊间有许多不同的传言。姑娘若是觉得和自己自小听来的有些偏差也不必觉得奇怪。"皎皎歪头思索，"奴婢就听说雅庐那火其实烧了两天两夜，一本书都没剩下，如今我们看到的崇文遗作，都是之后秦卿重新默出来的，不存在修复一说。"

卿如是摇头。她在意的是修复不修复的问题吗，她在意的是谁修复或者重默的。谁都有可能，唯独不可能是她自己。

沉默了片刻后，她忽然意识到传言里逻辑不对的地方："秦卿被救回去后没几日十指便被废了，你是听说过的。她如何写？"

皎皎沉吟着，噘嘴摇头道："百年前的事，不得而知了。坊间传言太多，许是混淆了历史，有人说她被废十指的时间兴许是在修复书籍后；也有人说她是口述出来，别人代写的；更甚者扯到了鬼神，荒唐的可太多了。"

世人为掩藏真相，便总爱编织些谎言与传说。编得越是离奇神秘，真相就越是颠覆原有的认知。

她十年未曾执笔，那痛楚太过清晰，十指被废的时间就在她重默完首篇文章后的第三日，她可以确信。独自被困西阁，每日面对的只有不识字的丫鬟小厮和不辍教化她的月一鸣，绝无代笔之人，她也可以确信。

既然如此，不是她记错了，那就是有人刻意掩藏了真相。

"这书，不论是如何修复的，月一鸣都应当知晓内情才对，最后竟什么也没告诉秦卿，心狠到让她抑郁而终，也没留下些蛛丝马迹告诉后人真相，实在可恨。位高权重者果然藏得深……"卿如是想到些什么，忽托腮冷笑，"难怪能把他心底那位姑娘藏一辈子，活该没能把人娶进家门。也算是他求而不得，遭了报应。"

她话音方落，忽听不远处一声轻喝——

"姑娘小心！"

少年的声音有些耳熟。

卿如是下意识抬手接住横空飞来的物什，定睛瞧去，是一只彩羽毽子。

这一幕似曾相识，她却想不起来何时经历过。

清风徐来，她迎风抬眸，恰见昨日方遇过两回的斟隐从廊桥那头走来。不等仔细打量，她的目光便被他身前一人吸引了去。

他身前有一人，负手提步，踏着廊桥碎石而来。修眉有如被精裁后的墨色温玉，凤眸似月，眼尾纤纤上挑，眸中星河朗朗，鼻梁修挺精致，薄唇润红，紧抿出一丝谦和淡笑。

一袭玄色锦裳，胸前金叶盘错，衣摆银芍相继绽开，被风拂起翻飞间有青丝相随舞弄。青丝高束，尾缀玄玉珠相击相鸣。此人仪容端方，气质清贵。

是君子如玉如竹，如泽如露。

方才那句提点出自斟隐之口，难怪觉得声音耳熟。既有斟隐随侍在旁，想必此人就是襄国公府的世子——月陇西。

卿如是抬手，将毽子递去，挑眉问："你的？"

月陇西颔首："多谢姑娘。"他的声音明润恣意，带着如同随意拨弦后轻颤的余音。致谢完毕，他才伸手接过毽子，却没有要离开的意思。

卿如是狐疑地偏头。

他漫不经心地笑问道："姑娘适才说，祖上月一鸣，心底藏着一位姑娘，还藏了一辈子？我听来颇有意思，便想问问姑娘是如何得知的？从何处得知的？又是何人告诉姑娘的？"连发三问，他的眸中忽地有了些力度，灼意如焰。

斟隐在一旁轻声责备她："月家祖上清清白白，月相唯有一位妻子，两人伉俪情深，若非皇帝下旨，秦卿这个侍妾都不可能有，又何来求而不得之人？简直胡言乱语。又想引起我们西爷注意。"

卿如是懂了。这毽子是人家故意砸过来借机叱问的，若非她反应迅疾，这毽子怕是要在她身上打个花。

月一鸣说过的话她向来不在意，但这事她知道自己绝对没有胡言乱语，因为……怎么说呢，咳，这话是月一鸣亲口和她说的——

"秦卿……我十六岁时在廊桥遇见了一个人，好生钟意。而今，她已在我心底藏了三年。"

月陇西仍温和有礼地等待她的回答，浅笑中无形的威压惹得她头皮发紧。不妙，他的后人不晓得他暗恋别家姑娘的事儿吗？这会子倒成了她在诋毁月一鸣了。

此时说什么好听话补救都是虚的，没法子，卿如是只好故作自在地拂袖，轻描淡写道："《野史》里说的，那边桥下五文钱卖一本。照渠楼的戏本子里也有唱他痴情不渝这一出的，一两银子，还包嗑一下午瓜子。世子得空了，自己寻去吧。"

卿如是就不信他真会去买本《野史》回来嗑自己祖宗的痴情往事。

许是她言语间轻视之意过于明显，月陇西有一瞬震惊，霎时眸底生光。片刻后眸中光彩又悄然熄灭，随之而来的是沉默。

他沉吟着，视线落在卿如是身上，打量着她，和着她背后这座历经百年风雨的廊桥。

斟隐抱剑在旁，讥讽道："原来昨日卿姑娘在照渠楼里看的是这么一出俗戏。"

"难怪觉得有些眼熟。"月陇西的视线自廊桥回转至卿如是，"原是昨日应与我相看的那位卿府千金。我看过你的画像，画得倒是与你神似，不过那画上题字所形容的，反而不大像本尊。"

她这气色明摆着的生龙活虎，月陇西应是看出她昨日是借病爽约，却只字未提，留她颜面。别的不说，修养倒是不错。

未等卿如是开口，斟隐便朝月陇西拱手，三两句道破："世子，她昨日分明是故意称病爽约，竟是在照渠楼里，边跷腿听戏边嗑瓜子呢，还出言不逊侮辱世子你，被属下撞个正着。"

两方正客套着，斟隐偏生横插一腿，挑得明明白白。

卿如是垂眸整理衣袖，轻蔑地叱道："胡说。"

听她语气不善，竟似要诬赖昨日所为，斟隐冷声轻哼，当即要辩喝，月陇西却抬手拦了他，随口问："那么，卿姑娘昨日未至小楼，是因何事？"

"昨日，我的确在照渠楼听戏。但他胡说，"她斩钉截铁，挑眉笑道，"我没嗑瓜子。我点的果盘里，压根儿就没有瓜子。"一副嘴硬的欠模样。

皎皎拉住她的衣袖，不堪卒听地劝阻："姑娘，少说两句吧。你面前的可是世子啊。"

卿如是摆开她的手，说："我还是二品左都御史家的千金呢，谁差谁了。"

"言之有理。"月陇西噙着惯常的淡笑，只那笑意并不达眼底，"斟隐，卿姑娘这是在教导你谨言慎行。这瓜子，嗑了便是嗑了，没嗑便是没嗑，不可因卿姑娘装病失约这一处小错，便颠倒黑白，将嗑瓜子的大罪滥加在卿姑娘身上。还不向卿姑娘道歉。"

卿如是听完，舒适中暗生出一抹诡异。面前这人，是揣着明白装糊涂的高手。

斟隐是少年人，气性大，但好歹十分听主子的话，当即朝卿如是作揖，冷脸道："卿姑娘海涵。"

卿如是抬眸瞥了他一眼，道："我不是爱计较的人，既然你道了歉，既往不咎。"

她是给自己找台阶下，所谓"既往不咎"，自然指的是昨日她装病爽约的事。此刻不过是借机提点月陇西，望他也既往不咎。

月陇西听得懂，顺着台阶就下了："我这侍卫生性愚钝冲动，卿姑娘不予计较再好不过。"

此番话后，卿如是不再与他纠缠，趁势告辞。借说家中约好晌午一同用膳，再不回去耽搁了时辰。

"卿姑娘请自便。"月陇西盯着她，沉吟道，视线又越至她身后。那里一名官兵正疾跑而来，像是有急事要禀。

卿如是转身时堪堪与官兵擦肩而过，听得官兵对月陇西禀道："西爷，沈庭死了。"

听及此句，卿如是微怔，一旁的皎皎吓得惊呼一声，随即转头看了眼那官兵，又胆怯地拉住卿如是的手腕，低声对她说："姑娘，是我同你说的那个茶魁！"

卿如是刻意缓下脚步，走得慢了些。

不知月陇西问了句什么，只听官兵回道："尸体是在郊外一座废旧的茶坊里找到的。那茶坊的门内落了闩，窗户也是被钉死的。"

后面两人的对话，饶是她走得再慢，也听不清了。

她对此事的兴趣倒也不是很浓厚。

但皎皎心里猫爪似的挠，回到府中也没消停，不住地在卿如是耳边絮叨："姑娘，沈庭这一死，扈沽四魁里已有两位同你断了缘分，剩下两位中，文魁是神龙见首不见尾，戏魁又是上不得台面的身份，配不上你。看来这神仙似的扈沽俊秀，是注定和姑娘没干系了。"

说起戏魁，那个叫作萧殷的戏子。卿如是的脑海里晃过昨日官兵搜查照渠楼时他从容自若的神态。

"照渠楼……"卿如是沉吟片刻，"昨日你是不是说，照渠楼里那位戏魁常被沈庭欺辱？"

皎皎点头，随即脖颈一抖，起了密麻一层鸡皮疙瘩："莫非就是他杀的沈庭公子？"

沈庭常去照渠楼，在那里惹了不少是非，昨日皎皎同她说过。若是照渠楼小厮仇杀，也说得过去。

她琢磨不透，干脆摇头道："我不知道，反正和我没关系。闲事莫理，让那个西爷烦去吧。"

说是这么说，可人管天管地，终究是管不住自己的好奇心。

午膳时，卿父也说起这桩案子："下朝的时候听刑部的讲，沈府公子死在郊外一座茶坊。陛下听说了此事，颇为震怒。在这扈沽城内，天子脚下，竟有人敢杀害朝廷官员之子，倒是好胆量。"

卿如是忍不住问:"郊外离沈府那么远,沈庭怎么到那地方去了?"

"刑部尚书说一早就派人去问了巡城的官兵,没有发现可疑人物,也没遇上沈庭。猜测是沈庭自己骑马出城的,具体出城的时间尚且不知。"

"那他怎么死的呢?可有伤口?茶坊里找到凶器了吗?"卿如是连发三问,引得卿母狐疑地转头看向她。她这才收敛了些神情,假意夹菜。

卿父道:"茶坊内有一把普通的匕首,刀口尺寸与沈庭心口的伤口吻合。刀口从上方斜着向下插入,排除自尽。且验明是昨晚才身亡的。另外,还在茶坊附近找到一些散落的蒙汗药。目前推测凶手是先将沈庭迷晕,避免肢体冲突,再趁机杀死他,用密室伪装成自尽。至于其他还有待追查。"

卿如是推敲道:"目前适合着手的点就在迷药和匕首上。还有个疑问,这尸体是谁发现的?"

她问完,就连卿父也疑惑地瞧着她。

卿如是敛了神色,低头道:"此事闹得沸沸扬扬,女儿亦有所耳闻,方才又在廊桥遇见世子,听官兵向他汇报此案,一时好奇。"

卿父神情稍缓,卿母捉住话中重点:"昨日安排你与世子相看,你借口不去,今日竟歪打正着将他遇上了。早知如此,昨日倒不如去那儿一趟,就算不成,也不至于今次难看。"

"娘,世子为人稳重谦和,没有刁难女儿,这事已经翻篇了。"卿如是随口应付。

"既然世子稳重谦和,那你为何瞧不上?"卿母苦口婆心劝道,"去年你及笄时我如何同你说的,扈沽不知多少闺秀觊觎那世子夫人之位,别人是没机会,你有机会却全然不放在心上。我昨日没盯住你,你竟去照渠楼听了一下午的戏,失约于人,教我往后如何面对郡主?"

没等卿如是开口,卿母又道:"过几日是郡主的寿辰,届时世子定会出席为母贺寿。你给我好好拾掇拾掇自己,我带你去。"

卿如是皱眉道:"去月府?女儿不想去。"

"不行,扈沽城有名有姓的女眷都去了,你不去算怎么回事?得罪了世子一回,想连同他母亲再得罪一回不成?月府又不是什么虎狼之地,你必须去。"卿母不容辩驳地命令道。

这膳用完卿如是就蔫儿了,回房后坐在窗边一阵长吁短叹。她不想见月家的人,月家的人朝她撞过来;她不想去月家,月家偏邀她去。什么孽缘!

似是为引起她的注意,那白鸽忽地扑扇了下翅膀,洁白的羽毛轻飘飘落在她的裙上。她拾起羽毛,沉吟片刻,走到了书桌前。

研墨，铺纸，提笔。

她起行写道：

倚寒兄，有幸讨教。

今日家中提及扈沽月氏，不如你我二人就从月家百年教化着手探讨，相互指教一二？

才疏学浅，若有不通处，还望倚寒兄赐教。

青衫先来——月家人，斯文败类者甚多，伪面君子，假仁假义，金玉其外，败絮其中。其思想一味承袭，毫无出挑革新之处，纵观月家百年历史，亦无出挑革新之人，实在腐朽，却不知为何能屹立百年。

倚寒兄以为呢？

写罢，她的思绪游至沈庭那桩案子。

前世她的父亲就是刑部一个不入流的小官，她常去刑部瞎晃悠，随着官差赶赴现场，曾破过几个案子，得过些夸赞。倒也没别的想法，只是觉得有趣。

小门小户的，她不算正儿八经的闺秀，不需要学女红，每日大把时间全拿来自己闲玩闲逛。刑部就是她的去处之一。也就是在刑部，她认识了月一鸣。

那年她十四岁，月一鸣大概十七吧。她自觉那应是与他第一次见面。

这位少年宰相，风光快意，说是来刑部视察，好大的官威，就坐在她那张桌子的对面，放着旁边一干小厮不使唤，非要她给他倒茶。

父亲在旁边使眼色，她无法，抬手倒了，洒出来几滴落在他手背上。

他笑得眉眼舒朗，说道："帮我擦了。"之后便丢出一方锦帕，上面绣着一个"鸣"字。

她不情不愿地扯过，在他手背一拂，语调凉凉："亏相爷盼咐得及时，再晚些就干了。"

没有丝毫被她讽刺的窘迫，月一鸣又撑着下颌，一边翻手扫视卷宗，一边道："帮我把锦帕洗干净，明日我来时还我。"

有毛病！

彼时仍是秦卿的她就记住了这个人。

有毛病，就是秦卿对他的第一印象。

回去后她父亲还忧心忡忡地问她是不是开罪了相爷，怎么平日里稳重谦和的相爷上来就找她的碴儿呢？

这谁知道。他俩不是头回见面吗，她能怎么开罪他？

更离谱的是，她次日和崇文约好雅庐品文，没去刑部，也忘了要把锦帕交给父亲带去，月一鸣竟当着一众人的面跟她父亲笑说："无事，她若想私藏，就留着吧。那花样确实好看，淡雅的天青色也正合适。"

她第二天就杀到他面前，将锦帕还给他以证清白。

谁知月一鸣噙着淡笑，不紧不慢地对她道："不是这一方，我的那方不是这个颜色。你私藏便私藏了，我说你什么了没有？何必闹这么开。"

那时候的秦卿根本不知忍耐为何物，咬牙切齿地把心里话骂出了声："月贱人！"

于是，秦卿获得了参观月府并给她口中的月贱人侍墨两日的宝贵机会。这是月一鸣罚她的，纵然她心不甘情不愿，可权势终究是权势，她不得不服从。

"这支笔，是圣上赐我官位时一同赐下的。"两人在书房里静默无言许久，不晓得出于什么心态，月一鸣突然开始炫耀自己的笔。

一旁磨墨的秦卿头都懒得抬，话也不想搭，没理他。

片刻后，又听他道："平日里只有我能握这支笔，别人不能握。"

"咻，方才进来时我还看见你们府上的小厮正拿起来擦拭。"她语气不屑，甩了甩酸麻的手臂，"骗谁呢。"

月一鸣没有多做解释，抬手递给她："我一人写有些无聊，你来写两个字给我看看。"

恰逢磨墨磨得手酸，秦卿也就接了过来。她敛了笔锋，用簪花小楷写下"秦卿"二字。得月一鸣一句："啧，瞧这字迹婉约的，可不像你骂我时那嚣张的模样。"

秦卿不与他多说。那时候的她也没料到，嫁入月府后，她的性子收敛许多，那一手狂放潦乱的草书再没机会拿出来，倒是这簪花小楷日日练习。再后来，她连笔都握不稳了。

他们在这书房里独处两日，月一鸣生生把秦卿的气焰拔高了三尺。她走时月一鸣还不要脸地将锦帕要回来，说是看走眼了，好像就是他那方。

秦卿拽出腰间的鞭子往地上一答，狠瞪着他，瞪得眼酸了才自己走出府去。

经由此事，月一鸣这间精心归置的书房尤其惹她不顺眼，她嫁过来第一件事便是背着月一鸣把书房拆了。

她干不掉月一鸣，但这书房她看不惯总是能拆了的。只可惜月一鸣并不心疼，听说此事后笑吟吟地说："随便她折腾吧。"

她便折腾了，书房变花房。折腾完后回到房间，发现月一鸣正在自己书桌后写字，她咬牙道："你怎么用我的桌子？"

月一鸣向她摊手，状若无奈实则得意地同她道："你忘了？我没有书房了呀。"

秦卿险些吐出一口老血。

陈年往事，而今的卿如是想起来依旧觉得头疼。

后来她也想过，当年初见时，月一鸣挑她的事，可能只是想要借她树立威信，打造一副"别看相爷年纪小，但极其不好应付"的形象。

他的确做到了。至少她那么多年一直觉得他不好应付。每日清晨睁眼就能看见他，闭眼前最后见的一个人也一定是他。青天白日里在她面前晃悠来晃悠去，他若闲着没事了，就得找她滋些事，活生生把人烦死。

唯一让她觉得月一鸣有些人性的是，因着月府家规甚严，他怕她在家里闲着无聊，便去刑部找了不少案宗给她看着玩儿，一来二去，她破案的功夫倒是见长，对这方面也本能地好奇。

她低头看着桌上的信笺，提笔另写一段：

　　另外，今日听人说起沈庭的案子已闹得满城风雨，我打听之后亦有些见解……

洋洋洒洒几百来字，卿如是满意地落下笔，将便笺卷起，放入白鸽足踝上绑着的一指粗的信筒里，推窗将鸽子放了出去。

那鸽子扑扇着翅膀，在天边划过几道清浅的弧。

卿如是出神地盯了一会儿，房门被敲响。她这厢刚打开门，皎皎就拎着食盒走进来，满脸难以置信地问道："姑娘，你猜我方才去天桥那头给你买玉带糕的时候看见什么了？"

"我看见斟隐大人正带着官兵收缴天桥下头书贩子卖的《野史》《杂谈》什么的。"

这西爷果不其然是个狠人，竟真叫人去寻他祖宗的痴情往事。卿如是叹了口气，皱着眉头匪夷所思："那书里，真有写月一鸣求而不得什么的？"

皎皎双眸微眯，笃定地点头："当然有了，我都读过。还是以前姑娘你读了后给我读的。我这些年来有这许多墨水，不都亏了姑娘你给我看的话本子多嘛。什么爱恨情仇，什么宫闱秘辛，姑娘你以前最喜欢读月相和那青楼花魁，和那坊间戏子，或者和那廊桥神女之间不清不楚的故事了。"

卿如是震惊地抬头，看着她欲言又止。顿了好半晌才幽幽憋出来一句："年少不懂事，读的什么玩意儿。"

皎皎笑："那也不能这么说，若非书中内容精彩，西爷又怎么会让斟隐大人带官兵收缴呢？"

卿如是也笑："嗨，既然他爱看这么丢脸的书，为什么偏叫人家斟隐去收缴，他自己不去？人家斟隐又做错什么了？"

皎皎打开食盒，随口道："西爷去了啊。就西爷，面不改色地蹲在摊子前面挑拣书，一页页地翻呢。不是我说，蹲的姿势可好看了。稳重，大气，高雅。"

卿如是闭嘴了。月一鸣的后人果然跟他如出一辙，蹲还能蹲出个稳重来。

房中正寂，卿母忽然走进来，敲了两下门示意："如是，你在房里待了一下午，仔细闷坏了。"

皎皎见卿夫人进屋，赶忙行礼，随即退到卿如是身后候着。

"娘有些事要叮嘱你。"卿夫人坐到她面前，握着她的手，一边轻抚着，一边道，"娘打听过了，别家闺秀都忙活着单独给郡主献上一份礼，如今也就你还乐得自在。娘想着，再如何咱们不能丢了这脸，除了家中惯要送去的器件以外，你也得给郡主献艺才好。"

卿如是顿时把手从她掌中抽出来，道："娘，这种事，您为女儿挑了不就好了吗？"

"啧。"卿母轻拍了下她的手背，"这种事瞧的是心意，我挑什么我挑，我挑还来告诉你做什么？娘打听过了，那些闺秀，有绣百寿图的，有画寿翁的，有跳喜舞的，有弹琴唱曲的……这些你都得避开。你仔细想想，除这些之外，还能献什么？"

卿如是舒了口气，幸好要避开，正巧上述才艺她都不会。

她记得前世还没进月府那会儿，月一鸣的生辰宴上，别的闺秀也都各有所长，偏生她小门小户的什么也不会，不知道怎么就被月家请了去。彼时她被小人起哄邀上去献艺，思来想去真没什么能献的。

最后，耍了一段鞭子，看笑了月一鸣。脸都丢完了。

这回不能再耍鞭子了，上不得台面。

卿如是思虑许久，卿母便急着问："你想想，近日可有钻研些什么？喜好些什么？不至于全无头绪吧？"

这么一说，她就明了了。

"娘，我最近就对破案有些研究。"卿如是蹙眉沉吟着，忽一捶桌，恍然道，"啧，你看沈庭那个案子正巧摆在那儿，不如我现场给郡主破个案吧。当场破案可还行？"

卿母皱眉道："你有几斤几两我当娘的还不清楚吗？就算你真能破了沈庭的案子，那郡主寿宴，恁大的排场，你去讲那些不吉利的成什么体统？届时惹得郡主瞧你不顺眼，为娘也跟着一起丢脸。"

"我要她瞧我顺眼做什么。"卿如是讪讪地说道，"我暂时，能想到就只有这个。就随意在库房挑件东西送去得了，不必多加什么献艺了吧。那些悉心准备的闺秀一猜就是为了讨好世子的，我又不愿意嫁去月府，实在不必费那个心思。"

卿母蹙起眉头瞧她许久，问："如是，你怎的就对世子提不起兴趣呢？是不是又病了？"

卿如是摇头。

卿母敛起神色，发狠道："最迟明日，这寿礼你必须给我安排上。下月初七就是郡主的寿辰，你自己掂量着日子。"

言罢，卿母离了屋。卿如是想了片刻反应过来，如今已是月底，也就是说，她只有六天的时间准备寿礼。六天，她再掂量又能掂饬出个什么花来？人家都是冲着世子夫人的位子去的，她不凑这个热闹，何必教郡主看她顺眼呢？

那还不如给郡主破个案。

"姑娘想出什么来了？"皎皎关切地问，"这寿礼咱们要如何准备？有什么用得上皎皎的，姑娘你尽管吩咐。"

"跑个腿儿。去照渠楼买张戏票，萧殷最近的那场，要在上座，正对着他的位置。"

自打萧殷被评为扈沽戏魁之后，照渠楼给他安排的场次便不大按常理出牌。要听他唱一出戏，天时地利人和缺一不可。卿如是的运气不错，他的戏就安排在隔日，初一。

沈庭的案子事关照渠楼的戏子，刑部常来问话。小老百姓按捺不住好奇，也时不时来坐坐，打听一二。这几日照渠楼的生意甚好，卿如是进来时还被踩了好几脚。

"姑娘，昨日奴婢来买戏票的时候人才叫多呢，今日都不算什么了。"皎皎在她身旁轻声道,"姑娘还是没告诉奴婢来这里做什么,回去时夫人定要紧着问寿礼的事。"

"我这就是为了寿礼忙活。"没等皎皎再开口,卿如是抬手,示意她先闭个嘴。

上座与普通座位不同之处在于,周围要么是富家公子,要么是官宦子弟,消息灵通,方便她探听。只是距离她最近的客座还是空的,座位的主人至今未到,怕不是哪家有派头的贵人要大轴进场。

沈庭这案子她所知甚少,来这照渠楼,一是为了从这些个公子口中打探消息,二是为了从萧殷的口中打探消息。

萧殷是死者生前招惹欺辱的人,也是最憎恶死者的人之一。他对沈庭,该是再了解不过。若要查这宗案子,探问萧殷这一环绝不能少。

昨日她给倚寒的书信中也说明了这点,不知他有何看法。

思绪一停,闲着无事,卿如是剥了个橘子。她的果盘还没端上来,拿的是身旁那位贵人的。两人本是共用一张小桌,她想得挺简单,一会儿果盘上来了她还个回去就成。

然而,缘分这玩意儿就偏是喜欢跟她鬼扯,她刚剥好橘子,还没吃,满堂哗然,似是来了贵客引得在座众人一片躁动。她正欲抬眸时,眼前堪堪站定一人。

应是坐她旁边的那位贵客。靴,是一双紫金双蛟浪纹靴。

她心中预感不太美妙,抬头望去,下一刻就把不太美妙的感觉坐得死实。好巧不巧,月陇西。

卿如是左手捏着橘子,右手捏着橘子皮,该说些什么好,让他猜这橘子甜吗?

月陇西垂眸扫过她的脸,又扫过她手中的橘子,微微挑眉。

气氛微妙,皎皎忙打圆场:"请世子安。我家姑娘远瞧着您走过来,这才拿了橘子,说是要亲手给您剥一个,奴婢想插手帮忙都不让的。"

卿如是偷偷白了皎皎一眼。

听及此,斟隐冷哼:"怕是不止吧。卿姑娘一早候在此处,对我家世子爷的行踪倒真是了如指掌。"

原本皎皎那话已将局面锁死,正不知如何应对尴尬的卿如是在听完斟隐的话后,反倒气定神闲起来,掰开橘子,两口啃了。

月陇西并不同她计较橘子这等小事,颇有风度地吩咐:"斟隐,不可胡言,败坏卿姑娘名声。把果盘里的橘子分些给卿姑娘吧。"

他落座，视线定在随身携带的手记上，随意翻看着，目不斜视。

　　卿如是有意无意瞥那手记。昨日官兵将这案子汇报给他，说明是由他负责，那他手中握着的应该就是沈庭案的相关信息。

　　如今正是案件胶着时期，月陇西还上照渠楼听戏……莫非他也想到了萧殷这个切入口，打算来盘问他？

　　恰是时，萧殷着好戏服上台。

　　既然身边坐的是月陇西，卿如是自然没了伸脖子主动探问他案情的兴趣，只好专注地盯着戏台。

　　她冲着案子来，尚且不知这出唱的是什么。唯有萧殷那举手投足间狂放霸道的派头有些眼熟。卿如是来了些兴趣。

　　乐起，萧殷细着嗓子唱道："慕他年少拜官称相，意气风发，羡煞同窗。今朝入府为妾，思安，思安，愿与君连理成双。"

　　此一句，卿如是脸上的笑意没了。

　　萧殷扮的是秦卿，戏本子里爱慕月一鸣的秦卿。她冷声轻笑，低头剥起橘子，余光却瞥见身旁原本一门心思放在手记上的月陇西抬起了头。

　　倒也是，他祖宗与秦卿不得不说的二三事，想必他自小就有所耳闻。昨日天桥下头搜刮那许多话本子已是惊喜，没想到照渠楼真唱这出戏吧？卿如是看他眼神就像看待家中没见识的后辈。

　　既然这手记他不想看了，卿如是沉吟了片刻，斟酌道："不知世子爷可否将这手记拿给我瞧瞧？"

　　月陇西默然，视线竟丝毫没有离开戏台。须臾后，似是觉得这案情尚未有任何发展，眼下的信息又无机密之处，便将昨日随手梳理的案件手记给了她。

　　所有消息瞬间一目了然。

　　沈庭是前日出城的，失踪后谁也不知去向，当晚死在茶坊，直到被郊外一名路过的猎户发现。门内有锁，猎户便用斧头卸下整扇门，随即看见门内的锁是上开下合的闩。

　　之后，他顺理成章地发现沈庭死了，于是赶忙报了官。

　　奇怪的是，茶坊内有一根普通绳子，落在柜子里，此外没留下任何异常的痕迹。

　　论仇家，照渠楼的小厮们与沈庭有过不少冲突，但沈公子家大势大，他们只是杂役罢了，再如何也不敢杀人，若被究责，全家都得遭殃。若是生意上结下的仇家，大可以雇人做得利落些，不至于行事如此草率，将凶器也落下了。

卿如是的思路遇到了瓶颈。她不知戏台上的人咿呀唱到了何处，乐声渐嚣，惹得她抬眸看了眼。

萧殷哭跪在地，十指被刀片夹束着，鲜血淋漓。

倒也没这么狠，彼时她是被木制刑具生生夹断的，和刀不刀的没关系。

她撑着下颔，又听得萧殷惨声道："可怜我纤纤玉手，裂指销骨，凄声西阁窗后，无人念留。"

"停。"

这声音朗润微磁，字字撩拨人心，是那般好听……

卿如是慢吞吞地转过头去看身旁这尊贵之人。

一时间，周遭静谧，气氛诡异。

月陇西无视众人，唯独看着戏台上的"秦卿"，缓缓道："这句词不好，改。"

卿如是感到匪夷所思，她相信在座除他以外，其他人都一般无二地感到匪夷所思。

"改成'可怜我纤纤玉手，裂指销骨，凄声西阁窗后，唯他念留'。"

卿如是心想："月陇西，为了帮你祖宗捯饬个情深意切的名头，脸都不要了。月一鸣当年亲自下的令废我十指，坊间人都知道的事。"

无人敢否他襄国公府世子的话，萧殷反应极快，当即示意一旁敲锣击鼓，重唱这句戏词。

卿如是忍不住凑近他，问道："你不觉得奇怪吗？若是月一鸣怜惜她十指被废，那又何必下这道废她十指的命令，虽说那是你高祖宗，但凡事咱们还是要讲点儿逻辑。"

月陇西微蹙起眉觑她一眼，面色不豫："与你何干。"

倒是稀罕，皆道西爷君子之风，待人接物从未曾教人下不来台，情绪也不喜外露，而今这般神色，竟只是因为她问出的一件坊间俱知的事情。

这个人，好像对他高祖的事格外在意。许是自小以月一鸣为楷模，不容他人诋毁。

卿如是不再多言，当即道歉："不知如何冒犯了西爷，如是给西爷赔个罪。皆是坊间听来的，一时好奇，便寻思着问了。还望西爷不予计较。"

她将卷宗递还，指望着月陇西给点儿反应。

西爷终究还是端方的西爷，修长的五指接过卷宗，面色已平和下来，淡声道："你可知皇命难违。如若当年那皇帝要的是秦卿的命，那你说，是手重要,还是命重要?卿姑娘是道听途说,须知,多少人道听途说之后,再夸大其词,妄言揣度,就成了搬弄是非。"

作为当年被废十指的当事人,卿如是被莫名其妙说教了一通,竟还觉得有几分道理。若当年狗皇帝要的是她的命,月一鸣知道她从来也不是宁死不屈之人,于是替她做了选择,保下她的命?

卿如是有一瞬动摇,沉吟片刻后又挑眉问:"你也说了,是如果。这么些话本子里,我倒没听哪个说起过当年皇帝是想要秦卿的命的。况且,这些事你既知道,想必也是听月家人说的,百年过去,焉知他们不是在同你搬弄是非?还是说你敢肯定,你说的一定是事实?"

卿如是言罢,月陇西不再辩驳,只道:"既然卿姑娘认定祖上是虚情假意之人,那还是接着看戏吧。"

不与她理论,也没必要和她解释过多。是君子。卿如是的视线落回戏台,心思还在方才那句更改后的戏词上:"唯他念留。"

倘若真的念留,大概也是可惜她那一手婉约的簪花小楷吧。

她嫁入月府的第一年年尾,合家团聚,她想回家过年,被那位正夫人拦下,说她若是回家去,月一鸣定会不高兴。且她毕竟是来做妾的,岂有回娘家过年的道理,规矩不通便罢了,外间也会说三道四。

见她郁郁寡欢,正夫人便宽慰她,让她写一副对联,着人送回娘家去,权当心意。

夫人特意遣丫鬟给她送来金墨,她一连写了好几副都不太满意,废纸丢得满屋,最后堪堪写好三副,一副送给夫人以作答谢,剩下的两副都送回了家。

这厢刚叮嘱完跑腿的小厮,那厢月一鸣自觉地插脚进门,弓腰捡起地上的废纸。

"这对联的字周正喜庆,与你另一手簪花小楷风格不同,却着实漂亮。"他抬高手,捋开对联,挑眉瞧着她笑,"不给我写一副吗?"

秦卿见着他没好气:"我送回家里的。"

他站在书桌前,随手翻她的稿集,道:"何必吩咐小厮送,不是要回家过年吗?我陪你回去。"

"咻,开什么玩笑,月府的规矩我虽不太懂,但寻常百姓家也没哪个家主回妾室娘家过年的。而且,你若真跟我回去了,反而是害我。"秦卿自然以为他在说风凉话,"你要对联自己写不就成了。相爷还差这一副两副的对联吗?"

月一鸣把玩着她搁置在桌上的笔,另找话说:"这支笔可好用?送你之后我再没找着这么趁手的笔了。陛下那日说要再赐我一支，届时一并拿来给你，要吗？"

秦卿正忙着拾捡屋里的废纸，随口回道："不要。你自己留着用吧，给我做什么。"

"你字写得好看，拿给你写字。"月一鸣倚着书桌，双手环胸瞧她捡纸，懒洋洋地笑，"看在我送你笔的分上，用你那婉约的簪花小楷给我誊抄一篇《心经》吧，求你了。这么好看的字我不能珍藏，多可惜。如何，嗯？"

她想着那杆的确怪称手的笔，勉为其难地答应了。

也就是这个说她写字好看的人，这个愿意把御赐的笔送给她写簪花小楷的人，毫不留情地废了她的手，要她终身不得再执笔。

行刑时，她双手双脚被缚住，在西阁撕心裂肺地惨叫。行刑过后，月一鸣才来看她，只对着快要昏死过去的她说了一句话："秦卿，陛下赐我的笔没有了。"

没有了，正好。她握笔的手也没有了。

卿如是摊开掌心，翻看着那双方才破过新橘的纤手。此世今生，能再拿起笔，幸甚至哉。

至于月一鸣念留不念留，随便吧，与她何干。只一件事她要寻机查明，那就是崇文的遗作究竟是谁修复的。月陇西或许知道其中内情。

再抬头时，一曲戏罢，周遭唏嘘声此起彼伏。卿如是正要示意皎皎上前去将萧殷拦下，旁边有人影晃过，斟隐快她一步。

"萧公子留步，我家世子有话要问你。"斟隐刻意压低声音，往月陇西的方向看了一眼，示意萧殷。

萧殷随着他的视线看过来，目光一顿后，回首不紧不慢地施礼道："好。容草民先去把脸洗净。"他脸上妆容未卸，恐有不敬之意。

"不必。萧公子，随我来。"斟隐并不允他离开，微抬手挡住他。

他们往这方走来，月陇西起身，约莫要寻无人处去。卿如是抬手"哎"了一声，他停步回头，眼神带着询问。

卿如是起身跟随道："虽说这般请求会有些不好意思，但是方才看过卷宗，实在生了好奇之心。不知世子可否允我一同旁听？"

照渠楼的后院葡萄架边有一方凉亭。自打卿如是坐下，斟隐落在她身上的阴冷视线就没移开过。在他眼中，卿如是身为女子，不知检点，蓄意接近之意太过明显。

月陇西惯有风度，当即吩咐斟隐去沏茶来。

风过无痕，四下静谧。月陇西的指尖敲打着石桌，不动声色地打量着萧殷。

卿如是无甚耐心，先开口问："平日与沈庭结仇的小厮们与你关系如何？"

没料到询问他的人是这女子，萧殷一怔，随即看向月陇西，得他颔首准允后，才回道："不熟，只不过在照渠楼共事而已。他们多在后院厨房打杂，我从不进出厨房，许有过几面之缘，记不真切了。"

"我听说，沈庭常来照渠楼听你的戏，他为人如何？"卿如是仔细观察他的神情，发现他淡定得出奇。不是她说，谁要是险些踩爆她的头，她听到那人的名姓定是一副恨不得嗜血啖肉的模样。可这萧殷，过于从容。

他道："只晓得他性子横行霸道惯了，狂妄嚣张。待人接物这方面恕我不清楚，我与他不熟。只听客人提过，说他对待朋友和颜悦色，对待达官贵人也是毕恭毕敬。"

不仅神情从容，就连回答也滴水不漏。试想，提起自己厌恶憎恨的人，哪个与人说道时不是寻那人的短处，以征得倾听者的认同。萧殷不是，他的回答很中肯。

横行霸道是坊间对沈庭的一致评价，随意打听便可知。

她沉思着，月陇西忽问道："沈庭为什么会来照渠楼羞辱你？"

"我不知道他是怎么想的，但揣测过。"萧殷道，"许是我身份低微，他本就看我不顺眼。上回给他请好时不慎踩着他了，便遭了他记恨。"

他的回答太严谨。想来任凭谁回答这个问题，都是直接说出自己心中所揣测的内容，而非先告知询问者："不知，但揣测过。"

卿如是不禁怀疑，眼前这人是不是早在心里对过一遍官府会问的问题。或者他本身便是滴水不漏之人。

来回拢共二十个问题，因着萧殷配合得当，询问早早结束。

走出照渠楼，卿如是却有种"什么有用的消息都没得到"的感觉。萧殷的话没有丝毫破绽，也没有任何值得疑惑之处。她微皱眉，看向月陇西，问："你不觉得自己白来了一趟吗？"

"没有白来。"月陇西摇头，并未多言，转身告辞，进了月府的马车。

回到卿府时，一只俏生生的白鸽在她窗台上徘徊。这鸽子极有灵性，皎皎想要捉它，它竟跳开了。卿如是取出信笺后吩咐皎皎去拿些鸟食来。

信纸有淡雅的竹香，沿边一节云竹纹样。字迹高逸，婉然若树，穆如清风，用的竟是簪花小楷。

那一笔一画，倒颇有她当年写簪花时的味道。

不过男子行笔，终究少了女子那份婉约和灵秀，到底还是能从他的笔锋中瞧出遒劲来。

信中书：

> 青衫兄所言极是。
> 月府如釜，烹行尸，煮走肉，月家百年皆唯皇命是从，不幸亦不争，不足为人道。
> 有幸世间仍有青衫兄这般别致之人，不畏强权，见解独到。
> 倚寒钦佩之余，不禁念及崇文遗作，心有戚戚。
> 若世间皆如崇文当年所言，必为大同。

一段话唠得她身心愉悦，难怪说文魁倚寒是可比肩当年崇文先生的墨客。其实她交友只认准一个死理：只要你也讨厌月府，那我们就是一辈子的好朋友。

另有一张信笺回复的是沈庭案。卿如是细致看过后，陷入了沉思。

信上大意是：临近傍晚时他看见官府贴了通告，令萧殷协助调查此案。

原因是，经由调查后发现，萧殷心思缜密，对照渠楼大小事务观察入微，同理，作为沈庭日常欺辱的对象，他一定对沈庭的言行作为有一定的了解。官府将带萧殷回到茶坊扮演沈庭的角色，还原现场。

难怪方才回来时月陇西同她说"没有白来"，原来是觉得萧殷有用武之处，于是赶紧回官府发通告。

倚寒还说起了上回她在信里提到的迷药以及匕首这个切入点。昨日官府有发过通告，让近几日卖出过此类药物的药铺都去衙门登记，并接受盘查询问。

虽然扈沽城内药铺医馆成百上千，但迷药并非寻常药物，普通百姓会买的人并不多，且都在卖出时有过登记。

唯一麻烦的是，若这凶手是半月前甚至一月前就在计划这场凶杀，那么凶手买到此类药物的时间，就得从月前算到事发当晚。时间跨度太大，范围就变广了。普通匕首亦是如此。

而且，据倚寒所知，目前并没有找到任何可疑人物。

卿如是随信附议，并说出三个疑点：

其一，沈庭是如何被引出扈沽城的？沈庭喜爱茶，兴许这座茶坊与他的这一特点有关？

其二，发现茶坊这个地方的猎户为什么会路过郊外？那里无山无兽，他去那里做什么？他又是怎么知道茶坊里有人的？

其三，凶手是如何杀害沈庭后全身而退的呢？

门闩的插口是半封闭式，上开下合。要在茶坊内的门闩被闩上的情况下进入，倒是只需要用到一把纤薄的刀，利用门缝将门闩挑起。但要在离开茶坊后将门闩落在门上，似乎不是什么容易的事。

卿如是走出房间，将门闩放在地上，门闩的正中间正对着门缝，她关好门后吩咐皎皎找一把纤薄的刀来。

她蹲下身，尝试将刀片穿过门缝，去挑地上的门闩，想找到平衡点将其准确无误地挑至插口上。试了三四回，根本无法控制好力道。

简单地尝试了几种方法，无果后只好放弃。她得去茶坊查看一番，否则皆是空谈。

卿如是将这几点疑问写进书信中，另外交代他也可以在家中寻人试一试。

最后，她将自己在斗文会上写的那篇文章做了些诠释，站在崇文的角度分析，结合月府的思想教化反面举例，这才收笔。

今晚采沧畔解禁，补办斗文会来品评那晚写成的文章，她并不打算再过多讲解自己那篇，所以单独为倚寒诠释了一遍。

卿如是想到被倚寒认成男子一事，将错就错，换了身还算合身的男装，无人小巷里面具一戴，进了采沧畔。

今日有些许热闹，侍墨小厮说是采沧畔的主人近日从友人处借得一本市面未曾流传的崇文遗作，准备拿出来供墨客品评。

卿如是蹙眉，生了些兴趣，写下字条问：如何得知定是崇文遗作？既然未曾流传过，那若是假的呢？

小厮笑说："主人这位朋友，不会作假。且主人十分喜爱崇文先生，哪些是崇文先生的手笔，哪些不是，自然能分辨得清楚。"

卿如是又问：这么说，书斋里的崇文遗作，你家主人也都品鉴过？

小厮笃定点头："那是当然，许多文人名士都喜欢将先贤著作拿到采沧畔交给主人品鉴。恐怕只有秦卿在世，才能与我家主人比一比谁看过的崇文文赋更多。"

有意思，卿如是思忖片刻，再问：我可否与你家主人单独聊一聊？有些关于崇文遗作的问题想要请教。

小厮略有些为难地皱起眉，说："按理说不是不行，但这采沧畔里有这想法的墨客实在太多，除却倚寒公子，主人不怎么见客。"

卿如是还待要说，外边另有侍墨小厮的声音传来："我家主人偶得一本未曾被秦卿修复过的崇文遗作《论月》，今次想与在座诸位共同品鉴。若客人们心有所得，愿为修补此作献力，可将心得写下交由身旁小厮，届时一同探讨。"

言罢，提笔铃响，采沧畔内登时静谧无声，等候小厮诵念。

然而良久无声，不少侍墨小厮都从草席后伸出脑袋探看，进而传来窃窃私语。

"客人，那本崇文遗作出了些差错。"小厮回到席后，眉头紧锁，"不过客人放心，主人已出面，正在外间默那书中第一篇文章。"

差错？卿如是在纸条上写："莫非那遗作被人偷梁换柱？"

小厮微颔首，神色担忧："主人说过，那书是一位贵人送来的，若是追究起来，后果不堪设想。不知好存好放的一本书为何会不翼而飞，还被人替换成了无字书……想来此人别有用心。可惜了，主人说那本书他才看了一半，也只能默出文章大概。"

他的眉头皱上了，卿如是的眉便舒展了。她嘴角微勾，提笔写道："我要单独见你家主人，立刻。"

小厮讶然，随即摇头低声道："不是说了吗，主人在外间默写文章，正焦头烂额，客人此时静候最好。"

卿如是从容写道："倘若我能助他完整默下此书呢？"

座内清风雅静，草席忽被小厮撩起："主人，我座有墨客求见，说是……能助您解燃眉之急。"

采沧畔主人戴着花青锦鲤纹面具，从略微佝偻的身形可以看得出，应是位年过半百的老人。

卿如是夸口能解他燃眉之急。到采沧畔的人皆是抱着求学讨教的心态，上一个口气这么狂妄的人还是他自己，因此，他本不放在心上，可没过多久，那小厮拿出一张字条。

字迹狂放，写的正是《论月》篇最为精湛之句，堪称文眼。若非真正读过，悟破文章精妙，又怎能默得出此句来？他当即请此人后房相见，并令小厮先组织斗文会。

卿如是与他隔帘对坐，提笔默写《论月》，正盘算着写成后如何询问自己的疑惑，不承想，帘后先传来一道略带沧桑的声音："据我所知，此作被封存百年，近日才拆箱寻出，只此一部。不知公子是如何知晓书中内容的？"

他坦然露声，毫不掩饰，卿如是却不想暴露身份招惹麻烦，另递去一张便笺，上书四字敷衍解释："家族渊源。"

那人倒吸一口气，狐疑间，卿如是又递来一张纸："您说此作被封存百年，敢问是何人封存？近日又是何人寻出？据晚辈所知，'雅庐焚书'的后续便是秦卿断指，又何来崇文遗作流传于世？"

他看后喷声摇头，斟酌片刻后才道："这也正是我此半生疑惑之处。我与公子无二，并不信坊间所言，对真相抱以好奇，所以阅遍史传，苦求答案。结果是，均无记载。

"可以想见，百年前便有人抹去了真相，却不知此人抹去真相是为哪般。但我研读崇文遗作多年，可以肯定的是，这并非秦卿修复而成，是有人冒用了秦卿的名号进行修补。

"且这冒用者必定熟悉秦卿的字迹，才能在百年之前以假乱真，让所有人都以为崇文遗作真的是秦卿修补的。

"只可惜如今流传于世的都是遗作修复后的誊抄本，要在坊间找到当年冒用者修复的原卷是不可能的了，否则凭借冒用者的字迹，我还能揣摩一二。毕竟，像归像，要和秦卿真迹比起来，必定会有不同。"

卿如是的眉紧蹙起，熟悉她的字迹？她自嫁入月府后，从来只写簪花小楷，草书是崇文教的，所以除了崇文以外，无人知道她会写草书。那么，当年被冒用者模仿的字迹就只能是小楷。

一个人，要模仿另一人的字迹，没有三年五载是不成的。

第二章 簪花小楷

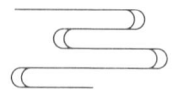

最熟悉她的簪花小楷的人，大概只有月一鸣。可是他怎么可能会写她的字，又怎么可能明白崇文的思想进而修复遗作？

他爱写狂草，他以圣上与月氏为尊。

饶是再不上心月一鸣的事，卿如是也能清清楚楚记得他的字是狂草，还是那种狂到天边去的草。

因为每每月一鸣送上去的折子都会被皇帝一而再，再而三地打回来，原因如下：看不懂。什么鬼画符。你有胆子把那手草书再写狂些。

紧接着警告如下：练字，楷书，明白？

秦卿看得懂，由此被他强行引为知己。每每月一鸣都让她用簪花小楷代为誊抄，再呈上去。女子不得干政的条条框框在月一鸣眼里形同虚设，反正就是要让秦卿抄他的折子：字好看，人好看，我站一边你抄我看。

她给月一鸣抄了那么多的折子，也没见他把字迹扭成小楷。

应当不是他吧。崇文的深邃思想月一鸣怎么可能懂。

十年西阁，月一鸣日日教化她，甚至一度与她争辩是非，每每说不过时，就会挑衅道："那你告诉我，如果是崇文，会怎样理解这段话。你若说得我心服口服，今次就算你赢。"

于是，半个时辰是月一鸣教化她，剩下的整个下午，就都成了秦卿来教化他。

起先不晓得他出于什么心理，听便听，竟还抱一摞纸写笔记。以为他生性好学，却不想是在为次日与她展开激烈辩论做准备，秦卿看破这一点后嗤之以鼻。怎的，口水交战还做纸上功夫，欺负她握不住笔是不是？

但她发现月一鸣这个人冥顽不灵，每日他教化她一次，把她惹得怒火攻心后反过来给他疯狂灌输崇文的思想，说好的今日是她赢了，次日又觍着脸抱来昨日的笔记跟她说："我觉得你昨日说得不对。这一处我回去仔细研究了下，你没有讲清楚。"

她，秦卿，惊世才女，讲不清楚？

气得她当场从榻上爬起来给他翻来覆去吐沫子，不给他讲懂誓不罢休。

讲完了，月一鸣又会说一句："这么说来的话我就懂了，你昨日的确是赢了。但是今日就不一定了。"进而展开当日另一辩题，又念经似的教化她半个时辰。

后来她郁结在心太久，生病了，月一鸣还十分挑衅地抱着那一摞摞的纸，在她床边挨着念她这十年来教化过他的话，最后总结一句："我仍是觉得，你说得不对。我念的这些，都是不堪入耳的废话。"

秦卿："……"

月一鸣："秦卿，你不起来骂我了吗？"

骂，她何止想骂，月家祖坟都想给他刨了。十年，她整整和月一鸣争了十年，临着要去世，他还觉得她没讲清楚。没救了。彼时她闭眼前最后一个念头便是月一鸣被月家和浩荡的皇恩荼毒太久，彻底没救了。

而今想到这些糟心事，卿如是眉头紧锁，叹了口气，提笔道："先生可有问过今次送来此书的人，既然能得到崇文遗作的原本，想必知道一二真相。"

帘后人影微动，须臾静默后，那人道："问过，与你的回答倒是一致：家族渊源。好敷衍的四个字。然而，我看得出，送书来我这里的贵人只是一位潜心修复遗作的文人，自称是机缘巧合得到此书，我便不再多问。"

卿如是不想为难他，只写道："既然您不愿多问，那可否将此人名姓告知晚辈，或者方便的话，为晚辈引见一番？由晚辈开口求证。"

那人看完后竟笑了起来，认真道："公子，你说你会背崇文遗作是家族渊源，摆明了其中缘由复杂曲折，不可与人说道。我尊重你，便没有追问。但你要知道，那位贵人说家族渊源，定也是因为得到此书的原因复杂曲折，你两人若是见面，就须得坦诚相见，依我看，你二人都不愿意透露个中原委。你掂量一番若仍是坚持，我倒可以为你引见。"

卿如是一愣，反应片刻后赔罪："所言极是，晚辈唐突了。"

她急于求得真相，所以没有考虑到自己是想要靠隐瞒自己所知的真相，来换取别人的消息，换句话说就是，她想要空手套白狼。而那贵人也和她一样的想法，隐瞒了他自己的秘密。

那么，他们若是见面，就等于明着挑破一切，届时她怎么可能说得清楚自己为何会默写对方那里才有的崇文遗作？无论是祖上渊源还是家族渊源，在对方那里都不算是解释。既然说不清楚，对方又凭什么要告诉她，那本遗作是哪儿来的。

卿如是轻叹一声，将写好的《论月》一文递过去。

附上便笺："听闻此书被盗，想必您无法与贵人交代，先生若有用得上的，青衫可将此书完整默出，届时先生再誊抄一遍归还于贵人，再慢慢追查遗作下落即可。唯有一个请求，望先生莫要将晚辈的字迹与化名告知那位贵人，万分感激。"

"你放心，采沧畔的人，嘴是最严不过的。不该说的，一个字都不会泄露。"那人垂眸逐字逐句品赏文章，忽讶然惊呼，"修复完成的？不不，这……这莫非是原作？！你……？！天赐我也！你背下来的，竟是烧毁前的原本！你究竟是何人？！"

意料之中，卿如是写道："家族渊源。晚辈不惜透露至这般程度，先生应当猜到，青衫是有所求的。"

那人尚未平复迫切的心情，听闻她有求于自己，当即道："你说。"

卿如是写道："书斋里存放的崇文遗作晚辈都已看过，大多有错漏之处。但是那些书的修复者已在百年前落下'秦卿'二字，众人皆以为那些就是原本，晚辈再也无法纠正书中对错。现如今贵人送来的这本遗作尚未修复，还请先生按照晚辈所默出的文字誊抄，再交还给贵人，就说是先生您修复后的即可。晚辈不求名利，唯愿崇文原本得以流传。"

"你、你的意思是，书斋里所有崇文的文章，你其实都能默出原作？不知何等家族渊源，留下你这等奇才！莫非是崇文之后？史书中未曾记载崇文有子嗣啊。"那人不可思议地摇头，"若非我向来不信鬼神，便真要当你是崇文转世！"

卿如是写道："先生答应了？"

"答应，自然答应。你且放心，你的消息我半分不会泄露出去。我姓叶，单名渠，今日结识公子，不胜荣幸。我这名姓，也是许久不曾用过了。不知这世间，谁还记得我。"

卿如是心生疑惑，她才来晟朝不久，自然没有听过。

语毕，正巧有人叩门，默然间，外边传来小厮的声音："主人，倚寒公子已在茶室等候您多时了。"

卿如是自觉告辞，从后门离去。

叶渠整理了衣冠，与倚寒在茶室相见。

未等叶渠先开口，倚寒起身询问："方才正堂里，有人说'可解你燃眉之急'，你便连斗文会都不管不顾了，与这人在后房待了整整一个时辰。这人是谁？那话是何意？我给你的书，又是如何不见的？"

他连发三问，编借口的时间都不给人留。

叶渠啧声皱眉："你莫急，此书丢失在采沧畔，我必然会为此负责。待我过几日完整默出来交还与你，你且先暗中查出窃贼，两不耽误。"

"不耽误？"倚寒微挑眉，"叶老辅佐女帝那时，可听说过月家有出仕之人？如你当年所见，月家人就是这般冥顽不灵。整整百年，月家宁不出仕也要死守'天道'，在我们月家人眼里，女帝继位无异于颠覆天道，祸乱朝纲。"

叶渠默声，已明了他是何意。

"如今的皇帝便是看准我们月家忠心，斩女帝，守天道。可若教他知道，月家有我这么一号人物，不仅能找到百年前的崇文遗作，还将其私藏，甚至寻了您这位早该被灭的女帝辅臣一同修复此作……"倚寒浅抿了口茶，眉间微蹙，"那我该是什么后果？月家又会是什么后果？叶老您上了年纪，看不清楚其中弯绕了不成？"

《论月》失窃一事若只是小盗贼得了风声，贪财牟利倒也罢。若是月家政敌刻意为之，那便是要将此书呈上去交给皇帝过目，明明白白地交代是月家人私藏的。

届时月家如何说得清楚？

臣子必须永远忠心，否则对如今的帝王来说，那就是背叛。跟着皇帝推翻女帝政权的月家，怎么能背叛当今皇帝呢？！

"是我存放欠妥，害得你此时提心吊胆。"叶渠紧握双拳，敲在桌上，"你与月家人所思所想皆有不同，每日却要伪饰自我，同他们虚与委蛇，想必不好受。若真被人拆穿了去，也是种解脱。"

倚寒忽笑，道："您是这么想的？月家是虎狼之地，若教他们知道我的言行有悖于月家教诲，谁还管我是不是世子，那就是我的死期。可我不想死，我宁愿一直装下去，等着天下大同的那一日。这是我一位故人教我的。无论如何，命最重要。您不也是吗？"

是，他也是。他是大小两位女帝最信任的叶阁老，也是亡国时的狗贼叶渠。小女帝被斩杀时，多少忠臣一同殉身，唯有他叶渠降了，免于一死。

他是贪生怕死之徒，该受尽天下责骂，可那又如何？无谓的牺牲有什么用？活着才有用。

他留着性命，躲在这采沧畔，见到多少文人墨客、后起之秀。他们如同朝露，如同明珠，一颗颗都是希望。

晟朝有望成为小女帝想要的那般模样，他要活着等到那一日。更何况，大女帝死前嘱咐他守护的那颗夜明珠，已在王朝被灭时不知去向，他活着才能找到那颗夜明珠。

"所以，您同我绕了这么久的弯子，还不打算告诉我何为'解你燃眉之急'吗?"

兜这么大的圈子,竟仍是糊弄不过去,叶渠唉声叹气,只好同他耍无赖:"我问你《论月》从哪儿拆箱拆出来的,你跟我说是家族渊源,你月家什么渊源能藏崇文的遗作?我知道你敷衍,可我追问什么了没有?我逼问你没有?"

倚寒点头:"你同我耍无赖?须知耍无赖其实是我的专长,平日里不拿出来献丑罢了。你若不说,我便坐在这里不走了。要不了半个时辰,外间就会被斟隐拆得七七八八。我赔钱事小,我若不赔钱,拆了便走人,换作你自己赔钱,事可就大了。"

众所周知,采沧畔的主人,穷得只剩才华。

"你……你这人……"叶渠抬眸瞪他,瞧他也是一副要和自己死磕到底的架势,叶渠又屈服了,斟酌片刻才道,"你给我点儿时间想一想,如何做到在不出卖这位小友的同时又把事情给你讲明白。"

各退一步,倚寒问:"要想多久?"

叶渠拍着脑袋苦笑,说道:"我上了年纪,脑子不好使。不如这么着,你帮我寻一样东西。你何时寻来,我何时告诉你。"

"年纪大了,却老奸巨猾。"倚寒轻嘲。

本以为他不会同意,叶渠正盘算对策,冷不防听他接着道:"说吧,要我帮你找什么。"

诡异,倚寒竟这般好说话?看来他对此事当真上心。

叶渠不再多想,利索地拿来纸笔,开始绘图:"一颗夜明珠。我年纪大了记不太清,应该是长这样。上面镶嵌了银色的蝙蝠花纹,我寻了许久也没个下落。"

笔收图现。

倚寒:"……"

叶渠:"???"

无言间,两人陷入了沉默。

且说叶渠不明所以之时,卿如是已在府中书房里看完了叶阁老磕磕绊绊的前半生。

前朝旧臣,二十岁入了内阁,在位四十年,辅佐过两任女帝。其中小女帝继位第八年,也就是七年前,女帝王朝覆灭,他归降新帝,后来对外称隐世而居。没想到是隐瞒身份入了采沧畔。

卿如是算了算，叶渠竟有将近七十岁的高龄，瞧着倒还算年轻的。身为阁老，在一众大臣都殉身殒命时归降了。心态是真的好，能不年轻嘛。

倘若叶渠不能将《论月》还给贵人，没准儿那贵人会要了他的命。卿如是铺开纸，开始默背第二篇文章。

她一坐便是一个时辰，皎皎前脚端了莲子羹进屋来，卿母后脚也踏进了屋。

卿如是瞟了一眼，赶忙拿书压住纸面，问道："娘，这么晚了，有什么事吗？"

"倒也没什么……"卿母一面说，一面狐疑地道，"月世子的近侍斟隐方至府上，说是世子有重要的事情要同你说，特意交代他传话。我瞧他身后跟着两名小厮，手里都拎着礼。你们……"

"？？？"卿如是眨了眨眼，生怕她说一句私订终身出来，赶忙澄清，"我们清白着呢。斟隐在何处？我且去瞧瞧。"

她和皎皎同去，卿母不便旁听，只好等在房中。

庭中，斟隐双手环胸抱着剑，听见脚步声，抬眸看她，冷脸道："卿姑娘与我家世子相看一遭，虽未成其好，但世子向来礼数周到，随礼不曾少。"

卿如是笑道："身为剑客，说话倒是文绉绉的，你家世子教你的？"

"不要企图与我拉近关系。"斟隐皱着眉，侧眸看了眼身后二人，"这是世子给卿姑娘的随礼。"

卿如是挑眉，瞅着那厚重的礼，语调轻快："倘若我记得没错，上回他已随过礼了。"

皎皎也附和地点头："是颗顶好看的夜明珠。奴婢记得的。"

"正是那颗夜明珠。"斟隐别扭地转过脸，"劳烦卿姑娘还回来。"

卿如是："？？？"前世相隔太久，朝代果真变了，如今随出去的礼，竟还能收回去。

"那颗珠子，现下我家世子有急用。"斟隐沉声道，"卿姑娘若是归还，世子必有重谢。"

重谢不重谢的倒是无所谓，卿如是本就不在意月陇西给的随礼。她示意皎皎去库房拿来，而后对斟隐道："珠子可以给你，重谢就不必了。"

斟隐轻舒一口气，灯光下紧绷的面色这才柔和了些。

皎皎捧着盒子跑来，卿如是连盒子及小钥匙一道接过手，说："你先瞧瞧是不是这一颗，省得带回去了发现不是，说我在耍你。"

她边说边开锁，随着盒盖揭开，幽光从狭缝中透出来。

那光亮引得卿如是也伸头探看过去：莹润生泽，明明清辉。这颗夜明珠是……

是她的！

卿如是双眸微睁，一时间愣怔出神。百年前，她出嫁时将母亲送她的这颗珠子转赠给了那位少女，如今怎么会从月府到她自己的手里？

余光留意到斟隐伸过来的手，卿如是下意识猛合上盖，"砰"的一声，斟隐缩手倒嘶："你……"

卿如是将盒子背在身后，道："这颗珠子，我不能给你。你请回吧。"

实在难以置信，斟隐瞪大双眼，急声问："你为何出尔反尔？！"

卿如是没搭理他。

斟隐压下心火。"世子说了，卿姑娘若是不肯归还，便请于明日巳时于照渠楼一见。世子会亲自与你交涉此事。"语毕，他恍然，冷笑道，"原来你方才是料到了这般结果。小小年纪好重的心计！"

卿如是轻叹："小小年纪，多读些有用的书吧。"

至此，两人初次交涉失败。

卿如是没了继续默写的心思，惦念着夜明珠在这百年中的辗转，以及那少女的下场。难道少女当年死在了月家人手里？那么如今这夜明珠又起了什么作用，为何月陇西要换回它呢？

不得而知，卿如是一整夜辗转反侧，鸡鸣时便起了床。

她骑马行至照渠楼，距离巳时还有一个时辰。

座中寥寥几人，半刻钟过去，竟也无人招呼。她只好自己去戏台后面唤小厮来，帘子刚撩起，一人迎面走出来，看见她，反倒先怔了怔。

背着光，卿如是瞧不清来人模样。"小厮吗？来得正好，我饿了。"

她走回客座，指尖轻敲木桌。

那人微俯身，翻出杯盏给她倒茶，淡声问："那么，卿姑娘想吃些什么？"递茶的手修长白皙，指如削葱根，呈现一种剔透的玉色。

声音有些许耳熟，卿如是倏地抬眸。

月白长衫，纹翠鸟，绣芦苇。他长眉如画，凤眼微睁，顾盼间落落清辉，鼻梁窄挺，薄唇浅淡似染了枫红的月牙儿。青丝柔软披散在肩侧，用一截竹枝微绾。所谓秋水为神玉为骨，大抵便是这般精致又剔透的模样。

"卿姑娘？卿姑娘？"他的声音清细明润，极有耐心地重复，"你想吃什么？"

卿如是指着他，吃惊地说："萧……萧殷？？"

萧殷颔首，将茶杯放在桌上，语调平淡："卿姑娘，我不能吃。除了我，还想吃些什么？"

他不能吃。这人，这回答，忒一板一眼。

卿如是错愕一瞬，随即敛起神色，点了一碟桂花糕，待他吩咐完厨房回来，便邀他一同坐下："听说你被西爷拎去协助查案了，昨夜可有去茶坊回溯案情？对了，你今日为何不上妆，没排你的戏吗？"

萧殷摇头，并未落座，只恭顺地回答道："没有。世子吩咐今日随他去茶坊查案，所以晨起后，我没有梳妆，只在这里候着。"语毕时，他轻瞥过她抖得颇有节奏的腿，欲言又止。

一个俊挺的男子，对着她这位跷起二郎腿活脱脱二世祖坐相的姑娘说"梳妆"。且看他方才欲言又止，怕是看不惯她这般，卿如是捋了捋衣角，腿也不抖了，顷刻间摆出大家闺秀的坐姿来。

萧殷的目光拂过她的腿，风轻云淡道："无碍。"

卿如是一怔。

萧殷抬手做出请便的手势："无碍，你可以抖。我还行。"

你还行？？卿如是笑出了声。

萧殷其人，言行果然滴水不漏。"你可以抖"是什么鬼话，这他都能说得出来。

卿如是一时不知如何接话茬，尝试着抖了两下，没找着节奏和感觉，于是又停了，她道："你平日里跟人说话都是这么有趣的？"

"我有趣？"萧殷的面色终于出现了别样的表情，他讶异了，不过只有那一瞬，即刻便收回，"我这人很无聊的。"

"你把自己的语气、神态都管理得十分到位，说话几乎没有波澜，表情也吝啬给出。过于正经，反倒显得可爱。"卿如是的手指点在杯沿上，随口道，"不过，这些若都是伪饰，就有些可怕了。"

萧殷不予置评，颔首施礼："卿姑娘稍坐，我去看看糕点好了没有。"

天光乍泄，外间忽然明媚起来。卿如是听见了极轻的脚步声，察觉有练家子在靠近她，没顾得上回答萧殷，她猛地拍桌起身一记甩腿。

那一脚横踢分明力道十足，如今却像是花拳绣腿般被来人轻巧握住。

"卿姑娘竟还会些拳脚……你们会武的女子，都喜欢来这招吗？"来人用两根指头捏着她的足踝，似是好奇，又似是在寻究些什么，凝视着她，一时竟陷入了沉思。

万万没有想到，这练家子竟会是月陇西。卿如是脸皮厚，当即叱他："你还不放开？光天化日之下……"

"失礼。"未等她说完，月陇西便松开了手，递出一方锦帕给她，"无意冒犯。"

卿如是本以为他掏出锦帕是想要擦拭他自己的手，没承想递给了她，示意她自己擦拭足踝。可算是极有风度的了，不像是月家能教出来的人。

以前她坐在院子里晒太阳看书的时候，月一鸣总有意无意地绕在她旁边，翻翻她的书，动动她的笔。她忍无可忍，起身反踢，他也不躲，就那么顺势躺地上，抱着肩膀翻来覆去打滚，叫唤连天。

真要把他给踢成重伤了秦卿也没法儿交代，当即急道："你怎么不躲啊？"

谁知月一鸣被她一扶便立即钩住了她的脖子，一脸虚弱地倚在她怀里撒娇："我是文臣，又不是武将，你功夫这么好，我哪里躲得开？"

经历过头次，后几回秦卿再也不敢真踢，只抬腿吓唬吓唬他，警告他离自己远些。

谁知腿刚抬起来，他又捂着肩膀开始叫唤。

秦卿转身整理书，准备回屋，说："别装，我还没踢到你。"

"脚风，内伤。"他没事人似的坐在地上，撑着下颔，勾起嘴角同她笑，"啊，我死了我死了，皇帝怎么会赐我一个心肠这么歹毒、长得又这么好看、功夫还这么厉害的女人，暗算我，要我的心，又要我的命。幸亏我有心上人，才没被你勾了魂。"

"有毛病。"秦卿绕过他撑在地上的那只手，往屋子里走。

忽觉头发被人轻拽了下，她没憋住火，下意识反踢过去。这回月一鸣径直握住了她的脚踝，然后对她道："我生辰那日，你耍的鞭子倒是好看，入府之后也没见着你再耍。日日房中看书不觉得闷吗？"

"你的房间我不都给你收拾干净了吗？折子也给你誊完了！事做完了我才看书的，那是我自己的时间。先放开我！"她的足踝就在他颈边，腿抬得极高。

"我的意思是说，"月一鸣抿唇轻笑，"你须得好好锻炼锻炼身体了，每日动也不动身子多难受。跟我走几圈。"

于是，他拉住她的脚踝，开始往后倒退。

秦卿："？？？"

月一鸣笑得异常流氓："秦卿，跳起来。"

秦卿："月一鸣你有毛病吗？！我警告你，放下我的腿！"

剩下的半个时辰里，月一鸣就那么从容地握住她的脚踝，牵引她绕着院子像被遛狗似的跳了整整三圈。

她一边跳，一边听他谈笑风生："裙下的长裤我都瞧见了。这套亵衣好像是你进门时我送你的，今年新进贡的丝绸所制，穿着可舒服？我还给你留了三个颜色，粉的、月白的、淡紫的，遛完弯儿我遣人给你送来。你看看颜色喜不喜欢。"

"月一鸣！你放开我！！"秦卿满脸窘迫，两颊红得似要滴血。

"你这脚腕摸着有些干燥啊。上回吩咐小厮给你送的羊奶呢？沐浴的时候得要倒进浴桶里的，你不会拿去喝了吧？你要喝的话也可以，要多少有多少。不过女子还是应该注重呵护自己的皮肤。这样吧，我把我的腰牌给你，以后你缺什么，直接问每月采买的嬷嬷要。"

秦卿哪有心思回答他的问题，抓狂道："月一鸣我跳累了！放下我！"

"这还一圈都不到呢，你在我生辰宴上耍鞭子那会儿，可是整整跳了小半个时辰，花鼓都被你打了个稀巴烂。看来是我把你的身子给养了。"

月一鸣气定神闲地聊："对了，我的私印你放在何处了？军饷批审需要我盖章，一会儿你拿给我用一下，然后你接着帮我保管。"

"你不说只是个不打紧的破印才交给我管的吗？那破印还管军饷？"秦卿总算抓到了重点，"这么重要的东西你自己放好，我不给你保管了！省得我弄丢了，你借机抄我全家怎么办？"

月一鸣忽笑，道："你脑子里想的都是些什么阴谋诡计？幸好相爷是我不是你，我们身份若是调个个儿，我真怕你故意偷了存放在我这里的印章，然后抄了我的全家。你放心，我是文臣，手段软和，一般不抄人家。"

可后来她才晓得，手段软和的相爷在朝廷上出了名的心狠手辣，实则是温润端方的"活阎王"。

他倒退的步子加快了些，一边退，一边有一搭没一搭地寻她聊天，后来她注意力被他臊皮的话分散，倒也跳得没那么累了。

他说的是："我们洞房那晚，我让你取悦我，你说你不会，我便教了你几句，你还记得吗？"

"你有必要现在说这些吗？放开我！月一鸣！"

月一鸣低笑："你现在说了，我心情愉悦了便会放开你呀。"

她权衡利弊之后，见四下无人，便咬着唇屈辱地说了。

刚说完，正夫人不晓得是从哪儿窜出来的，月一鸣见到她后，松开秦卿的腿，敛起笑意朝她走去，询问何事。那纨绔做派统统不见踪影，甚至比平日里还要谦和有礼。

夫人亦是识礼，头也不曾抬地回道："相爷让准备的东西都齐整了，只是不知道秦姑娘喜欢什么样式和颜色，特意来问问。打扰到相爷和姑娘了。"

原是月一鸣给她们二人置办了新衣裳，顺带打了套首饰。夫人与她进屋后才浅笑起来，问："方才，你在庭院中，说的是什么话？"

"啊，你、你听着了？"秦卿尴尬地咳了声，脸腾得通红，"就……相爷教的……你不应该也听过吗？平日里瞧着还算人模人样的，睡起觉来就骚话连篇了。对了，多亏你上回给我送药，不然我……"

夫人颔首笑说："秦卿，我没用过那药的，不是我的药。而且，我从来不知道相爷这人原来情欲旺盛，更不会知道他……粗鄙之语连篇。"

秦卿点头，一边挑选花样，一边随口回她："看得出来，他对你很温柔，你们相敬如宾才会这般。夫妻和睦是好事。"

夫人兀自摇头："有些事，相爷不要我说，我想暗示你，你又听不明白。"

"我明白，我知道你们夫妻和睦是假意，做给外人看的。"秦卿道，"但相爷对你温柔体贴也不假，你看你就不需用那种药。"

夫人失笑道："我不需要是因为……罢了。你无忧无虑，还有人每日陪着你玩，挺好的。有时候觉得你聪颖通透，有时候又觉得，你大概是书看太多，读傻了。"

秦卿亦失笑，又嘲道："他叫我在庭院里说那种没皮没脸的话，算是陪我玩？算了吧，他很烦的。"

那几句话卿如是而今想起来还觉得脸热，讪讪地在桌边坐下，用锦帕擦自己的脚踝。经此对比，月陇西这人当真有风度，当得起"君魁"二字。

她用过那锦帕，也不好意思直接还给人家，便道："我拿回去让我家丫鬟洗干净了再还给你。"

"不必，我不习惯锦帕离身。况且这是贴身之物，姑娘若拿了回去，有损闺名。"月陇西想得十分周到。

此时两人已在一桌坐下。他又淡然开口："卿姑娘放心，今日我约你见面，是带了斟隐和小厮来的，他们在外边候着，不会放人进来。届时你我清白，旁人也不会误会。"

他说话慢条斯理，语调温和，不疏离，也没有逾越。

卿如是有种诡异的感觉，自己竟不大习惯月家人说话的风格是这般正经的模样。

"那么，我便开门见山地问问卿姑娘，要如何才能将夜明珠归还于我？"

条件你可以随便开。"月陇西的声音微沉，听得出来，此事于他来讲，甚是严肃。

"你先告诉我三件事，我衡量后再告诉你我的决定。"卿如是同样正经起来，伸出一根手指，"一、这颗夜明珠是如何到你们月府里的？"

月陇西没有犹豫："月家跟随陛下建朝有功，于是陛下便把在女帝皇宫中获得的一些珍宝赏赐给了月家。我无意挑到了这颗珠子。"

"女帝皇宫里来的？！"卿如是震惊地倒吸了一口气，蹙眉追问，"那这珠子又为何会入了皇宫？"

"这是第二个问题吗？"月陇西诚恳道，"我不知道。皇宫珍宝无数，要知道这一颗珠子的来处，怕是有些刁难人。"

卿如是一噎，伸出第二根手指，随意道："方才那个问题不作数。二、你为何要将这颗夜明珠拿回去，所为何事？"

她这无赖耍得光明正大，有些霸道不讲理的样子，月陇西怔了怔，竟轻笑了下，他斟酌须臾，道："我要拿去送给一位朋友，他在找这颗珠子。"

卿如是忙问："是谁？为什么要找这颗珠子？"

月陇西挑眉："你这可是两个问题。"

卿如是思忖了下，狐疑道："现在珠子在我手里，我多问一个问题不可以吗？"

"卿姑娘的脑子转得挺快的。"月陇西回道，"我不太清楚他为何要找这颗珠子。但我答应帮他了，人不可言而无信。至于是谁，不能告诉你。作为补偿，方才那个问题，我可以为你推测出相近的答案。

"在夜明珠上镶嵌蝙蝠纹是百年之前惠帝时期，因一篇名为《璎珞赋》的文章才兴起的。而后来女帝时期，民间已不兴在夜明珠上镶嵌花纹。也就是说，这颗珠子极大可能是惠帝时期打造。

"我赠你之前也看过这颗珠子，上面的磨损痕迹让我觉得，差不多是经历百年之物了。所以打造时间大致吻合。

"史书上说，有次惠帝发现民间有人书写大量文章暗嘲他的统治就像圆润的珠子，将自己禁锢在永远不会扩张的空间里，御外没有棱角，治内太过狭隘，甚至冰冷易碎。

"惠帝听后震怒，下令非必需之物，皇宫不允许出现圆珠样式的东西。所以，这颗珠子那时候绝不在皇宫。直到惠帝被推翻，女帝上位，皇宫才被允许出现珠子。

"这颗夜明珠的确值些钱，但绝对没有进贡的价值，也没有哪个下臣会拿这样一颗珠子赠给女帝讨得欢心。既然不是女帝登基后在朝所得，那最大的两个可能：一、女帝登基后微服私访，或者出游，无意在民间所得；二、女帝登基之前得到，然后自己带进皇宫。"

卿如是晃了晃神。他已经把她心中所有不确定的因素排除尽了，概率大的可能的确只有这两个。直觉来说，她更相信是后一个可能。

大女帝听闻秦卿的事迹后，赐她"明珠夫人"的称号，意为遗世明珠。

倘若真是这样……她忽然有个十分荒谬的念头。

"画像……画像……如今可还存有大女帝的画像？"

月陇西探究似的看着她，须臾后轻点头说："如果你需要，斟隐即刻便可以拿来。但在此之前，希望卿姑娘先将夜明珠的事情做个决定。"

给，还是不给？

这颗夜明珠放在百年前，算是嫁妆；放到现在，就没什么意义了。百年前她能为了救人而送出去，如今也没有非留不可的理由。

只要她确定了那少女的命运。

卿如是道："不行，我要先看到画像，才能做决定。"

月陇西没有与她争辩，抬手唤来斟隐吩咐下去。

两人坐在桌边等候，卿如是瞥见月陇西轻敲在桌沿上的左手，已连续敲击了十下，她忍了忍，仍是没忍住，问道："你遇到什么难题了？"

月陇西涣散的目光逐渐聚合，落在她脸上，挑眉反问："嗯？"

卿如是伸出食指，又用下巴指了指他的指头："以前我认识一个人，但凡遇到难题，也喜欢这么敲桌子，别的地方不敲，只敲桌沿这根线。那个人，不常那么安静，所以我才留意到这个细节。当然了，有这个习惯的人很多，我爹也这样，平日里不安静，一旦安静敲桌子，就是在想难题。"

她说的自然是现在这个爹。这位爹有些时候十分啰唆，卿如是发现他这个和月一鸣相同的特点时甚是惊奇。

月陇西的指尖微蜷缩收回，礼貌地淡笑道："我的确是在想难题。不过，我一直都这么安静。"

没毛病，月陇西和月一鸣天差地别。

"你在想什么？"卿如是微蹙眉，"沈庭的案子？"

月陇西摇头，看向她："我在想，你为什么这么在意我家的东西。又为什么会想看女帝的画像。但我猜你不会告诉我，所以我只好自己想。"

卿如是得意地笑道："你想不明白的。不如就当作是我为了接近你，故意为之。"

月陇西随意道:"我不是斟隐,我自小看的都是正经书。"

语毕时,斟隐恰巧从外间进来,呈上画像,禀道:"世子爷,属下在最近的书斋里买来的。"

卿如是迫切地伸手要拿,被斟隐哼声避开。她抓了个空,正打算说他两句,月陇西已拿起画,展开了。

画上女子眉目如初,经年不变。然而神采奕奕,已不是旧时落魄模样。

这个女子,当初被富家子弟踩在脚下沿街痛打,因为一颗在黑夜中绽放希望之光的明珠而活了下去。她推翻惠帝的统治,她冠冕称王,她颠覆了男尊女卑的传统,她教天下女子知道男子能做的事女子也能做,她让今日思想言行混乱却又自由的晟朝诞生。

这一切仅仅只是因为,她当初因为秦卿而活了下去。

崇文死前曾说"珍宝易得,机缘难求"。他被千刀万剐是机缘,只是彼时还没牵动缘法过后的那根线罢了。

狱中阴冷,崇文就坐在那铺了枯草的湿地砖上,一句句地教她。

"秦卿,你总说我们是败中来败中去,反反复复做了那么多,屁用没有。

"我死前也没别的可以教你了,唯有一点你须得记住:明日我赴刑场,是要被载入史册的,如今天不容我,百年之后,天就愿意容我了。

"我相信,千刀万剐是我的机缘,我们想要的一切都在向好的方向走,只是而今我们瞧不见,以为做了那么多,总是失败的。这个朝代的确失败,可穷途末路,亦是方兴未艾。

"你要活着,无论富贵或苟且。也不用活太久,累了就休息。我的书,就托付给你了。我隐约觉得,惠帝的气数该尽了。有些东西在发生变化,你知道吗?这里面,也有我们的一份力。

"对了,还有一点可教的,女孩子家家的,不要说脏话。什么'反反复复做了那么多,屁用没有',应该说:反反复复做了那么多,暂时不大有用,还搭上了性命。以后就知道值不值了。"

值了。如你所说,百年之后,天就容我们了。

这么多年,崇文做的一切并不是没有用。崇文,遗作,认为值当就牺牲,为机缘牵绳引线。

这么多年,她做的一切也不是没有用。少女,夜明珠,还有希望就活着,无论富贵或苟且。

卿如是合上画卷,须臾,平复心神后道:"明日我会让小厮将夜明珠送到月府。"

"多谢姑娘。"月陇西余光瞥见端着糕点顺道走来的萧殷,"既然如此,姑娘请自便。我还有案子要查,失陪。"

"等一下!"卿如是忙拦下他,"沈庭案?"

月陇西点头,顿了顿,他音色平淡,甚至有些冷漠:"我大概猜到你要说什么了。"

"你方才不是说条件可以随意开吗?我觉得,就让你回答问题买幅画太便宜你。沈庭案,我要第一时间跟进,直到案子告破。否则,那珠子我有权不还。"

三人同行,萧殷不敢逾越,直言跟随马车走路即可。卿如是倒是不客气,上了马车,转过头对萧殷道:"要么你就和斟隐一般去骑马,要么你就上来坐在外边。走路太慢,西爷很赶时间的。"

月陇西也对他点头,萧殷权衡后上了马车,与马夫同坐。

出城后的景致不错,然而卿如是没有太多闲情观赏。她写给倚寒的信中提到了三处疑点,至今她一处也没想明白。倘若解开这三问,案情必定大有进展。

思忖片刻,卿如是打破静谧:"西爷可知,第一个发现茶坊里有人的猎户为何会经过那里?"

"山中猎户有时要进城赶集,若走小路,便会途经那处。"似是知道她接下来会问什么,月陇西补充,"茶坊门上有大片红色,极为引人注目,猎户发现后走近查看,注意到了门锁,才敲门询问。"

红色。倘若这片红色是门上早就有的,山中猎户又常进城赶集路过茶坊,那么看见红色必然不足为奇。难道是凶手为了吸引猎户,故意泼上去的。

"那红色的确是血,但只是鸡血罢了。我猜测是为了吸引猎户的注意,让他发现茶坊的异样。"月陇西笃定道,"凶手清楚山中人的习性,譬如日日有人下山采买、走小路会经过茶坊。"

两人不再搭话,约莫过去三刻钟,外边传来几人说话的声音,间或有烧柴的噼啪声,马车停下了。

"西爷,到了。"有官差来撩帘子,眸中流露出年轻人的兴奋,"这附近有走地鸡,这不,等您等得饿了,抓了几只来吃。也没加别的东西,埋土里烧出来的。给您留了两只,还有些米饭,您要不嫌弃的话……"

月陇西嫌不嫌弃不知道,卿如是倒是不嫌弃,满脸期待地等着月陇西说话。似是注意到卿如是的目光,他道:"这是左都御史家的小姐,热一热,一会儿拿来也给她尝尝吧。"

官差麻溜去了，卿如是跳下马车，跟着月陇西往茶坊那处走去，随口道："既然有米饭，那可以做成糯米鸡啊！"

月陇西的身形微顿，不知想起什么，卿如是从他身旁绕过，即刻他又跟了上来。萧殷已站在门口等候。

如月陇西所言，门上有大片血迹，如今颜色已有些暗沉，但仍然和老旧的木门形成鲜明对比。

屋内昏暗，一旦关上房门，即使是白日，也同样伸手不见五指。有官差拿着火把站在四角，几处放置了蜡烛，才得以看清房中布置。

门正对面有一个生灰的半人高的茶柜，柜门上有不少踢蹬的痕迹。

想必是沈庭被凶手袭击时挣扎留下。

卿如是伸手打开柜子。官兵一早就将麻绳拿了出来，柜子里十分干净，没有一点儿灰尘。她拿过官差手中的灯笼，拎起麻绳仔细观察，绳子上面有明显磨蹭过污渍的痕迹。

"我们在沈庭的身上找到了被绑过的痕迹，这麻绳是拿来绑他的。"月陇西道。

卿如是点头。明明已经用药把他迷晕了，还多此一举绑起来，可见凶手一开始并不打算杀他。

为方便观察，卿如是将绳子绕在掌心，一路往门口带。

"别跑！鬼鬼祟祟地在做什么？！"

有官差呵斥，卿如是听见声音后当即冲出茶坊，果然瞧见一抹灰色的人影在树丛中一晃而过。她果断抡起绳子往树丛里抽，噼啪两道长音破空，就有人吱喝着爬了出来。

官差冲上去将那人按下，转身问："姑娘没事吧？"

卿如是摇头道："他不会武功。我也没打到他身上，他听见声音吓着了才出来的。"

"卿姑娘，这麻绳和案件有关，岂容你这般当鞭子耍？"斟隐有些生气，随即伸手，"不会耍鞭子就胡打一气，哼。"

"她会，且手法熟练。"月陇西的声音微沉，从她身后幽幽传来，好一会儿才听他狐疑地问了下一句，音色微哑，"卿姑娘……你为什么会耍鞭子？"

"自小学的，会耍鞭子很奇怪吗？又不是什么稀罕的玩意儿。"卿如是挑眉，"扈沽城里，多的是人会耍，怎么了？"

她神情自然，并未意识到有何不妥。月陇西凝视了她须臾，从眸中微明至平淡无波，似一豆烛火被人轻捻掐灭，他移开视线，道："无事，我想太多了。"

一旁，斟隐在被制伏那人面前蹲下，审问："说！你是谁？为什么会出现在这里？"

那人穿着普通粗布麻衫，双手被反剪在背后，头埋得很低，听到问话才窘迫地抬起头来，嗫嚅道："各位爷明察，小的是前面村子里的，家养的鸡逃窝了出来找，谁知道鸡没找着，倒是闻着一阵香……"

官差辖制他的力道渐松，清了清嗓子："……我们打来的鸡是你家养的？"

"是啊！"那人神情颇为激动，生怕他们不信，用下巴往前头指，"我家就在那头，不信的话我带你们去看！"

几名官差面面相觑，颇为尴尬。

"行了。"月陇西示意，"先把人松开。斟隐，拿些银子给他。"

那人颓丧的面容立时有了神采，拼命点头："多谢，多谢这位爷！"

卿如是却按住了那人的肩膀："你先等等。"她蹲下来，盯住他的眼睛，"我问你，你们村子的人，知道这个茶坊吗？"

能得银子，不赔反赚，那人打起精神，殷勤地回道："有些知道，有些不知道，我们平常进城不经过这头，但这里说远也不太远，找一找还是寻得见地方。"

"那你知道有扈沽城的人死在这里了吗？"卿如是用拇指向后指了指茶坊。

"扈沽都传遍了，是沈府的公子嘛。"那人皱起眉，"也不知怎么就死了，前段时间还寻人来村里问过这间茶坊有没有主，像是想买下来翻新。"

卿如是追问："多久前？"

那人肯定地道："就他失踪前一天，我记得清清楚楚。因为那之后我们村还议论呢。"

"他问的是谁？"卿如是问。

那人想了会儿，说道："问了里长，也问了些村里住户。"

"他找人来探问的结果如何？"问询间，卿如是已唤了官差进行笔录。

"这我们就不知道了。他是富家公子，要买一个废旧茶坊，丁点儿大的事。何况这茶坊也不大，屋子就这么两间，又不会有谁跟他抢。"

他说得在理，这间茶坊荒废许久，应当是没有主人的。

可问题就在于这个时间点的巧合，沈庭寻人来探问之后的第二天便失踪了。

他探问了谁，这个人又告诉了他些什么呢？

"沈庭死的那晚，你们真的没有一个人听见茶坊里的呼救声？"卿如是又问。

那人回忆道："呼救声是真没有。我家就住在咱们村子边上，算是离茶坊最近的。我家要是听不见，别家就更听不见了。"

卿如是转头问月陇西："世子，可否借几个官差来用一用？"

月陇西见她方才询问思路清晰，不像是来捣乱胡来的，便点了点头。

卿如是吩咐完几个官差后，便将那人给放了，官差随着那人一道回村。

"你看出什么来了？"几人走后，月陇西探究的目光盯着她。

卿如是摇头道："没看出来。不过，世子应当寻人去村里调查一番那些被沈庭的家仆探问过的人，看看能不能查出什么。"从前她办案讲究快准狠，发现什么定是要一股脑说出来的，后来敛了脾性，倒也没那么争强好胜，晓得谨言慎行了。

月陇西凝视她片刻，默默挪开视线："嗯。走吧，先吃些东西。"

为方便办案，茶坊外一早置了简单的桌椅。

两人坐下后，官差从松散的土壤里刨出来两只焖酥了的鸡，把其中一只递到卿如是面前，连带着碗筷，笑道："姑娘说的糯米鸡，我们粗爷们儿不会弄，这地里焖烤出来的，还能尝尝。"

"我随口一说，不挑嘴的，有的吃就不错了。"卿如是赶忙接过。

她方才不过是忽然想起从前的一些事，馋嘴了随便一提罢了。

那时候她才进月府，什么规矩都不懂，总往外头跑。月家长老正巧在相府做客，知道了这事，直接越过月一鸣禁了她的足，为期半月。

月一鸣和她洞房那晚，是她被禁足的第二日，说是看她在家闲着委实无聊，于是给她找点儿乐子。耍流氓就耍流氓，说得清新脱俗。

诚然，秦卿没反抗，也没本事反抗。一宿磋磨，次日醒来已是晌午，月一鸣还搂着她。

她迷迷糊糊地抬眸，入目是月一鸣清晰的下颌线和微微滑动的喉结，顿了顿，她大惊失色道："你没去上朝？！"

月一鸣低头瞧她，问道："昨晚，感觉还可以吗？"

秦卿无视他没羞没臊的话，抱着被子坐起来，严肃道："你真没去上朝？"

他也坐起来，坚持问："我昨晚表现得怎么样？感觉还可以吗？"

秦卿盯着他，无奈"嗯"了一声，接着问："你为什么不去？"

"你不问问我感觉怎么样？"月一鸣忽地眉眼染上笑意，没等她回答，"我知道你问不出口。我告诉你，我感觉十分不错，但累得要命。所以，这个朝我本是不想上的,最后还是去了。现在朝会结束,我才回来接着陪你睡。"

秦卿冷笑,他昨晚精力旺盛的模样根本不像累得要命,究竟谁在要谁的命,他自己心里有数。没管他,秦卿开始穿衣。

"你不想听听我为什么后来又去了吗?"月一鸣挑眉。

秦卿系好亵衣绳结,敷衍回道:"不想听。"

然而这种敷衍并没有起到阻止他的作用。月一鸣道:"我语言都组织好了,求求你让我说吧。"

秦卿停下来,冷冷看着他。

他道:"昨晚你在我身下哭着睡过去了,迷糊间说想吃糯米鸡。我不知道你是个什么心态,办这事的时候想吃鸡。我下体一凉,有点儿害怕。于是今日专程起早去给你买来,顺便就上了个朝。"

秦卿没听懂他的玩笑,只问道:"那糯米鸡呢?"

"回来时我尝了一口,觉得味道不错,越尝越不错。"月一鸣顿了顿,斜眼睨着她,唇畔噙笑,"正好我也有些饿,就想感觉下它究竟能有多不错。"

"你全吃完了?"说了半天,秦卿翻身找外衣,"那你还说什么。我起了。"

"欸,"月一鸣伸手拦住她,痞笑道,"我逗你的,带回来冷了,在厨房热着呢。不过味道确实不错,正好我闲着,所以打算今晚去店里吃一次。"

今晚?!今晚采沧畔有斗文会,崇文也会来,自打她奉旨为妾后就没联系上崇文了。秦卿正愁不知如何出府,当即道:"我跟你一起去,我也想吃。"

那晚她自己也不知道怎么把月一鸣给支开的,反正最后稀里糊涂支开了,没顾上太多,她溜去了采沧畔。

再回到府中时,才听说月一鸣还没有回来,没法子,她又折去店里找月一鸣。

那夜风声甚嚣,他就坐在店外小桌边,就着一盏昏黄的油灯,翻看需要他批阅的文书。身旁站着两名侍卫,轻声问他:"相爷,回去再看吧。反正您近日忙,又要熬一宿的,何必在这儿吹冷风呢?"

她走近,不知如何解释,却见他抬眸,看到她来,就笑道:"你跑得倒是比我快,我追都追不上。你看,人这么多,走丢了吧。你让我好等。"

她赶忙顺着他的话编下去:"人是有点儿多,我就没注意你。两日没出来玩,有点儿贪心了,便四处逛了逛。"

也正因为这茬儿,秦卿念着自己有些对不住他,所以后来月一鸣有那种需要的时候,她也没有拒绝。

思绪回转,转头时瞧见月陇西面前的鸡还完好无损,她问:"你不吃?"

月陇西涵养倒是好,嘴里有米饭时绝不说一个字,细嚼慢咽过后才解释道:"我从小到大最不喜欢吃的就是鸡肉,炖的还好,别的一律吃不进。你吃吧,我去别处。"

他碗里的白米饭还没吃完,这般急着走,实则是不想与她同待一桌用膳,免得遭人误会。可若方才那官差送饭来时他直接走,又会落她面子,让她被那群小卒说闲话。

这么多年了,月家还能教出个君子来,不容易。卿如是收回思绪,低头扒饭。

心里惦记着案情,她也没敢吃太久,囫囵用完,身旁有官差上来询问:"卿姑娘,西爷要喝茶,这张桌子我们先搬过去了?"

卿如是自然点头。

饭毕无事可做,她越过官差,朝茶坊的方向走去。

为了还原那晚情景,门已经重新装在了门框上。

她推开门时余光一瞥,不经意瞧见朝屋内那一边,门面上有许多孔。

"这是什么?"卿如是疑惑地皱起眉,未曾注意身后有人靠近。

"卿姑娘?"萧殷的声音,"世子说,猎户霍齐已经到了,现在要还原当晚的情形。所以,请你先出房间来。"

卿如是听见他的声音不觉一惊,转头看向他时倒被骇了一跳。他的眼神幽暗极了,在昏暗的茶坊中就像是一只被困在泥潭里的兽,说不清楚是在挣扎,还是在等人上当靠近时反捕。可看分明后,他眼中什么情绪也没有,平淡得仿佛永远置身事外。

收眼,卿如是与他一同走出茶坊,跟随在后的是房中把着火的官差。

月陇西见她出来,便放下茶盏,问道:"卿姑娘发现什么了吗?"

卿如是摇头,反问他:"他们被锁进去之后,我们能一起进去吗?方便观察。"

"可以。"月陇西越过她,示意斟隐指挥几人从当晚被约至茶坊开始重现。

萧殷扮的沈庭因茶坊地产相关事宜被约到茶坊,但发现外面没人,便走到茶坊中。

忽然被人从身后捂住口鼻迷晕,挣扎中踢踹了几脚茶柜,紧接着便失去了意识。凶手用绳子将他绑起来,扔在茶坊内等待着什么。

这时候某个关键契机出现,凶手解开捆绑住沈庭的绳子,将其杀害,并留下匕首，关上门制造密室，伪装成死者自尽。

但又因某种原因，将捆绑的绳子留下，还特意放在茶柜这种一眼看过去无法发现的地方。

次日，猎户霍齐被门上鸡血吸引推门，发现门被锁，于是拍门道："这门怎么锁了？有人在里面吗？"

门内无人应答，他使用斧头卸下了门，发现沈庭被害，于是报官。

整场案情重现完后，卿如是找到了一处更为细节的问题。

麻绳是凶手离开茶坊前留在柜中的……为什么要将麻绳留在这里呢？这个举动像是故意为之。

她暂且压下这处疑惑，抬眸问霍齐："方才见你拍门呼救和使用斧头，用的都是左手。你的惯用手是左手吗？"

霍齐一愣，说："是……是啊。"

月陇西接过话："沈庭的致命伤是从左上至右下斜刺入心口的。有理由怀疑凶手是左手行凶。"

霍齐一听，惊慌地跪了下来，辩白道："大人，小的真的没有杀他啊！小的在山中捕猎，周围山民都知道小的惯用左手……没准儿是有人有意嫁祸？小的若真杀他，何必用大家都知道的我的惯用手？稍微聪明些也晓得要换只手吧？"

"正是因为人人都像你说的那样想，才要反其道行之，也无甚不可。"月陇西道。

霍齐愈发惊慌，已然开始磕起了头。

卿如是不予置评，盯着空中一点，目光有些涣散。她隐约记得，自己在采沧畔初见倚寒时，他亦是用左手作画题字。那是他的惯用手吗？

"只是猜测有这个可能，没说就是你，急什么急！"身后记录的官兵皱眉说了霍齐一句，示意他站起来。

月陇西低头凝视卿如是，问："你走神在想什么？"

卿如是瞟过他，随意寻了个由头："我在想，凶手究竟是如何出门的。进来倒是不难，难的是出去之后把门闩落回去。我自己私下试过一些法子，都没办法成功。概因这门厚重、门缝窄，虽能用薄刀片从门缝穿过，将门闩挑起任其掉落，但出去之后，要利用薄刀片挑起门闩落回门卡中实在不易。"

说着，她就让身边的官差去找来薄至能插入门缝的硬片，稍长一些的、有把手的薄刀最好。

卿如是当着众人的面演示了一遍，并让几人轮流尝试，均以失败告终。而后她盯着门上的小孔，许久没有出声。

卿如是观察着萧殷的神色，笑道："萧殷，你可有察觉到什么不对的地方？"她忽然又将矛头指向了萧殷，众人随着她一道看过去。

被点名的萧殷稍沉吟了下，抬手指了指霍齐，却并未多言。

卿如是点头。这一点倒是与她想到一块去了。霍齐自己反倒有些不明所以，愣了一番，但周围的人都没有再多说什么，他也不敢开口询问。

月陇西亦是一副明白其中原委的神情。这细节不难，几人自成默契，打算将嫌犯收押起来再进行单独问话。

日头下去，嫌犯被押到一边，月陇西吩咐所有人各自休息，今日先告一段落。卿如是坐到桌边喝茶，月陇西跟了过去，坐到桌子另一边。

"门上有什么？"月陇西端起茶盏，抿了口茶，"案件重演之前，我站在不远处，看见你一直盯着木门看。"

卿如是并不打算刻意隐瞒，在月陇西面前站定，伸手比画了下，说："那扇门上，约莫在我脑袋这么高的位置，我看见了一个小孔。"

"孔？"月陇西回想了番，"我隐约记得，那扇门上似乎处处是大小参差不齐的孔。许是被虫蛀过。"

"不排除这个可能，但是正因为在这个高度刚好有一个孔，所以给我提供了一种思路，那就是……"卿如是兴奋地朝前走了两步，没踩稳，崴到了脚踝，与此同时，身体无法平衡，膝盖一弯，一边痛呼一边直跌坐了下去。

月陇西手中还有茶杯，尚未来得及放下，已将她接了个满怀。

有一人的心忽地急跳起来，自己也说不清是为何。那种久违的感觉，仿佛被人扼住了喉咙，瞬间窒息。

没有在他怀里停留，卿如是几乎是从他身上弹起来的，不慎撞落他手中的茶杯，茶水也洒到了她的裙角。

"抱歉！"月陇西从异样的情绪中抽离出来，递与她一张崭新的锦帕，道，"今日不如告一段落，我让侍卫先送你回去？"

他的意思是要她先回去更衣，卿如是正打算寻个静处捋捋思路，便同意了。

和她一道回程的还有萧殷。由于侍卫同行，外间已没他的位置，卿如是顺势邀他坐到车内来。他犹豫后向她致谢，然后坐到了角落里。

两人并不说话。

卿如是低垂着头把玩腰间玉佩，觑见萧殷的手指在摩挲着什么，她思考片刻，料想那是他案件重演时摸到的灰。

她摊开紧捏着锦帕的手，问道："需要吗？我方才拿来擦拭过裙上的茶水，不算太脏，总比满手都是灰要强得多。"

萧殷没有迟疑，径直摇头，说："不必了，多谢卿姑娘好意。"

"不勉强。"卿如是收回动作，目光仍在他的脸上游移。

车帘缝隙透进来的光打在他的额间，可以清晰看见他鬓边有一道浅色疤痕。

她道："听说一个月前沈庭找过你的麻烦，你还愿意来协助官差查找他的死因？"

那道疤痕应该就是他被沈庭用脚踩在地上蹍的时候留下来的。

他很自然地说道："如果我违抗命令不去协助，就会被官府找麻烦。更何况，沈庭这样的，不算坏人，他只是内心不够强大，才要用欺辱别人的方式伪装自己。"

卿如是迅速抓到了他话语中的关键点："所以，你与他恰巧相反，你内心太过强大，才会不在乎他对你的羞辱？"

萧殷一怔，沉默了。

"上回你说，沈庭会羞辱你是因为你在倒茶时不慎踩着他了。"卿如是一眼不眨地盯住他的双眸，"我很好奇，你这般言行挑不出任何差错的人，为什么会在大庭广众之下，踩到坐在座位上动也不动的沈庭？真的不是带有目的才蓄意挑事？"

萧殷缓缓对上她的视线，认真注视着她，说道："任何人都会有不小心的时候。既然是意外，又怎么说得清为何。"

他的声音不紧不慢，甚至有点儿温暾暾的，有些像上了年纪的小老太太在苦口婆心教导小辈。

卿如是一愣，忽地笑了，十分得意地道："你看，我说你这人内心太过强大，你还不承认？非得要我试探出证据来摆给你看。"

这回萧殷是真的愣住了，随即又反应过来，垂下眸，唇畔浮起一丝恍然的笑，片刻即逝，回道："卿姑娘，这不好玩。"

她觑他一眼，说道："寻常人在被逼问的情况下，会拼命否认，不管被冤枉与否，都会慌乱，至少也该有些急躁。但你太不同了，萧殷，你从里到外，简直挑不出毛病。"

须臾，萧殷才温暾道："我的里面，你又没有看过。"

顿了顿，他指着自己心口对她说："我这里有道伤疤，每次睡觉前或者洗澡时我都会用手抠一下，可能要算点儿毛病。"

"？？？"卿如是顿时拍腿狂笑，"萧殷，你哈哈哈哈……"

萧殷一时无措，不知道说什么好，只能认真地看着她。看了一会儿，见她还笑，只好生硬地解释道："也不是经常抠。"

卿如是笑得更厉害。

他淡然转向窗外，耳根悄红。

马车先驶过照渠楼，萧殷向她施礼辞别后，还悉心叮嘱了一番同路的侍卫，说近日照渠楼这一截路上地痞无赖横行，专挑富贵人家的马车撞上来，进而敲诈勒索。

"这是月家的马车，没有哪个不长眼的敢上来硬碰硬。"侍卫说道。

卿如是听在耳中，撩起帘子感激萧殷的提醒。

刚与萧殷分别，外边就下起了暴雨，卿如是预感不太好，忙让侍卫绕路走。

刚走出照渠楼这条街道，就听见一阵慌乱的脚步声与哄闹声，和着暴雨，卿如是不禁打了个寒战。

死人了。三个字，被人流来回传递，最后送进卿如是的耳中。

侍卫受命送卿如是回府，不敢多管闲事，避开人群一阵疾驰。

她平安到府后没多久，月陇西就差了小厮来询问有无受惊，想必是照渠楼那条街上死了人的事情已经传开。

随着小厮一起到来的消息是：死的人是个地痞混混儿，迎面去撞一辆马车，八成是想要敲诈马车主人。没想到雨天路滑，马儿又受了惊，马夫没能拉得住缰绳，当真撞了上去。

"若只是撞了马车，不至于死。"卿如是蹙眉。

小厮点头道："马夫说，那地痞被撞后还吆喝呢，但马夫控马不住，暴雨天他心急，越急越控不住，地痞愣是被受惊的马给踩死了。"

卿如是打发了他些银子，让他回月陇西说自己无碍，不再纠结此事。

卿如是离开的这段时间，皎皎帮她照顾着飞回的白鸽，倚寒的信也被压在了书桌上。

她沐浴换装后独自坐在房中，看着倚寒的来信，神情越来越惶惑。

信中开头还算正常，与她交流案件，并说明他也在家中模拟了许多不同的落回门闩的法子，已提供给官府，希望能帮助官府尽快破案。

官府见他可信，于是向他提供了今日所查得的线索。

紧接着，他就列举了他得到的线索：官差已找到了沈庭的家仆探问过的那些村民，逐一对他们进行了调查询问，暂时没有发现任何人有异常。反而那个叫霍齐的，惯用手是左手，歹徒行凶的手也是左手。

叙述完后，倚寒照例保留了他自己的见解，只问她的看法。

这些都好说，唯有他信中末尾这段，让卿如是很是摸不着头脑。

大致意思是说：近日我遇见了一人，有些像我认识的一位故人，却又不太像。应该是直觉吧，因为除了直觉外，没有别的任何证据可以证明那是我心中那个人。

…………

我明白有些奢望终究是奢望，或许正是执念太重，才会敏感多思。但我实在想知道，究竟是，或不是。不知青衫兄可否予以见解，指点一二？

卿如是费解地皱起眉头，思忖许久后实在不知如何回答，暂且搁置一边。她先提笔落字，对倚寒说起了自己对案件的看法：

沈庭究竟为何去往茶坊是破解"凶手是谁"的关键，凶手如何离开茶坊后闩门是破解"作案手法"的关键。

关于凶手是谁这一点，她无法确定，但霍齐无疑是嫌疑最大的。这个人大早上出门，偶然路过郊外，并非去砍柴，却背着斧头的人。

卿如是停笔。霍齐这点是他们今日在重演时她才想到的，其实原先在月陇西给她的案件叙述里她早就看到了霍齐用斧头卸下房门这件事，但一直忽略了。今日才觉得不对劲。

所以这一点，官府须得着重审问，了解清楚霍齐当日背着斧头究竟是为了做什么。她在这一句下面画了一条线，提醒倚寒报给官府。

一切疑点叙述完毕，她才反过来回答末尾的问题。

以她的性子来说，既然直觉都出来了，还有什么游移不定的，上去试探试探不就知道了？既然相互认识，那位故人再同他装作不熟，又能装得有多像呢？总会露出马脚的。

要她建议的话，不如试一试钓鱼的法子。有饵，就会有鱼。如果鱼没有上钩，那就多撒些饵，多试几回。

距离白鸽飞去已过足足一个时辰，卿如是仍然目不转睛地盯着门和门闩。

"姑娘，很晚了，你在想什么？"皎皎进来擦拭鸟笼，"站在门边不冷吗？不如钻进被窝里再想。"

卿如是缓缓摇头，默然片刻，忽然问道："咱们府里能找到粗一些的绣花针吗？或者比绣花针粗的小铁棍，拿几根来。"

皎皎想了想，点头道："应该是没问题的，我去找找。"

待她找来，卿如是随手拿了个重物，将粗针钉进门的左扇中约莫与她脑袋的高度齐平的位置。

紧接着，又走到门的左边，钉了两根粗针在落门闩的卡子左下方，打开门，抬起门闩棍，把门闩棍左边放在卡子上，门闩棍右边则放在与她脑袋差不多高的那根粗针上。

这样一来，门闩棍就成了斜放在门卡和粗针上。只要没有让棍子卡住右边，那么门自然可以朝内拉开。

她走出门，再将门关上，将薄刀穿进门缝，挑起上方落在粗针上的门闩棍，稍微向外移动一些距离，就能顺利越过粗针，准确落到右边的卡子上。

只要凶手第二天去将钉在门上的几根粗针悉数拔出，便不会有人怀疑。实则是再简单不过的方法。

可是这种方法，只有门上小孔，而找不到凶手用的粗针的话，是没有证据能证实的。

卿如是蹙起了眉，挑开门闩回到房中。她往书桌走去，提笔画了几个门框，又画上门闩，琢磨用这种方法落闩，其万无一失的可能性究竟有多大。

皎皎给她沏了茶来，瞄了一眼她画的东西。

"如果姑娘能分些心思在婚嫁之事上就更好了，到了年龄嫁不出去是很可怕的一件事。"皎皎摇头叹道，"姑娘，你画这些方框做什么？郡主的寿宴就快要到了，你画一幅郡主的画像，也比画方框好啊。"

"为了破案。"卿如是忽视掉婚嫁二字道，"这是沈庭死的茶坊。我大概明白凶手的作案手法了，不过，需要证据以及明天在茶坊的重复试验来验证我的猜测。"

皎皎惊呼一声："这么说姑娘你知道凶手是谁了？"

"不知道。"卿如是摇头，"除了这个手法，其余的我一概不知，甚至不敢确定，凶手是否真的是用这个手法。明日我不打算出府，有件事我得先办了。如果月陇西那边有什么新消息，你再告诉我。"

她要默《论月》，次日卯时便起身了，坐在书桌前一写就是两个时辰，再抬眸时，恍惚以为自己回到了前世还在月府的日子。

唯一不同的是，没有月一鸣的打扰。

这感觉很好。卿如是眉头舒展，舒服地长吁一口气。

"姑娘，姑娘！"皎皎猛推开窗，兴高采烈地唤她，"姑娘！斟隐大人上门来给你递帖子了！说西爷要请你看戏！"

卿如是："？？？"她的眉头皱了起来。月陇西，请她看戏？

皎皎趴在窗上喋喋不休，卿如是默默关上了窗，仍听得她的声音愈来愈近："姑娘！讲的是《野史》里记载的月相百年前和廊桥神女的那一出，这话本子还没被人编排过呢！可新鲜了！"

卿如是兴致缺缺："回了吧，今日不想出府。"

"可是斟隐大人已经驾着西爷的马车等在府外了呀！"皎皎兴奋道，"险些就让姑娘遂了愿，西爷真是周到，还好派了马车。"

"……"卿如是掂量着，贴身丫鬟迟是得换一个称心的。没法了，这几日须得跟着他查案，这厢若是再驳了他，届时两人见面抹不开面子。

照渠楼并不远，马车驶进那条街道时，她特意撩起帘子看了看，大街上整洁干净，昨日的暴雨冲刷了所有痕迹。

她忽然想起与萧殷分别时他的叮嘱，有些东西一闪而过，没来得及抓住。

"卿姑娘，到了。"

她的思路被彻底打断，不得不先应声下车，皎皎跟在后头拎着一盒精致的糕点。月陇西请她看戏，她若不想欠着他，就得礼尚往来。

前世那些人际往来，还都是月一鸣的夫人替她打点的。

她一门心思用在看书写字上，从来不关心这些，何况她一个妾，按理来说不会和外面的谁有交际。

可每回月府来了族里的人，月一鸣都让她也出堂去坐着，隔着屏风和一群女眷扎堆玩，什么串珠绣花打络子，她像是会玩那些的人吗？

回回她拒人于千里之外，夫人就为她圆场；谁若送了她礼，也是夫人帮她回赠；还有些女眷找她不自在，夫人便三言两语打发了。

她就负责坐在屏风后面发呆,偶尔听一耳朵前厅里男人们的对话,还会发现月一鸣往屏风这边瞄来的眼神。

　　既然怕她出差错,又何必叫她来坐着呢。

　　卿如是至今没有想明白。不过每回都跟着去坐坐也还是有好处的,交际应酬方面她跟着夫人学了不少。

第三章 廊桥情动

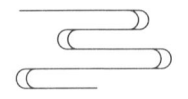

卿如是跨入照渠楼，一眼看见二楼雅座上的月陇西。唯他通身清贵公子的做派，容貌又极其出挑。他的指尖轻敲桌沿，抬眸看见她进来才停下。

"多谢卿姑娘赏脸赴约。"那四平八稳的马车月陇西权作不知道，径自与她客套着。他的嘴角噙着淡笑，不像是惯常敷衍人的那种。

卿如是示意皎皎，回道："我吩咐厨房做了些糕点，不算精致，但那师傅的手艺独特，扈沽再找不出第二人，世子当吃个新鲜吧。"

两人就座，戏台已布好多时。

先出场的是一名十三四岁的少女，独坐在廊桥上，捧着一本青皮书，读得投入时不禁念念有声。她不远处有几个小姑娘在嬉闹，年长些的小姑娘拿着毽子跑在前头，后面几个追着她。

卿如是微皱起眉，轻声问道："这怎么看都是些普通的姑娘，不是月相和神女吗？"

月陇西搁置了茶杯，思忖片刻后回她："是他心目中的神女。"

卿如是回头看了他一眼：还挺会替月一鸣说情话。

戏台上，一阵风扰了少女思绪，她抬眸的瞬间，几个小姑娘哄抢着毽子扎堆出现在她面前。

正在此时，月一鸣也走上了廊桥。

是萧殷扮的月一鸣。那种温润稳重的公子哥，萧殷演绎得淋漓尽致。

可是，卿如是认为，她认识月一鸣那会儿，他方拜相称臣，尚且是个风流纨绔，那他拜相之前就更不用说了，应该不会这般正经。在她看来，月一鸣该是挺贪玩的吧。

晃神的工夫，毽子被姑娘们抛到了月一鸣面前，他随手接住，抬眸见几个姑娘正羞怯地议论着他。他想通为何后认为不便过去，于是轻扬手将毽子抛回。

清风太妙，毽子被吹偏，趁势砸向少女。幸而少女机敏，反应极快地握住它，起身回头看见了月一鸣。

她以为这人偷袭她，眉尖微蹙，甩手抛起毽子，干净利落地一踢，青色的裙摆在她抬腿时扬起弧度，那个少女，明媚又张扬。

月一鸣愣个神的工夫，键子砸在了他的额上，回神后便瞧见少女挑衅的笑。她挑着眉，青皮书被她用指尖转得顶漂亮。

白皙的手腕，纤细的腰，青色的裙和书，还有溢出眉眸的心高气傲。

就那一眼，只需要那一眼。

他心动了，怦怦地在自己的胸腔里响，只有他自己听得到。他当时只有一个念头，很想很想，要她也听一听他的心跳。

清风还是清风，廊桥还是廊桥，唯有他一人变了。

来时，他是温润稳重的谦谦君子；去时，就成了情窦初开的少年郎。

这出戏没有一句戏词，节奏柔和，极简单的故事。在月陇西眼里，早不知是戏还是回忆，因为他那时的心动，至今犹在。

"卿姑娘，你觉得这出戏怎么样？"月陇西的指尖在桌沿轻敲。

"说实话，不怎么样。"卿如是喷叹着摇头，一顿，摊手道，"一句词都没有，我没看明白。"

斟隐皱起眉，不屑地嗤道："这么简单都看不明白。"

卿如是虚心地点头，说道："我就这么正儿八经一个人，平时不怎么看通俗话本，自然没你懂得多。"

月陇西稍侧首，瞥了斟隐一眼，又极有耐心地放下茶杯，问她："哪里不明白？"

"踢键子那里。"卿如是指着萧殷，狐疑地问，"月相是对那个用键子砸他的姑娘动情了？为什么？长得好看？"忒肤浅了吧。

"是，动情了。长得确实好看，但这世上好看的女子很多。"月陇西毫不犹豫，有些自嘲的意味，"唯独砸他的这个，由里到外，从头到脚，连头发丝都符合他的口味。这么说你清楚了吗？"

卿如是木讷地点点头。如果这是真的，那月一鸣混得也真够惨的，不知她死后他还有没有惦念着去找那位女子。真就那么藏了一辈子？

"这么说，《野史》写他心底藏了一辈子的那位女子，就是廊桥上砸他的这一个了？"卿如是撑着下颔，轻吁道，"或者都是杜撰，其实根本就没有这么一位女子。"

月陇西转头看向她，神情惶惑，继而有些匪夷所思，看了一会儿，才开口道："何以见得？"

"史册上说，他这辈子就只有一妻一妾，妻是月氏塞的，妾是惠帝塞的。先不管外间传他和正夫人伉俪情深是不是真的，假如他真有心上人，为什么不在秦卿死后盘算盘算把那女子娶回家？何必要等到女帝时期，让秦卿白占了这平妻的位置。"

月陇西没有接话。

两相沉默间,卿如是的目光又不经意落至戏台,台上少女见戏罢,正立在萧殷身旁随手转书。卿如是瞧得入神了,恍惚觉得少女的一颦一笑都有她当年的神采。

尤其是转书的习惯。

她从前看书写字嫌闷得慌,手上总要拿点东西把玩,所以养成转笔转书的习惯。光是转笔她就能转出七八种花样,不过时常一走神,笔和书统统从指尖飞出去。

有回月一鸣开门进来,笔正巧飞出去,一道墨迹就从他的额头拉到唇上。

他摸了摸脸上的墨汁,随即打趣道:"啧,秦姑娘,你这笔转得好厉害呀。"

"不……不才,我自己都吓一跳……"秦卿站起身,硬接下话。

他也不气,随意拿指尖抹了唇角的墨星子,捡起笔朝书桌后的她走来。

"算好了迎接我的?"他慢悠悠地转着笔,并不会玩她手上的把戏,却也不恼,专注凝视着指尖,嘴角还勾着笑。

"我不是故意的,谁晓得你刚好开门进来。"秦卿伸手要拿回笔,被他轻巧一抬避开了,"……我跟你道歉。"

"嗯?道歉就行了?"月一鸣俯身凑近她,毫不知羞耻地说道,"你瞧瞧我这张风华绝代的脸,被你划拉成什么小花猫的模样了?"

秦卿没憋住,笑喷了,喷他一脸唾沫,还是忍不住道:"你……用词能不能别这么傻。"

他也低笑了声,然后猝不及防地捏住她的下颌,提笔落下:"我要画回来。"话音未停已在她唇上扫了一笔,"哎呀,不小心画偏了。我帮你擦掉?"

秦卿皱起眉想要拒绝,被他的手按住唇封口了,她抬手推他没能推动,又被他用握笔的手按紧后颈。她只得咿咿唔唔地反抗。

秦卿:"唔唔唔(放开我)!"

月一鸣的手指在她唇上搓来揉去,笑意渐深,故作惊讶地看她,道:"你说什么?你喜欢我?可我已经有心上人了呀。"

秦卿:"唔唔???"

月一鸣在她唇畔俯过耳:"你说有心上人也没关系?你要和我一生一世?"他又站直身,笑得慵懒,"你这薄情的女人,来生不约一个吗?一生一世就够的话,还敢说喜欢我?"

秦卿："你无耻，我没说。唔唔唔唔？"

"我无耻？曲解你的意思？你没说不打算和我约来生？"月一鸣舔着唇角，忽地将鼻尖的墨汁蹭上她的脸颊，无奈地道，"那好吧，就这么说定了，我们来生也见。"

秦卿："月一鸣，我……唔唔……"

"好了好了，莫要闹啦，我在给你擦呢。"他指上力道轻了下来，声音具有安抚人心的力量，"嘘，别吵着枝头要春睡的麻雀了。"

拇指轻轻揉弄着她的唇，月一鸣忽然笑得死皮赖脸，道："秦卿，我忽然发现这样用手是擦不干净的。不好意思，让你受罪了。"

卿如是的目光聚合，想来想去他都太过顽劣，不像是深情的人。

月陇西的声音从身旁传来："卿姑娘，你在想什么？"

"世子唤你好几声了。"斟隐抱剑冷哼。

"……想到了案情，没太注意。"卿如是的视线从少女的身上挪开，抓了糕点来吃，"怎么了？"

"廊桥边有一家店的味道不错，我看卿姑娘似乎腹中饥饿，时辰也差不多了，不如与我同去用食？"月陇西站起身，示意小厮将没有吃完的糕点装起来。

似乎是担心她会拒绝，月陇西又补充道："用完我们就去茶坊接着查案子。"

卿如是低头看了眼手中的糕点，三两下咬了，随他出门。

他口中的店是百年老字号，也就是前世月一鸣带她出府吃糯米鸡那晚他们去的店。

月陇西不是昨日还同她说不喜欢吃鸡肉吗？卿如是一边狐疑，一边随意踢着廊桥上的碎石玩，不经意间落了月陇西一截。

他站定等她，转过身时一块被她踢得飞起的石子迎面而来，最后被他径直握在手中。

月陇西凝视着她，惶惑更深。

卿如是朝他跑去，拧眉无奈道："用力过猛，我跟你道歉。"

我跟你道歉。

他的手猛地撑在桥栏上，将她圈在身下，目光灼烈。

被禁锢在桥栏和他之间的卿如是吓了一跳，疑惑地望着他："世子？"

他凑近卿如是，探究的眼神里带着侵略性，热气铺开，浓烈的情意在眸中缠缠绕绕好半晌，但最终，还是被压下去了。

默然，他松开手，回眸叹了口气，轻笑道："听说女子都喜欢我这般模样的，相识以来却见卿姑娘与众不同。好奇心的驱使下，我就想试试，姑娘能有多不同。"

卿如是拂了拂被他压过的袖子，气定神闲地笑道："那结果如何？"神情间对自己的定力满是自得。

却听他道："结果很明显。你慌了，说明对我还是有些意思的。"他嘴角微弯，留下一句半真半假的话，负手往前走去了。

"？？？"卿如是蹙眉。

照她从前的性子，定会追上去与他扯出个究竟，但经过月一鸣那种纨绔到能将人烦出精神恍惚的锤炼后，她觉得月陇西不过是小角色，还不值得在意。

更何况，月陇西是月一鸣的后人，那也算是她半个孙子了。她持着祖宗的身份，何必与后生计较。

想罢，她与月陇西在店中落座后，看他的眼神便生了慈爱，说："我方才仔细想了想，这顿饭理应由我掏钱。"

"哦？"月陇西端起汤碗，轻啜一口。

"你年纪还小，省着银子娶妻生子，为月家繁衍后代、开枝散叶方是大事。"

月陇西险些一口汤呛出来。

怎么和他想好的不一样？他故意抛出轻浮之句试探，若是秦卿，听得他方才那话理应追上来与他揪扯；若不是秦卿，寻常女子便会羞答答一番娇嗔；再端庄些的也该是风轻云淡，不和他这等世家纨绔计较。

卿如是这是什么野路子？

她仍苦口婆心地絮叨着，且有理有据："月家虽然富裕，但你娶妻之后总是要藏些私房钱的。照你方才那副轻浮模样我也看出来了，如寻常公子哥一般吃喝嫖赌样样在行，若往后没存些余钱，迟早被禁锢得死死的。当然，我还是希望你能离赌坊勾栏远一些，钱要用在念书写字上，不然像如今连个案子都破不了，需要我插手帮忙才能有些进度，那以后……"

身后的皎皎听不下去了，凑到她耳边轻声提醒："姑娘……这话你来说不合适。"

卿如是故意反问："不合适吗？"

"不合适。"皎皎肯定地道。

她这才打住，端起茶杯抿了一口。

"卿姑娘说得好，受教了。"琢磨须臾，月陇西慢吞吞端起茶杯敬她，"往后我必定谨言慎行，方才多有得罪。"

"好说好说。"卿如是回敬，心底窃笑。小小年纪不学好，竟学他高祖那般同姑娘耍流氓？此番算她胜过一筹。

那糯米鸡被斟隐试了毒后端上来，道："世子，试过了。"

卿如是拿筷子在自己的那盘中扒拉了两下，喃喃着："味道似乎不如从前了……"

月陇西双眸微亮，转头看向她。

"从前？"他斟酌着这两字，回忆的是那晚她在他身下睡去时喃喃要吃糯米鸡的情形。他真是什么都想给她。

卿如是不紧不慢地说："对，从前。四五岁的时候吧，爹爹常带我来这里，印象中是很好吃的。而今摆在面前了，又觉得好像也没那么馋人。"

月陇西有心试探，反问道："你是说，卿御史常带你来此处？"

她说的当然不是卿父，关于这位父亲的从前，她不怎么清楚。

"我还能有别的爹？"卿如是虽不知他是在试探，但事关重生，仍旧反应极快，"爹爹那时候不忙，陪我的时间多。这里的糯米鸡也是我幼时吃过最美味的东西，后来自己也常出府玩，却都没来吃过。"

"好稀奇。"月陇西的指尖在桌沿敲着，"卿姑娘常自己出府玩，不必学习琴棋书画，或者女工刺绣吗？就算不必学这些，也不至于耍得一手好鞭子？"

皎皎插了句嘴："我家姑娘的字写得极好，琴棋画不曾学，是因为姑娘不喜欢那些，但并非不懂欣赏。"

卿如是醒来后的整整一月都致力于摸清原身为人习性，摸了一段时间后发现，两人大致方向无差，不喜琴棋画，偏好诗词歌赋，不过原身为人低调些，秦卿更为张扬罢了。

原身跟着学武堂的教头练过几年鞭子，后来因为及笄之事耽误了，就暂且搁下，若要再拿，想必会不太顺手。

卿如是也是自上辈子手废之后便没拿起过鞭子，再碰时多少会有些不顺畅，恰好符合。

一切都顺理成章，她的贴身丫鬟都不觉得她家小姐有何不妥之处。月陇西凝视着卿如是，一时陷入沉思。

很多时候人总是不愿意放弃自己的直觉，哪怕事实已将他所怀疑的地方统统解释得清清楚楚。

卿如是向来没心没肺，饶是被他目不转睛地盯着，仍能神情自得地吃下东西。月陇西移开视线,并不动那盘糯米鸡,随意夹了两筷子菜,草率地结束午膳后就在另一桌等候卿如是。

他一走,卿如是前面便没了遮挡物,正对的是廊桥那边的照渠楼,只露出一角来。

她的心思游移至昨日在照渠楼那条街上被撞的地痞,说道:"昨天死的那个人,有家属认领吗?"

"没有。"月陇西顺着她的目光看去,放下手中茶杯,"为什么这么问?"

卿如是放下筷子,示意他可以走了。

待坐上马车,她才回答道:"我很疑惑,地痞为什么要选在暴雨天做这种勾当?暴雨时行人尚且匆忙,更何况马车,他是真的为了钱连死伤都不怕?什么时候撞不是撞,何必呢?"

斟隐略有惊讶,看了月陇西一眼,后者道:"事发后,我和你说过同样的话。"

卿如是看向他,狐疑地问:"既然如此,为什么不追查下去?"

"盘查过撞人的马车,是城里一大户人家的,并无异常。最重要的是,昨日下了暴雨。"月陇西神色间有些凝重。

他只需提醒一句,卿如是便立刻懂了。下了暴雨,所有痕迹都被冲刷了。就算这不是意外,也没有查探的切入口。

"唯独在尸体身上找到了一锭用绳子串在颈间的银子,看起来是他刚得的。不过这锭银子也毫无异常。"月陇西轻笑了下,忽然说道,"卿姑娘对凶杀案好生敏锐。"

"我爹身为左都御史,纠劾百司,辨明冤枉,我自小耳濡目染。"卿如是满不在乎地说,"倒是世子,为何会在任通政司参议的同时,兼任刑部郎中这么个忙活的职务?我看你对案子并不感兴趣,自讨苦吃很有意思吗?"

他沉默了好一会儿,撩起车帘看向外边,轻描淡写道:"说笑了,职务是陛下给的,我哪有挑的权利。"

卿如是瞥他一眼,并不拆穿。

他家世显赫,父亲随皇帝开国,母亲是皇后亲姐,身为皇亲国戚,又是月氏子弟,谋个什么职位不容易?若非他自己情愿待在刑部,皇帝怎么可能弄他去那事务烦琐之地?

两人各怀心思,不再多言。

卿如是自然不会将心思放在月陇西身上,她将沈庭案捋过一遍,马车正好赶至茶坊。

今日将以审讯的方式对霍齐等嫌犯进行调查。对于早晨背着斧头出门的事，霍齐已有了他自己的解释：前几日有了新斧头，将旧斧头拿去集市卖了换些银子。

于是官府认为，在没有找到能在茶坊来去自如的方法前，更应该将和沈庭结过怨的人当作怀疑对象。

卿如是不打算掺和审讯之事，她走进茶坊，唤来几个官差帮忙："我要找一种针孔，插过这个针孔的针须是能承受门闩重量的针。"

她眯着眼睛望门上的孔。

官差愣了愣，道："卿姑娘，这门上这么多孔，如何光靠眼睛分辨哪些孔是被粗细合适的针戳过的？就算找到了，针钉得比较浅的话，也承受不住门闩的重量啊。"

"我知道，但我昨日试过，是可以承重的。须得尽力找一找。划分一下门上区域，几个人各自管一块，应该很快就找完了。"卿如是仰着头，随口回道。

几人仍是有些犹豫，正此时，他们尊贵的世子走上前，问："为何要找？"

"我想到一种可能性——倘若在门上钉一根小铁棍，类似比较粗的绣花针那种。不用钉太深，也不用露出太多，只需要保证能支撑住门闩就好。这样的话，把门闩一边放在左边的卡子里，另一边抬高一些，放在左边那扇门上钉入的小铁棍上，不就可以既拉得开门，又能在出门后用薄刀片将铁棍上的门闩挑下来，放进另一边卡子里了吗？"

"理论上，好像可以。"月陇西先给予了肯定。

卿如是挑眉道："实践也可以，我昨晚试过。"

"但是……"月陇西偏头，问道，"你忽略了一个问题，门上的小铁棍哪里来的？"

卿如是："自然是凶手一早在门上钉好了的。"

月陇西摇头，否定道："按照我们那日的推测，凶手原本并不想杀害沈庭，又怎会提前准备打造密室的道具呢？"

卿如是蹙眉道："那便是在行凶后要离开时钉入的？"

月陇西想了想，说："如此的话，他进茶坊杀个人，须得带上这些零散的小铁棍，带上一把锤子，带上一把能挑开门闩的薄刀，还要带一把杀人的普通匕首，甚至要把一早准备好要放进茶坊的麻绳也带上。不嫌麻烦吗？虽然不能否认存在都带上的可能，但我想，或许有更简便的方法。"

说得没错。卿如是轻叹了口气，顺着他方才所说的想了想：倘若要尽可能减少身上携带的物件，那么凶手还是否能随意进出这扇门呢？不用锤子和小铁棍那么麻烦的东西，简单的……什么最简单呢？

倘若试着用方才那个手法相同的原理，还有什么东西可以代替铁棍去承受门闩的重量？

卿如是低头打量那根门闩，纹路是横向的，唯有中间部分似乎有纵向的轻微摩擦痕迹。

她一愣，无意识地将自己胸前披着的头发绕在指间，沉浸在思考中。那一根根纤细的头发在手指间绕过来绕过去，她恍惚一瞬，低头看向指间的头发。

"或许，不易断的线就可以。"卿如是略带惊喜地呢喃道。月陇西听见她发声，忍不住低头凝视着她，等她继续说。

迟迟未开口，她站在原地构想须臾，竟伸出手打算扯几根长长的头发下来。月陇西制止了她，转头吩咐官差去寻些不易断的细线团来。

官差很快拿回了线团。卿如是用剪子剪下一截来，将线缠绕在门闩中间偏右方的位置，绕上一圈，再把两个线头并于一起，握在手中，而后将门闩左端放到左边的卡子上。

只要一直用一只手提着这两根线，线提着门闩，就可以拉开门走出去，走出去时被牵握在手中的线头自然就从中间的门缝穿了出来，这时候只需要估量准确右方卡子的位置，松开提着的线，就能把门闩右端落在卡子中。

事后松开一端线头，扯另一端线头，便可以轻易把线扯出来。拿去烧掉的话，那真是一点儿证据都不留。

"可是这根门闩上有纵向的摩擦痕迹，门闩是木制的，年代久远，有些许腐朽，腐朽的纹路都是横向的，这中间突兀地有纵向摩擦。我有理由怀疑，我方才说的办法，可能就是凶手用的办法。"

她话音落下，众人恍然，又看向月陇西。

好半晌后，月陇西唤来记录案情疑点与各种猜想的官差。

官差捋了捋思路，问："姑娘，那茶坊里的绳子是做什么用的呢？你方才说的方法里用到的绳线，似乎也与这根麻绳无关。"

卿如是摇头道："目前我认为，它只是拿来绑住当时处于昏迷状态中的沈庭，以防他突然醒来逃跑。但这样解释，又难免奇怪凶手为何要把绳子放到茶柜里。"

"兴许只是因为无处藏匿或者销毁这根麻绳，干脆就放在事发处。"记录的官差道，"反正这根绳子目前除了绑过沈庭以外，没什么别的用。"

卿如是暂且想不到别的解释，只能先认同他的看法。

记案官吏记录好这种作案手法的可能性后，又绕回到了萧殷伸手指向霍齐的事情上："瞧世子和姑娘似乎都知道原委，我们有些不解，还请姑娘解答一二。"

卿如是摆手道："其实没什么高深的，你们方才已经审讯过了。我们觉得霍齐大清早去赶集还带着一把斧头很有问题，怀疑他是一早就知道要用到这把斧头卸门，才带在身上的。但你们刚才的审讯中，他辩解说是要拿去集市卖掉，换些银子罢了。这么想的话，似乎合理。不过，既然已经证明了任何人都能用最简单的方法伪造密室，那么他的嫌疑终归是没有洗清。当然，你们也须得在调查他的同时去查一查和沈庭结过仇怨的人。"

她说完一切，总觉得哪里似乎不太对。她好像遗漏了什么重要的东西，这个东西似乎能一下确定霍齐清白与否，可她一时间又想不起来。

月陇西凝视她，见她还蹙着眉冥思苦想，不禁道："有些东西，越是去回忆，越是想不起来。你抓得太牢，反而抓不住。不如松开一些，有了合适的契机，便能想起来了。"

卿如是一怔，随即不再去想，只指着门闩道："不过我说的法子，只适用于这种上开下合式的。若是能将落门闩改为插孔式，那么想要进来便难得多了。"

"茶坊不是宅院住户，因此大多都没有这般细致。"月陇西道。

卿如是点点头，告别道："你们慢聊，有空再多用这个法子试几回，看看是否都能成功。我先走了。"

她有默写《论月》的任务在身，不好多留，一众官差谢过夸过之后就将她送上了马车。这回月陇西亲自送她回府。

奇妙，奇妙，这位眼高于顶的世子爷约她看戏、请她吃饭就算了，还送她回家，事情走向是不是有点儿……卿如是正琢磨着用词，想了半天，嘟囔道："有点儿匪夷所思。"

"还好吧。"月陇西听懂了她的只言片语，放下手中的案宗，神情平淡地道，"卿姑娘以长辈的口吻教导我努力存钱开枝散叶，陇西受教，于是送长辈回府有什么不对吗？"

卿如是："……"你赢了。

他们二人全程再无交流，卿如是回府后便做贼似的溜进了闺房，生怕被卿父卿母发现个好歹来多询问几句，那就麻烦了。

入夜后，卿如是带着默好的三篇文章入了采沧畔，有叶渠的指示，她直接走的暗道，通向上回与他交谈的房间。

叶渠见她来，十分高兴地捧出一本崇文遗作，翻到有折痕的一页，说："你看看我发现了什么？你上回问我的问题，我已有查寻的方向了。"

百年前修复崇文遗作的那个人？

卿如是双眸微亮，低头细看那本书，是书斋里随处可见的一本崇文文集，那一页被叶渠写过不少旁批，最为醒目的是一个字。被朱砂笔圈红的字。

"你看我圈出来的这个'卿'字。"叶渠兴奋地解释，"修复这本书的人写这个字有个习惯，会在右边多加一个点。若是不仔细看，还以为是誊抄时溅上去的墨汁，但我比对了好几本书，发现总有那么几篇中，用到'卿'字，右边都会不自觉地加这一点。字迹能模仿秦卿的簪花小楷，写字的习惯却模仿不了。"

卿如是恍然，赶忙写下一张字条："您是说，这个在'卿'字边加点的习惯就是查寻的切入口？"

叶渠点头，拈着胡须笑道："虽不知是何意，但我总联想到古时名句：'有时醉里唤卿卿，却被傍人笑问'①'偕老共卿卿'②'莫将闲事恼卿卿'③，许多名画名帖上用到这些诗词时，写'卿卿'时第二字便会用一点来代替。

"百年之前，惠帝时期，必然也有这样省笔画的人，可毕竟不是所有人都有这个习惯。倘若我将那时的名人字画都拿出来比对一番，不就知道有可能修复了崇文遗作的是哪些人了吗？"

的确是个方法。能修复崇文遗作的人，十有八九不是无名之辈，既然不是无名之辈，就很有可能留下名帖名画，流传后世。只要按照在"卿"后加点的写字习惯去找惠帝时期的名士作品，就能推知遗作修复者的可能人选。

卿如是欣然写道："多谢叶老费心，无以为报，晚辈带来了几篇《论月》中的文章，希望能帮你先应付那位贵人。剩下的还需要一段时间才能默完，届时再给叶老送来。"

叶渠摆摆手，说道："这件事你不必担忧，贵人不至于找我的麻烦，这本书丢了，他自己的麻烦才是最大的，没空治我的罪。这厢他忙得焦头烂额，我还算清闲。"

他这么一说，卿如是放心了些。两人又探讨了一番百年前推崇崇文思想

---

① 引用辛弃疾《西江月·题可卿影像》。
② 引用无名氏《满庭芳·瑞霭非烟》。
③ 引用晁端礼《浣溪沙·湘簟纱厨午睡醒》。

的名士人选，卿如是见天色不早了，才走密道离去。

"有时醉里唤卿卿，却被傍人笑问。"

她坐在闺房中，桌上放着倚寒的来信，她却不拆，只反复念着这句诗。突然想了些十分莫名其妙的问题，她自己也不明白为什么突然就想到了这个问题。

她想：前世她的姓和名，几乎同音。

卿如是抛开杂念，拆开倚寒的信，信上唯有寥寥几字，写尽怅然：

钓鱼未果，彷徨若失。

除这八字以外，愣是连落款都不愿意再施舍出来。想必这生活的重压已让他身心俱疲，在那位不愿意透露过去的故人的折磨下，倚寒兄他是真的很可怜了。

秉着要做个人且做个好人的信条，卿如是决定帮他到底，她倒要看看是个什么牛鬼蛇神，能丝毫不露马脚。

提笔蘸墨，卿如是回他八字：

溯回旧事，循循善诱。

想了想，她又十分善良地给予了他鼓励：

尚未成功，再接再厉。

既然是旧相识，那必定有共同的回忆，如果把回忆当着那故人的面讲一遍，看故人有什么反应，不就能判定究竟是不是他认识的那个人了吗？

至于原来的钓鱼手段，卿如是觉得失败的原因可能是倚寒试探得太过明显，或许那故人十分聪明，事先察觉到倚寒的深意，所以生了戒备之心，刻意隐瞒。

但共同回忆就不一样了，能教一人惦念这么深的故人，他们以前一定有过许多可歌可泣的回忆，没准儿这位故人听之动容，绷不住就从了呢？

绝妙。卿如是为自己的聪慧拍了拍手，随即卷信入筒，给白鸽喂了些食后将它放飞。

还有三日就是郡主寿宴，案子刚有些突破，卿如是没多余的时间花在书信往来上，书信能简则简，大家多节省些时间最好，想必倚寒也挺忙的。

她转着书，放空自己，盯着晃成虚影的书边，思绪也跟着转。

因为作案手法没有确定，导致没有指向性，找不到凶手。是哪处细节被遗漏了，还是作案手法真就简单到人人可操作，无法让凶手露出任何马脚？

还有霍齐这个人，门上的鸡血真能准确引来过路人的驻足询问吗？

除此外，她好像忽视了一些很简单的事。

直觉来说，这些非常简单的问题，也是案子的关键。

一坐就是一个通宵，她死抠着每个细节捋了一遍又一遍，时辰过去竟毫无察觉，直到耳畔传来鸡鸣的声音。

就是那一声鸡鸣。

卿如是苦思一整晚的细节被找到了，她猛地拍桌站起，极快地拿毛笔写下那至关重要的一点——集市的时间。

她推开窗看向外面，还有一点儿未褪的月光，隐藏在青灰色的薄雾中。她紧盯住潜伏的那抹月色，觉得还有些被忽视的东西，但已若隐若现。

是什么呢？

思考半晌无果，卿如是只好放弃深思，先去大街上查看，将找到的"集市"这一处细节坐实。

她骑着马，慢悠悠地游荡在大街上。寥寥几人在道上走着，小贩还没来得及将摊子摆出来。

卿如是寻思着去照渠楼坐着吃点儿东西，打马过去，隔着一道横街，意外地看见萧殷正蹲在照渠楼外，给一名乞丐送糕点。

"萧殷。"她唤了一声，看见萧殷伸出的手微微一顿，而后将糕点放在乞丐手中，这才站起身，礼貌地朝她颔首。

乞丐见两人相识，赶忙走了。

卿如是将马缰丢给小厮，随着萧殷一同进楼。

他问："卿姑娘似乎不怎么赖觉，今日来得太早了些，是来听戏的吗？"

"不是，我随意转转。"

卿如是话音未落，就听见一声音调极尽婉转的"好巧"，她惊讶地抬眸看去，月陇西坐在二楼雅座上，从一堆书卷里抬眸看向她，身旁站着明显没太睡醒但执着地抱剑摆出冷面侠风姿的斟隐。

萧殷解释说："我正想告诉你，世子也在。也是随意转到此处的。"

说完他便领着卿如是上了楼，然后恭敬地退了下去。

卿如是拉开椅子，无视斟隐防备的眼神，狐疑地看向他，问："你为什么这么早出门？"

"和你一样。"月陇西看向窗外，浅笑道，"天还没亮，街上人影寥落。是吗？"

卿如是倒吸一口气，怔了片刻，笑道："是。不过你不必吧，我抱着一探究竟的心而来，你又不必着急这个，可以使唤家中仆役，何必亲自出来？"

"刚好睡不着，想忙些公务，苦于家中置办寿宴，几番询问扰清净，干脆就躲出来了。"月陇西推了一碟糕点过去，"尝尝这个，我保证，也是扈沽城独一无二的手艺。"

卿如是没同他客气，一手拿了一块，随口问："原来月家人也会睡不着？"月家不是最能折腾吗？以月一鸣为首，精力都甚是充沛。

"问得好奇怪。"月陇西难得地轻笑出声，稍作一顿，不知想到什么，忽道，"睡前看了一则杂文，不禁为文中男欢女爱之事纠扰，便睡不着了。"

卿如是不喜欢和人谈劳什子男欢女爱，但此时也没什么可聊的，勉强道："你且讲来我听听。"

月陇西的双眸映着桌上的烛火，似被微微挑明了些，他的手指搭在桌边，不疾不徐地道："斟隐，你先去门外候着。"

斟隐："？？？"为什么？他也想听故事啊。

他迟疑一瞬，看了卿如是一眼，冷着脸走出去了。

待他走后，月陇西道："一对新婚夫妇，因为种种原因，没能在成亲当夜入洞房。原因是，新郎当时觉得新娘心中必定不情愿，所以没有强迫她。"

"新郎很爱新娘，新娘却不爱他。"卿如是点评道，"那为什么要嫁进来？被强迫？"

月陇西点头，继续说："算是吧。忍耐好几日后，新郎还是去找了新娘，发现新娘也没有自己想象中那么不愿意。"

卿如是状若恍然："唔，互相倾心？"

月陇西讶然瞟了她一眼，愣了愣，忽然勾唇轻笑，低声道："是吗？我接着说……"

红烛残泪，室内通明，当晚他特意穿了一身艳气的绯红衣衫去找秦卿。

她被族中长辈禁足，愁得快要发霉，坐在书桌后边转笔玩，看见他来，她也不说话。

两人就那么沉默着，月一鸣在她房中走了一圈，一句话不说，把该灭的烛火都灭干净了。

最后走到床头时，凝视着那盏煞是好看的红烛，留下了光。

留一盏，他要看。

秦卿这时才觉得不对劲，皱起眉道："你做什么？"

"我见你实在无聊，给你找点儿乐子。"想到接下来可能发生的事，他的声音已有些喑哑，尽可能轻佻些，不让她觉得自己是在逼她。

只要她没有感受到被逼迫的意味，就可以清醒而理智地进行选择。

他已做好了准备，秦卿若说一个"不"字，他立刻就走。

秦卿虽在感情的事上不明白，但别的方面都明白得很快。她察觉到话中深意，大概是觉得逃不过吧，或是认命，直接走到床边开始脱衣。

她不反抗，他都不敢多问一句，生怕他多问了这一句她就不情愿了。

假装淡定地走到床边，月一鸣轻轻抱住已脱得只剩亵衣的秦卿："我也没有经验，如果疼了你就唤我。我保证不折腾久了，一次。"想了想又放纵自己补充了句，"……最多两次。"

秦卿："……"

当然，后来的事情无法控制，至少这会儿月一鸣心里想的真的是一次就好。

他觉得既然开了头，以后这样亲密的事还有很多机会，总归不能疼着她，初次很珍贵。

谁知一次过后，他拼命忍住了，却被她一句话破功。

他问："你会去喝避子汤吗？"

她眉头紧紧蹙着，半眯着眸子像是要睡去，却坚定地对他说："……废话。"

月一鸣："……"究竟是个什么小祖宗，他才要宠得连个子嗣都不配有。

好了，他没能守住承诺，一次两次可能都不够了。前边热身结束，现在正式开始。他真想，和她一直待在那张床上。

好几次酣畅淋漓之后，他见她疼得哭出来，忍不住逗她："这张床，愣是被你躺出任人鱼肉和视死如归的感觉。"

考虑到卿如是好歹是个没嫁人的姑娘家，月陇西省略了上述曲折，直接概述道："因为女的没有推辞，所以他们顺利洞房了。男的给女的讲了许多情话，重点来了……"

月一鸣搂着秦卿，在她耳畔低语："感觉如何，我还算温柔吗？"

大概是羞着了，秦卿没有回应。

他又道："我怕你不舒服，看过许多书……"

秦卿依旧没有回应。

他呢喃道:"爷的命都快要给你了。"

"???"听到此处,卿如是瞪大双眼瞧他,"世子,这一句是不是有点儿……"

"???"月陇西一愣,随即解释道,"我的意思是,那个男的太爱她,所以命都快给她了,什么都想给她。你能明白那种痴情的感觉吗?"

卿如是耿直摇头,说道:"不能。"

月陇西没吭声,一时之间不知说什么好。

"然后呢?"卿如是兴之所至,茫然追问道。

见月陇西匪夷所思地看过来,她又敛了神情,正儿八经道:"你这书说得不错,我竟有点儿想听了。"

月陇西:"???"纵然前面发生的故事剧情都被省略,但好歹这么多情话,他是个男的都要动容了。

可她只是被说起了兴致。

若她是秦卿,听到这些情话不觉得耳熟吗??若不是秦卿,听到这些情话不觉得羞涩吗??

月陇西紧盯着她,仔细分辨她神情真伪,最后只心底暗叹了声自己来遭什么罪,随即破罐子破摔道:"然后,他们以探索为主,行了一整宿的鱼水之欢。"

卿如是:"???"她微睁大双眼,顿时双颊染霞,侧过头恍然地轻嚯了一声,不敢发言了。鱼水之欢?鱼水?一整宿?探索?

月家现在的教化这么外放,这些遣词用句都能青天白日直接当姑娘面说吗?

月陇西亦侧过头,耳根悄红。他掩饰性地端起茶杯低头抿了一口,润了润嗓,低声道了句:"得罪。"

若面前这人不是秦卿,他这般言辞算作耍流氓。

当然了,是秦卿也算作耍流氓。只不过是能否心安理得的问题。

"没事。"卿如是跷着腿回想了下,随即拍着他的肩膀安慰道,"我遇到过比你粗鄙多的。"

月陇西神色淡漠道:"是吗,那真是不幸。"他起身,朝门外走去,"还是查案吧。卿姑娘和我在针对案子上,还是英雄所见略同的。"

话不投机,卿如是也更乐意去查案。

她和斟隐都是骑马来的,月陇西牵了斟隐的马,并吩咐后者把马车驾回去。

月陇西知道今日照渠楼没排萧殷的戏，便示意他一起走："你会骑马吗？"

"以前在马房里待过，会一些。"萧殷的神情不卑不亢。

"给他找一匹马。"月陇西吩咐斟隐。后者刚领命，就听卿如是道了句："且慢。"

"你直接上来，我带你。"卿如是朝萧殷伸出手。

三个男人皆一脸震惊地望向她。

现在是该拒绝还是该同意？一向行事合度的萧殷蒙了，抬眸看向坐在骏马上的少女。

月陇西也蒙了，看向朝一个男人伸出手的卿如是。

讶然和纠结的神色只有一瞬，萧殷轻道了声"得罪"后，便搭上卿如是的手，利落地翻身上马，在她后面坐下。

"我来骑吧。"紧接着，他的手绕过卿如是的腰，并不贴覆，只轻揽着，接过她手里的缰绳。

月陇西的视线在他们二人身上流连，神情淡淡的。

须臾，他慢悠悠说了一句："斟隐，我让你去找马。"

刚坐稳的萧殷："……"

他明白了。没有丝毫迟疑，他翻身下马，朝月陇西施礼道："多谢世子费心。"

不坐就算了。卿如是倒没想那么多，兀自坐在马上琢磨起案子来。

骑马比马车要快得多，天大亮时，三人已奔至茶坊。令卿如是感到意外的是，萧殷的骑术很好，丝毫不比她差，前面竟那般谦虚地说只是"会一些"。

应月陇西的要求，和本案有关的嫌犯已一并带到茶坊。

卿如是的目光扫过霍齐。

她什么也没说，走进茶坊，官差先向月陇西和卿如是施了一礼，禀道："已按照卿姑娘昨日的说法做过多次验证，每一次都能成功。虽然可行，但这样一来就无法找到证据。没有证据，便只是臆测。"

卿如是点头说："这个我知道。"

"请问世子，草民能做些什么？"萧殷询问道。

月陇西回他："你不必做什么，站在旁边看着就行了。有任何发现或者推测，立即告知我。"

"好。"他转身走出茶坊，往审讯处去了。

待他走后，卿如是狐疑地凑近月陇西，问："你不是为了查案带上他的？你在栽培他？"

月陇西没有否认："我私下接触过他许多次。他这样的人，若只是个戏子，实在可惜。"

"没准儿他就是喜欢过唱戏打诨的悠闲日子。"卿如是觉得，萧殷是个很内敛的人，内敛到说话做事都过于风轻云淡，活像是与世无争。

"懂得藏拙的人，是心思深沉，不愿招惹是非；锋芒太露的人，是招摇大树，终会强极必折。但既懂得藏拙，又懂得在机遇面前露出锋芒的人，那就是有野心，想往上爬。"月陇西看向她，"他是后者。"

卿如是思忖着他的话，尚未作答，茶坊外传来一声暴喝："别过来！再过来我杀了他！"

两人脸色一变，当即携同屋内官差出门。

外边，原本被审讯的猎户霍齐不知抢了哪个官差的佩刀，挟持住了萧殷。

一群官兵将他合围，苦于他手中有萧殷这个人质，不敢有所作为。

趁着几人僵持的时间，审讯者低声交代了霍齐突然暴怒的整个过程。

审讯时他们故意透露了昨日揣测的作案手法以及他们每个人被怀疑的原因，想从他们的神情中看出些端倪。发现听完作案手法和被怀疑原因的霍齐十分焦灼，官差便单独对霍齐进行查问。

而本案关于霍齐的方面只有他路过此地被门上鲜血吸引敲门以及破门这点，官差只好揪着这点细查。

谁知道越是细揪这一点，他就越是紧张，额上还冒出虚汗，就在审讯者准备逼问时，他猛地起身推开了一侧的官差，顺带拔出官差的佩刀，将看起来最没有抵抗能力的萧殷挟持了。

萧殷此刻还算冷静。

"霍齐，你若有苦衷可以告诉我们，按照晟朝律法，你的下场未必就是你想的那么糟糕。"卿如是试图劝说，"但你若是在杀人后为了逃脱罪责又伤一人的话，下场便说不清了。你先放开他，有什么话我们慢慢说。"

"别过来！都给我退开！"他面部紧皱，涨红了脸，不断环视四周，处于戒备状态。

他听不进去。

月陇西吩咐道："退开。"

"马车！不……不……马！给我一匹马！"霍齐极度恐慌，他此刻已经认定，自己选择的逃生之路才是安全的，"只要我能离开这里，他就不会有事！"

如果你们敢过来，我就先杀了他！快给我马！离我十步远！"

月陇西照他的要求吩咐道："给他一匹马，离他远些。"

官差逐一照做。

凝视着霍齐，回想他暴怒的原因，卿如是隐约觉得哪里不对，却说不上来。

凶手是他？真的是他？今早自己专程上街验证想法时的确这么认为，可是现在她竟又怀疑起来。

究竟是哪里不对？

眼看霍齐挟持着萧殷离她所站之处越来越远，卿如是的后背已经被冷汗湿透。

霍齐要翻身上马的话，一定会舍下萧殷。但她分明看见，霍齐盯着萧殷的眼神里露出了凶光。这种舍，是在上马后的一瞬间直接杀掉，万无一失。

所有人都屏住了呼吸，握紧刀凝神看着霍齐，缓缓地跟随着他的脚步。

卿如是也潜在一群官差中缓缓跟着霍齐，静等一个时机。

月陇西忽然拽住她的手腕，说道："危险。"

那边霍齐已走到了马边。

来不及了！卿如是焦急甩开他的手，在霍齐转身上马的一瞬间猛冲过去，一手拽住萧殷，一手在他肩上借力纵身，横踢向霍齐。

果然如卿如是所料，霍齐翻身上马后第一时间就想直接杀掉尚未来得及挣脱的萧殷，所以就在她的脚踢过去时，霍齐反手那刀直接划在了她的小腿上，与此同时，她的脚也踢折了他的手。

"卿姑娘！"月陇西的声音。

刀，应声而落。

几乎在卿如是纵身踢人的同一时刻，官差一拥而上，刀落地的时刻，霍齐便被拽下马，按在了地上。

"卿姑娘，你还好吗？"萧殷急问道。

卿如是坐在地上，撩起裙子看了一眼，轻呼道："没事，划得很浅，也不长。"

她抬眸，萧殷已转过了头，耳梢渐红，似有羞意。

卿如是："？？？"

正疑惑着，人忽然被一把抱起来，轻飘飘的。

月陇西将她抱上骏马，让她侧坐着，自己却站在马边。

"卿姑娘，"他撕下一截素白的亵衣，撩起她的裙摆，简单地包扎，"出门在外，裙子不要随便撩起来。"

卿如是这才明白萧殷为何耳梢发红，低头见月陇西淡定无常的脸，她笑道："月家的人脸皮似乎要厚些。"

月陇西并未接话，转过身安排好众人事务，叮嘱官差将霍齐先押回去，此刻叨念的话也须得全部记下来，等他回来后再进行审问。

嘱咐完这一切，月陇西翻身上马，关心道："我先将你送回府。"

"原来你抱我上马，是这么打算的。其实不用，我出脚利索，这一刀浅极了，血都干了。"卿如是满不在乎道，"还不如留在这里将霍齐审问了，我总觉得忽视了什么东西……"

"这个案子你不必再操心，伤口虽不深，也需要好好养一养皮，女子不是很注重这些吗？"月陇西挥鞭打马。

卿如是挑眉："一般来说，这么浅的伤口，并不会留下疤。"

他不再接这话，反倒说起案子："霍齐说自己是下山赶集路过茶坊，看见门上血迹才去敲门。今早我和你一样，为了查证他途经茶坊的那个时辰究竟有没有集市，特意早起。当我发现那个时辰街上不仅没有商贩，甚至天都没亮时，心中已认定霍齐就是凶手。可是这会儿，我反倒觉得有些不对劲了。他若真是凶手，又为何要作为报官之人出现在我们视野中，这样做岂不多此一举？相信你也有这样的感觉。"

卿如是点头说："有什么被忽略了，很重要的线索。"她想了一会儿，皱起眉，"绕来绕去，我还是想不通那根绳子。"

他们各有所思，不再交谈。

府中，卿母正为卿如是挑选赴宴时应穿戴的衣裙首饰："把这两身给如是送去，等她回来了看看更中意哪身，上回打的珠钗也一并送过去，她最近不爱拾掇那些玩意儿，想必是从前的那些戴厌了。"

正说着，一名小厮匆匆跑来，禀道："夫人，姑娘回来了！"

"回来就回来了，你跑这么急做什么。"她往另一名丫鬟端着的小案前走去，拿起一只玉镯反复瞧着，轻声细语地说，"这镯子也不错，练字的时候露着腕，戴着好看，也送去吧。"

小厮追着她禀道："不是，夫人，姑娘是被世子亲自送回来的，骑一匹马呢。"

卿母讶然，倏地回眸看他，愣了片刻，招呼道："那你还愣着干吗，不赶快去门口迎？"

"已经进门了！"小厮挠挠头，"姑娘带进来的。但是……是世子开口说想要吃茶，问姑娘能不能赏脸给点儿，姑娘这才勉强应承带世子进来。"

堂堂世子骑马载她，穿街过巷不知多少闺秀得对她红了眼，勉强？她还勉强？

卿母心下叹气，随即不紧不慢地指点："你们先沏茶去。"她放下玉镯，吩咐丫鬟一并拿到卿如是的房间，掂酌了下，也往门口去了。

方绕出长廊，远远地瞧见卿如是领着月陇西往府里走。

"娘。"卿如是先唤了一声。

月陇西跟着行晚辈礼，口中称："卿夫人。"

"世子客气了。茶点已让人备好，世子快请堂上坐。"卿母不动声色地打量着面前这对金童玉女，心中赞叹果真登对。

卿如是很懂她的眼神，方走进院子便将她赶走，直言自己来招待便是："娘，我和世子还有案情要探讨，你在一旁不太合适。"

月陇西稍作思忖，颔首附和。

啧啧，刚登门便想独处，卿母意味深长地看了卿如是一眼，眸中带着些赞许。

待她走后，卿如是落座，唤皎皎拿了膏药来涂抹，头也不抬地对月陇西道："世子喝完茶便快些走吧，别耽误了公务。还有，我受伤的事情，还请世子不要告知家母，免得禁了我的足，以后都不得随意出府了。"

"卿夫人刚出门你就赶我？"月陇西笑睨着她。

"是你说只喝杯茶的。"卿如是涂好药，示意皎皎把送来的衣裙首饰拿给她看。

皎皎把衣裙提起来，转述道："夫人说是要穿去郡主寿宴的，让姑娘自己仔细着挑一身。还有这些珠钗玉镯，一并挑好。"

月陇西先她一步开口："我觉得青色那身适合你，穿那身吧。不过，青裳搭配珠钗有些俗了，用玉簪，或者木簪为宜。"

卿如是头都不抬道："那就粉色那身，正好搭配珠钗。"

月陇西："……"是要故意把话茬给堵死。他怔过后低笑一声，起身告辞："好，我走了。今明两天你便不要出府了，案情有了进展，我会来告诉你。再不紧要的伤，也须得养一养。"

卿如是跟他道了谢，又请皎皎和一名小厮一道送他出门。

今明两日她的确不打算再去茶坊跟进案情，有些东西她得好好捋一捋。

如今她已不着急赶在郡主寿宴前破案了。

原本她想的是，月陇西为这案子发愁，她若能助他破案，是好事一桩。

而在寿宴上解开案情谜团的话，郡主定然很瞧不上她，但因着承了她的情，也不会多说她什么，献艺就算糊弄过去了。

可如今看来，案子能不能在两日内破还不好说，就算破了案，她拿到寿宴上去说，明显是对郡主不尊敬。她虽看月家的人不顺眼，可那好歹是人家的寿辰宴，月陇西这人也挺有涵养的，她不能太过分。

那么，现在问题来了。

她该献什么艺做寿礼呢？

卿如是犯愁，一边默文章，一边分心思考。时至傍晚，竟有小厮禀说有人上门拜访她。

没有名帖，也没有带侍从仆役，孤身一人骑马而来，只报了名姓，叫萧殷。

戏魁啊，这是。

想到这几日姑娘都流连在照渠楼，小厮当即禀报来了。

卿父卿母听说只是名戏子，便吩咐下人好生待客就是，面就不露了。

卿如是吩咐小厮将他带到庭院凉亭里稍坐，她穿好鞋袜，收好桌子再去见他。

两名小厮在庭中站着，萧殷也站着，等了约莫半刻钟，卿如是端着一碟糕点来了。她从背后看见萧殷穿着一身单薄的长衫，临风站着，手里还抱着一个不知装了什么东西的麻袋，青丝招摇。

"你怎么不坐啊？"卿如是朝凉亭走去，示意他也过来坐下。

萧殷站到她身边，犹豫了下，仍是站着，问道："萧殷是来道谢和赔不是的，若不是为了救我，卿姑娘也不会受伤。"

"小事，我自幼习武，这点儿伤不过皮毛而已。"卿如是给他递了块糕点，"你还没吃饭吧？先垫垫，我也还没吃，一会儿菜来了一起吃了再走。"

萧殷正要拒绝她递来的糕点，她却以为他是抱着麻袋不方便接，直接给他递到了嘴边。他一怔，待反应过来后，不知怎么就已经张口咬住了。

耳梢有些发烫，他感受到了，下意识别过脸去。

细嚼慢咽后，他将手中的东西放低了些，说："卿姑娘救我一命，无以为报，思来想去，那些金银珠宝姑娘应当不缺，若赠那些东西，也显得我敷衍了事，没有用心，所以做主给姑娘带了些平日里摆弄的小玩意儿。姑娘若不嫌弃这些俗物，便收下它。"

他的话听着极有自贬之意，但偏生他的态度坦然，语气拿捏得恰到好处。

卿如是当然不会拒绝，抱过麻袋，十分好奇他会送什么东西给她，解开系绳一看，惊奇地问："这是什么？"

一团团黄油纸包裹住了里面的东西。她拿了一个，拆开黄油纸：是画着花脸的面人。颜色鲜亮，神态动作栩栩如生。

"趁热的话可以吃，若是不吃，立在那边也不会坏。我家乡有许多卖这东西的，扈沽倒是不常见。"萧殷道，"我下午做了几个，其中有一个是仿照姑娘的模样捏的，其他便是我平日里自己捏来玩的。都送你。"

"你做的？"卿如是讶然，笑了笑，"行走江湖，你倒是不缺手艺。"

"算不得手艺，卿姑娘不嫌弃就好。"萧殷似乎松了口气。

卿如是摇头："不嫌弃，我挺喜欢这些小玩意儿的，瞧着有趣。等会儿我要全都拆了看看哪个是我。对了，你还没回答我，留下来用完晚膳再走吧？"

这厢话音刚落，那厢不知从何处悠悠传来一句调侃："赶我倒是赶得挺快，卿姑娘，你这样令我很伤心哪。"

月陇西的声音。随着小厮提灯从月亮门处出来，他的面容一点点被映亮，仙姿玉容，简直不要太妙。

萧殷退开两步，朝月陇西施礼，转身低声回道："卿姑娘，萧殷晚上还有别的事，就不叨扰了。告辞。"

语毕，他又朝月陇西施了一礼："世子，草民告辞。"

礼数周全，挑不出错。月陇西淡笑着，微睨他，极有气度地道："去吧，莫要耽误了私事。"

在她旁边落座，月陇西拿起桌上的面人说："花色挺好看的，他有心了。"

卿如是赞同地点头："嗯。"

"所以才留他用晚膳？"月陇西从袖中掏出一页折好的黄纸，打开来给她看，然后嗟叹道，"你看看我给你带的东西可有诚意？啧，恰好我也没用晚膳。"

卿如是一瞬恍惚，她以为赖在她面前蹭饭的人是月一鸣。那无赖得理所当然的气质神似。

她拿起那页黄纸，发现上面写的是今天下午刑部对霍齐的审讯记录。

极有意思的是，霍齐二话不说，认罪了。他交代说沈庭是他杀的，也是他拿争夺茶坊地产权的理由将沈庭骗至茶坊的。至于杀人动机，被笔者用一个词概括为"仇杀"。

"什么仇？"卿如是皱眉，"他这一认罪，我便愈发觉得其中有蹊跷……你有没有问他那根绳子是怎么回事？为什么要故意丢在那里？有什么特殊意义？"

月陇西不紧不慢地给自己倒了一杯茶，说道："你看，解释案情还需要用到我。月下花前，卿姑娘不如摆上饭菜，我们边吃边聊？"

卿如是："……"

勉强一下，行吧。

月陇西有心思享受美酒佳肴，卿如是却连筷子都没动一下，满脑子都是案子。

霍齐说，沈庭曾玷污过他的妻子，后来他的妻子想不开撇下他和孩子投河自尽。他去找沈庭讨要说法，沈府拒不承认，还将他打得人事不省，扔进山里，若不是他命大，险些就喂了山中野狼。等他再摸回家时，孩子也不知去向。

因此，他与沈庭之仇不共戴天。这件事几乎没有别的人知道，山民都只道他是外地来的，也不问他的过去。

他谋划许久，终于想到这么个方法，势必要把沈庭置于死地。

他知道沈庭对那座废旧的茶坊有意，于是故意托人带话给沈庭的家仆，说有人要抢那座茶坊，相约见面细谈。沈庭心高气傲，向来要什么东西都唾手可得，有人跟他争，他自然会被激怒。

沈庭果然赴约，他迷晕沈庭之后就将他绑了扔在茶坊，绳子上磨蹭的痕迹就是拖动时留下的。

他告知邻屋的山民自己次日清晨要去集市，夜半要出门打猎，并询问是否需要给他们带些东西回来。

有了人证在，他再动手杀人，次日假意路过，就不会有人怀疑。

至于为何要把绳子留在那里，据霍齐说，只是当时慌张，绳子无处藏匿，将沈庭松绑后就忘了带走。

简短的"忘了"两个字，让怀疑者无话可说，毕竟他们总不可能拿着自己的猜测去问嫌犯，为什么会忘记带走绳子。

月陇西放下筷子，问："你觉得他可信吗？"

卿如是好笑地点点头，"目前来说，找不出他话中的纰漏。按照他的逻辑捋，似乎没什么好怀疑的。但是，"她话锋一转，"我若信他，就是脑子坏了。"

话音落下，月陇西又从袖中掏出一样用锦帕包裹住的东西递给她，解释："你瞧瞧这个。这是我从被撞死的地痞脖子上解下来的，原本上面吊着一锭银子，但官差处理尸体时将银子给贪了，为了销赃，昨日便花了出去，现在想找回来怕是不太可能。"

锦帕里包裹着的，是一根细绳。

她疑惑地打量着这根细绳，脑中被灵光穿透，忽地就想明白了前日一直觉得不对劲的地方。

缓缓抬眸看向月陇西，追问道："那地痞是什么身份？"

"乞丐、混混，常年混迹在街边，没有正经活干的人。"月陇西收好那页黄纸，"这个身份，什么都查不了。那日暴雨，又将痕迹彻底冲刷了个干净。最重要的是，这人已经死了，整个扈沽城都知道他死时，脖子上还吊着一锭银子，是个钱串子，为了讹钱才发生的意外。事到如今，沈庭案竟落个查无可查的结果。"

他见卿如是陷入了沉思，也没扰她，收好细绳和黄纸，起身离去。

这个结果的确出乎意料，卿如是一时蒙了，但这不代表她就认可了这个结果。她在凉亭中静坐许久才回到房间。

入睡前皎皎来给她上药，与她说起寿宴献礼的事，她长叹一声，盯着自己的小腿愣怔了许久。

给郡主作诗一首行不行？敷衍得够明显吗？

"姑娘，要不咱就别跟着查那案子了吧？今儿还只是割破皮肉，明儿万一就……"皎皎顿了顿，皱眉道，"现如今姑娘也不练武了，鞭子耍得生疏，若是再碰上个歹徒，不晓得打不打得过。"

卿如是点点头，说道："你倒是提醒了我。"她得把鞭子继续操练起来。在此之前，得先有一根称手的鞭子。

上回使唤麻绳，倒没觉得手有多生，想必要捡起来也快。

上辈子她入月府后很长一段时间就没再耍鞭子，谨记她娘的嘱咐，好好当妾，别一天到晚花里胡哨的给月一鸣惹事。她便答应了。

可秦卿不拿鞭子给月一鸣惹事，月一鸣就要拿鞭子惹她。

有回天气正好，她搬了许多书出来晒，正蹲在院子里翻页，月一鸣挽着鞭子凑过来了。

他蹲在自己身边，伸手帮她翻了一页书："秦卿，今早上朝的时候，我被一个半老爷们儿用眼神猥亵了。他还言语调戏我，说我生得好看，长眉如墨，眸似星辰，鼻若悬胆，一点朱唇，还真是这样，我都没有理由反驳他。你说气不气人？"

秦卿无语，甩下手上的书，朝右边挪了几步，离他远些才回道："月一鸣，你都骚到连男人也勾搭了。"

月一鸣朝她挪近一步，说："回来以后我就在想，男人出门在外得要保护好自己。可惜我是文臣，你说我现在跟着你学学鞭子还来得及吗？"

有毛病，她自打踹他不成反被拽之后就晓得，这人怎么可能一点儿武功皮毛都不懂。

她随口回："这鞭子我自小练，不晓得挨了自己多少打才学有小成，你若要练，也得做好被自己打得浑身是伤的准备。"

"行啊，没问题。"他站起身，将鞭子递给她，勾着唇角，"请赐教。"

话音刚落，秦卿夺下鞭子横空一甩，便耍了一段。

那鞭子在她手中破空扬尘，宛若龙蛇，鞭影重重，晃得人眼花缭乱。她翻身腾空，扭腰抢出，凌厉如锋的长鞭势如破竹。

待她定睛看时，才发现月一鸣就站在长鞭尽头，可她的手腕已收势不住。

那最凌厉的一鞭便抽到了月一鸣的身上，"啪"的一声，险些给他痛出眼泪花来。

猝不及防，他倒嘶了一大口凉气。

秦卿也吓了一跳，她都忘了面前还有一个人了："你没事吧？"

月一鸣转过背给她看，反问："你猜我有没有事？"

秦卿默然。

他又噙着笑，接过她手里的鞭子，玩笑道："我没事，现在该我了。你站远些，免得我抑制不住自己睚眦必报的脾性。"

秦卿赶忙站远了些。他这话说来有些挑衅，秦卿退开时还高看了他几眼，以为他能过目不忘，才看她耍了一遍就能重复个二三四来。

后来的事实证明，她果真高看他了。月一鸣在她的注视下，十分壮烈地自残了小半个时辰，共计十三处鞭伤，有重有轻。

耍完还一定要问她"我发挥得还可以吗？"，并希望她给出评价和纠正。

秦卿评价："惨不忍睹。"

当晚，月一鸣拿着药来，让她帮忙擦伤处，说是那些下人抹药没轻没重。因着他开门红的那一鞭出自她的手，秦卿接过了药。

月一鸣脱掉上衣，指了指胸膛，又点了点肩膀后，若有所思。"这鞭痕倒有些均匀，勉强还对称。"研究完伤后，他抬眸挑眉问她，"我伤得还算漂亮吗？"

秦卿："……"

她一声不吭地给他上药，拂过胸膛上的鞭痕时，他闷哼了声："你……"

她收手，动作轻了些。

他又闷哼，顿了顿，握住她的手重摁在胸口，嘴角勾起笑："你还是重些吧，好让我清晰地知道是在上药不是在做别的。"

秦卿没懂他的玩笑，按照他的要求用了力。

他的笑容渐渐消失，脸都白了，又提要求："……也不要太重，拿捏个度。"

秦卿被他要求来要求去，皱起了眉，不搭理他了。

次日上朝后，惠帝在书房问他："爱卿这是？"

月一鸣慵懒地道："情伤，打情骂俏的伤。"

惠帝嫌硌硬，特准他在家休假十日。

很久之后秦卿才知道，这位口口声声说自己是文臣的人，幼年习武，精通骑射，十五岁那年被月家丢过两回战场，打过胜仗也吃过败仗，当过军师，也跑过小卒，说是月家为了磨砺他的心性。总而言之，不是个蠢到耍鞭子能打得自己遍体鳞伤的。

她知道后也问过月一鸣，既然如此，还费那个劲跟她学什么鞭子。

月一鸣拈着没批完的文书笑说："那半老爷们儿真对我有意思，我吓得不轻，所以借伤躲了几日。"

秦卿不信。

他又无奈道："好吧，跟你说实话，行走江湖，想多学个技艺傍身，以后若是被月家赶出门不当宰相了，还可以去街头卖艺。"

秦卿不是傻子，当然也不信。

他朗声笑道："好吧好吧，就知道你聪明，骗不过你。其实是朝中有人要挑我的事，陛下劝我弄点儿伤避朝为好。现在风头过了，你看，我这不是在补批欠下的公务吗？"

秦卿琢磨了会儿，这才信了。

刑部常道，质问三番过后，就该说真话。

只不知这真话是真的，还是那人说出来让你以为是真的。

第四章 月家秘辛

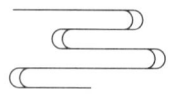

清晨，卿如是再一次收到了倚寒的来信。

信上提到，他从刑部一个小官吏那里得知，霍齐昨日挟持人质未果，被捕后认罪。此后刑部又发现地痞颈上的细绳和茶坊内的绳子是同一材质，为防止断裂，里面编有牛皮绳，比普通麻绳还要重许多。结合官府目前放出的消息来看，沈庭案应当和那地痞有关。

但是现在地痞随着暴雨而死，名姓未知，痕迹都无，死亡原因更无法查证，这条线索是彻底断了。霍齐那边又一口咬定是他杀的人，嚷嚷着要画押，求着各位官差给他判死刑。

案情迷离得仿佛当事人喝多了酒。

除此之外，卿如是发现倚寒的消息极其灵通，昨日她才从月陇西那里得知沈庭案和地痞有关，今日倚寒就也从刑部小吏处得知了这个消息。

卿如是一时对倚寒的身份产生怀疑，但转念一想，倚寒又是个心思玲珑的人，要探听这些想必有他自己的门路。

她不再多想，提笔回信。

昨日她就在想，霍齐挟持萧殷当人质一定是想活命的，可在被捕之后又立即认罪，前后态度转变太快，必定不寻常。这是第一点。

霍齐在被捕之后能立马交代出杀人动机，只有一个可能，他所说的和沈庭之间的那些爱恨情仇没有作假。

假设他不是凶手，那么真凶就纯粹是拿霍齐当靶子。真凶了解霍齐和沈庭的仇怨，很有可能是霍齐认识的人，如果不是，那至少也是个消息灵通的人，这样才可能了解霍齐那段鲜有人知的过往，进而找上霍齐。这是第二点。

最后一点，既然两根绳子材质相同，明摆着有联系，那么霍齐将绳子留在现场，有没有可能就是为了引导官差把视线转移到地痞的身上？

按照这个方向猜测，事情有可能是这样的：

整个手法是地痞谋划，找上霍齐，以什么东西威胁，或者以让他报仇的理由教给他作案手法。霍齐接手后觉得为报仇而死不值得，于是想拉地痞下水，如果地痞落网，那霍齐这个施行计划的人顶多算是帮凶，一般来说不会被判死刑。

所以霍齐留下绳子，打算在被官差审问时引导他们找上地痞。可他没有想到，没等官差找上地痞，地痞先死了，所以这案子彻底成了他的罪，以至于昨日他得知地痞死亡的消息后挟持人质准备殊死一搏。

结果失败了，霍齐觉得回天无力，再如何辩驳也是枉然，因为地痞已经死了，倘若他辩驳，免不了要被上刑，干脆求个痛快，认罪求死。

卿如是将自己的推测写上去，心底却隐约觉得有个地方逻辑不通。她再三察看，还是没有找到不妥之处。

她没有往常破案时想通一切的通透感，反而觉得心里猫抓似的，想抓住什么，却怎么也抓不住。那是一种被困迷雾之中愈陷愈深的感觉。

不对劲，哪里不对劲。

算了，待信寄去他看了再说。

卿如是折好信笺，打开倚寒附在信后的字条，然后陷入了沉默。

字条寥寥几句话，大意是说那位故人身边有了新人，他心底极度不平衡。在不确定究竟是不是他的故人之前，掺和进去有失风度，两难了。

卿如是："？？？"

什么玩意儿，当初说好的看中她的文采请求赐教呢。她究竟为什么沦落到帮他分析这些东西。

不过这人果真有教养，会思虑这些，说明此人有所为有所不为，像是高门显户出来的贵公子。她便也不好说道什么了，老实给了建议：

　　故人是与不是，暂且不论。倚寒兄，听小弟一句，先下手为强。

鸽子放出去，她也跟着换了身男装出门。

卿如是戴着面具并带上新默的三篇文章，去采沧畔见叶渠。

一进屋，便见叶渠俯在桌上喃喃自语。她在隔帘后坐下来，叶渠不招呼她，只专注地看着桌上摊开的画卷。

从卿如是的角度，只能看到那卷画的边角，她有些好奇，随即撩起帘子，凑过去看。

叶渠一手捧着书本，一手握着朱砂笔，逐一比对后在书本上写下桌面上那幅图的题名。

卿如是接过他手中的书，书封写着修复者和誊抄者的姓名。修复者自然是"秦卿"，誊抄者是几十年前的一位名士。

叶渠笑说："这两日我又试着找了许多不同的人誊抄的修复本，只有这个人在誊抄这些修复本时，完整保留了修复者所有的书写习惯。于是我把这人誊抄的崇文修复本都拿来看了一遍，发现被修复的每本书大概会用到'卿'字十几处，几乎每一处后面都加了点，这下彻底证实了修复者这个习惯。"

卿如是点头，示意他继续说。

"我找朋友弄来许多百年前那些名士留下的书画，目前找到三四人都有卿字后加点的习惯，但是，我仔细比对了许多作品，大概只有我手中这幅画的主人，最有可能是当年的修复者——"

叶渠退开一些，让她上前来看这画的全貌。

画里无人无鸟，无草无花，唯有一座百年廊桥，廊桥似乎没有尽头，愈深愈暗，沉重而压抑。分明只有廊桥这一死物，却给人万物都枯萎，生灵皆老去的错觉。

笔者的字迹有些眼熟，但又不太像是她想到的那个人的字迹。

因为这位画者用笔过于倦怠，似乎已没了拿笔的力气，勉强写了连笔的草书，字也歪七扭八。

上书：

夜深忽梦卿，惊坐起，不知今夕何夕。我看清风是卿，我看月影是卿，捕风风不停，捉影影不应，惊坐起，不知今夕何夕。唯恐卿卿不入梦，推窗请风进，熄灯把影留。

时间是女帝登基的第三年。

卿如是稍移开视线，扫视一遍，疑惑地蹙起眉。

叶渠知道她想问什么，回道："没留名，连个私印都不曾盖得，不知是哪位的作品，这字迹也不像我见过的手笔。字句里，唯有'卿'字写得最好最端正，字后那一点也是习惯性地在每个'卿'后都会点上。可仅凭这个，想找出画作者，有些困难。"

他顿了顿，补充道："你不着急的话，我慢慢想办法。"

卿如是点头，不自觉又看向那幅画。她想不明白，为什么自己会觉得这字像月一鸣的草书，分明很不同。他不是很有名吗？若这字真的和他的字相似，叶老应该能看得出来。

他的字狂狷，多多少少存了些十四五岁入军营时不服输的血性，还有十七岁拜官称相时催生出来的恃才傲物的少年气。就像他自己说的,不管沉淀多少年,他也写不出个稳重的味道来,就是草,又草又横,颇有点儿不按照常理出牌的意思。

但画上的字,尽是颓废之意。就如画上廊桥一般,看不到尽头,万物枯萎,生灵老去。多看一眼都觉得悲伤。

卿如是不再多想,放下新默出的文章便走了。

叶渠遣人送她走暗道,自己留在屋子里研究字画。

半个时辰后,有人敲门,叶渠将卿如是留下的文章收起来,然后才开门。

倚寒跨门进来,叶渠低头继续捧着书本啃字眼,想了想,抬头问他:"你家里可存得有惠帝时候的名士字画?有的话借我观摩几日,看完就还你。"

"我从不存那些。"倚寒慢悠悠给自己倒了茶。

叶渠准备将桌上的画卷起来,半玩笑半抢白:"哧,不知道谁跟我说的,家中还收藏着秦卿的画像,还是月一鸣的真迹。见天和我吹,这会儿倒成了从不存惠帝时期的字画了。"

倚寒抿完了茶,斜眼瞥见他在卷画,忍不住伸手讨来看:"确实只有我同你吹的那些。你要来做什么?"

"比对些字迹。不过你若只存了月一鸣的真迹那就算了,应该不可能是他的字迹。"叶渠也懒得再卷,递给他了,"我就这么几幅真迹,看就看,小心些别给我弄坏了。"

耳边话音还未落,倚寒已展开了画。目之所及,寸寸烂熟于心。

他怔在原地,攥着画卷的双手逐渐捏紧。

叶渠唤了好几声,皆不入耳。

须臾,他哑声问:"这画……竟是在你的手上?怎么忽然想比对字迹?"

"也不是忽然,我不是一直同你说,崇文遗作的修复者不应当是秦卿吗?前些日子找到些线索。"叶渠将"卿"字的蹊跷与他尽数说清,又指着这画道,"若我所料不错,这幅画的主人才是真正的修复者。可惜画上无名无印……"

倚寒的目光微敛,他将画卷起,郑重道:"与我做个交易。你将这幅画送给我,我告诉你画的主人是谁。但是,你不能告诉别人。"

叶渠讶然:"你知道?你真知道?!"

倚寒点头道:"我知道。这个交易如何?"

"慢着,你容我想想……"叶渠拧紧眉,"我怎么知道你说的是真是假?万一你是为了骗我的画……这种无赖的事世子又不是没干过。"

倚寒笑了,挑着嘴角说:"既然如此,我就算直接拿走,你也无可奈何。"

顿了下，他道，"但我是真心实意与你交易的，这幅画对我来说很重要，所以我不会用那些下三滥的法子拿回来。"

叶渠一愣，沉默了。

似乎只要和崇文遗作沾边的事，他都十分看重。

室内静谧半晌，叶渠挥手随了他："拿去吧，拿去吧，我这把老骨头，再有价值的东西藏着也没几年能看了，还不如了却生前遗憾。你且说来，这画的主人是谁？"

倚寒似乎松了口气，微抿着唇，抚摸着画卷淡笑了下，说道："祖上，月一鸣。"稍作一顿，他眸光一暗，低声补充道，"自废右手后的画作。"

叶渠瞪大双眼："自……自废右手？！"史册上没记载这段啊！他这是知道了月家什么不得了的秘辛？！

如此说来，崇文遗作的修复者是月一鸣？那位被惠帝钦点的少年宰相后来竟去修复了崇文的作品？叶渠险些跪下去。

原来月家离经叛道的，不止眼前这位。

可如今的月家和当年的月家怎可相提并论，百年前的月家还不曾知道女帝，没经历过新思想的灌输，月一鸣所思所想若真与月家教化相悖，在当时的月家，必定步履维艰。

府里还有一个与月家水火不容的秦卿。

想到秦卿，叶渠回想着倚寒所说的"自废右手"，顿悟了什么，又有些不确定，当即问："为什么要自废右手？"

倚寒笑道："没有为什么。听老一辈的人说，好像是睡到半夜，忽然梦醒了，坐起来觉得很难过，就拿刀子扎透了手。大概他那时候是疯了吧，据说清醒过来也很后悔。"

"后悔？"叶渠想着用刀穿手的血腥场景，不禁深深皱眉，"是该后悔。"

不对。叶渠顿了顿，慢吞吞地指向那幅画，恍然道："我知道了，是'秦卿'的'卿'？所以他后悔是因为……"

倚寒挑眉，坦然道："是因为没了手以后，没办法修复崇文遗作。"

可是他后来仍是冒着秦卿的名修复好了崇文遗作。可以推知，月一鸣在自废右手后，重新用左手学了秦卿的簪花小楷。

叶渠觉得匪夷所思，问："他是受到了秦卿这个反帝者的影响，才去了解崇文的？"

"你姑且就这么觉得吧。"倚寒不再解释，"剩下的，我不便多说了。"

剩下的，他想亲自说给那个人听，如果还有机会的话。

这厢卿如是出了采沧畔，先回府换了女装，带上皎皎往照渠楼那条街走，走得极慢。

她对自己那番推测没抱太多信心，只能来这里碰碰运气，看能不能找到一些线索。

一圈又一圈，她们绕着街道来回转悠。

日头上来了，卿如是将手搭在额上，叹道："看来运气不佳。"

不要说线索，她们连一个地痞流氓都没瞧见。

没办法，两人还没吃午饭，只得先找个地方解决一下口腹之欲。

卿如是忽然想到暴雨那日萧殷给她的提点，揣测着他说不定能再提供一些有用的线索，随即带着皎皎往照渠楼去。

到了照渠楼，皎皎一边暗呼姑娘快要将戏楼坐成酒楼，一边啰唆着后日的郡主寿宴。

"姑娘是真的不把这寿辰当回事，别的闺秀暗自较着劲，一会儿这个打听，一会儿那个打听，生怕别人比自己棋高一招。就只有咱姑娘整日里和案子来往，明明和西爷近水楼台，姑娘却真真切切地一门心思扑在案子上，届时入了宴该怎么办……"皎皎担忧地蹙起眉。

卿如是头也不回地道："你放心吧，后日要献的艺我昨晚就已经想好了，心里有数。"

不等皎皎再开口，卿如是拦下一名小厮问了萧殷的去向。

"下午有一场他的戏，可能在房间上妆。"小厮又补充道，"姑娘若不介意的话，顺便帮忙唤他下来一趟，老板在后房等着给他结上月的工钱呢。"

卿如是应好，嘱咐皎皎就在楼下点些小菜等着她，自己顺着小厮的指路上楼了。

长廊尽头有两间房，卿如是敲了左边的门，三叩之后无人响应，倒是右边那扇门开了，紧接着一股子热气扑面而来，她转头看去，堪堪对上萧殷错愕的视线。

显然，他是刚出浴，裹裤轻薄，有些被水珠浸透，贴合着腿部曲线，裤腿宽松，被他挽起些许，一只挽在足踝处，另一只挽在膝弯处，绑了一条白色的绸带，长长的，绸尾被他翻起扎在腰间。

他的上身还半裸着，只穿进了一只袖子，看见她之后即刻将衣衫披上了。"卿姑娘你……你怎么上来了？"他刻意压了压语调，仍是没压住局促。

卿如是原本是不介意这些的，从前跟着哥几个练鞭子，那些粗爷们儿哪个不是光着膀子。但她见萧殷似乎介意……那她到底是该介意，还是该不介意？

萧殷被她丝毫不避讳的视线盯得耳梢发烫。他侧过头，不动声色地将腰带从腰间拉下来，垂在前面，又轻扯了下衣衫下摆，遮住腹部和下身。

正想着说点儿什么话岔开这茬儿，她的目光又被他的胸膛吸引，倒不是因为别的什么，只是，他的心口处，不是说有条疤吗？就算结痂掉了，也该留下淡粉色的新肉的痕迹啊。

那里明明白皙光洁，没有一丝瑕疵。

卿如是指着他的心口，狐疑地问："你不是说，这里有疤吗？"

萧殷也不管上身净是浴后的水渍，交叠好衣衫，遮住胸口，没有接她的话，推开左边的房间，邀请道："卿姑娘找我有什么事，屋里说吧。"

两人进屋，出于礼貌，卿如是帮他带上了门。萧殷一愣，又慢吞吞地摸到门边，将门打开了。

卿如是思忖了下，是她过于不拘小节了，萧殷想得十分周到。

她坐下了，萧殷没坐，站在旁边给她倒茶，甚至递到她的手里："卿姑娘稍坐，我去那边加件外衣。"

他的卧床和茶室只隔着一道屏风，能听见说话。

卿如是扬声道："萧殷，方才我上来的时候有个小厮让我给你带句话，你的老板要给你结上个月的工钱，让你下去一趟。"

"嗯，好。"一个字的音也发得端正有力。

萧殷的回答，总让她生出些这人很是乖巧的错觉。

"我来找你，是想问问有关那晚地痞讹钱却被马车撞死的事。"卿如是把玩着茶杯，"你对这件事有什么看法吗？"

那边没有回答，须臾后，萧殷绕出屏风，站到她身旁，才道："不像是意外。"

在卿如是的注视下，他解释道："一般，马车在看到突然冲出来的人时，会反应一个弹指的时间才刹停。这一弹指间，马儿保持原本的速度跑出了一段距离，而马儿从开始刹停到完全停下，也需要一段时间，这段时间马儿也会走出一段距离，两段距离加在一起就是很可能撞上人的危险范围。"

顿了顿，萧殷偏头道："常年在街上游荡的混子都能凭借经验预先估测出一个范围，停在范围之外，不会让自己真的受伤，至少不会受重伤，更不可能被撞死。"

言外之意，那地痞应该从未有过讹钱的经验。没有经验，还敢在暴雨天马车狂奔时去干这勾当，如果不是被人设计，那多半脑子有问题。

可是，就算停在危险范围内，也不至于被马车撞死。地痞死于马儿失控后的踩踏，设计地痞的人再如何也算不到马儿最终会不会失控。

卿如是沉吟片刻，又狐疑道："那你是怎么知道这些的？"

"和那些乞丐聊天的时候听说的。"萧殷坦然道。

卿如是想到他清晨蹲在楼角给乞丐送糕点的事，瞬间明白了。

她不便在萧殷的房间久留，兀自下楼和皎皎吃了些小菜便离去。

出门时，她不经意瞟过街边，仍是不见逗留的地痞无赖。

她心中有些混乱的思路待整理，沿着街道边走边捋。这一路走下来就到了傍晚时分，沉浸在思绪中无知无觉的卿如是越走越远。

皎皎跟在身后像个小尾巴，小尾巴叫苦连天，她没那么好的精力，也没什么能分心去想的事情，整个下午走下来，腰酸背痛，双腿也快要抽筋了。

忽地，有个稚儿朝着卿如是撞上来，卿如是反应极快地停住了。

皎皎险些撞在她身上，忙稳住身形，兴高采烈地问："姑娘，咱是不是要回去了？"

卿如是望着那稚儿跑远的身影，自语道："我想明白了。原来，我从一开始，就想错了方向。这个案子并非当局者迷，旁观者清，反倒是当局者清，旁观者迷。沈庭明白了，霍齐明白了，地痞死的前一刻也明白了，反倒只有我们不明白。"

皎皎皱眉道："奴婢的确不明白。姑娘，你在说什么？"

"我说，我就快要破案了。我几乎推出了全盘手法，却猜不出凶手，且所有证据都被那名凶手毁掉了。只剩下一个霍齐还活着，然而，我知道他的嘴撬不开。"卿如是抿紧唇，神情肃然，"罢了，先回府吧，我要换身男装，今晚还有斗文会。"

卿如是回府换装耽搁了些时辰，等到采沧畔时，斗文会过半，落笔铃已经响过了，墨客进入诵读品评环节。

写字条问小厮这次的主题是什么，小厮轻声回道："品鉴惠帝时期任意名士留下的名作。"

叶渠近日是对这些有研究，故而出了这么个主题。卿如是点头，仔细听外间小厮开始诵读各墨客的文章。

小厮起句便说"礼让新客"，新客化名云谲。

开篇第一句："月盈则亏，道物极必反之意。强者攥一星火可辟路千里，然弱者揽尽清辉难守寸地。当世之局，昭然若知。"

卿如是：是《论月》！

这个名叫云谲的人引用了《论月》里的句子？

叶渠说《论月》被人盗走，就连他也只看过大概，勉强背得出几篇。除开叶渠，应该只有她和那位致力于修复《论月》的贵人看过这本书，那这个引用《论月》的人为什么会知道那里面的句子？

难道，《论月》被盗走和此人有关？这人堂而皇之地在采沧畔引用此句，就不怕被叶渠知道了找上门吗？还是说，这个云谲就是故意要让叶渠知道，是他盗走了《论月》？

她转头看向身旁侍墨小厮，小厮埋头以眼神询问，她思忖片刻，拿字条写下："唤你家主人速来。"

得知是青衫传的话，叶渠来得很快，赶在了云谲这篇文章念完之前。卿如是松了口气。她就帮到这里了，剩下的只能叶渠自己想办法和云谲交涉。

斗文会结束时已至亥时，卿如是不敢停留，赶忙回了卿府。

险擦着卿府门禁时间回去，卿母果然担心坏了，说以后出府须得带上侍卫和丫鬟。卿父开明，倒也没训她，只说她正是谈婚论嫁的年纪，不可再在外边胡玩。又告知她，朝中不少官员膝下皆有俊秀，早有与卿父结为亲家的意思。

卿母挑明了说："若是你与世子当真有缘无分，那等郡主寿宴之后，你便要逐一与那些公子哥相看去。可明白了？"

卿如是回道："哦。"

为避免被拉扯着说上一个时辰，卿如是逐一应下，又赶忙保证没下回，两人这才将她放回闺房休息。

她沾床就睡，并未将与公子哥相看的事放心上。

第二天醒后她就开始盘算着去刑部一趟，将自己推测出的案情告知月陇西。但又念及明日是郡主寿宴，月陇西或许忙着打理家中事务，没时间出府办公。

一时犹豫，斟隐恰好上门帮月陇西带话来了。

"世子今日不便出府，让我来带些话给你。"他神色凝重，示意卿如是将周围的丫鬟仆人都散尽了才道，"昨晚，霍齐在狱中自尽。"

卿如是正在喝茶，听后震惊一瞬，又皱眉低喃："霍齐也死了……我昨日该想到的。"

"昨日？你想到什么了？"斟隐好奇追问，又敛了神色，叹道，"算了，世子说，不管你查到哪一步，都得停下别再查了。这案子已经拿霍齐的手画了押，封存好放进了卷宗室，算是结案了。"

"结案了？"卿如是比听闻霍齐死讯还要震惊，"为什么不查？这才用了几天的时间，就推测出了作案手法，在很有希望破案的情况下，刑部不会这么草率的。是不是出了什么事？"

斟隐摇头道："反正卿姑娘别再管这个案子就行。结案之后，若想翻案，会很复杂。"

语毕，他迅速告辞离开了卿府，以免被卿如是追问。

卿如是狐疑地在原地站了许久，为什么呢？背后这名凶手，真就如此神通广大，让月陇西都甘愿包庇？

她想不明白，索性明日寿宴上见到月陇西时当面问他。好歹这案子她是头功，怎可一句交代都不给她。

想到几日的奔波打了水漂，卿如是扭了扭脖子，有些无奈，又想到明日寿宴献艺一事，心情愈发沉重，忍不住啧了一声，扬声唤："皎皎，带两个侍卫跟我出门。"

敷衍还是要敷衍得像一些的。上台耍鞭子总比当场破案要强，何况她上辈子在月一鸣的寿辰上一根鞭子打烂三架花鼓的场面也还是有几分惊艳众人，丢脸归丢脸，可后头说出去谁不晓得她文武双全，心底肯定也悄悄地高看了她的。

今次她准备故技重施，上不得台面就上不得台面吧，她又不嫁入月府。这会儿还剩下一天时间，除了上去耍鞭子，她还能准备出个什么狗尾巴花，难道真能给郡主写诗不成？

她打算先买根鞭子回来练练手。

随行的侍卫将她带到街上一间做工不错的兵器铺，她站在门口瞧了几眼，旁边是一家胭脂水粉店，往来间净是环肥燕瘦，生意兴隆得很，衬得兵器铺生意愈发冷清。

卿如是进门，立刻有伙计迎上来，带她选了一根趁手的软鞭，纯皮所制。每个朝代都有不少闺阁女子喜好练鞭，但大多都是花架子，用的鞭子也都是花花绿绿的，非要染个颜色出来，瞧着糟心，用着也不实在。

她前世跟月一鸣讲过这茬儿，月一鸣因为打赌输了正帮她叠衣服，听及此便半真半假地笑说："所以我常说我家秦姑娘与众不同哪，别的姑娘玩的就是花架子，你非要玩真的，一鞭子照着我的背上打过来。"

稍作一顿，他低笑一声，道："打得我真舒服，你把我迷得不轻。"

"闭嘴，别骚。"秦卿随口回，转头瞧见他叠得歪七扭八的衣服，不禁皱起眉，"你会不会叠衣裳，照你这么叠，我一会儿还得自己重新叠。算了算了，我自己来。"

月一鸣很乐意地让开了，并将自己那一摞没收拾的衣裳也抱给了她，说道："有劳了。"

秦卿："？？？"请叫你自己的丫鬟叠好吗？

月一鸣知道她想说什么，笑了笑："我觉得过你手叠的会比较香。我被你打伤那日，你破天荒帮我洗了件朝服，我穿去御书房见陛下，陛下还问我用的是什么香。你猜我怎么说？"

秦卿掀起眼皮看了他一眼，嫌弃道："不想知道。"

月一鸣坐在床边，把她方才叠好的衣裳抱到腿上，慢悠悠道："我说，是体香。他便表示不想看见我，让我赶紧滚。"

服了，敢跟陛下这么扯犊子的怕也只有他这一个。

卿如是摇摇头，不再想这些，又挑了一把匕首，结账时她自己将鞭头用红色的绸布缠住，以免磨手。

将匕首丢给侍卫收好，卿如是自己盘起鞭子，低头在腰间挂好，抬眸时面前停了两个人。

两名女子，一前一后，像是主仆。柳眉杏眼，俏鼻菱唇，站在前面的这名女子显然是富家小姐，生得花容月貌，鹅黄色薄衫下，肤如凝脂，白皙胜雪，青丝如瀑般垂下，一支银珠步摇随着她偏头的动作轻轻摇晃，轻灵作响。

这女子抬眸看见卿如是，脸上的表情由好奇转变为欣然，道："果真是你，我还以为自己认错人了。如是，好久不见。"

卿如是："？？？"

在皎皎的注视下，她硬着头皮道："……好久不见。你最近在府中做什么呢？没见着你出门。"

得亏上辈子月一鸣常拉她去坐堂，造就一身应付女眷的本事，而今随意一个不认识的也能接话茬。

那女子左右看了看，凑近她后才轻声道："你知道的，世子与我相看不过半刻钟就遣人送我回了府，我娘说只得郡主寿宴时再搏一搏，所以我从一月前便开始备舞，今日才得空出来逛逛。你呢？听说你也被世子随了份礼，你最近在做什么？"

她这话问来有些试探之意，卿如是宽她的心："我想着你们都去争那世子夫人的位置，我想争也轮不上的，索性没去与他相看。近几日交了些刑部的朋友，凑了趟沈庭案的热闹。"

"你？去接触案子？"女子稍放心了些，却又觉得卿如是绕过了她的问题，在打发她，于是变着法地问，"那你准备在宴会上献什么？"

卿如是指了指腰间的软鞭，坦然道："不出意外的话，应该是这个。"

好了，耍鞭子那还有什么好说的。女子彻底放心了。

然后她喜笑颜开地对卿如是道："耍鞭子呀，到时候肯定很精彩。我会带头给你鼓掌的。"

卿如是看破不说破，笑着与她虚与委蛇一番，各自准备回府。

等爬上马车，皎皎方与她急道："乔芜姑娘惯是没脑子的，姑娘怎么今儿个比她还没脑子呢，献艺的事哪能随意跟她露了信？"

"我志不在此，对一个弱质女流有什么好遮掩的。"卿如是随手翻开书，看了起来，"她对月陇西有意思，我又没意思，索性让她宽心，以免找我生事。"

说得好像有几分道理，可皎皎仍是很委屈地捧着脸说道："姑娘要献的，奴婢一个丫鬟都看不过眼，月府选世子夫人肯定是要温婉持家、端庄规矩的，你这鞭子一耍，届时定被郡主嫌弃粗鄙。就算不在意会被郡主嫌弃，也得吓退好几家要与姑娘相看的公子哥呢。"

卿如是不予置评，本以为和公子相看这茬儿是卿母随意说说的，岂料前脚刚踏进府，后脚卿母便唤人来拉住了她，将她带入厅堂。

只见卿母倚着小桌，正翻看一摞名册，眉头一会儿皱起，一会儿舒展，口中还念念有词："怎么是这么个岁数，这个不合适……这一个好像还行，就是身份低了些……啧，这个长得端正，这双凤眼和世子有得比……"

抬眸瞧见她，便端坐起来，兴奋地招手道："如是，你也来看看，昨晚我同你说的那些待相看的公子哥，都在这本名册里了。为娘可整理了一宿呢。"

卿如是：我谢谢您嘞。

秉着莫要辜负亲娘心意的信条，卿如是慢吞吞坐了过去，顺着卿母指的人瞧了一眼——乔景遇。画上的他芝兰玉树，气质从容。

"翻来覆去瞧了那么多，还是景遇最顺眼。他是你爹以前的学生，前些年跟着另一位先生游学，近日才回了扈沽。今年十九，正是议亲的年纪。你们小时候还混在一起玩过的，你还记不记得？"

那哪能记得。卿如是忙道忘了。

卿母不与她争这个，又说："他堂妹你必然熟悉，就是常与你比来比去又爱缠着你玩的那个乔芜。"

卿如是讶然一瞬，敛起神色道："我今日出门方遇着了她，说是明日寿宴上她要献舞。"

"她心系世子，还不知成不成呢。我倒觉得你和世子更般配些，那日远远走过来，我瞧着就跟我亲女婿似的。"卿母碎碎念了一句，指着乔景遇道，"你和世子若不成，他也不错，家世品貌样样不俗。你觉得呢？"

卿如是无奈点点头，回一句："寿宴之后看了再说吧，我都不认识他。"

"怎么不认识，小时候你和他玩得多好，每回他来府里听你爹讲学，你抱着墨锭不撒手，非要给他磨墨。那时候我看他也就跟看我亲女婿似的。"卿母的眼神慈爱了些，幽幽一叹，"可惜那时没把婚事定下来，不然我现在还愁什么。"

"娘你看谁都跟亲女婿似的，你闺女就这一个，嫁得过来吗？"卿如是伸手接过名册放下，"这几日您就别忙活这些了，等和乔景遇看了再说。"

"那不成，这只是第一轮。"卿母又将名册拿起，"明日寿宴一结束，我就和乔家通通气，定个时辰你俩见上一面。若是不成，就得紧着下一个。隔三岔五地多看看，争取今年内把夫家定下来。"

卿如是："……"

两人絮叨了一会儿后，卿母忽然说起了萧殷："这孩子人还挺不错的，我常去听他的戏，生得真是好看。可惜身份太低，不然的话……"

卿母说着，留下意味深长的一叹。

"人是挺不错，暴雨那日，若不是他提前叮嘱了一番，我临时换了道走，最后撞死那地痞的人就成了女儿了。"她剥着橘子随口一说，语毕时却蓦地怔住了。

霎时间，她脸色发白，双臂上密密麻麻的鸡皮疙瘩携着冷意，头颅中嗡嗡地团起一股被抽走灵魂似的力量，那感觉又迅速席卷全身，让她的身体僵硬住，生怕稍微一动脑中的信息就会溜走。

待捋清一切，她缓缓呼出一口气，握紧的手稍微松开了些。

"我知道了……"卿如是喃喃着，神色凝重，"原来如此。"

"怎么了？"卿母见她脸色难看，握住她的手拍了拍。

"没事。"她摇头，平复情绪后起身回房。

铺开纸，卿如是提笔蘸墨。

如今要怎么做？写信告诉月陇西吗？他说不查的意思，难道是因为他已经知道了凶手，准备把人保下来？可是为什么要保下来呢？

一时惶惑，她笔下的墨滴下来，浸透了纸背。

罢了，明日见面再说。

她搁下笔，怅然叹了口气，目光落在窗台边的面人上。其中有一个是她的模样，穿着水青色绉纱裙，一手撑着下巴，另一只手捏着糕点往嘴里送，面人的神情动作惟妙惟肖。

"姑娘？方才我见外边贴了通告，说沈庭案结案了，杀人的是名猎户，昨晚已在狱中自尽。这个案子姑娘不是一直跟的吗？怎么结案了？是姑娘破的案？"皎皎见门没关，径直走进来，"姑娘，你在想什么？"

"不是我破的案。"卿如是轻摇头，叹道，"是凶手破的案。这个案子，终究发展成了凶手想要的那样。"

皎皎微讶，不是很明白她的意思，索性去帮她收拾明日寿宴要穿的衣裙。

卿如是独站在书桌前许久，拉开抽屉取出装有那颗夜明珠的盒子，吩咐："皎皎，找个小厮跑一趟，把这盒子送到月府去交给月陇西，顺便再带一张字条给他。"

皎皎照做，寻了个靠谱的小厮将盒子和字条一并带到月府。

明日寿宴，月府在做最后的清点，月陇西负手站在庭院中处理事务，小厮被带到他面前。

"世子，这是我们家姑娘让小的带给您的东西。"他恭顺地递上去，又道，"姑娘还让小的捎了一张字条。"

月陇西接过盒子，打开一瞧，面色柔和了些，随即又展开字条，上写："案情巨细我已明晰，你潦草结案包庇罪犯，若明日不给我个交代，我便与你宴上当面对质……怕了吧？"

看完前几句，月陇西的神情还有些凝重，看完最后三字，倒让他实实在在低笑出声。

敛起情绪，他默然站了须臾。

小厮莫名，还等在面前，月陇西挥手示意他回去复命："此事关乎月家机密，还请她明日宴后私下一叙。"

何止关乎月家机密，若不保下真凶，月家形势堪忧。给她完完全全交代是不可能的了，内情不可外传，但必须先稳住她。

小厮领命离去后，月陇西再次打开盒子，将夜明珠拿在手中摩挲把玩一阵，交代管事在府中打理事务，自己换了衣裳出门。

月陇西骑马来到采沧畔，从通道直接进入茶室，等了片刻，叶渠匆忙赶来。

"夜明珠，我给你找回来了。"月陇西打开盒子，给他匆匆瞟了一眼，见他双目放光，又立即关上盒子，淡笑道，"你须得先兑现承诺，告知我解你燃眉之急那人的信息。"

叶渠压下心中激动，"哎呀"一声甩袖皱眉，道："你别急，我没说不告诉你，但我答应那位小兄弟在前，这事肯定是不能和你尽数说透的。你也莫怪我，我既要顾及这头，又要顾及那头，难做的是我啊。"

"你先将能说的告诉我，若我觉得有用，夜明珠自当奉上。"月陇西偏头，"你若全然敷衍我，让我觉得没一个字有用……宁为玉碎的故事我幼时可是见天儿地读。"

他把玩着盒子，神态自若。

那盒子在他手中转来转去，夜明珠也随之滚动，磕碰到盒壁，发出"咚咚"的响声。叶渠听得心都紧了，生怕他手没握紧。

"好了好了，别转了，这事我只跟你一个人讲，你不许说出去。"叶渠肃然道，"答应我，谁都不能告诉。"

月陇西顷刻间便停下手中动作，认真点头。

"那个人……怕是和崇文有些关系。"叶渠微眯着眼，轻声道。

月陇西蹙眉："怎么说？"

叶渠啧声道："你那本《论月》，我看完之后试着修补了前两篇，如何都不满意，翻来覆去总觉得有逻辑不通的地方。那晚书丢了，我在外边磕磕绊绊默第一篇，正急着呢，那位小兄弟就说能解我燃眉之急。"

"那人能默第一篇？"月陇西微惊。

叶渠嗤笑，摇头道："何止第一篇，能给我默出全文来！我看完之后只觉逻辑全通，不知是那人自己修补的，还是真就是崇文原作！反正我觉得，比百年前流传下来的修补本更贴近原作得多！你说，那是不是崇文转世？"

"真能默出全文？除了《论月》，别的也能默吗？"月陇西的心蓦地急跳起来，怔了怔，又皱眉紧问道，"男的？你确定是男人？"

叶渠笃定地点头说："我敢确定，是个男人。身形虽然瘦弱，但那字迹狂放豪爽，一看就是男人的字。穿着男装，面具也是青面獠牙，哪个女子能是这审美？肯定是个男人！至于能不能默别的，那人自己说是可以的，我想再追问，人家也不愿意透露更多了。后来我想过，崇文当年的追随者众多，会背那些文章的也不止秦卿一个，说不定是人家祖上没有张扬，一代代传下来。"

他分析得不无道理，月陇西的眉皱得更紧了些。

既然是男的，那么此事的重点便不在于那个人本身是谁，而在于这个人的作用。

倘若那个人默出的真是崇文原作，那么借修复的名义，将自己当年修补的文章进行替换，让崇文真正的文章流传下去，该有多好。

可这个人愿不愿意帮他呢？他作为月家人，向那位兄弟提出这般请求，是否会唐突？

他默然，忽然想到叶渠方才提到的"字迹狂放"一说，一瞬间，脑中闪过了一个人。

月陇西下意识握紧茶杯，脱口问："青衫？那个人，可是前些日新来的墨客青衫？"

这个名字陡然入耳，叶渠惊讶的神色便没能绷住，再想掩饰已经来不及。他没说话，算是默认。

果然是青衫。

月陇西走之前将夜明珠给了叶渠。骑马回府，头一件事便是给青衫写信。他拼尽全力修复崇文遗作这么些年，终于盼到了这日。这个人，无论与月家是友是敌，他都要将其收为己用，让原作得以流传。

第五章 灯会相亲

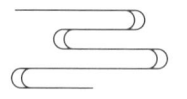

夜尽天明，卿如是收到倚寒的来信。今日是去月府赴宴的日子，她被卿母催着起早梳妆打扮，没有空闲读信，只先将信封收在抽屉里。

皎皎起得比她还早，替她拿了那身粉色的衣裙，卿如是打量一番后盯着皎皎道："那日我说笑的，还是换青色那身吧。"颜色看着顺眼些，总好过粉色这身。

考虑到一会儿上场耍鞭，卿如是吩咐皎皎为她随意绾成顶心髻即可，一支碎玉琳琅钗稳固。上裳是浅青色，用深青色的线绣着花枝，青黄间色裙，纤腰素束，佩戴一只黛色香囊，一枚羊脂白玉佩，罗裙下一双素靴，挂着茜色流苏，走动时前后摇摆，煞是有趣。

她将软鞭别在腰间，又拿了两根束带，方便耍鞭时挽袖。

卿母见她依旧与前几日无异，连个像样的首饰都不戴，当即唤丫鬟去拿了一只玉镯子、一只细银臂钏，勒令她戴上，又在眉心给她点了花钿，这才觉得瞧着舒服了些。

问到她所献何艺，卿如是乖顺地回答："耍鞭子。"

卿母深吸一口气，缓缓吐出，揉着太阳穴摆手："算了算了，我早该想到你不会将此事放在心上。你还是等着过几日与景遇相看吧，先上马车。"

双辕滚走，卿如是撩起帘子朝外探头，街道被今次赶往月府的马车占了个全，由此可见这回的寿宴是多么大的排场。

似乎为了印证她的猜想，方下马车，月府小厮的报礼声便传入耳中，一声压着一声，忙不迭更替着，贺寿之人络绎不绝，鞭炮声也没停过。

卿如是谨记卿母马车上的教诲，姿态端庄地跟在身后，保持微笑，一言不发。

百年前月一鸣的相府也差不多是在扈沽这个方向，但具体来说并不是这一座。这座月府有襄国公和郡主坐镇，比之当年的相府，气派只增无减。假山堆砌，奇花闪灼，楼阁廊轩错落有致，山泉清流引入荷塘，风景绮丽瑰变，可谓移步换景。

卿如是暗自打量着月府的景致和来往的人，远远瞧见坐席上正与人说笑的乔芜，后者也瞧见了她，当即捏着手绢与她挥手。她颔首一笑回应，转弯向较远的一席走去。

坐席设在荷塘外走廊上，说是池塘，实则是湖。透过廊间观赏荷塘，可见碧湖涟漪阵阵，中央有一圆形石台，刚好没过水面，正有几名女子站在石台上翩然起舞。远处假山上瀑布垂落，听得流水潺潺。

卿如是暗叹了声果然是奢靡的月家，收眼，不再张望。

距离开席还有一段时间，不少女眷拖三拉四地闲聊着。

她们方坐定，身旁也立即有妇人凑过来问话："卿家姑娘也长成标致的人儿了，可有议亲？"

卿母含笑接话："不曾，她性子顽劣，我正愁呢。"

"怎会愁，活泼的性子最讨喜了。"那妇人立即坐过来抓了把瓜子，同卿母聊了起来。

卿如是撑着下巴发呆，有一搭没一搭地回话，听见她们二人说得兴起，似乎又给她安排上了一场相亲会，幽幽叹了口气。她借口更衣，离开此处。

哪知道还有一个乔芫一早等在那边，见她起身，赶忙黏上来，挽住她的胳膊说："如是，你去更衣？我也去，我来过月府，知道在哪儿，带你去。"

压根儿容不得她拒绝，乔芫便将她拖走了。

一边走，乔芫一边压低声音同她说道："如是，我都打听好了，荷塘中间那个石台你看见了吗？一会儿我们就站在那里献艺。这次光是献艺的闺秀就有将近二十个，以书画做寿礼的十多个，还不算那些绣手绢、绣寿图的……我琢磨着，想嫁世子的人怎么就这么多，轮得上她们嘛。我可是听说，世子跟她们相看之后全都送了随礼。"

卿如是揉了揉耳朵，随口道："你不也一样收了随礼。"

"我不一样。"她坚持道，"我收到的礼要比她们收的珍贵，我娘说了，那是进贡给陛下的织锦，皇后娘娘赏赐到月家的。世子挑这礼给我，想必我有独特之处。那织锦我已经做成衣裳了，一会儿跳舞便穿那身。"

服了。卿如是向来不喜听人说这些情情爱爱的事，没理她。

踏上湖上拱桥，乔芫待要再说些什么，抬眸却瞥见了迎面朝她们走来的月陇西，登时睁大杏眼叫出声："世子！"

月陇西正微侧首对斟隐嘱咐些什么，听及此，转头向前看去，先入目的是卿如是。视线稍向下偏移，瞧见她腰间系着软鞭。

欲言又止，终究什么也没说。

卿如是挑眉，冷凝着他，说道："世子，既然我们在席前遇上了，索性找个地方将事情说清楚。"

月陇西从容道:"兹事体大,有什么话,还是等寿宴结束再说比较好。"

"你该不会是想着先稳住我,席后再敷衍过去吧?"她随口一问,竟一击即中。

月陇西淡笑道:"怎么会呢。你看席间宾客众多,我身为月府世子,忙得不可开交,这案子又说来话长,与你细说的话恐会耽搁。"

卿如是无奈地皱起眉,姑且信他。

她拱手准备告辞,被月陇西伸手拦住,他的视线落在她腰间,片刻,抬眸问道:"卿姑娘今日可要献艺?"

卿如是淡定点头:"暂时是有这个打算。"

月陇西脸上的淡笑敛起,似乎有些紧张,问:"献什么?"

卿如是挑眉,故作平静地说:"你到时候看不就知道了。"要她现在把耍鞭子几个字脱口而出实在太丢脸了,更何况乔芫还在旁边等着瞧她的笑话。

乔芫抿唇一笑,插话:"世子,如是要献的精彩极了,一会儿您定要好好瞧。"

"是吗?"月陇西觑了她一眼,又看向卿如是,"拭目以待。"

"走了。"卿如是与他道别。

走出一段距离后,她被乔芫拽了拽,回头看去,月陇西仍站在桥上望着她,神情复杂,似怆然似惶惑。仿佛在等着什么,似是已站在桥上等候多年,也孑然多年。希冀被人触碰了一下,摇摇欲坠,月陇西陷入迷惘,不知所措。

那一瞬,卿如是竟在他眼中看出些落寞来。

乔芫嗅出些不寻常,问:"如是,世子怎么这般看着我们?"

卿如是摇头说:"不知道。"

她们回到席间时,碗筷盆盂悉数备好,美酒佳肴轮番呈上,国公爷和昱阳郡主也已在主位坐好。

郡主穿戴庄重,听说方才宫中来人替帝后送寿礼,所以才着冠服戴朝珠,翡翠玛瑙琳琅,无比正式。此时接完礼,坐在席上,微偏着头与身侧的人说笑,目光和蔼,仪容端庄。

不知说到什么,郡主不动声色地扫过席间,将视线落在各位闺秀身上。

有位姑娘站了起来,迎着郡主的视线走过去,先施礼,后凑到郡主耳边说了什么,郡主淡笑颔首。

紧接着,那姑娘离席去了后院,再出现时,换成一身霓裳羽衣,她款步踏着湖中石板桥,站上石台。原是自请献艺。

随着女子的出现,席间纷纷将目光挪至石台。国公爷趁着安静起身说了几句，话落正好开席，席间又热闹起来。

将这一切看在眼里的卿如是百无聊赖地嗑着瓜子。

闲聊的妇人总算坐回了她自己的位置，卿母转过头悄声道："如是，方才我同那位夫人打听过了，上台献艺的姑娘数都数不清，兴许根本轮不到你。我琢磨着你若真上去耍鞭子，倒不如不献。一会儿这么着，你等那些姑娘排在前头，若是轮不上你，你就别去自取其辱了。你觉得呢？"

那真是可喜可贺。卿如是微领首，郑重道："全凭母亲做主。"

她们这厢话音刚落，那厢一曲霓裳羽衣舞也至尾声。卿如是看见乔芫也站了起来，心道这人果真脑子不利索，一舞作罢起一舞，不是存心让人给她们比个高低嘛。且霓裳羽衣本就是惊艳柔美的舞，乔芫如何能盖得过？

事不关己，卿如是只作壁上观。

待到乔芫换好装站上台，席间议论声乍起。卿如是亦惊讶地"咦"了一声，不为别的，只因乔芫身上穿的舞装只在布料和细节上与方才那女子有所不同——她要跳的，也是霓裳羽衣舞！

先前那女子，莫不是打听到了乔芫献艺的内容，所以先她一步首位上场。乔芫大概也是抱着不服输的心态，才非要立刻上场与那女子一较高下。

她们二人的梁子算是结下了。

卿如是嗑着瓜子乐滋滋地看着。

乐声起，郡主的眉微蹙了蹙，唤来丫鬟低语了几句。乔芫远远瞧见了，还以为是要唤自己下场的，没开始跳便自乱了心神，一起步就踩错了拍子。

卿如是在场下轻摇头，听见卿母在身旁道："起先跳这舞的女子定然心中得意了。起跳踩错，若稳不住心神，后面只会一错再错。"

如卿母所料，乔芫不是个能镇得住场子的，慌神过后遂将舞步忘得一干二净，一支舞跳得磕磕绊绊。席间奚落声渐起，听及议论，乔芫眼眶霎时红了。

更惨的是，当她看向月陇西时，才发现他正侧身与人说话，压根儿就没看她跳舞，一时不知该喜该忧。

卿如是很同情她。

垫底预定，在座别的闺秀还没上去献艺就都很实在地松了一口气。

她们松了气，卿如是却提着心，概因她方才刚吃上一口小菜，晃眼一看，下场后的乔芫不找先前那女子揪扯，也不找她的亲娘哭诉，竟直奔着自己而来。

完犊子，卿如是心底顿时升起一股不好的预感。

下一刻，乔芜果然坐在她身旁，扭着她的衣裳低啜道："如是，我的脸丢过了，反正你要献的也好不到哪里去，我这厢算是陪你一起丢的，该你了。"

卿如是：姐妹，这账不是这么算的。

周围的人听见她的话，纷纷看过来，知道卿如是也要献艺，起先和卿母聊得愉快的妇人头一个凑过来问她献什么。

卿如是：夫人，热闹不是这么凑的。

纵然此时骑虎难下，卿母仍旧不动声色地拂开那妇人的手，念及卿乔两家的关系，对乔芜好言道："如是今日身体不适，兴许上不了台了。你歇息歇息，吃酒席去吧。"

乔芜不听她的，但窘迫之色尽显，一阵面红耳赤，还紧抓着卿如是的衣裳，催促道："方才在桥上你还和世子承诺了要去献艺的。如是……咱俩玩得好，有什么丢人的一起丢吧……"

她是铁了心要把这垫底的位置留给卿如是，周围的人都看得出来，因此也愈发好奇卿如是要献的是什么，会比跳错舞还要上不得台面。

卿母本有心帮闺女躲过去，但乔芜这么一闹，卿如是就必须硬着头皮上了，好在那鞭子若是耍得好，也不见得能比乔芜丢人。更何况，过几日还要与乔景遇相看，这厢若不遂了乔芜的意，回去不知道怎么埋汰人，届时两相见了面上也难看。

反正世子这边卿母也没抱太大希望，如是耍不耍那鞭子都已因爽约相看得罪过月府一回了，倒不如给乔芜做个顺水人情，还能帮如是落个乔府那头的好。

思及此，卿母轻声对她道："去吧。"想了想她仍是有些气不过，为了刺激乔芜，又补了一句叮嘱，"认真些，不错步子就不会丢人的。"

卿如是：娘，您真是我亲娘。

乔芜当真被刺疼，但听及卿如是要上台，顿时又眉开眼笑，说道："如是，那走吧，要先去和郡主通禀。"

卿如是心想罢了。她捏了捏鼻梁，原本便是要去的，昨晚也做好被嘲的准备了，上辈子已经丢过一回脸了还有什么好怕的。

卿如是瞧了眼顷刻被占领的石台，起身朝郡主那方走去。

月陇西坐在郡主身侧喝茶，看着她走过来，目光一凝。

原本通禀时无须告知献艺内容，只报上需要帮忙准备的东西就好，但因着乔芜那一出，郡主便多问了一句。

卿如是低咳了声，回道："小女自幼习武练鞭，唯有那鞭子还有几分看头，遂为郡主献上一段，难登大雅之堂，还望郡主莫要见笑。"

万万没有想到，宴上祝寿献艺还有献鞭子的。

郡主一愣，讶然过后收敛神色，颔首浅笑。

只见一旁的月陇西紧盯着她，一眼也不眨，面容渐次苍白。

"还有……若是方便的话，可否备上三架花鼓？嗯……很可能被打破，不要太贵重。"

她话音未落，手臂猛地一疼。月陇西紧握住她，几乎是掐着骨头。

卿如是疑惑地看向他，手臂的疼痛使她不自觉蹙起眉。

这是第二次了，他用意味不明的眼神紧盯她，浑身上下透着一股子侵略性，但并非存有歹意。

"陇西。"郡主唤他，带着一丝叱意。

他回神，松开手，视线却没有移开。默了默，他用低哑的声音吩咐身边小厮："给她备鼓。"顿了顿，又咬牙低声道，"要能敲得最响的那种！"

郡主："？？？"

卿如是："？？？"

小厮："？？？"

卿如是揉了揉发疼的手臂，斟酌道："多谢世子。"

她踏上石台。

月陇西站起来，立在栏杆边凝望。

少女抱拳一揖，反手甩鞭，鼓声乍起，宛若灵蛇出洞般凌厉的鞭法，一举一动，一步一跃，一如当年。

那个当年啊，他也是这般望着她，眉梢眼角都在笑。

他的心蓦然揪紧，往事逐一浮现，被时间答得支离破碎的画面悉数拼合黏补，鞭动鼓响，一声声尽数和着他的心跳，那声音能侵髓蚀骨，将他逼到窒息。

长鞭一阵阵破空，一阵阵击鼓，他恍若未闻，只觉那震动都与胸腔共鸣，击穿他的心，顿时鲜血淋漓。

他出神地望着少女灵敏的动作，手中的茶杯因他再也控制不得的力道应声而碎，一滴血顺着掌心落在瓷片上，开出花来。

郡主一看慌了神，一边吩咐小厮去唤大夫来包扎，一边拽着他的手细看。

嘈杂声充耳不闻，月陇西紧盯着她，那种拼命压抑到极致，有待迸发的情绪潜藏在内心深处，是紧张，是亢奋，还是欣喜若狂，混乱的情绪扰得他险些丧失理智，一时竟分不清是现实，还是从前那无数次呢喃着"今夜，你入我梦来"的夜晚。

逼仄的眼眶快要容不下他浓烈的情意，溢出来一些，是滚烫的。他低头掩饰过去，最后，竟低声笑了出来。

是他的卿卿回来了？

真的是卿卿回来了。

拂开要给他包扎的那双手，月陇西兀自接过纱布在手上缠了一圈，凝视着她，眼都不眨，任心中波涛翻涌，不自觉间已入了神。

真是他的卿卿，还是活蹦乱跳的，还是很看不惯他。她还好好的，年华正好，岁月无愁。

尘封太多年的心活过来，月陇西深吸了一口气，那种一瞬间再次被俘获的感觉，如星火燎原，不可收势。

这厢对一切一无所知的卿如是收了鞭势，抱拳行礼。顾不得自己正被席上众人笑话，一段鞭子耍得她大汗淋漓，此时的她只想找个房间换身衣裳。

却没想到，她施礼过后，那厢竟传来一人清脆的掌声，慢悠悠的，响亮极了。

卿如是顺着声音看过去。

月陇西等这一眼等了好久，视线两相衔接，他的嘴角微抿起弧度。

世子都鼓掌了，那各位还等什么，都鼓呗。

一时掌声雷动，寿宴献艺瞬间成了杂耍现场。

卿如是：好嘞，感谢诸位捧场。

卿母：得嘞，有戏！世子这边看样子还有戏！那可太有了！

眼见着唯一能给自己垫底的人收了一片掌声，乔芜闷闷不乐，揪住衣角，朝月陇西的方向望。

她的母亲低声道："你自己出了差错，谁也怨不得。我看世子与卿家姑娘相熟，你要还想有机会嫁到月府，就得好好对她。"

"我还得对她好？她怕不是藏得最深那个，同我说的时候一口一个对世子无意，怎么如今世子就独捧她的场？"乔芜皱眉。

乔母摇头道："我听到风声，过几日你景遇堂兄要与她相看，没准儿她就是你未来嫂子。既然卿府有让她与其他公子哥相看的打算，那的确有可能对世子夫人的位置无意。"

乔芜这才宽心了些。

下场后的卿如是被一名丫鬟截住："卿姑娘，世子唤奴婢带你去房间更衣。已备好热水巾帕，姑娘请随奴婢来。"

卿如是觉得莫名其妙，转头往月陇西那方望去，没瞧见人。她浑身难受，思及方才乔芫她们也在此换了舞装，便不推托，只回去和卿母说了声，拿起一早备好的干净衣裳，跟着丫鬟朝后院走去。

"卿姑娘，这是世子住的西阁，热水巾帕都备在那间偏房里。奴婢就在门外守着，姑娘换好后出来便是。"丫鬟为她打开偏房的门，"如果有什么吩咐，唤奴婢一声就是。"

卿如是点点头，心中回味着"西阁"二字。月陇西住的阁楼，竟然名为西阁。百年前那座同名的西阁，可是囚禁她整整十年的地方。

热水在屏风后氤氲着，她脱下汗湿的衣衫，先拿巾帕洗了把脸，抹掉额间花钿，然后撩水将身体擦拭干净，穿戴整齐后，推门出去："我……"

一字脱口，卿如是发现门口站着的人竟成了月陇西。

他听见开门的声音，转过身来，眼笑眉舒。

那般透着慵懒松散的笑，卿如是瞧着有几分熟悉，心里不太自在，蹙眉问他："笑什么？"

"不知道。"他拈着身旁花树的枝叶，缓缓摩挲着，须臾后，声色倦慵地道，"看见你就想笑。那嘴角啊，想压也压不下来。"

卿如是拧眉，上下打量他几眼，以长辈的口吻道："好好说话。"

月陇西转过身，两步踱至她面前，俯身凑近她，见她仰起脖子向后倾了些，不禁低笑出声，伸手揽住她的后颈，假意将她扶起来，顺势压进自己怀里，随手拍拍她的脑袋："仔细一会儿摔着了。"

语毕，不晓得费了多么大的劲才克制住自己，松开了她。

"沈庭案，你不是想要个交代吗？"不等卿如是开口，他倒先转移了话题，"我将你带来这里，便是为了给你交代。此事不可外传，否则我会有性命之忧。在此之前，你不如将你的推测说给我听听。"

果不其然，卿如是被他的话吸引，忘了计较他方才的言行。

"好。"她没有犹豫，果断答应。

她斟酌了会儿，想好措辞后，徐徐道："是地痞将沈庭约出来的。但他将沈庭绑在茶坊后，就把谋害沈庭的方法告诉了霍齐，并暗示霍齐亲手为妻子报仇。霍齐不是傻子，被找上门去做一把杀人的刀，这件事肯定有猫腻，所以他一开始并没有同意。

"但地痞得知了某种能够威胁到霍齐的手段，霍齐不得不妥协，遂按照地痞转述的方法将沈庭杀害，并于次日故意出现在现场，故意记错集市时间，引导我们怀疑他，合理地为这件事顶罪，但他害怕一人担罪，于是故意留下绳子。霍齐知道案发后自己定会被官差拉去问话，届时可以引导官差追查到地痞身上去。

"引导的方式有很多，随便说一句，自己常见街边流氓地痞用这种特殊材质的麻绳捆麻袋之类的，都足以引起官府的注意。

"可霍齐万万没想到，地痞先他一步死了，他只能担下所有罪责。一开始，我以为谋划沈庭案的人就是地痞，而地痞的死是另一宗仇杀，直到昨日我才想明白，我的逻辑从开头便错了。两宗仇杀其实是一个人谋划的。

"凶手给了地痞好处，先将谋杀沈庭的法子告诉地痞，嘱咐地痞找到霍齐并转述这个方法。如此一来，凶手就不必接触到霍齐这个直接行凶的人，倘若霍齐被捕，供出来的也就只有地痞一人而已。可要如何防止地痞被捕，供出自己呢？死人的嘴自然是最严的。

"我猜测地痞挂在脖子上的那锭银子一定事先被人抹了某种迷药，能使闻到的人神志不清。马儿就是闻到了这个味道，才会发狂似的踩踏地痞。或者说，马车从照渠楼出发时，便被人下了药，所以无论有没有下暴雨，马车的速度都会比平常快上许多。

"那么，要如何让地痞定时定点地去找那辆马车讹钱呢？很简单，只要凶手对地痞撒谎说，自己与谁谁谁结了仇怨，让地痞等在某个地方，去讹他们家的钱给自己出出气，再以付酬劳为由，将串着银锭的绳子挂在地痞的脖子上就行了。

"地痞被撞时定然有所觉察，明白了凶手是想要杀人灭口，但为时已晚。他中了药神志不清，浑身发软。

"他死的消息传进霍齐耳中，随之而来的还有官差已经推断出来的作案手法，霍齐猜到地痞是被杀人灭口的，顿时明白了全局，也就猜到让他杀人的并不是地痞，而是地痞背后的操控者。他以为自己死路一条，于是做出挟持人质的举动。

"没有逃掉，那便只有两个后果，要么自己担起全部罪责，死路一条；要么和官府一直耗着，耗到官府对他用酷刑。"

月陇西将她带到旁边一间茶室中坐下，问："那你认为，一开始威胁到霍齐的东西，究竟是什么？"

卿如是肯定地道："是他失踪的孩子。这不难猜，对霍齐这样勤恳的普通人，用至亲者当把柄是最好的，也是凶手最容易想到的。凶手知道霍齐有个失踪的孩子，他让地痞用孩子威胁霍齐，霍齐一开始以为孩子在地痞手中，所以才帮助地痞去杀沈庭。后来霍齐猜到这案子背后另有操控者，自然就会认为自己的孩子一直被掌控在背后这人的手中。

"霍齐很清楚地明白，自己不能透露更多的消息给官府，否则孩子性命难保。凶手想要金蝉脱壳，霍齐就得让他金蝉脱壳，所以霍齐选择了在牢中认罪自杀，彻底宽了凶手的心。如此一来，他的孩子就安全了。"

卿如是说到这里，顿了顿，觉得有些口干。

月陇西给她递了杯茶，她接过喝了。

卿如是继续分析道："可我认为，凶手只是凭借广泛的人脉知道霍齐和沈庭之间的纠葛，也知道霍齐有一个失踪的孩子，却不一定知道孩子在什么地方，也就更不可能将孩子抓来。那是他骗霍齐的罢了。"

卿如是笃定道："能随意给停放在照渠楼的马下药，能与地痞乞丐打交道，且人脉广泛、消息灵通，这些理由都不足以使我确定凶手。唯有一点——

"暴雨那日，他悉心提醒我照渠楼一带讹钱的地痞众多，且不厌其烦地反复叮嘱。我以为他是担心我被讹钱，昨日方想明白，他其实是担心我这辆正常的马车，顶替了后来那辆不正常的马车，使他的计谋落空罢了。所以我推测，凶手是萧殷。

"这计划从始至终环环相扣，几乎找不到破绽，证据被销毁得一干二净，霍齐、地痞两个帮凶全都死了，甚至连所有涉事人的人心也一早被凶手算计进去。如此缜密，也确实符合萧殷的行事作风。"

卿如是抿了口茶，吐出仨字："说完了。"

月陇西颔首道："你的推测，几乎挑不出错，唯有一处不是太准确。"

卿如是微蹙眉，问："什么？"

月陇西眸中含笑，斟酌须臾，仍是告诉了她："给那锭银子上抹的东西，和给那匹马下的药，并非迷药。倘若是迷药，马儿不至于发了狂地往地痞身上踩，也不至于一路躁动狂奔。那是一种烈性催情药，许多人会将其用于合卺酒中，使得中药者之间相互吸引……总之，只有这种药，才能保证那匹马能将人给踩死。"

卿如是：萧殷，本以为他涉世未深，没承想是个狠人。

她有些怅惘，追问："你什么时候知道他是凶手的？"

"前晚。"月陇西抿唇，考虑片刻，无意识地压低声音，"他向我坦白了此事，并且告诉我，不出意外的话，你两天之内就能破案。我的确有意包庇他，于是赶在你破案之前结了案。"

卿如是蹙眉，不满地眯眯。"为什么要包庇他？"顿了顿，她没憋住，吐出两个字，"狗官。"

不知为何，月陇西竟不生气，还异常受用地莞尔道："你说得都对。狗官啊……我是。"

卿如是："……"

她觉得月陇西今日的脸皮比往日要厚实些。

不再插科打诨，月陇西道："我包庇他，一是因为我已决定将他收为己用，二是因为……他用一件很重要的东西威胁了我。敢威胁我，能威胁到我，都是他的能力，我十分欣赏，所以决定包庇他。"

"再如何有能力，也不能成为杀人犯罪的理由。"卿如是盯着他，目露鄙夷，"他杀了人，你就全然不追究了？"

"我会以我的方式追究。杀了人肯定要付出代价，至于是什么代价，不是平民百姓说了算，而是权力说了算。我愿意赦免他，就可以赦免他。我不愿意赦免他，就可以要他死。"

卿如是紧盯着他，颇为看不起。

月陇西肃然道："卿卿，在帝王的统治下，有权力的人杀人偏就是不犯法。好比我是世子，我心情不好，随便处置一名家仆，随意设计杀掉平民，谁也不会追究我的责任。反之，家仆、平民若因血海深仇杀了人，就得被晟朝律法制裁。没有人真正遵循'天子犯法与庶民同罪'。很不幸，很可悲，我们就活在这样的朝代，必须遵守这样不公平的规则。"

如崇文当年对她说的那样：很不幸，我们就活在这样不公平的朝代。

可是当年她不遵守惠帝的规则，不也安生了那么多年吗？

卿如是若有所思，沉吟片刻忽然反应过来，狐疑地问："你叫我什么？"

月陇西意识到方才失口，他自己也怔了怔，随即又没皮没脸地挑眉笑道："卿卿啊。怎么，不好听？"

卿如是耸了耸肩膀，蹙眉叱他："别这么叫，挺别扭的。一个姓氏有什么好卿来卿去的，我爹还姓卿呢。"

月陇西愣怔地凝视着卿如是，没绷住，低头笑出了声："真不愧是你啊，一如既往地……"

清奇可爱。

卿如是不再计较他的叫法，双手捧腮问："萧殷是因为沈庭的侮辱才想要杀他的吗？"

他偏着头端凝她，眉目温柔，回答："不是。萧殷是个潜藏极深的人，他内心足够强大，不会因为这些不足挂齿的小事而杀人。他杀掉沈庭，主要是为了迎合我父亲。沈大人素来与我父亲不睦，几乎到了水火不容的地步，坊间皆知。"

卿如是恍然。她想起月陇西曾对她说过，萧殷这人极有野心，很会在时机来临时露出锋芒。

他杀掉沈庭，成为嫌疑人，诱得月陇西前来问询，私下与其往来，展露自己的才能，赢得月陇西的欣赏，进而得到被栽培的机会。

最后以自首的方式将一切坦白，让月陇西明白，他虽身份低贱，但想要杀一个人也可以算计到全身而退的地步；也让月陇西知道，他有意讨好月府，他希望为月府所用。

而沈庭的死，就是为月府所用之前献给月府最大的礼。

就算月陇西没有因为欣赏他，或是被讨好而保下他，他也留下了后招：威胁。他能凭借威胁月陇西保全自己。只要他杀人无罪，大不了不去月府，可以另谋出路。

步步算计，滴水不漏。萧殷实在太可怕。

她难以想象，那个无意间看到自己一截儿脚腕都会耳梢发红的人，竟能设计出这般精妙的杀人局。

只是不知究竟是什么东西，能威胁到堂堂世子。

卿如是有分寸，这毕竟是私事，她没有追问。

沈庭案聊完，她自觉没有再待下去的必要，起身欲告辞，却被月陇西一把拉住。

他一只手还端着茶杯，另一只手拉住她的手腕，语调里是抑制不住的笑意："不再坐会儿了吗？外边那么多人，我们现在一起走出去的话，难免会有人说我们真是郎才女貌、天作之合、金童玉女、天生一对，届时我们双方父母一拍即合，为我们赐婚那可怎么办呢。"

卿如是：请问你是失了智吗？她冷冷地盯着他。

月陇西仿佛没看见她的眼神，微虚起眸子端视她，唇角微翘，语调懒散："还是说……你其实就想和我一起被人说闲话？"

卿如是："？？？"

她拂开月陇西的手，拿足主意："我先出去，你随后再来。"

月陇西挑眉道："再来什么？再来找你？"

"……"卿如是，"并不。"

"可我偏想要去找你。"月陇西慢条斯理地抿了口茶，抬眸朝她笑，"父亲办了灯会，为母亲祝寿，就在廊桥那边。晚上我去找你，等我。"

"我不喜欢看灯会，吃完酒席我就要回府了。这会儿过去，想必酒席也没得吃，正好乘马车回府。"卿如是皱眉，"你找萧殷陪你吧。"

月陇西眨了下眼，反应迅疾："是我将你拖出来，害你吃不成酒席，小楼赔你一桌饭菜。明日我去找你，等我。"

"明日我还有事。"那本《论月》还剩下最后两篇，她得将其默完送至采沧畔，顺便问问书和云谲的事，再看看那画的主人有没有查到，"可能一整天都不在家。"

月陇西并不恼，起身与她对立，凝视着她，柔声道："那我勉强忍受一下相思之苦，过几日再来找你，等我便是。"

"不行。"卿如是拒绝得很爽快，慢悠悠伸了个懒腰，随意道，"过几日我娘要给我安排相亲宴，我得去跟人相看。"

月陇西脸上的笑意凝滞："……什么？"

她拒绝和自己相看，却上赶着和别的男人相看。月陇西此时的心情一言难尽。

眼看卿如是走出房间，他跟上去，与她并肩往西阁外走。

忽而，状似不经意地问道："不知是哪家的公子有这个荣幸？"

卿如是瞥他一眼，以为他在调侃自己，没搭话。

月陇西侧眸看她，翘起唇角，死缠烂打："这般遮掩做什么？你说出来我听听，兴许我认识，能帮你先说句好话。"

卿如是仍旧没有搭理他。

月陇西并不气馁："那么，你们打算在什么地方相看呢？哦，你不要误会，我并没有要去看你笑话的意思。只是想说，你们若还没把地方定下来，我这里倒是有几个不错的选择，可以推荐给你。或者，我来帮你们挑选。毕竟这么些日子下来，我也是有众多经验的人了。"

前边不远就要到荷塘，人多口杂，未免真被人瞧见说闲话，卿如是停下来，疑惑地打量他半晌，最后道："不需要。你的流水相亲结束了，还有闲情操心别人？"

"差不多了。"月陇西笑，"要不要和我再相一遍？我很会俘获姑娘芳心的，不想深入了解一下并体验一把吗？"

卿如是："……"

这说话的调调欠极了，隐约有些熟悉。卿如是懒得理会。

且他口中所谓很会俘获姑娘芳心，便是相看半刻钟不到就唤小厮将姑娘送回府并随一份礼附一段婉拒辞？

卿如是没接他的话，转而道："我先过去，等一会儿你再过去。错开时间便不会被人说闲话了。"

月陇西拉住她，理所当然地道："我改主意了，难道不想一起过去听听他们会说什么闲话吗？你猜我刚才说的四个词他们会用几个？"

四个词？郎才女貌，天生一对，金童玉女，天作之合？卿如是表示不想猜。

他等了片刻，不见她回答，便低头凑近她，自接自话："我全押。你呢？"

卿如是：狗官，你今天怕不是吃错药了。

"好了，不逗你了。"月陇西唇畔笑意更深，"你先过去吧，我站在这里看看风景再去。"

卿如是点头去了。

如她所料，酒席已将近尾声，陆续有人下桌，或是离府，或是去茶室嬉耍。卿母就站在长廊边，正和一位夫人闲聊。

她走过去时，夫人浅笑了下，朝她招手："如是真是出落得亭亭玉立了。还记得姨母吗？"

卿如是只好抱歉地笑了笑。

卿母道："你这孩子不记事，这是你景遇哥哥的姑姑，乔芜姑娘的母亲。"

"乔姨母好。"卿如是唤了声。

乔母笑说："方才见你那鞭子打得甚好，还以为你一心从武，没承想这和你娘聊着才知道，你在家喜好看书写字，比我家芜儿聪颖得多。今日景遇被他的旧友们缠着吃酒，否则还能来与你见上一面。"

卿如是不说话，卿母接腔："那孩子刚回扈沽，想必应酬不少。他们俩呀早晚要见，小时候玩得可好，现在也不能生疏了去。"

两位妇人你来我往谈得兴起，卿如是颇感无聊，四处张望，回头一眼竟瞧见了月陇西。

他往郡主那方走去，低声说了什么，郡主淡笑着点头，他便离开了此地。

离去之前，他瞄了她一眼，朝她笑了。

两位妇人言罢，乔夫人称还要去茶室里坐坐，等到夜间赏了灯会再走，卿母与她告辞。

走出月府，卿母拉着卿如是的手道："你父亲那边都是劝酒的，他喝不得酒，早回去了，咱们娘儿俩留在这里不合适，别怪娘拉着你一起走。若是想看灯会，晚些再出府过来便是。"

卿如是摇头道："我不打算……"

话语未尽，抬眸看见了不远处站在门口送客的月陇西。

原来他方才和郡主说话是要来府门送客。

奇怪，堂堂世子送什么客？月家的礼数何时这般周全了？

脑子里还想着，再定睛看去时，月陇西不避不闪，朝她这边径直走过来了。

卿如是以眼神询问："？"

月陇西淡笑，走到两人面前，向卿母道："远远瞧见伯母，过来问声好。"

伯母？

别说卿如是，卿母自己都愣了愣。她隐约记得，几日前世子来府中时还唤她"卿夫人"。

"世子身份尊贵，这般委实客气了。"卿母笑道。

"伯母不留下来看完灯会再走吗？"月陇西明知故问，一派天真，"那如是呢？可要留下来？"

卿母笑着婉拒，顺便替一旁话都不想说一句的卿如是婉拒。

月陇西表示无法和卿如是一同赏灯游湖实乃遗憾，并诚邀卿如是常来府中做客："听闻如是甚喜看书，巧得很，我也爱极了，且平生最喜与志同道合之人探讨书中真意。"

卿母若有所悟。

待到卿如是面上应承，月陇西方礼貌一笑道："那便不耽搁伯母和如是回府了。待这两日忙过，我还有些公务上的问题想要与卿伯父讨教，届时再去府中叨扰。还望伯母转告伯父，他可千万莫要仗着才高八斗、学富五车、德高望重，就嫌弃陇西愚钝才是。"

卿如是：我倒要看看你究竟能一口气显摆多少个词。

他的话说得漂亮，谈笑时有礼有度，不失谦和，哄得卿母心情愉悦，当场答应下来。

临了临了，他还要再和卿如是告个别，不愧是君魁。卿母想来想去，世子这边不该就这么松手。

卿如是彻底服了。上回跟他讲了道理，让他小小年纪行事不要轻浮、不要轻浮，偏是不听，而今又这般德行。

她走时幽怨的眼神就快要穿透了月陇西。后者无辜地摸了摸鼻尖，仿佛碰了一鼻子灰，继而又负手朝她浅笑。

回到府中，卿如是记挂着清晨那封倚寒寄来的信，没空多想月陇西的事，随即抛之脑后。

她坐在书桌后，拆了信，扫过两遍，总结出了个大概。

倚寒问她上回在斗文会上写的那篇文章，是如何将崇文的思想理解得那般透彻的，以至于和其他人所表达的中心主旨完全不同。尤其那句"今日之势，方兴未艾"，与采沧畔给出的原句一字之差，意思却截然不同。

这信，得怎么回？

她知道倚寒当时是因为理解了她文中真意，所以才赠她信鸽。可倚寒一直都没有追问过她，为何会觉得崇文想要表达的意思并非修复者所想的那样。

她也就一直以"那是自己重新理解的"为理由，现在被刨根问底，还真不知怎么解释自己为何就和别人理解得完全不同。

思忖半晌，她决定跟他扯犊子搪塞过去：

倚寒兄可相信鬼神托梦之说？小弟自幼通读崇文遗作，十岁时偶与崇文梦中通灵，得他真传，后来也常与其梦中相见。此事小弟从未告知旁人，还望倚寒兄紧守秘密。

若是倚寒能理解她这般搪塞实是不方便透露，便会就此打住不再追问。

落笔卷好纸条，卿如是喂了会儿鸽子，没待将鸽子放出去，卿母进来了。

"你近日在与哪个往来？这般频繁。"卿母端着碗羹汤进来，"你酒席不曾吃什么，我让厨房给你做了羹汤，你垫垫。"

卿如是接过汤碗回话："是前些时候认识的笔友，随意探讨些话本子玩罢了。"

卿母沉吟着，忽然拉住她的手，苦口婆心道："若有了心仪的男子，定要告诉为娘，你爹官大，咱们不用藏着掖着。"

卿如是：好嘞。

"我们方回来，乔家那边就来人了。"卿母另起话头，同她通气，"说景遇明日要来府中拜访你父亲，我琢磨着你和景遇若是明日等他上门拜访时见第一面的话，会有些不妥。"

稍作一顿，等卿如是自己想明白这些礼数后，卿母再道："索性安排你们今晚先见上一面。趁着廊桥那畔的灯会，泛舟游湖，赏灯解谜，倒是挺有趣的。我已经应承下来了，你觉得如何？"

卿如是顿时明白了卿母为何吩咐厨房给她做羹汤先垫肚子，原是盘算好了她晚上还有一场相亲宴，不得多吃。

她还能觉得如何，应承了就去呗。

"行，灯会得要请帖，我这就唤人将你们的名字添过去，你自己好生收拾打扮一番，鞭子就莫要带了。"卿母斟酌道，"你坐咱家马车过去的话不大方便，万一晚些时候景遇想要亲自送你回府呢，你说是不是？"

这想得也忒周到了些，卿如是乖顺地点头，反握住她的手："娘，您真是为了我的婚姻大事操碎了心，辛苦了。"

"娘也不图什么，你能嫁个好人家比什么都强。"卿母走前嘱咐道，"记得穿得鲜亮些，一会儿景遇会乘着马车来接你。"

卿如是回道："哦。"

目送卿母走出房间，卿如是先将鸽子放了，转身唤来皎皎，吩咐她好生为自己拾掇拾掇。

皎皎别的方面瞧着傻，梳妆倒是一绝。当即郑重其事地放下手里的活，浴手擦净，为卿如是上妆绾发。

这一拾掇，晃眼入傍晚。

衣裳回来前换的，卿如是不打算再换，只将长鞭解下。

卿母携着丫鬟仆妇将她送到门口，思及自己在场两人恐会尴尬，于是没有露面，吩咐卿如是自己上马车去。将人推到门外，卿母立即唤小厮关上了门。

两马并辔，车厢奢靡，织金绣银，外配上四名小厮。乔府也是气派。

卿如是提裙上马车。

一掀帘，月陇西。

风轻云淡喝着茶，闻声抬眸笑吟吟的……月陇西。

卿如是惊了惊，以为自己踩错了马车，说了声"打扰了"，下意识将帘子放下，四下张望一番。

没别的马车了。

卿如是又迅速撩起帘子："？？？"

她脚下一个趔趄，险些摔了，被面前的人扶好站稳，蹙眉道："你来做什么？"

月陇西气定神闲道："你不是去相亲吗？我来送送你。"

卿如是以为自己耳朵不大好："送我？去和人相看？你怎么知道我今晚要去和人相看？还有，乔景遇呢？"

"瞧把你给急的，坐下来喝口茶。这么多问题，你一个个问，路上我慢慢给你解答。"月陇西的语气仿佛是在诗朗诵。

此时没别的法子，卿如是也不矫情，靠着车壁坐下来，撩起帘子看窗外，并甩出一句："走吧。"

马车驶得四平八稳。

月陇西把玩着一把闭合的折扇,唇畔抿着若有若无的弧度,谜一般的气氛下,他开口搭话:"我下午清点观赏灯会的名帖时,看见了你的名字。"

卿如是转过头听他说话。

"心中回味着你毫不留情拒绝我的邀约时那冷漠的神情。你同我说不喜欢看灯会,转过脸就背着我偷偷加上了名字,彼时我心都要死了。那疼痛的滋味余韵悠长,我到卿府门口都还十分难受,见到你才稍微好些。"月陇西拿折扇敲敲心口,嘴角却分明噙着笑。

卿如是被硌硬得耸了下肩。

他继续道:"紧接着,我派人向你们府中的小厮打听了一番才知道……你今晚要去和乔府那位游子乔景遇相亲。"

顿了顿,他郑重地说道:"你们两人相亲,却约在我家的灯会?"

卿如是挑眉,等着他说下文。

月陇西挽了个扇花,笑道:"我一听,也顾不得计较别的,毕竟我作为灯会主方,有义务让来观赏灯会的客方都有宾至如归的感觉。于是,我派了一辆马车去乔府接乔公子,又派了一辆马车来接你。最后考虑到若是去坐乔府的马车,届时两个大男人坐在一起,场面将会很尴尬,所以我坐了来卿府的这一辆。"

卿如是漠然收回视线,撑起下颌欣赏外面的风景,呛道:"你是不是找不着熟人跟你逛灯会。"

"说得是,我唯一相熟的便是你,但你冷性薄情拒绝我拒绝得很干脆,所以我便找不到人了。好在你要去相亲,一想到晚上可以亲自来送你去相亲,我下午小睡时就辗转反侧,激动得难以入眠。"月陇西将折扇敲在掌心,悠悠道,"卿卿不领这个情吗?"

卿如是顺着他插科打诨:"出门前我娘特意不允我坐自家的马车去,便是想让乔景遇接送我,好生促进我俩的感情。你这般做法,你问问看我娘和乔景遇领不领情。"

月陇西自喉咙里滚出一声笑,凝视着她,不作回答。

仿佛方才的玩笑不是他开的。此时此刻,他的神情无端认真起来。

卿如是感受到他过于灼热的视线,抬眸与他对视。

两人默了须臾,月陇西先开口道:"这妆容有点儿难看。"并咽下了谎言的唾液。

卿如是这才明白他在看什么,摸了摸脸,皱眉道:"是皎皎给我上的妆,时间弄得太长，我都快要睡着了，弄完了我也没看。我娘说挺好看的。"

月陇西摇头，郑重道："那是你们女子的想法，身为男子，我可以很负责地告诉你，这般妆容并不会挑起男子的任何旖旎心思。我劝你还是在见到乔景遇之前，擦掉为好。"

"生不起旖旎心思？头回相看，我要他对我生旖旎心思做什么？"卿如是皱着眉头，笃定道，"如此甚好，那这妆便更不能擦了。"

"……"月陇西一时不知该喜该忧，顿了下，若有所悟道，"你……不打算与他好生相看？"

"倒也不是。只不过我平生最烦这些东西，懒得弄。况且，是去相看，又不是去见心上人，那般注重这些做什么。我也想不出自己会有谈情说爱的心思。"卿如是蹙蹙眉。

忽而，她想起了月一鸣，便道："有心上人的人，尤其是那种将心上人藏一辈子都没说的人，行事作风会……怎么说呢，就瞧着挺傻的吧。"

月陇西："？？？"

杀人，还要诛心。

月陇西气了。

不知挣扎了多久，方从这句诛心之言中挣扎出来，凝她片刻，终于狠下心还击，他慢条斯理地道："我觉得，不知道别人中意自己，活一辈子都没看出来的人，更傻。"

卿如是想了想，竟然点头了。

她，竟然点头了？？

她认真附和道："那也要看情况的，若是另一方表现得不够明显，的确可能让人看不出来。我娘跟我说，以前我爹这人内敛得很，不知道怎么表达这些劳什子情情爱爱，她也就全然没看出来，若非被旁人戳破，他们也不会有我。"

月陇西笑得淡淡地道："对，也要看情况的。就比如说，有些人天生就在这方面缺几根筋。"

卿如是再次附和。

两刻钟后，马车停下。月陇西先下了马车，瞥见不远处负手立在廊桥下的乔景遇，收眼，回身接卿如是下来。

卿如是不用他接，身手矫健地从车沿处跳了下来。

她张望一番，也不知哪个是乔景遇，便问月陇西道："人呢？你送到哪儿去了？"

月陇西拉住她的手腕说:"走吧,我带你去。"语毕,径直朝着乔景遇站的地方走过去。

乔景遇望着朝自己走近的两人,蒙了:我现在是要在和姑娘相看之前,先向世子请个安吗?

一位是世子爷,一位是姑娘家,无论是哪个,乔景遇如何都不能等着人走到自己面前来,只得先他们一步迎上去。

卿如是瞧见廊桥下有一名向自己走来的男子,便知是乔景遇,她不动声色地去拂月陇西的手,但没拂开。她的不动声色瞬间就成了两人的拉拉扯扯。最后月陇西松开了她。

这一切也已然落入乔景遇的眼中。

月陇西淡笑看她,说道:"人多,怕你走丢了。我将你送出来的,总要确保你的安全,届时再平安将你送回去。"

卿如是说:"不用你送,你回去吧。"

月陇西说:"那怎么能行,做人要有始有终。"

卿如是:"……"

语毕,乔景遇也走到了面前,先朝月陇西施礼,再朝卿如是见礼。

乔景遇本人生得比画像上的还要俊美几分,一开口嗓音更是清朗:"许多年不见了。如是,可还记得我?"

卿如是回礼,想了想,点头道:"隐约记得些。也听母亲说过,幼时你来府中听父亲讲学,我总爱抱着砚台给你磨墨。"

乔景遇的脸上浮起笑意,想要说些什么,侧眸看见旁边还杵着一个月陇西,且正笑吟吟看着自己,那眼神仿佛别有深意,眉梢眼角却俱是和善。

这眼神什么意思?乔景遇这么一琢磨,想说的话就又都憋了回去。

无人说话,月陇西就接了话,他故作沉吟一番,补充道:"我也记得你,比她要清楚些,一直知道扈沽有乔景遇这么一号人。"

乔景遇:我现在该说什么?要不要感谢一下世子爷的记挂?

思考片刻,他拱手回应道:"几年前离开扈沽的时候,景遇曾去拜访过月将军,见过世子。"

月陇西瞟他一眼,没理他。

乔景遇:做人好难。

登时,三人谜一般地沉默了。

月陇西微不可察地挑了下眉,将折扇落在掌心敲了敲:"怎么?你们两人且继续聊啊,当我不存在就行。"

廊桥上传来公子小姐猜中字谜后的起哄声，几人同时转过头去看了一眼。

乔景遇默了默，没憋住，委婉地提醒："世子难道是想要与我们一同游湖赏灯？"

月陇西仿佛听不懂他话中深意，故作惊讶，随即笑吟吟一叹，勉强道："也好。今夜风凉，多个人同行，多一份温情。你们说呢？"

乔景遇："？？？"

卿如是：不想说。

华灯灿灿，渔火幽幽，江岸边传来幽幽琵琶声，随风送入耳。桥上人来人往，疏密有间，或嬉闹或低语，皆着艳裙华裳。周遭灯火迷离，五色琉璃瓦，金银镂刻钟，湖光相映，影色斑驳，贵而不俗的景象。

三人踏着琵琶声往廊桥上走，往来皆是官宦子弟。乔景遇和卿如是都没什么相熟的人，倒是时不时有闺秀隔着老远就朝月陇西问好。

月陇西一边颔首致意，一边与二人闲聊。左一茬右一茬，身旁两人搭不上话，唯有他一人站在中间乐此不疲。

忽然，他指着桥下，问道："卿卿你看那湖中的鸳鸯，像不像我们俩？"

卿如是蹙起眉，当真看了眼，纠正他道："哪儿有什么鸳鸯？那是花的，明显是野鸭子。"

月陇西转过头，轻言细语地提醒她："卿卿，这句话重要的不是有没有鸳鸯，而是像不像我们俩。"

乔景遇："？？？"

乔景遇：我现在是不是该插句话说明一下这样比喻不太妥？

他一沉吟，卿如是已接了话，语调净是冷嘲热讽："不像。你要像野鸭子你自己像去吧，我不像。"

说着，她不与他挨在一处，自顾自往乔景遇另一侧走去。

月陇西唇畔噙笑，见她不搭理自己了，便又与乔景遇闲聊："乔公子往后可有打算入朝为官？"

乔景遇一听，忙回道："此次归来便打算定居于此，为国尽忠。可惜离开扈沽太久，与这边缺少人际往来，所以还不知要走个什么门道，家中正发愁呢。不过，所谓成家立业，先成……"

不等他说完，月陇西径直打断："我这里，倒是有个门路。"

"世子请讲。"乔景遇嗅到机遇的味道，顾不得方才未尽的话，上前一步与月陇西走到了一处。

"陛下组织修建的国学府，再过几月就要建成。我听到些风声，近期陛下有一桩差事要交予国学府筹办，短则一年半载，多则三年五载，所以正着急四处收罗人才。我手里有三个推荐名额，届时为你写封推荐书，你可以去试试。"月陇西顺势插站到乔景遇和卿如是的中间，与前者谈笑风生。

"国学府？"乔景遇大喜，"我回来后便听父亲提到过，新国学府是可比肩翰林院的存在，听说翰林院不少学士都被调任至国学府，为即将到来的新一批弟子言传身教。在国学府待满三年可直接参与殿试，陛下亲自提选。现在不少官宦子弟挤破了脑袋都想进国学府。"

月陇西点头道："没错。不过，进了那国学府，便有三年都不得出来。你若要成家，怕是要等到三年之后去了。"

乔景遇一愣，下意识看了眼走在一边被晾着的卿如是。

卿如是倒是浑然没有被晾着的失落，也好似没听见他们的谈话，走到桥边小贩的摊子前，盯着一盏琉璃灯看。琉璃灯彩瓦碎玉，红烛光折出琉璃瓦上画着的两只顶好看的蛐蛐儿。

"姑娘，这盏灯好看，猜中灯谜，这盏灯就归你了。"小贩对她说道。

卿如是瞧了瞧画上的蛐蛐儿，笑道："这有何难？"撸起袖子，正待要写，旁边伸出一只手来，接过笔杆子。

是乔景遇。

他颔首对她淡淡一笑，眉目温润，说："这种事，还是我来比较合适。"

这厢他脉脉柔情的话音刚落，那厢月陇西抢在他前头，直接就将答案念了出来："两只蛐蛐儿，两只虫，虫二只。所谓'虫二'，风月无边也。这种事，果然还是我来比较合适。"

乔景遇：究竟是我们相看，还是你们相看，一点儿展示的机会都不给我留吗？做人真的好难。

"我的才华还入眼吗？"月陇西提起琉璃灯，任那碎玉折出的光落在脸上，显得他整张脸白皙剔透得如被月色洗练过。他摆了个最好看的角度，挑着眉，轻声问卿如是："可否配得上那种满腹才情的女子？"

卿如是接过他递来的琉璃灯，说："猜个灯谜不是很简单嘛，我看了一眼就知道答案了。"

月陇西正经道："挺难的。若不是我事先看过答案，我反正是想不到。"

乔景遇：那您究竟为什么要跟我抢这个表现的机会？

卿如是：月家人的思维方式是不是一律都花里胡哨的？

小贩：既然如此我是不是该去把琉璃灯要回来？

卿如是拎着琉璃灯，一路走走停停玩自己的。月陇西时常和她插科打诨几句，或者和乔景遇聊聊朝政，说说国学府的事。

总之，除却刚见面的寒暄以外，卿如是全程就没和乔景遇搭上过一句话。莫说一句话，实则是肢体语言、简单触碰，甚至是眼神交流都不曾有。两人毫无互动，形同陌路。

唯有月陇西一人，哪儿都能接茬，笑得跟朵盛放的狗尾巴花似的。

此时已轮到他和乔景遇进行下一议题。两人聊得兴起，卿如是听了一耳朵，似乎已从上一个拜官封爵的话题跳到了天下民生。此刻正虚伪地进行互捧。

"原来是这样……世子于此道上见解颇深，景遇自愧不如。"乔景遇笑了笑，"今日与世子相见，受益良多。"

月陇西用折扇拍了拍他的肩膀，从容道："好说，你游学四海，见识广阔，切不可妄自菲薄。我今日与你交谈后，亦有所获。"

卿如是：究竟是我相看，还是你们相看，月陇西你是交际花吗？

眼看着就要走到廊桥尽头，卿如是有些饿，也顾不得跟他们搭话。下了廊桥就是那家卖糯米鸡的百年老店，她只眼巴巴地将店门望着，琢磨着这时候喊饿是否妥当。

出门前母亲反复叮嘱过，跟人相看应该礼貌而不失优雅，身为女子好歹收敛着点儿，饿一顿也没关系……

她这厢还没纠结明白要不要喊饿，一旁的月陇西却说他饿了，并提议去吃那家的糯米鸡。

别的方面欠考虑，这个忙帮得可巧，卿如是赶忙附和。

方形桌，月陇西先坐下，卿如是顺着他坐在一侧。

待到乔景遇要顺着卿如是坐在另一侧的时候，月陇西又接着方才的话茬，状似不经意地摆谈道："教导过我的五位先生，有四位都入了国学府，届时我写信让他们好生照看照看你。"

乔景遇目光微亮，往月陇西另一侧走过去，施礼道："多谢世子照拂，景遇决不让世子失望。"顺势坐在了他身旁。

月陇西没有回应，端起茶抿了一口，眸中是不易察觉的笑意。

气氛再次谜一般地沉默。

卿如是想着好歹得主动和乔景遇说些什么，缓和下生疏的关系才行。

可是……这方面好像没什么经验，得怎么起话头呢？

她正寻思着，月陇西又有话要说了。

先给她摆上碗倒了茶，月陇西撑着下颌，神情懒散："卿卿，晚上不要回去太晚，卿伯母会担心的。"

思绪被打断，卿如是不满地看向他，她自恃长辈身份，只得心平气和地跟他讲道理："我回去晚了自有乔公子相送，我今日是来……"

顿了顿，她看了眼乔景遇，又看向他，继续道："是来和乔公子赏灯的。你跟他说了一路了，我半句话没插上，这会儿又劝我早些回府睡觉。那我还要不要和乔公子说话了？"

月陇西一敲折扇，轻笑道："不好意思，我方才见你们两人似乎没什么好说的，便想两边都聊一聊，给你们热热场子。那好，你们聊，我不掺和了。"

语毕，他果然不再说话，嘴角却还噙着一抹若有似无的笑。

他这一闭口，周遭便是突如其来的寂静，连不远处廊桥上的热闹也没能拯救。

毫无经验的乔景遇不知该如何搭话，刚见到卿如是时想要说的实在太多，因世子那一眼，憋回去之后就再也没能想得起来。

他这方愁着，卿如是也没好到哪儿去。让她舞文弄墨可以，舞刀弄枪也可以，但要她跟男子搭讪，尤其还要谈情说爱，那就是在要她的命。

尴尬的死寂持续了半刻钟。

月陇西忽地埋头，闷声轻笑起来，他端茶的手，微微颤抖。

卿如是："……"

好吧。卿如是抚额，过了会儿又默默遮住了脸，满面窘迫。不想说话。

店家呈上糯米鸡，请几位慢用。

卿如是拿起筷子就埋头吃，不再吭声。

月陇西慢条斯理地陪着她吃。

乔景遇倒是不饿，小口小口喝着茶等他们。他的目光在他们二人之间逡巡。

眼神是骗不了人的，世子看卿姑娘的眼神，如清风沐阳，这清冷的月色和斑驳的灯火一律遮不住他眼中的脉脉温柔，以及深处的故事。

游学太久，他自认和卿如是幼时的情谊无法和世子眼中的情意相比。有些东西太浓稠，旁人看得很清楚。

乔景遇放下茶碗，问道："要不要喝酸梅汤？我记得来的时候路边有一家。我去买来，你们先吃，吃完了过去找我就好。"

卿如是点头说好。月陇西却一怔，抬眸看向他。

他朝月陇西施礼，恭敬道："世子好像说，入国学府一待就是三年？景遇刚刚想明白了。"

乔景遇逐渐远离视线，卿如是才狐疑地问月陇西："他刚刚说的国学府是什么意思？"

月陇西看向她，一板一眼地和她解释起新国学府的基本定义以及实际意义，直说到她完全忘掉问这话的初衷是想要知道乔景遇跟他打的什么哑语。

一盘糯米鸡下肚，卿如是终于想起要去找乔景遇。

"他这么久没回来，不会还在那里等着我们吧？"卿如是急忙起身，"不对，他为何要一直待在那边，买完回来找我们不行吗？"

月陇西抛出一锭银子给店家，自然地拉住卿如是的手腕："别急，我们去看看就是了。"

话音刚落，卿如是反拉住月陇西，后者一愣，还没反应过来，人已经被拽跑了。

她的手纤细柔软，和他的比起来小太多。这般相触碰着，暖意也在两掌间来回传递。

还好。

她的手还好好的。能握笔，能耍鞭，能拉他。

月陇西的眼尾微红，握紧了她。

"是这边吗？应该是这边。"卿如是指着岔路口右方，打断他的思绪。

两人站在岔路口正中央，两边都是摆满摊子的街道。一列列红灯笼被风吹起，仿佛都在朝他们招手。

月陇西挑了下眉，拿纸扇指向左方，眼也不眨，说道："我觉得是那边，我刚刚看到他的背影了。"

卿如是狐疑："是吗？"

月陇西笃定地点头，轻哑而又不失深情地说："是。卿卿，相信我。我不会错的。"

卿如是信了。

于是拐过去之后，果然就没能找到。

卿如是信了他的鬼话。

月陇西却似是长舒了一口气，折扇一摊，缓缓扇着风笑道："由此可见，我刚刚看错了。"

卿如是：你不是不会错的吗？狗官，把谁当傻子呢？

眼前这人插科打诨一整晚，跟乔景遇搭讪一路搅黄了她的相亲，这会儿又胡乱带路，她把乔景遇一整个大活人都给弄丢了，回去不知怎么跟母亲交代这场一言难尽的相亲会。

卿如是郁闷得不轻，不想搭理他。

他们站在湖边，灯火之畔。周遭过客往来，净是欢声笑语。

唯有他眼中的卿卿蹙着眉头。

月陇西抿唇一笑，拿折扇戳她的手臂，赔罪道："我错了，看在我请你吃糯米鸡的份上，别和我计较了吧？"

卿如是撇开他的扇子，反呛："我自己带了银子，你不请我吃我自己付钱也一样。"

"不一样，"月陇西换了只手臂戳，莞尔道，"这是我月陇西亲自为你掏的钱。我这辈子，就没亲自为别的女人掏过钱。"

卿如是一嗤："蒙谁呢，前几日还小姐长姑娘短地给各府千金挨个掏钱赠随礼，敢情被你花出去的那些你家里的钱就不算你的钱了？"

月陇西："……"撩不动就算了，说都说不过，上辈子、这辈子都说不过。

他忍不住低头轻笑，又抬眸凝视她继续嘴欠："卿卿凶倒是真凶，就是矮我一大截，气势上稍显不足。"

卿如是蹙眉，抬眸扫过他的头顶……的确好高。

由于真的比他矮一大截，卿如是乜他一眼，待要再怼两句时，面前的人又笑说："卿卿生气了？"

只见他面不改色地蹲了下来，一手托着下颌，一手用收拢的折扇轻敲她的手腕："那我蹲下。"

待卿如是低头看他，他方望着她笑道："……卿卿继续训。"

卿如是："……"

"乔景遇那么大的人了，找不到我们自己就会回去。你看今夜，恰是良辰美景，若是虚度了不知多么浪费。"月陇西站起身，低头凑近她，轻声道，"如果不觉得勉为其难，与我逛逛也不算太委屈吧？"

"不了，回去晚了我娘会担心的。"卿如是果断拒绝，甚至道，"你不是说有始有终吗？走吧，送我回府。"

月陇西忽然好心疼自己，忽然又觉得好辜负乔景遇一番心意。

倒也不是针对他，卿如是当真对逛灯会没什么兴趣。

两人坐上马车后，月陇西仍致力于与她约见下回："明日我有些公务要上门请教卿伯父，等我公事完毕后，多半会留在府中用膳。你什么时候忙完？我可以边喝茶边等你回来。"

卿如是摇头："不清楚。你等我做什么？"顿了顿，她恍然，随即又理所当然地道，"沈庭案已经破了，我们以后不用往来了。"

月陇西眸光微敛，从容道："就是为了沈庭案。虽然已告破，但我当时结得草率，还有一部分尚未做全，过几日要将这案宗封存入室了，这件案子毕竟你也参与了不少，需要你去刑部做个笔录。"

这流程她熟悉，卿如是毫不迟疑，当即答应下来。

涉及案情的事，她答应得这般爽快。月陇西不知是喜是忧，欲言又止了几回，终究是惆怅地凝视着她，什么也没说，心道："除了在刑部任职这一点以外，我就没有任何能吸引到你的地方了是吗？活得还不如个案子重要。"

马车很快驶到卿府。

卿如是掀起帘子，要下车时，手腕又被猛地紧握住，她回过头，月陇西正凝望着她。用那种不舍且惶恐的神情。

她一时疑惑，面前的人又低笑了声。

好半晌，见他唇角翘得愈来愈高，听他哑声道："没什么，今天我很高兴，只是想和你道一句'好梦'。"

卿如是扭了扭手腕，应道："哦，那你也是，好梦。"

再掀起帘子时外边的风吹得急，她走得也急，不确信自己是不是听清了身后那人说的话。

他好像是说——

"我就不做梦了。这些年，我做够了。希望这是最后一场，别再醒了。"

卿如是回到府中打听才知，母亲跟着父亲出门了，并不在家。躲过询问的她径直回了闺房，梳洗沐浴，她沾床便睡。从来如此，睡眠极好，极少存在辗转反侧的情况。

倒是在西阁的那十年里，会常梦到月一鸣。

梦到他又抱着一摞纸跟她辩论崇文的思想，每每将她怄得急了，就在梦中骂他。而秦卿每次清晨起来也真的能看见月一鸣坐在她床畔，抱着书本笑吟吟等着挨她的骂。

不知为何，今夜卿如是又梦到了那个人。

梦中场景是她转笔画在他的脸上那次。

他调笑着说："那好吧，就这么说定了，我们来生也见。"

梦在此处结束，余音在脑海中久悬不去。

第六章 崇文原作

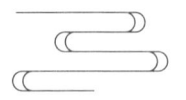

次日，卿如是为了不和前来拜访的乔景遇撞上，更为了不和月陇西撞上，一爬起来就梳洗，梳洗完毕愣是一刻都不敢多耽搁，径直往门外冲去。

紧赶慢赶，还是走晚了一步。

踏出门恰巧和月陇西撞了个照面。

卿如是瞧见他方微蹙的眉，抬眸时松开了。

不知是在庆幸什么，他的眸光柔和了许多。

瞧见她一身男装，月陇西看了个稀奇，唇角微翘起，他用折扇挑起她肩上一缕发，帮她拂到身后去，然后煽情道："不枉我昨日为你夜不能寐，这么大早就穿戴得如此齐整，还亲自来门口迎接我。"

卿如是皱眉道："你是不是中邪了？这两天怎么回事？"

"这两天？别的不清楚。"月陇西打量着她，调笑道，"反正于我来说，每一天，都是沉迷于卿卿不可自拔的一天。"

卿如是：求求你了，别学你高祖好吗？

卿如是懒得跟他纠缠，撇下他要走，又被拦住："做什么？"

"你穿这身是要去哪儿啊？"月陇西好奇地问。他想到了采沧畔，又不太确定。毕竟如今的采沧畔并不歧视女子，她没必要换男装。就算是从前，她也是光明正大地着女装去的，不曾掩饰过身份。

卿如是躲过他，下意识护了护藏在怀里的面具，甩出一句"不想告诉你"，一溜烟跑了。

月陇西挑眉，驻足在原地望着她的背影许久，最后低笑了声。

她取出面具戴上，从密道进入采沧畔时方至辰时。来得太早，叶渠刚起身，小厮让她在房中等候。

桌上已不像前几日来的时候那般凌乱，原先摆放得四处皆是的书本字画全都收好了。

卿如是有些疑惑，难道这短短几日里，叶渠就找到修复者了？

铺纸，她开始默写最后两篇文章。等她默完文章，叶渠也走了进来。

写下字条递给他："那日，你看的画呢？比对出画的主人是谁了吗？"

叶渠想了想，缓缓摇头说："画我借出去了，不知道什么时候能拿回来。

我比对了许多名士作品，也没能找到同样的字迹。这下麻烦了，怕是无法再重新寻到线索。"

卿如是一怔，随即又觉得这个结果不算出乎预料。

那天她看过画后就隐约有了判断。她从前没少观摩字帖名画，记忆力又不错，那幅画上的字迹她却毫无印象，百年前尚且没见过这字迹，要在百年之后从她没看过的字帖名画中找出那幅画的主人，更是难上加难。

卿如是又写下一张字条："无碍，我不急。默好的《论月》我给你放在桌上了，下回若还能找到需要修复的崇文原作，记得告诉我。"

"不急"二字，说是这么说，叶渠却能看得出她的失落。

他笑了笑，拍着卿如是的肩膀说："云谲的事还多亏了你，贵人已将《论月》找了回来。"

卿如是松了口气，随即又狐疑："那云谲是什么人，查清了吗？为何要盗走《论月》，又堂而皇之拿出来显摆？"

叶渠摇头："那晚云谲单独和贵人在房中相见，我不清楚事情始末。倒是贵人走后，我和云谲搭了几句话。他对我说了些话，我觉得，他很不简单。

"他说：'您知道大女帝为何将采沧畔交给您吗？因为她早就料到，女权的气数不会太久，而彼时举朝上下，唯您能有本事保住采沧畔，并将其发扬。事实证明她料得很准，您为了采沧畔，甚至不惜背上叛贼的骂名，努力地活了这么久。可您终究是不敢踏出采沧畔，那是因为，背上骂名不可怕，可怕的是千夫所指。我说得可对？'"

这话无疑透露出两个重要信息。第一，云谲清楚地知道采沧畔主人是叶渠，清楚地知道叶渠的过往。第二，云谲在洞察叶渠的心理，他对叶渠足不出户有诸多猜测，这番话是验证他自己洞察得正确与否。

卿如是沉吟片刻，越琢磨，神情就越严峻，她写道："这人知道你的身份，是你对他说的？还是那位贵人对他说的？"

叶渠摇头："贵人不会将我的信息告诉他人，至于我自己，只会将自己的身份告诉我愿意结识的人。细想一番，云谲能知道我的身份，还能在我手底将《论月》偷梁换柱，委实不简单。"

卿如是点头，写下字条叮嘱他定要提高警惕，莫要被有心人陷害。

叶渠心底明白，因着贵人的关系，云谲并不会伤害自己，但依旧笑着点头，宽她的心。

为避免回府太早跟月陇西撞见，她留在采沧畔里看书。

叶渠也没别的爱好，和崇文有些像，喜欢看书和收藏字画，屋子里最多的东西就是书籍。而书籍中最多的当数史书。

她随意挑拣了一本，竟是记载月氏家族的。

卿如是："……"

她正想要默默放回去，被走过来的叶渠看见，瞄了一眼书封，笑说："这册有意思，也是那位贵人拿来给我看的，记载了些外面许多人不知道的事。书不厚，大部分写的都是惠帝时期月氏的兴衰。你一定知道，那个时期是月氏最鼎盛的时期；可你知不知道，那时期也是月家人出仕最少的时期。"

卿如是微皱了下眉，仔细回想一番，缓缓摇头。

叶渠笑了笑，拈着胡须接着道："不知道吧？那个时候月氏最有声望的便是月一鸣，惠帝信任他，将大权交到他的手中。他身上背负着整个月氏，实属不易。最后能跟各长老带领着月氏渡过女帝改朝换代这一危机，已是极了不起。大女帝曾亲自请他入新朝为官，依旧以相位待之，被他婉拒。这本书里，月家的人写他是为了整个家族的信仰，才放弃了投靠女帝。我以前也这么觉得，但自打前段时间知道了些……"

他想说秘辛，又思及这事不能外传，于是忍了忍终是没说。

只笑道："反正，月家的人把话说得好听，真相是什么，我们无从得知。没准儿，他只是被一些事磋磨累了。可惜，月一鸣英年早逝。去世的时候，大女帝还亲临月氏为他吊唁。我为官那会儿，女帝上了些年纪，爱絮叨，常和我说起月一鸣，说他是个命苦的人。从前我觉得他锦衣玉食，年少有为，拜官称相，有什么苦的？现在我想想，锦衣玉食，却是真苦。"

卿如是震惊地望着他。

来到晟朝后她还从未看过关于月家的史料，她一直以为月一鸣是寿终正寝，没承想是英年早逝。最令她惊讶的是，大女帝自降身份去为月一鸣吊唁？去为崇尚男尊女卑的月家人吊唁？为什么？

看出她的疑惑，叶渠道："大女帝曾对我说，月一鸣这人分明是反骨头，却又要教他生来就背负家族重任。"

卿如是疑惑地偏头："何意？"

叶渠道："他骨子里或许更偏爱离经叛道，但他这人责任心太强，所以又不得不顾及家族利益。女帝说他想护的东西太多，最后无一不被他自己亲手给毁掉。这句我也没明白。不过，毁了一切四个字，听着虽残忍，但很果决不是吗？无疑，他是个精彩，又极有魅力的人。"

卿如是木讷地听着，心道："我俩说的是同一个人？月一鸣离经叛道？毁了一切？他毁了什么？他……又是怎么死的呢？"

卿如是拿纸写道："他怎么死的？"

叶渠道："这本书里说他是被人毒害的。有人说是种慢性的毒，他死的时候被人剖尸检验，五脏六腑发黑溃烂，也有人说是见血封喉的毒，没什么痛楚。众说纷纭，坊间也有许多说法。不过这本书说他是被毒死的，那多半可能是被毒死的吧。"

毒？卿如是愈发疑惑，他身边那么多一等侍卫，随便吃个什么东西都有人先试毒，且月府也不是随便什么人都能进的，怎么就能被人用这般低劣的方式害死？

但想到月一鸣这人的警惕性的确不高，她回回偷袭他都能一砸一个准，也就悟了。

"很奇怪是吗？我也挺奇怪的。"叶渠匪夷所思，"月一鸣这人警惕性有多高，史册里诸多事件摆在那里，大家有目共睹。大军在多少里外他都能预料到，且提前上报将领做好防备的一个人，能这么被害死，我是奇了怪了。"

卿如是：我怀疑我们讲的不是同一个人，鉴定完毕。

她低头看向手中的书，疑惑愈来愈深，想要一探究竟的欲望也愈来愈深。

"如何，这本书是不是又有些想看了？"叶渠敲了敲书封，笑道，"带回去看吧，我头回看的时候也啧啧称奇呢。不过我方才跟你讲的那些，涉及我自己的理解，这本书里写的许多东西都是月家的风格，基本是先往家族至上的方向吹捧了再说的。"

卿如是缓缓点头。

月一鸣如何就命苦了？他到底怎么死的？何时死的？女帝为何会和他相熟？又为何会对他有那么高的评价？……这一切都让她匪夷所思。

她自诩是个好学的人，那书也不厚，揣在怀里便能带回去。

她临走前，叶渠斟酌道："修复者的事，我忽然想到一个人，或许能提供些线索。不过我不怎么出采沧畔，只得你自己去寻。"

卿如是双目微亮，期待地望着他。

他缓缓道："此人收藏过不少惠帝时期的珍品，钻研颇深。我那幅画也是他借去观摩的，或许他能认出是谁的字迹，就算认不出，大概也能为你提供些线索。不过寻常人不太能接触到他，就算接触到，他也不一定会给你指点，你只当试试吧。他是襄国公府的世子，月陇西。"

卿如是：谁？月陇西？

缘分当真是妙不可言。走出采沧畔，卿如是改了主意，她原本想在外边躲一整天避开月陇西，等到晚上再回府，可如今修复者的事她又看到了一丝希望，急切地想要找月陇西问问。

卿如是于午时回到府中。

月陇西还坐在茶室里，一边抿茶，一边与她父亲谈笑。窗花漏下一缕缕光，映着他的脸和颈。卿如是这才发现，他的侧颈上有一颗浅痣。眉目温润，仪态端方，这位君子似乎又恢复了前几日的模样。不知聊到什么，他忽地低头淡笑了下，似有若无的那种，极为克制收敛。便也是垂眸这一刻，他用余光瞥见了她，微一愣，抬眸看了过来。霎时间，眉梢眼角便都是笑，鲜明又肆意。

她跨进门来，先给月陇西问了安好，又转身唤了声卿父。

正愁不知如何将卿父支走，卿父倒先开口催她："世子说要带你去一趟刑部做笔录，你赶紧回房梳洗一番，用完午膳就去，切不可耽误世子的差事。"

月陇西道："伯父，不耽误的。等如是有空了，想什么时候去都行。"

卿如是欣然应允："那就现在吧，我去了再回来吃。"

月陇西："来回一趟拢共不到半个时辰，若还要赶在你用膳之前回来，那我还指望和你独处什么。"

稍作一顿，他放下茶盏说："我看还是用完午膳再去吧。"

无甚区别，卿如是没有反对。卿父倒是看了月陇西一眼，心底不禁生起几分狐疑，便兀自琢磨起来。

晟朝民风开放，并不介意主客男女同桌用膳。卿如是的位置在月陇西身旁，只顾着埋头吃饭，并不与他交谈。

倒是卿父常和月陇西闲聊："那日陛下和我提到新国学府，说是要将一桩很重要的差事交给国学府来办。我琢磨着陛下跟我提的意思，是要我来组织，但这差事至今也没个具体说法，不知世子这里可听到什么风声？"

月陇西沉吟片刻，说道："陛下并未同我细说过。但母亲前段时间去皇宫拜见皇后姨母，无意从姨母口中得知了些消息，似是说，陛下近些年一直在考虑整顿文坛。"

卿如是一怔，扒饭的速度慢了下来，仔细去听他们的对话。

"如何个整顿法？"卿父亦觉不可思议，忍不住问。

月陇西略一思忖，并不正面作答："且说一件事。有回一位官员反映坊间野史杂谈无处不在，其内容扭曲史实，不堪入目。陛下就寻人收罗了几本来看，看完后大发雷霆。感慨女帝一味宣扬女权，发展新的思想，却忘了旧的事物也同样值得学习，女帝不注重历史的普及，导致如今晟朝许多人宁愿相信野史里混淆不清的记载并为此津津乐道，也不愿意去寻个正史来读一读。

不说太远，就拿百年前的事情举例，平民百姓中怕也没多少人能全然说得清的。"

不等卿父开口，卿如是先问道："你的意思是，陛下想要从给平民百姓普及正史开始，惩治那些书写野史杂谈的文人，从而整顿文坛风气？"

月陇西赞赏地看她，柔声道："就是这个意思。"

卿父再次别有深意地看了月陇西一眼，心底琢磨的意味愈发浓重。稍作一顿，他道："已存的荒谬不实的书籍需要销毁，书写此类书籍的文人需要惩治，正史需要以通俗易懂的各种方式宣扬，这个差事可不小。"

卿如是严肃地点头："总的来说，不算坏事。但我有一个疑问，那些书籍不过是供百姓消遣的罢了，我虽然说过世子的侍卫尌隐大人小小年纪不爱看正儿八经的书，偏爱些蹩脚俗气的话本子和荒诞的野史，但我并不觉得他看的东西一文不值。"

两人看向她，等她说下文。

"正史要读，要宣扬，野史也没必要全部销毁。既然有野史的存在，那就说明世人对过去发生的一切存疑，杜撰的也好，真实发生的也罢，全然销毁何尝不是在毁灭一种历史的可能性？

"还有那些所谓的不堪入目的杂谈话本，在陛下和文人名士眼中或许毫无用处，可许多平民百姓能从中汲取到力量，感受到书作者想要表达的情感，或许是喟叹痴男怨女难成其好，或许是感慨世事无常变幻莫测，或许也只是想要图个乐子博人一笑。不是因为正史不够精彩才要杜撰，正是因为太过精彩曲折，所以才想要杜撰出更完满、没有遗憾的另类故事。"

卿如是说完，口干舌燥，下意识抿了抿唇，身旁的人便递上了茶。她一愣，伸手接过，低声道谢。

惹得卿父再次看向月陇西，若有所思。

月陇西接话："你说得不无道理。这番话，我会找机会一字不落地转告陛下，至于结果如何，要看陛下的抉择。"

卿父一愣，赶忙道："世子不必出头，小女向来口无遮拦，随意谈谈的。"

"举手之劳罢了。"月陇西淡笑道。

此事言罢，卿如是谢过他。

午膳后，两人出了府，乘着马车朝刑部去。

月陇西笑吟吟地看她，登时没了方才的正经，撩拨道："卿卿不是说要晚上才回来吗？我以为卿卿是想躲着我，没承想这么早就回来了。是我妄自菲薄，看来一经与我分别几个时辰，卿卿对我也甚是牵肠挂肚。"

"这种话你都说得出口，也不嫌硌硬。"卿如是随口回应，撩起帘子看向窗外，"你方才提到正史，我这会儿倒想到一个问题。那些史册里记载的东西若本就有误，该如何说？"

"譬如呢？你觉得史册里有什么地方说不过去？让你觉得费解的，不妨说出来，看看学识渊博如我能不能帮你解答。"月陇西恬不知耻地回道。

卿如是已经懒得计较他的说话方式，只道："譬如，如今世人都说百年前的崇文遗作是秦卿修复的，史书里也记载着修复者名秦卿，我翻过许多书，大多解释她被废十指后是以口述的方式修复此作的。可想来想去我都觉得另有其人。不过这只是我的猜测，你若无法苟同，便也罢了。"

她说这话时一直看着窗外出神，话音落下一段时间并没有人回答，她这才转过去看月陇西。

不知何时，月陇西已敛起笑，认真看着她："你很想知道吗？是因为好奇，还是因为心中有猜测过是谁？应该没有吧……你没猜过，你怎么可能这么猜呢。"

他好端端的忽然这般认真，卿如是一时应付不过来，只愣怔地望向他，不知所措。

半晌，月陇西又低头轻笑，又是那副玩世不恭的神情。

他慵懒地拖长了语调："啊……你问得可巧，我刚从一位朋友手中得到了一幅画，他对我说，那幅画的主人或许才是崇文遗作的修复者。我起初有些惊讶，但听他说了原因之后，便觉得有些道理。后来将画拿回去，比对了一番画上字迹，我发现……那字迹和我祖上月一鸣的字有那么一丁点儿相似。"

说完，他紧盯着她，一眼也不肯眨，生怕错漏了一个细微的表情。

卿如是蹙紧了眉，眼底满是怀疑与不可置信。最后，她摇头说："我觉得，不可能。"

月陇西翘起唇角，反驳："为什么不可能？我祖上风流倜傥乐于助人，帮一下姑娘的忙，修复一下那姑娘想要修复的书籍怎么了？"

卿如是上下打量他，忽然就明白了为何他说话的腔调是这么个熟悉又贱气极了的德行，她恍然道："难怪……原来你是以你祖上做表率的？你肯定没少研究过他吧？上回听戏告诉我秦卿的手被废或许与皇令有关，是真的吗？"

"不管是不是真的，你愿意相信吗？"月陇西凝视着她，似笑非笑，"若你愿意相信，那我们以后可以深入探讨一下我祖上这个人，我可以把我知道的都告诉你。只要你愿意相信，你就会发现，他真是个连男人都无法抵挡其魅力的人。"

卿如是转过头去看窗外："暂时不了。"

"你一点儿都不相信吗？"月陇西有些崩溃，难以置信地追问，"尤其是画上的字迹，真的很像月一鸣的草书，你不想亲自看看，感受一下像不像吗？"

"不想。"卿如是意兴阑珊。她看的时候的确联想过那个人，但理智来看，画主人的字迹远比那人潦草，且思及那个人月家人的身份和对崇文思想的陌生程度，完全没有可能。

月陇西幽幽叹了口气：罢了，慢慢来吧。

今日是休沐的日子，刑部里往来的人并不多。

踏进门槛，一道修长的身影引起了卿如是的注意。

那人正捧着卷宗站在一棵梧桐树旁，极其认真。是萧殷。

似乎是听见了他们靠近的脚步声，萧殷抬眸朝他们这方看了一眼。微不可察地怔了一下，稍纵即逝。

他的目光扫过卿如是，最后落定于月陇西的身上，走过来时顺手将卷宗那页折了折，停在月陇西面前，朝他施礼："世子安好。"顿了顿，又轻声唤道，"卿姑娘……安好。"

许是觉得羞愧？最后两字他落字时嗓音有些暗哑。

卿如是挑起眉，便这般睨着他，眸底略有不屑，并没有回应。

诚然，往上爬没什么大不了的，但凡有些志气的人，都不想碌碌无为安于现状，但为了阿谀奉承，踩着别人的尸体往上爬，平日里还伪装出一副不谙世事的纯情模样，未免小人行径。

最可怕的是，官场最需要的便是这种小人。既然如此，卿如是无话可说。

月陇西伸手从萧殷怀中拿过卷宗，问："比对过了？可有差错？"

"比对过了，有。"萧殷抬手将朱砂笔拿起示意了下，"标了红，也在一旁做了批注，将疑点写上了。这案子我已有一番推断，若没有意外，可以结案了。"

月陇西微有诧异，自语："这么快？"顿了顿，他淡笑道，"没看错人。这案子你先放一放，先跟我来做个笔录，熟悉熟悉这方面。卿卿说一句，你就写一句。"

卿卿？

萧殷的动作一顿，抬眸看向卿如是，极快的一眼，收眼后他的耳梢不期然地红了，磕磕巴巴地反问："卿……卿姑娘吗？嗯……还请卿姑娘指点。"

卿如是盯着他的耳尖，催情药都能给人下，装什么青涩害羞。

见卿如是不说话，萧殷也收敛起情绪。他慢一步，跟在二人身后。

做刑部笔录的流程卿如是早烂熟于心，前世她也听她爹说起过不少案子，所以每次她也会提供不少线索，破案后免不了要去刑部做笔录。刑部的人供她跟供佛似的，回回她去，一众官吏赶着端茶递水。

每每如此境地，父亲看她的眼神便一言难尽。有什么想要告诉她的，终是没有说出口。

卿如是至今也想不明白父亲那眼神是何意。

待他们三人坐好，已有官吏拿来纸笔，萧殷接过后道了声谢，铺在桌上，抬眸看向月陇西和卿如是，示意他们可以开始了。

月陇西屏退了其他人，卿如是照实复述案情，说到确定凶手这一环节时，她如实道："这就不必我来说了吧，既然在外人看来，沈庭案和地痞案毫无关联，那这凶手若按照我知道的来讲，又有何意义。我只是来走个流程的，最后白纸黑字究竟怎么写，还不是要看萧公子如何着笔。"

这话并非讽刺，而是事实。萧殷点了点头，回道："卿姑娘说得是。剩下的，我来就行。不过……"

他顿了顿，低头看向纸面，轻声道："凶手唆使地痞去撞马车的时候，是告诉过他究竟该撞哪一辆的。暴雨那晚，凶手若是担心卿姑娘的马车会破坏计划，实则可以拖住马车的主人，拖延马车出发的时间，等卿姑娘的马车过去后再施行计划，没必要非去叮嘱卿姑娘的马夫小心驾车，可能有地痞缠上来。此地无银三百两，岂非更容易暴露自己？"

语毕，他才缓缓抬眸看向卿如是，目光平静，波澜不惊。

卿如是一愣，同样看向他，若有所思地微蹙起了眉。

倘若她理解得不错，萧殷的意思是说，那日他叮嘱马夫，纯粹是出于朋友间的真切关心，并非害怕原计划被她破坏？

她沉吟不语，月陇西吩咐萧殷将后续补全，定罪给霍齐。萧殷颔首，不再说话。

"卿卿想不想四处逛一逛？"月陇西打开门，示意卿如是看看别的地方，"等会儿再过来。"

萧殷的笔尖微一顿，继而又继续认真地书写。

卿如是走出门，随口问月陇西："你平日办公的地方在哪儿啊？我方便去参观参观吗？"

出门时她的声音被隔绝，最后几个字变得模糊不清，房间内又恢复沉寂。

萧殷轻叹着，垂眸愣怔地盯着纸面，有些不知所措。

外边，月陇西引着她往自己办公的房间走去。卿如是问："你把萧殷弄来刑部看卷宗，帮你破案，就是你所说的栽培他？"

"不是。他脑子灵活，在我正式给他找上差事之前，暂且让他帮我做些事，免得浪费。"月陇西低声道，"如今他再想要走仕途，靠科举是不成了，我打算推荐他去国学府。三年之后，他可以直接参与殿选。"

卿如是惊讶地看向他，说："你不是说国学府都是官宦子弟吗？把他放到国学府去，不会被那里的人瞧不起吗？而且，他不曾接受过书院的正规教导，走的是野路子，就拿沈庭的事情来说，为官之后难免也是这般玩弄手段。"

"能进国学府的人，都明白风水轮流转的道理。若他们有些眼界，就该知道瞧不起萧殷这种人是多愚蠢的事。"月陇西一笑，垂眸看向她，"至于你说他走的野路子……难道你不知道我祖上当年拜官称相之后，为了能在如虎的君王和吃人的官场保住他那条小命，一直都走的野路子吗？"

不等卿如是回答，他继续道："为官清正的有几个有过好下场，皇帝口口声声要文武百官清廉正直，却偏生更喜欢会来事的。萧殷这样的，只要给他一个机会，以后定是个权臣。我要做的，便是在他成为权臣之前，先将他牢牢嵌在月氏家族中。最好，能和月氏有姻亲。"

语毕，月陇西推开一间房，转过头凑近她，笑吟吟地拿手指抵住她的唇："嘘……有外人在了。"

卿如是抿住唇往后退了些，抬眸看进他的眼睛里，他的双眸异常明亮，含着如沐春风般的笑意。

同样是狭长的凤眼，萧殷远比月陇西阴鸷内敛。月陇西的眼睛秋波泛滥，净是风华。

月陇西微一挑眉，轻声笑问："怎么今日这般不经挑逗，这就看出神了？我好看吗？"

卿如是拍着他的肩膀，语重心长地道："我希望你还是做个正常人。"

房间内有官吏听到动静，纷纷向二人见礼。

月陇西示意他们做自己的事即可，不必管他们。这厢吩咐完，官吏们一抬头，就见卿如是已经坐在了世子爷处理公务的正位上，还一度无知无觉地左右瞧看。

所以……这情况的话，管还是不管啊？

感受到来自旁人的目光，卿如是抬起头来，四处看了看，问："这里不能坐吗？"

刑部的格局虽没怎么变，但以前这间屋子并不是刑部郎中办公的地方，只供些普通小吏做休憩用。她每次来找父亲，都是坐在这个位置上等父亲下职回家的。

方才没想太多直接坐下了，这会儿回过神，心觉有异。

不待她起身，月陇西先笑道："能坐。"语毕，他吩咐小吏另外搬来一把椅子，放在正位旁边。

至此，两人不再交谈。

卿如是翻看桌上的书本玩儿，月陇西坐在一旁看卷宗。窗外天光正亮，屋内岁月静好。

月陇西时不时抬眸瞧她一两眼，低头时便挽起了唇角。

这案宗翻着翻着，卿如是看得累了，扭了扭脖颈，忽然瞥到桌上有一方雕刻精致的小匣子，落着一把锁。

她指着那匣子，有些好奇："这里面是什么？方便说吗？"

月陇西抬眸看了一眼，伸手拿到面前，又从抽屉里拿出一把金色的小钥匙，一边打开，一边坦然道："是些小玩意儿，有时候路上瞧着好看便买下来了。玉簪、香囊，还有手镯之类的。"

卿如是：玉簪和香囊就算了，手镯？

卿如是看他的眼神登时匪夷所思，说："你一个男人，买这些东西做什么？我身为女子都不爱买那些的。"

月陇西笑道："我知道。那岂不正好？多互补啊。"

他这厢话音落下，满屋的小吏都看了过来：忽然觉得自己有点儿碍眼，是错觉吗？世子是不是正在撩拨姑娘？需不需要我们回避？

一众小吏相互打眼色，最后决定：不回避。

千等万等，好不容易有这个机会，我们倒要看看世子撩拨起姑娘来是什么模样。

卿如是瞄了眼匣中之物，竟真是那些玩意儿。她想了想，了然道："难怪你说你很会俘获女子的芳心，囤着这些怕不就是为了撩拨姑娘吧？"

"用这些玩意儿撩拨？"月陇西笑，神色间一副欠揍的样子，"我不需要，撩拨姑娘的心从来都是我的本能。"

"……"

对于他这两日来无论何时何地，只要接腔都能说出十分欠揍的话来的行为，卿如是表示自己从未见过如此厚颜无耻之人。不想说话。

众小吏：不想说话。

"说错了。"月陇西挑拣着匣中之物，拿起一支淡青色的碎玉簪花在她脑袋上比划了下，似是觉得有趣，一边寻找合适的方向位置，一边慢悠悠地道，"撩拨你才是我的本能。"

话音落下时，玉簪的最佳位置也找到了。

卿如是撇开他那双想要在自己脑袋上为所欲为的手，异常嫌弃地皱了皱眉道："你能不能别这么说话，总让我想起一个人。"

月陇西不答，敛了敛笑意，弯手示意她凑近些："这支簪花和你今天的衣裳挺配的，给你戴上。"

卿如是瞥了眼，摇头道："我不戴，你自己留着戴吧。"

月陇西一怔，低笑了声："好啊。"说着，他抬手将簪花递给她，"那你帮我戴。"

卿如是亦是一怔，忍了忍没绷住，"噗"地笑出声。她这人好玩，没有拒绝，一把抓起簪花凑了过去，往他脑袋上插。

她站着，他坐着，淡淡的香气萦绕在鼻尖，月陇西慵懒地眯了眯眸。就在她凑过来将要给他插上那刻，月陇西忽然起身，连簪子带手握住她，把她拉到面前，半带进怀里，然后顺势将簪花插在她的发间。

不偏不倚，花簪半藏，他早看好了最佳位置。

松开她的手，月陇西坐了回去，欣赏道："挺好看的。"

卿如是抬手摸了摸，心觉别扭，想拿下来，又听月陇西道："你拿下来就是不给我面子。"他敛起了笑意，佯装不悦。

于是，卿如是果断拿了下来。

卿如是：身为你祖宗，我为什么要给你这个重孙辈分的留面子？

月陇西：好难。

他幽幽叹了口气，突然有点儿难过，垂眸黯然神伤。

卿如是凑近他，打量了一番，低声问："怎么了？不至于吧？"

月陇西抬眸，慢吞吞从牙缝里吐出两个字："至于。"

她清了清嗓，说道："我明白的，我来刑部一趟也算是帮你的忙，你想送我东西，也想跟我炫耀你俘获芳心的本事如何如何厉害。可惜你试错了人，我这个人呢，从小到大最不喜的就是那种花里胡哨的男人。所以我现在瞧平辈的男人一律当姐妹处着的，不是你不够厉害，是你们那套对我没用。"

"花里胡哨"四个字简直扎透了心。月陇西抬眸看着她，半晌道："你的安慰我不大受用。如果你能收下这支簪子，我会好受一些。"

卿如是搓了搓簪柄，花蕊处的流苏轻轻旋转，她瞧了一会儿，又用一种疼爱的眼神看向月陇西，勉强点头说："好吧。"

莫名地，月陇西在她眼睛深处看出了一丝慈爱。

下午的日头下去了些，但抵不过此处向阳，仍是有些热意。

卿如是撑着下颔在想叶渠口中那个背负太多的月一鸣。她所认识的月一鸣，和别人眼里的大相径庭。

他对月氏的忠诚可以说到了冥顽不化的地步，如何就成了女帝絮叨时的离经叛道？

越想越烦躁，她坐了一会儿就被汗湿了。

有小吏送来两碗冰食，说："世子，您吩咐的梅子汤。"

月陇西示意他放在桌上，摆手让他下去。

卿如是转头瞧了一眼。

那梅子汤用一盏白瓷碗盛着，碎冰沉浮，晶莹剔透。月陇西用瓷勺搅了搅，大小不均的冰块撞在碗壁上发出叮当的声音，煞是悦耳。

月陇西拿手轻触心口的位置，了然地挑起眉，轻声道："世间情动，不过如此。"

并没有听见他说的话，卿如是兀自舀起一勺碎冰，就着酸甜的梅子汤喝下。

有人敲门，小吏开门，是萧殷。

他微颔首，恭顺地将写好的案宗呈上，俯身时目光不经意落在白瓷碗上。

戏文里说：璎珞敲冰，碎瓷当啷，但凡世间悦耳，皆为情动。[①]

收了眼，萧殷道："世子，写好了。请您过目。"

月陇西随意翻了翻，说道："你写的，自然挑不出错。"

笔录结束，卿如是没有再待的必要。她起身归置桌案上的书本，想凭借记忆摆回原样。

被月陇西制止："月家的男人最是有修养，从来就没有让姑娘家受累的规矩。"

小吏赶忙凑过来说："不劳烦姑娘，我们来收拾便是。"

卿如是不争，朝外走着，不屑回道："月家的男人有修养？你倒是举个例子出来。"

"月一鸣啊。那可真是太有修养了，"月陇西淡笑道，"连我都不及他的万

[①] 化用"世间情动，不过盛夏白瓷梅子汤，碎冰碰壁当啷响"，出自作者扶他柠檬茶《穆玄英挂帅》。

分之一。若我是个女子，肯定是要嫁给这种男人的。"

卿如是哂道："你高祖母在天有灵，知道你这么大逆不道吗？"

月陇西慵懒地笑："无所谓。他们夫妻二人的伉俪情深，祖母又怎么会计较我这一个小小的爱慕者，何况我还是他们自家后辈。"

"伉俪情深？未必吧，"卿如是随意道，"逢场作戏而已。相敬如宾倒是真的，情深算不上。"

月陇西露出了欣慰的表情，说："是吗？其实我也这么觉得。"

"不是。"萧殷走在后面，忽然开口道。

前边两人一愣，转头看向他。

萧殷不急不慢地说："倘若要兼顾史册里所有的前后逻辑，我觉得，最有可能的是，他们连相敬如宾都算不上。"顿了顿，他又低声朝月陇西道，"无心之言，妄自揣测，还望世子恕罪。"

月陇西意味深长地看着他。

他怎么可能是无心之言。这般谨慎的人，既不可能随意插话，也不可能妄议月家祖上。但这两样他都做了，说明他是故意的。

他看出来了月陇西在听到卿如是说"情深算不上"后那一瞬间的欣慰与认可，紧接着月陇西说的那句话肯定了他的想法。他知道，月陇西想让卿如是明白，月一鸣与他的夫人就是作假。

尽管萧殷想不通为何要让卿如是明白这个，但只要能够让月陇西觉得熨帖就好。

换句话说，他能随时对月陇西来说有用处，保证自己的价值就好。

"无事，我也曾怀疑过。"月陇西笑，"你继续揣测，还有吗？"

萧殷道："幼时读了些野史，便一度猜测，月相另有心仪的人，而且要么很早就得到了，要么很早就去世了。"

"很早就去世了？"卿如是震惊，细想一番，又觉得有道理，每每月一鸣跟她说起心底藏着的那个人时哀伤的神情就解释得通了。她点头道："难怪他后来没有再娶妻纳妾。想必那位姑娘成了他的朱砂痣，他也就只好和正夫人相守一生，却被外人说成是伉俪情深。"

月陇西拿折扇敲了敲手心，叹道："忽然有点儿欣慰。"他看向卿如是，轻笑，"你能想明白这一点我觉得已经很不容易了，下回争取再想多一点儿。走吧，送你回府。"

几人同行，萧殷识趣地骑马自行离去。

马车走得慢，等到卿府时已临近傍晚。卿如是和月陇西告辞，后者微偏头，看她头上的簪花，说："弄丢了可以，但丢了不可以。"

卿如是可怜他一片孝心，怅然地点点头。

紧接着，月陇西又将怀里一枚玉石交给她，笑道："过几天我要去新国学府住些日子，其间不得出府，你若是有空，可以拿着这个来找我玩。"

她低头看，是块墨玉，形状不规则，甚至可以说是长得有点儿难看，上边刻着"月陇西"三字。

只扫了一眼，她就递回去，拒绝道："我没空。"

月陇西："……"

顿了顿，卿如是又将手缩了回来，若有所思地说："国学府只收官宦子弟，不收官家小姐吗？我也想去国学府。"

月陇西一愣："你是认真的？为何？"

"我对那桩差事很感兴趣。萧殷都能去，我又不比他差。"卿如是摊开掌心，"这块石头能让我去国学府里学三年吗？"

萧殷都能去是什么意思……月陇西微挑眉道："不能。国学府不收女子，但你可以拿着这枚令信出入国学府，若是对那桩差事有兴趣，届时也可以让伯父带着你。不出意外的话，这差事归伯父管。"

卿如是皱眉，姑且点头。

卿如是回到府中，发现卿母等候她多时，且看她的神情有些难以捉摸。

卿如是不了被问及昨夜相看的事，卿如是干脆迎上去。

方坐下，卿母就皱紧了眉头，逼问道："如是，你跟娘说实话，昨晚你和景遇怎么回事？我今日一早兴致极好地约了你乔姨母去上香，她却跟我说你们昨夜没成。景遇回去之后说你们多年不见，兴许彼此都生疏了，聊不到一起去。怎么就聊不到一起去？"

卿如是心道：乔景遇真是好人。昨晚她抛下乔景遇，他竟也不气，只说聊不到一起去，半点儿坏话不说她的，也没提起昨夜还有世子在场。是给她留足了面子。

"这件事说来话长……"卿如是斟酌道，"反正，您若是有人选的话，可以准备下一场了，嗯。"

卿母的眉头皱得更紧："你爹说，暂时不必。"

卿如是问："为什么？"

卿母摇头，道："我还没来得及问，一会儿问问去。乔夫人让我给你带个话，乔芫姑娘约你过些时候去逛书斋。"

"她好端端地不去逛她的胭脂铺子，逛什么书斋？"卿如是低头拨弄着茶盖。

卿母拍她的手道："囤书呗。不知是谁造的谣，说陛下起了心思，要学惠帝当年焚毁书籍，都在猜他要销毁的是什么书。采沧畔那一伙崇文党最近行事越来越猖獗，大肆宣扬崇文思想，惹得陛下心生不快，所以就有谣言说了，陛下被激怒，想要烧毁的八成就是崇文的书。"

卿如是手中的茶盖从指尖滑下去，摔在桌上："什么？不……不是说要销毁的是那些无用的野史杂谈吗？为什么会……娘你说的囤书又是什么意思？"

卿母捡起茶盖，解释道："就是囤积崇文的书。下午不少人都去了书斋，多半是想着百年前雅庐那次，这回要真烧干净了，可再没个秦卿能给修复好。"

卿如是不可置信地喃喃："你是说，他们都肯去买崇文的书，肯去帮忙誊抄，为了让崇文的文章流传下去？他们真的都肯帮忙？"

卿母点头，絮叨着："想想也是有心了。史册里不是说雅庐焚书之前，崇文死了，就秦卿一个人，整整一年夜以继日，费尽了笔墨，抄那么多送都送不出去，且无人敢收，平日里张口闭口崇文党的，关键时候一个没见着，谁都不肯帮忙，小姑娘孤立无援地多可怜。这回不同了，就连乔芜这般没心没肺没脑子的都能想着去买崇文的书回来抄着以防万一，还有那么多平民百姓也都乐意帮忙……你这好好的，眼睛怎么红了呢？"

如何就要哭了呢，卿如是怅惘地叹了口气。

像是孤军作战太久，陡然出现一群没有战盔铠甲，只好拿着一把铁锹加入战斗的普通百姓，他们向自己伸出援手，甘愿冒大不韪，和强势的敌人打完这一仗。

从前只有她一个人死守着崇文的道，而今千千万万的人都愿意守护崇文的道。这迟来的胜利，既可悲又庆幸。

卿母见卿如是伤怀，便也不逼她坐着摆谈了，只令其回房休息，又问她过几天到底要不要去书斋。卿如是应允。

回到房间，卿如是也不急着休息，她坐在书桌边，摩挲起月陇西交给她的墨玉，神情逐渐凝重。

采沧畔的崇文党们大肆宣扬众生平等的思想，她信。行事猖獗到惹怒了皇帝，她不信。

倘若她不知道采沧畔的主人是叶渠，或许还勉强相信。按理说，一贯待在采沧畔的墨客们应该皆是以叶渠为首，叶渠身为崇文党首领，又是归降的前朝重臣，不夹着尾巴做人，还搞这些事出来引火烧身，绝对不可能。

这件事应有的两个可能是：要么有人在背后煽风点火，借着崇文党的名义行卑劣之事，打着众生平等的幌子，故意惹怒皇帝，以此来针对崇文党；要么有人故意散播皇帝想要销毁崇文遗作的谣言，激起百姓不满，从而达到某种目的。

如果是后者的情况，那究竟是为了达到什么目的呢？而今坊间的举动会不会真的激起皇帝的怒气，从而造成极端的后果？

思考一刻钟后无果，她收敛思绪，将玉石握紧。

白鸽又传了信。皎皎敲门进来，将信递给她，然后将鸽子放进鸟笼里，一点点给它喂食。

卿如是拆信，边看边为自己磨墨。

信中先交代他过些时日有急事须得出一趟远门，其间无法往来信笺，只得等他归来后再次回信了。

紧接着为上回他的刨根问底道歉，并询问卿如是有没有兴趣参与遗作的重新修复，就按照她自己不同于其他人的理解来修复一次。

卿如是思忖了番，暂且往下看去。

最后一段照例说起他的那位故人。这回不再伤春悲秋，字里行间皆是欣喜之意，怕不是将故人拿下已是十拿九稳的事。

正琢磨着，忽瞧见紧着下一句倚寒就问她有没有心上人。

有吧，人间正道算吗？卿如是认真思考了一番，她心上的不是人，但爱得很。死去活来，重活一世都只为它的那种。

接下来一句，倚寒又问她平日里如何与心上人相处。

问她和人间正道怎么相处……不知道描述为不可操之过急可不可以？卿如是再次陷入瓶颈，思考后认为这么说行得通。

再一句，倚寒问及心上人若是对她爱搭不理，言语嘲讽，甚至误会颇深，还有可能拳脚相向的时候，她是怎么办的。

卿如是：这就让人根本没法儿强行描述。想了想，她写道：

你这心上人如此棘手，真的不考虑换一个？小弟很费解，倚寒兄究竟看上了怎样一朵奇葩。

写完这句她又在后面诚恳地给出建议：

既然有误会，便须澄清，可依照故人对你的态度来看，你亲口澄清她未必会相信。不如将实情告诉旁人，最好是与她相熟的人，从旁人口中澄清误会，便容易使她信服。切记不可全盘托出，尽数澄清，须得留有余地，让她对你们之间的误会心生好奇，便会亲自找你索要解释。

卿如是满意地点头：自小到大心上人没遇上一个，主意倒是挺能出。回答完毕，她又倒回去回复遗作的事：

容我考虑。

其实她极想参与修复，但如今叶老已知道她能默出遗作，再让更多的人知道，是否会招来祸患？

这信再早一步寄来她也就答应了，偏要在她得知坊间谣言之后寄来，这个当口，她怎敢暴露自己。

须得等她确定销毁遗作的传言究竟是真是假之后再做决定。

思及此，她又提笔向倚寒谈起坊间传言，询问他的看法。倚寒这人看来和官府相熟，小道消息灵通，或许会知道传言是否属实。

信寄出去了。

卿如是捏着那块墨玉，皎皎以为她在睹物思人，正感慨她开了窍，笑意与欣慰还没收敛，凑过去好奇问了两句，竟得知她其实是为新国学府的差事操碎了心，而那枚墨玉不过是能进国学府的凭证。

皎皎摇头叹息，自言自语道："姑娘若是嫁不出去也成，奴婢一直伺候着，就不缺活干了。"

这厢正愁，敲门声响，皎皎回过神，先将鸟笼遮起来，连着鸟笼挂到屏风后的窗台边，然后才去开门。

来的是一名容貌端正的丫鬟，笑盈盈地朝皎皎问好："我是月府的丫鬟，替我家世子来给卿姑娘送几本书，顺便递个口信儿。"

听到那丫鬟的声音，卿如是探看了眼，示意皎皎让她进来说话。

丫鬟走进门来，与她见礼，呈上几本书，逐字逐句道："世子说，姑娘晌午那番言论激起了他拜读通俗话本的心，回去后就找斟隐大人借了几本来看，还特意挑出几本让奴婢送来。"

卿如是随手拿起一本，书封三字"言未尽"。

翻开看了两眼。

第一行出现的两个人名：月一鸣、秦卿。

她合上了。

再随手拿起一本，书封五字"月下共卿酒"。

都不用翻开。

她又给搁置到了一边。

第三本，书封五字"晓看红湿处"。

她想了想，径直翻到最后一页。

最后一段被人用笔画去，但依稀可以分辨字样：

  双指戏璎珞，香汗湿罗襟。似烟非雾，欲拒还迎，红绡帐暖贪风月，朝朝暮暮共与卿。

卿如是：都是些什么乱七八糟的破烂玩意儿。

卿如是默默将书合上，自脸颊烧到耳根的云霞好半响没能消下去。

按理说，卿如是也不是什么不谙情事的天真少女。但向来无心风月的她，偏生最是看不得这些流里流气的鬼话，嫌庸俗。关键是，痛苦就痛苦在这都是些真实存在的鬼话。

市井卖的话本，有的纯粹依靠杜撰，有的讲究真假参半，这三本偏生都是后者。

她和月一鸣当然翻云覆雨过，他爱玩，几乎什么都玩过，每次能活生生把她臊死。还很会找时机，专门选欠他人情的当天晚上，让她拒绝不成，眼泪都急了出来。

这些小老百姓图乐子，纯属带着流氓的本质对不为人知的方面进行扩写。

丫鬟显然对书的内容一无所知，此时天真地替月陇西递话："世子让奴婢问问姑娘，可有从中汲取到力量？可有为这对痴男怨女而感慨？可有唱叹他们难成其好？"

滚犊子吧。

烧，这种书就得烧得干干净净，还文坛一片清净。

她愿意带领大家把以"月一鸣""秦卿"两位为主人公的书籍尽数销毁，她头一个点火。

丫鬟又笑道："世子还让奴婢带话给姑娘。劝姑娘不必太在意今日坊间的传言，这件事的始末他已经着人去调查了，发现实则有两拨人在暗地里较劲，一拨人假借崇文党的名义大肆宣扬，另一拨人背地里煽动谣言，传出陛下要销毁遗作的消息。反正，他绝不会让遗作被烧毁的事发生的。"

卿如是一怔："他怎么知道我……"

话音未落，丫鬟道："世子说，卿姑娘晌午那番话听着倒似是与崇文先生的观念不谋而合，想必是崇文先生的追随者，未免姑娘为遗作以及而今的崇文党忧心，所以特地让奴婢前来。上面那些书不过是拿来给姑娘闲看着玩的，姑娘瞧瞧最下头那本。"

卿如是伸手拿起来，书封很新，一个字都没有，翻开第一页才知道书籍主人是给这本书换了张皮，里面那页才是第一页，陈旧到泛黄的面上写着书名，太过模糊，只能依稀辨认字样。

但是这本书卿如是熟悉，无须将字看清。

这本书是崇文的原作！

不是应该被烧毁了吗？！

卿如是的手不自觉地颤抖，她小心翼翼地翻了几页，上边被火燎烧过的痕迹都还在，隐约看清的字也都是她记忆中的排列。

她强自镇定下来："皎皎，把门关上。"合上书，她追问，"世子为何会……这书是哪儿来的？！"

丫鬟不紧不慢地说道："世子从新国学府里无意间挖出来的，他说大概是前人埋起来的吧，也不知是谁写的书，只瞧着里边依稀能看清的词句写得都不错，便拿来给姑娘品一品。世子还说，那地方往深了挖似乎还藏有许多。欢迎姑娘过些时候去国学府做客。"

"国学府？"卿如是不解，思忖片刻，又问道，"那地方以前是做什么的？"

丫鬟摇头道："不知，但世子说了，姑娘有何不解之处，都可以来找他问清楚，他什么都知道。"不再多言，丫鬟施礼告退。

卿如是垂眸，目光落定在书封上。

先是《论月》，又是这本，月陇西说，似乎还能再挖到更多。

仅这一刻，她忽然升起一个荒唐至极的念头。假如当年真是月一鸣进雅庐救了她，那有没有可能，崇文的书其实都……想到这里，思绪顿止。

她捏了捏眉心。得好好休息了，怎么什么乱七八糟的都敢想。

那是月一鸣，废了她十指的月一鸣啊。

背负月氏家族重任的人，怎么可能冒着被杀头的危险私自去救崇文的书。没道理啊。难不成还能是潜伏已久的友军？

卿如是不再细想，将崇文的书用厚厚的牛皮纸包裹起来，藏在抽屉里锁好。梳洗沐浴过后，同卿父卿母用了晚膳。

临睡前翻出了叶渠交给她的那本《史册》，她犹豫须臾，指尖拈着书封迟迟没有翻过去。

细想了想，最终没读。

纵然她被叶渠一番话勾得心里痒痒，实在想一窥究竟，不得不说叶渠真是个推书奇才，然而一山更比一山高，一想到读完月一鸣的一生之后没准儿自己今夜睡个觉都得被他支配。

她被这种无言的恐惧劝退了。

和乔芜逛书斋的日子还有几天，卿如是打算白日里再读那本书，用以打发时间。

平躺在床上，卿如是合上眼，半晌后又睁开眼，瞪着床帐。

月一鸣倒是没想，心里想的却是给她送来崇文原作的月陇西。

卿如是：你们月家的人是不是想搞死我？

月府这位世子，不知嘴里有几分真话。他说这本书是在国学府里找到的，国学府不是都要建成了吗？过几日他都能住进去了，四周必已是雕栏玉砌，且守卫森严，他又怎可能随意挖得到东西？

能从中午那番言论看出她与崇文的观念一致，又为何会不知道这本书是崇文的原作？

思绪飘荡着，卿如是逐渐熟睡过去。

次日睁眼后的第一件事便是打开抽屉看一眼崇文的原作还在不在。

还在，卿如是松了口气。

待到梳洗完毕，她迫不及待地翻开《史册》。叶渠有看书折页做旁批的习惯，正好方便卿如是按照叶渠的理解来看。

虽说叶渠的理解里皆有偏护月一鸣的意思，然则，总比月氏那群满口皇恩浩荡福寿永昌的老腐朽要强得多。

目光流连于泛着淡淡墨香的纸面，蓦地顿住，停在最简单的一句话上：享年三十七。

简单五个字，便将这位年少成名的风光宰相的死亡风轻云淡地带过。

秦卿死的时候月一鸣方满三十，而立之年。也就是说，在秦卿去后，月一鸣也只不过多活了七年而已。

卿如是以为自己会高兴的，却怎么也笑不出来。那个人在她死的时候还挑衅地说："秦卿，你不起来骂我了吗？"最后却只比她多活了七年。

这七年里，他经历了女帝登基，相府遭难，家族存亡，也经历了与正夫人携手余生、教养子嗣的片刻温情。

想到教养子嗣，卿如是又有些迷茫了。

倘若她记得不错，从前，月一鸣应是跟她说过。

彼时她蹲在院子里摆弄些花草，月一鸣噙着笑走过来，蹲她旁边，伸手就给折了几朵。

秦卿拿眼睛剜他。

他笑得慵懒，逗她道："怎么，跟折了你孩子的胳膊腿似的。"

秦卿垂眸除草，低骂了声："有毛病。"

月一鸣凑过来，埋低了脑袋，戏谑道："什么好夫君？我没听见。"

秦卿默然片刻，忽地冷笑一声，抬手一巴掌将他的脑袋摁进土里。

过于猝不及防，月一鸣还真没料到。

秦卿偷袭过后噌地起身，撒腿就要跑，被月一鸣单手拎了回来，顺势反摁倒在柔软的花草间，又被他松了腰带，拽开衣领，掀开肚兜一小角。

月一鸣扯了扯自己的衣襟，微眯着眸挑唇笑道："知道我不设防，所以偷袭我？"话落时，他俯身朝她的脖颈和下颌亲了下去。

秦卿推他："休想把泥蹭我身上！"语毕时一口咬在他的喉结上，下了重口。

月一鸣稍退，捏住她的下巴，舔过嘴角的泥屑，咬牙切齿道："这种时候，我是为了把泥蹭你身上吗？好好看看，我都被你撩成什么样了……"

而她想的竟然只是泥土不要沾到她身上。

月一鸣心都梗了。

秦卿怕痒，被他捏着下巴不舒服，抬头又看见他的长发和脸上都还挂着泥土，没忍住，笑喷了，想要憋笑，愤然道："月一鸣你赔我的花！"

月一鸣见她笑，也跟着笑了："护花跟护孩子似的，折了你的花，赔你个孩子好不好？"

秦卿皱眉道："少耍流氓！这是院子里！你言行注意点儿，对得起你相爷的称呼吗？！"

他不说话，凝视着她，低低地笑。

忽然，笑声戛然而止，他轻道："秦卿，我没跟你耍流氓，真想和你要个孩子。能跑能跳，我们瞧着便会觉得欢喜的孩子。男女都好，你和我的就好。"

秦卿很果断，甚至看都没看他，直接拒绝了："我看你们月家已经很不顺眼了，以后我要生个孩子也姓月，多遭罪。"话落，她从花圃坐了起来，整理衣襟。

月一鸣也坐起来，一片懒散模样："这个好办，孩子跟你姓便是。"

秦卿知道他说笑，嗔道："可我不想帮你生，你和夫人生去吧。话说回来，夫人比我先入门，她这都入门一两年了吧，还没动静，你是不是不行……"

最后几个字，她嘀咕着嘀咕着，抬眸瞧见月一鸣幽深而又正经的眼神，便想起他们洞房那晚，心虚地脸红了。

"她……"月一鸣想了下，挑起眉，随口道，"身体不好，要不得孩子。你若是不帮我生，我可就断子绝孙了。"

那她死后，月一鸣和正夫人的孩子是什么时候有的呢？

夫人出阁之前心底也藏了个不可能之人，同她说过的：这辈子是有缘无分，就指望着能有来生。夫人像是认命的人，所以她身体再不好也得给月家留子嗣也说得过去。

卿如是这般想了会儿，觉得应该就是这样。

往事太可怕了，她不过是看到月一鸣死时的年纪，就生出这般多的疑问。

她合上书，暂且不再碰它。

可有些东西，在心底无知无觉地生了根发了芽。

从前被忽略掉的细枝末节又被不经意地拾起。卿如是觉得心底的感觉不一样了，分明没有任何情绪涌上来，可就像破土的嫩芽一般，挠着心里痒。

有一种潜意识的求知欲，会催促着人越来越在意那个东西。

这种感觉甚至一度持续到与乔芫相见那天。

她出门时，仍是那晚的丫鬟前来，告诉她说月陇西已经去了国学府，市井谣言被压下去了一些，陛下虽发了怒，治了些人的罪，但好在暂时没殃及采沧畔那边。等查清背后煽风点火的那一方会再遣人来告诉她。

卿如是听后放心了些。

她捆好长鞭，翻身上马，往约好的书斋去。

第七章 进国学府

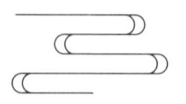

卿如是快到书斋时，远远瞧见书斋外阵仗颇足，心道乔芜如何端着这般架子了。

正想着，乔芜的声音却出现在另一方："如是，我在这儿。"

卿如是利落下马，一边朝她走去，一边狐疑地看向书斋正门口，问道："那边是谁？怎么忽然被侍卫围堵成这模样了？"

"哦，好像是月氏族里来的长老，听说是皇帝请来的，要去国学府住。"乔芜蹙眉，"只是路过此处买本书而已，等会儿便走了。"

卿如是不屑，语调讽刺："哦，月氏族里的人。"没跑了，反正统统都是她的后辈。

乔芜点头，跟她往书斋里走，刚想开口再说，门口的侍卫将她们拦了下来："月长老在此，不得入内。"

"方才我还看见人往里走的。"乔芜蹙眉。

侍卫回道："月长老吩咐，至多二十位入内，不可扰他选书。方才那位，是第二十个。"

卿如是嗤笑道："选书还怕被扰，来什么书斋，国学府离这儿就那么几步路，到了之后要什么书遣人送去不就得了，多大个事……怕别人不知道他月长老来了扈沽。"

"姑娘言重，注意德行。"

声音自门内而来，苍老如油尽灯枯，语调却沉稳持重。

卿如是挑眉，等着那人走出来。等了须臾，仍未见到。

请问……他是走得有多慢？

乔芜拉了拉她的袖子，低声道："我让丫鬟打听到，好像是月氏族中最有威望的那位，月世德长老，有两个甲子的高寿了。"

卿如是觉得这个人名有些耳熟，一时想不起在哪里听过。

又听乔芜在她耳畔问："你知道月世德长老吧？"

卿如是摇头。

乔芜附耳过去，笃定道："你知道的，就是我们幼时听的那个'神树开智，相授文曲'的故事。他三四岁的时候不是被月相拎起来挂树上过吗？听说在那之前他脑子都不大好使，后来月相把他挂树上，给他开了智，从此以后跟变了个人似的，聪颖通慧，得文曲星保佑。"

卿如是沉默了，她知道是谁了。

什么开智啊，难道不是因为他朝自己吐口水扔石子，才被月一鸣挂树上吊着打了一顿？

月家，服了。黑的说成白的，真能掰扯。

这个故事说来也简单。发生在崇文死后，她入住雅庐誊抄书籍的那一年里。

秦卿不吃不喝在月府灵堂里连跪三日才换得去雅庐的机会，当时月氏族中的长老人物尽数施压反对，月一鸣在中间帮了不少的忙，秦卿承诺依旧会帮他处理公务、誊抄奏折。

月一鸣黯然，"秦卿啊，我缺的是写这个的人吗……"那般无可奈何的语气过后，他的双眸又明亮起来，挑眉道，"也对，你的字迹陛下看惯了，换成别人的他恐怕不习惯。你来抄，我一有空就会来雅庐找你拿。"

有次他专程来雅庐说自己要回族中议事一月。秦卿正低头抄书，听及此愣了愣，反应过来后道："哦，你的意思是说这一月我就不必抄折子了是吗？行，你回去议事吧。"言罢又埋头抄书，愣是当他不存在。

月一鸣默然凝视她许久，慢吞吞道："我的意思是，有整整一个月，你都见不到我了。"

秦卿皱眉，头也不抬地自言自语："若不是为了誊抄折子，我们能有一年都见不到……啧，可惜。"

月一鸣顿了顿，问道："日日在这里待着，你不嫌憋闷吗？要不要和我一起去？"

秦卿摇头。

"真的不要吗？"月一鸣拈起墨锭，一边帮她磨，一边低声道，"那里有很多好玩的地方，我就是在那里长大的，带你去看看。"

秦卿仍旧摇头。

月一鸣瞧她实在是一心卫道，对自己爱搭不理的意思也甚是明显，他幽幽叹了口气："好吧，不扰你了。"

他走的那日暴雨滂沱，马车行过扈沽郊外时他喊了停。

临了临了，又吩咐马夫掉转车头，来到雅庐非把她给捎带上了。

彼时她刚煮好面条，用筷子挑进碗里吃了一口，抬眸就看见月一鸣站在雨中，愣愣地望着她。

她那一口面没来得及咽进去，月一鸣几步走来夺过她的碗搁置在灶台上，又拉住她的手腕，说："别吃了，跟我回族里，吃好的。"

秦卿赶忙咽下那口面，皱眉挣扎道："放开我，我不去。你不知道我时间很宝贵的吗？"

见她挣扎，月一鸣拉她的力道也就松了些，他郑重道："你估算好时日，把这一月里能抄的书带上，我保证你做事的时候不来烦你。你到雅庐来住实则未经族中允许，去见他们一面，免得以后他们到扈沽来时为难你。"

他这么说，秦卿便也不再挣扎，深思一番，妥协了。

月氏家族有些不出世者都住在扈沽山那块，与扈沽内城的距离不算远。他们要去的是族中某位长老所居住的清和山庄。

这处被暴雨洗练过的佳地，风光秀丽怡人，傍水而建，背倚扈沽山，放眼一片重岩叠嶂，皆是青浆嫩绿。山庄奢侈，不比城内那些雕栏玉砌逊色。

一路上月一鸣都十分愉悦地同她讲述这片风水宝地的故事。他讲得绘声绘色，秦卿撑着下巴听，来了兴致，也与他搭起话来。

踏进山庄后，月一鸣就带着她见过一些重要的长老前辈，其余的便都不必见了，免得惹她心烦。

不到晚宴，秦卿已生出困倦之意，坐在堂中时打了好几个哈欠，也不敢当着这么多人的面说自己困了，免得给月一鸣丢人。最后反倒是月一鸣称他自己身体不适，不赴晚宴，也推辞了宴后的族聚，牵着她睡觉去了。

月一鸣是不是真的身体不适秦卿不知道，反正她是真的困。一觉睡醒时已然入夜，遥遥传来远处的欢声笑语。

月一鸣不在屋里，她心以为是他推辞不过，最终还是趁着自己睡后参加族聚去了。

腹中饥饿，秦卿寻了些糕点来吃，咬着那糕点推开门，她骇了一跳。

门外不知何时站着个三四岁的小孩，挂着一行鼻涕，也正啃着一块糕，抬起头茫然地望她。

据月一鸣说，这是他自己在山庄里的院子。既然不是客房，为何会莫名出现一个小孩？

秦卿挑眉，她本就不大喜欢小孩，何况还是月家的，便没搭理，抬腿绕开他。

她前脚跨出几步，感到背脊微痛。她皱了皱眉，一边反手去摸背，一边转过头看，那小孩的糕点在地上滚，她摸到些黏意。

"你？！"秦卿气急，握紧拳，捏烂了手心的甜糕，思及这是月氏，随即又松开，将甜糕砸在地上，冷嗤道，"小屁孩，没教养……"

忍了。秦卿不与他计较，待要走时，那小孩又抓起地上的石头朝她砸了过来，这回秦卿反手一把握住石头，朝他砸了回去。

准头好，砸中小孩的胸口，屁大点儿的孩子被石头一砸就坐倒在地，愣了片刻，忽地号啕大哭起来。

秦卿皱眉，几步走过去拽着他的胳膊，将他从地上拎起来，训斥道："不准在我面前哭！谁让你来的你找谁哭去！"

她这厢话音未落，小孩登时在她手中挣扎起来，胡乱甩胳膊蹬腿，抓她的脸。秦卿拎着他，另一手抓握住他那两只乱挥的手，发狠道："还来是吧？！"

小孩一边蹬腿想踹她，一边照着她的脸吐口水，并喊道："放下我！崇文死了！崇文死了！"

崇文死了。

三四岁的小屁孩哪知道这些东西。

秦卿恍然大悟，眼眶一红登时被气笑了。她抹了脸上的口水，随手将人扔在地上，抽出腰间长鞭抬手要打。

没下手，握紧了。几度隐忍。

她想起崇文死前轻声细语对她说："等我死后，谁再提起我的事，你也别气。你这性子，就容易被激，别让有心人给利用了。"

别让有心人给利用了。

鞭子在她手中紧了又松，她咬住牙瞪着脚边的人，从牙缝里蹦出来几个字，颤抖着，憋屈得不行："小人！"

猛地，手中长鞭被人夺了去，秦卿晃了晃神，顿生恐慌，然而尚未回头，鞭子答破皮肉的响声和更为敞亮的哭号声一同打破沉寂。

紧接着，月一鸣出现在视线中。他的下颌紧绷着，眸底净是血色，鞭子被他在手中稳稳缠了两圈，不等小儿哭声缓下来，又是一鞭落下，皮开肉绽，下手极狠。

他声色阴诡，不疾不徐地问："哪个教的？"

小儿号啕大哭，讨饶："表……表叔我错了……表叔！！"

月一鸣笑："不说是吧？嘴还挺严。"语毕又是一鞭，血肉模糊。

稚子声音嫩气尖锐，两声吼就有丫鬟小厮聚拢来，惶恐地跪下："相……相爷……他……他才三岁啊！"

"三岁就会这些龌龊手段了，岂不比爷当年都早慧？"月一鸣压着气，语气无不讽刺，敛起神色，他缓声道，"去，把正堂里的人都给我叫过来。"

人还没来，月世德却已经被绑着两只脚倒挂在了树上。

在鞭子抽下去的那刻秦卿就蒙了，此时看到月世德被倒吊起，哭得震天响，更蒙了。

随着月家的族人相继到来，月一鸣将鞭子缠得更紧。

月世德的母亲来到跟前，见状骇得不轻，扑跪过去，哭声凄惨，立时向月一鸣求饶。

月一鸣没搭理她，目光在一群人中流连，沉声问："谁教他的，自己站出来。"

月世德的父亲算得上沉稳，说："月相莫要仗着陛下重用胡作非为，失了风度。"

"奇了怪了。"他抬手又是一鞭抽下去，在小儿的惨叫声中气定神闲地说，"我本就得陛下重用，为什么不能仗着？这孩子年纪不大，心眼不小，我这个做表叔的，替你们好生管管。"

"一个孩子罢了，能有什么心眼？"族中长辈勒令他将人放下来，"世德向来愚钝木讷，不似别的孩子活泼，怎会有那些狡诈心思？"

月一鸣却不准："愚钝木讷？那我岂不正好给他开开智。"反手抡了两鞭，尖锐的哭声刺耳劳神，血痕亦是触目惊心。

两鞭答完，空中的血腥气愈发浓烈，月一鸣淡然道："既然没什么心眼，那就是有人在背后唆使。扈沽月氏出了这等小人却不打算深究，我看你们也是活到头了。"

他这话说来大不敬，顿时有人自恃长辈身份出头呵斥他，被他一鞭子抽地上吓了回去。

眼看月世德的哭声愈渐虚弱，一副半死不活快要咽气的模样，族中长老沉不住气了，道："放下来，两日之内，定给你个交代。"

长老发了话，那便是一言九鼎。月一鸣给他留面子，默许小厮上前将人给救下来。

他将鞭子递给另一小厮："拿去烧了，离我的院子远点儿。"

此事告一段落，众人被长老叱令各自回屋。

人将要散尽时，长老意味深长地看了月一鸣一眼，又瞟向一旁还蒙着的秦卿，最后终是对月一鸣道："相爷，你好自为之，莫要栽了。"

月一鸣正拿锦帕擦手，听及此抬眸嗤笑道："栽？我月一鸣福寿绵延，定能长命百岁，一生无忧，不劳您操心。"

长老也笑，不过是笑他自视甚高，他不再多言，转身离去。

局势发展得太快，秦卿没缓过来，转头不可置信地看向月一鸣。

月一鸣笑，伸手拂去她脸上的青丝，微眯了眯眸，问："爷威风吗？"

秦卿："……"

默了会儿，她扯着月一鸣的衣角，拽了拽，低声道："多谢。"

月一鸣挑了挑眉，垂眸去看她扯在自己衣角处的细白的手，视线又移至她被束带松松系着的细腰，喉结微滑，哑声道："你就这么谢我？"

秦卿："？？？"

她又不是小女孩，什么都做过了当然即刻就反应了过来。

秦卿阴森森地抬头看他，吐出两字："小人。"

她早说了，月一鸣这人很会挑日子，回回都趁她欠着人情的时候跟她提出要求。

月一鸣凑近她，搂住她的腰，趁着她迟疑，已经开始在她腰上摩挲了起来，勾得她痒了，见她蹙起眉，月一鸣偏还装作一本正经，问："行不行？"

秦卿推开他，不高兴地道："我没吃晚饭，还饿着。"

月一鸣别有深意地附耳："……"

秦卿睁大眼：你是你们月氏的毒瘤吧？？？

不等她再做何反应，月一鸣将她一把抱起来扛在肩上，踹开门，进屋，踢门关上。

卿如是想着想着，脸已红透。身边的乔芜唤她，说月世德不屑与她计较，已经走了。

她抬头看向远去的马车，逐渐收拢了神。

她最近……是不是想月一鸣想得太多了些？

失算，月一鸣何止能支配她的睡眠。

卿如是当即不再多想，往书斋中走去。

乔芜还在讲那个"神树开智，相授文曲"的故事，卿如是没多嘴解释。

那件事过后还被秦卿当笑谈说与夫人听，夫人严肃地告诫她不能外传。

月氏好面子，月一鸣带头在月氏族中搞内讧，对一个孩子下狠手，甚至还不依不饶，实在有损家族颜面。估计那挑事的人被处置过后月家便把这件事压下了，没人对外说，以至于如今还被编成了个奇妙传说讲给小孩子听。

卿如是讽刺地笑了笑。

这几日接连有人来买崇文的遗作，书斋里所剩无几。卿如是也不需要买，装模作样地挑了几本。倒是乔芜，很是认真地在挑选书籍，时不时问她："那么多书我也抄不完，选两三本就好了，就是不知道选什么。如是你说，崇文先生写得最好、最用心的书是哪本？"

卿如是想都不想地说："每本都写得很好，没有最好。因为他在人生不同的阶段所发出的感慨都不同，倘若要将他不同的观点放在一起进行比较，是没有任何意义的。他这人有趣的是，上一本里论述了大半本的观点，放在下一本里，或许三两行就又被他自己推翻。除了核心不会变以外，随着朝代的走向发生偏移，思想也会随之改变。"

乔芜："……"她默默地附和了下，又道，"我就是让你帮我选两三本，怎么弄得这般复杂？那你选的什么，我选不一样的就好了。这样你抄一点儿，我抄一点儿，大家都抄一点儿，就都能留下来了。"

你抄一点儿，我抄一点儿，大家都抄一点儿，就都能留下来了。

卿如是愣怔住，想着这句话，久久不能回神。

终究是不一样了。

她低头轻笑了笑，抬手将自己挑的书拿给她看。

书斋老板走过来和她们闲聊了会儿对崇文文章的见解，卿如是对他的想法很感兴趣，这么一聊时辰就过去了。乔芜虽不感兴趣，但自小家中请来的先生都十分崇敬崇文先生，她耳濡目染，所以也愿意站一旁听他们谈话。

快入傍晚，她俩付了钱，离开书斋准备各自回府。

书斋外不远就是公告栏，乔芜陪着卿如是去马厩拉马，路过公告栏时，她们见上面新贴了张告示。

以公布栏为中心的方圆五步内都站满了人。周围被堵得水泄不通，她俩也没法儿挤进去看写了什么，便拉住一个挤出来的人问。

"上边说，前几日流传的消息纯属胡扯，陛下不仅没有要销毁崇文遗作的意思，而且还打算召集人才进入国学府，集思广益，重新编修崇文遗作。这几日已有不少学士前后住进去了，就等着选拔人才。"那人说完，也乐呵呵地笑着。

乔芜拽了拽卿如是，兴奋地说："太好了，那我们不用抄书了！"

卿如是也跟着欣喜一瞬，随即又疑惑地蹙起眉，凝神细想一番之后，欣喜之意荡然无存。

崇文的思想虽不一定会被每个称帝者反对，毕竟女帝也是帝，她就十分推崇崇文的思想，她认为崇文的人人平等并不意味着不需要集权以及统治。但如今的皇帝盯着崇文党太久，陡然给他们带来甜头，说要修复遗作，难道不是一件很可怕的事吗？

且谁都知道月氏家族信奉的皇权至上与崇文党的众生平等相悖相斥，陛下一边说着要修复遗作，一边又将月氏长老以及月陇西等人安排进了国学府，这是要认真修复遗作的态度？

卿如是越想越觉得陛下的意图不是那么简单。她冷静下来，让乔芜赶快回家，自己却牵了马朝国学府而去。

这厢她挥鞭疾驰，那厢国学府里头，月陇西在会客厅中等着月世德。

月陇西也刚收到陛下下达的差事细末，分为好几大板块，其余的与他同卿父说的那般无二，唯有那一条"修复崇文遗作"让他万万没有料到。

他没缓过神就迎来了月世德。

两人喝了会儿茶，说起陛下的意思，月世德也表示陛下恐怕是在暗示月家将崇文的遗作进行改写。

月陇西不吭声，目光落在杯中缓缓沉浮的茶叶上，凝神瞧着。茶叶挣扎在水中，用微末的力量摆脱禁锢，于是沉沉浮浮，无限辗转着，没个安稳落处。

他放下茶盏，伸手将茶叶一针针拈出来，放在桌上。

月世德看着他，琢磨不透他的态度，又自恃身份，轻叱了声："陇西？"

月陇西回过神，缓缓抬眼看他，眸底是变幻莫测的风云。

一瞬收敛，他笑了，说道："陛下还命我们在一月内选拔出适合进入国学府的栋梁之才不是吗？崇文的遗作要如何修复，也须得看我们怎么去选这些人。长老莫急，这世上有多少事是急来的，陛下究竟何意还有待定论。改写先贤著作这几个字罪名太大，若是会错了陛下的意思，那我们月家可就成了千古罪人。"

他的声音低沉，捎带着些慵懒的邪气，加之方才那一瞬稍纵即逝的眼神，让月世德想到了那个人。

幼时的阴影挥之不去，想到那人时总免不了打几个冷战。无声中，月世德的汗毛倒立起来，沉默了。

小厮进来添茶，见两人不说话，自觉气氛诡异，添完茶正要退下，月世德将他喊住："我今日在书斋里买的那些书呢？"

"回长老，都给您放在房间里了。"小厮笑说，"您在书斋露面的事外边都传开了，而今都在谈论当年'相授文曲'的故事，怕不需要等到明天，您的名声又得响彻扈沽城。"

月世德被逗笑，随即道："都是些子虚乌有的事。"

"今儿个那位出言不逊的姑娘小的打听到了，是卿府的千金。许是不知道您的威名，您可千万别跟她计较。"

月世德摆手道："我还不至于跟个小姑娘怄气。"

月陇西垂眸，神色淡淡的，听他们一来一往说了几句后有些听不下去，须臾，起身告退。

他走时，深深看了月世德一眼，眼底寒意丛生。

月陇西的房间设在一片竹林后，他在林中踱步半晌，想到从前的一些事，心烦意乱，回到房间内小睡，没承想梦里又是他想的那些事。

"三年前她和崇文带着一群叛党妖言惑众，你跟朕来这套，朕放过了她！两年前她写文章骂朕昏庸无道，你来这套，朕放过了她！一年前她在采沧畔口出狂言对朕不敬，你又来这套，朕又放过了她！她一而再再而三地挑战朕的底线，如今你还跟朕来这套，你是不是也不想活了？

"三年前朕就想让她死，能多活三年你还想怎么样？安生了没几日就给朕搞出一堆叛党，你若是不让她付出代价，就等着看她爹娘怎么死吧。

"禁足？这就是你想的代价？朕要的是她的命。

"朕不管自由对她有多重要，你若想不到别的办法，那就让她死，成了孤魂野鬼爱去什么地方就去什么地方。

"好，朕最后给你一次机会。你若是不能令朕满意，她全家上下一个也别想活。"

"月一鸣！"

秦卿撕心裂肺的惨叫声轰然灌入耳中，他猛地睁眼坐起来，用手抚额，好半晌缓不过气，他的身上被汗湿透了。

抬眼向窗外看去，斟隐看顾的水沸了，正"噗噗"冒着气。

黄粱一梦。他皱紧眉，咽下涩然。

斟隐端着茶水进屋，顺势关上门，见月陇西愣怔着坐在床上，问："世子，怎么了？"

"无事，只是有些热。"月陇西深吸了一口气，"我出去转转。"

他穿上鞋，推开门，心底惦记着那黄粱一梦的寓意，有些慌。摸了摸自己的令信，不在身上，才稍微放下心来。

"月陇西！"

他一怔，抬眸看见正朝他走过来的卿如是。

夕阳的余晖照在她的脸上，她拧着眉头，狐疑又不满地打量他，那神情他很常见。暖光之中，她鼻尖的汗水也显得晶莹可爱，纤细的腰上别着一根长鞭，白皙的腕上今日戴了只玉镯。

她喜欢戴玉镯了吗？"唔……"月陇西边沉吟，边目不转睛地盯着她。

忽地，她挑起眉，勾着唇角笑了笑，眸中净是傲气："我知道你说的差事是什么了。你身为月家人，有自己的考量，我也不强迫你站在我这边。我来，是想要问你，我身为女子，该如何才能进你们国学府。"

她说了什么没听太清。

反正她一笑啊，就挠着他心尖上的痒。

不等卿如是走过来，他先迎了过去。

月陇西回味着她方才问的话，想明白她说了什么之后，答道："我不是因为不愿意和你站在一边才没告诉你这桩差事，我也是刚得到的消息。我明白，你想参与编修遗作，可是国学府明文规定不招收女子，我也是告诉过你的。"

"原本我想可以跟着父亲来参与这桩差事，且那时不知道这差事里还有修复遗作这一条，所以才跟你妥协了。但现在国学府请来了月世德，明摆着这桩差事不全归我父亲管，届时我想插手还得看你们长老的脸色。"

说至此，卿如是顿了顿，语气不屑地哂道："我当那些流言真的是谣传，原来陛下不过是换了个法子想将崇文的书销……"

她的话没说完，被月陇西捂住了嘴。

她抬眸看见月陇西神情严肃，恍然明白此处或许隔墙有耳，便也闭嘴不再说。他却没有要松开的意思。

渐渐地，他眉头轻舒，眸光里浮上些许笑意。

她的唇柔软又温暖，她的鼻息拂过他的手背，淡淡的，唯有静谧无声、无人惊扰的此刻方能感受得到。

卿如是抿了抿唇，有点儿别扭，拉开他的手，而后不知所措地站在原地，想找回自己方被打断的语言。

"跟我进屋来说。"月陇西引着她往房间里走。

斟隐给两人倒茶，而后就站在月陇西身后不动了。

月陇西看了斟隐一眼，后者没明白。

"斟隐，外边风大，有些冷，去把门关上。"月陇西吩咐。

斟隐狐疑地问："世子，你方才起来的时候不还说热吗？"

月陇西淡然道："你先出去。没重要的事，不要进来打扰我们谈话。"

斟隐这才明白刚刚那一眼是何意，麻溜地滚了，走之前还顺便带上门。

"他好像对我没什么敌意了。"卿如是觑了眼门，兀自慢悠悠地坐在茶桌边，"从前不是我说一句他怼一句的吗？现下乖巧了许多，还晓得给我倒茶。"

月陇西与她对坐，道："前几日我说教过他了，以后不会再对你不敬。"

"哦，无碍，他那样还蛮好玩的，不过多谢你了。"卿如是撑着下颌，打量他的房间，"住得不错。你缺随侍的丫鬟吗？"

"不缺，我身边从来不用丫鬟。"月陇西回完，笑了笑，"怎么，你要送我一个不成？"

卿如是摇头，郑重地道："你看我怎么样？我端茶递水、铺床叠被都很厉害，要不要考虑一下，收我做你一个月丫鬟？"

月陇西一怔，蒙了。

她向来最喜欢出其不意，回回让人招架不住，但实在不知道她这般的出其不意，究竟是让谁捡了便宜。

"修复遗作的事内情复杂，我爹多半不会要我跟他去国学府掺和，且选拔人才这块不还是你们月家首要管着的吗？倘若你们徇私，净拣选那些丝毫不懂崇文先生所思所想的人进国学府……和助纣为虐有什么区别？"卿如是直言道，"我幼时读崇文先生的书，时常感慨世间怎会有如此新颖想法的人，所以，若是崇文先生的书不能流传下去，折了这一代先贤，往后等人渐渐醒悟，明白他的思想过后，得有多遗憾多惋惜？你就给我个机会帮你们选选人，后面修复的事等以后再说。"

按理来说，月陇西应该拒绝，可他的心不允许。

这种便宜只能他捡，独处的机会是卿如是自己送上门来的，这回可不能怪怨他无赖缠人。

月陇西挑起眉，唇角微翘道："好啊，我同意啊。但你要如何跟你爹娘说？二老怕是不会同意。"他端起茶杯，借着抿茶敛住眸中的笑意。

卿如是果然已经想好了对策："那还不简单，我就和我爹说，你看中我与崇文先生有着莫名相近的觉悟，专程请我去帮忙选拔扈沽才俊入国学府。当然了，我不会告诉他我给你做丫鬟的，但那些端茶递水的事我肯定会做，就当是还你人情。"

月陇西放下茶盏，唇角的弧度似笑非笑，立刻拍板："好，那我们一言为定。你打算何时住过来？我给你在我院子里安排一间房。"

卿如是思忖了下，先问道："你们什么时候正式开始选？"

月陇西道："后日开始。倘若所料不错，应该是以文会的方式，也就是采沧畔一贯爱用的斗文。"

卿如是点头："这法子公平。那我明日就来，今日要先回去和爹娘说一声，顺便收拾些衣裳。"

"衣裳就不用收拾了，一个月罢了，搬来搬去也麻烦。"月陇西笑吟吟道，"我的贴身侍卫都是有补贴的，丫鬟自然也不例外，我给你买。"

怕她拒绝，月陇西又补了一句："月家不缺这点儿钱。你来当丫鬟，不论是什么理由，月银还是要照发的。"

本想说不用，听及此，卿如是便随他了。

两人说定后，卿如是心里的担忧消散了些，这么看来月陇西和月氏家族的那些人不是一路货色。她跟月陇西告辞，后者却坚持要送她出府。

来的时候她还担心没人管她，不承想走到门口将那块玉石亮出来就有小厮上赶着带路。

想到玉石，卿如是反应过来，忙从荷包里取出，递过去，说道："反正我都要住进来了，不必再用这个进府，你拿回去吧。"

月陇西垂眸扫了一眼，抿唇思考了须臾，说道："留着，以后还有许多用处。"

"什么用处？"卿如是摩挲着玉石，嫌弃地说，"挺难看的一块石头，你还在上面刻名字，不能换块好看点儿的刻吗？"

日常被嫌弃，月陇西低头一笑，眉尾微扬道："我好看就可以了，不必讲究它。它的用处很多，以后就知道了。你收好了，莫要弄丢。"

卿如是满不在意地收回荷包里，回味他方才的话，又心生担忧，问："如果弄丢了的话，怎么办？"

说话间，两人已走至府门口，斜方长廊里走来一人，步履蹒跚，速度极慢。来者看见两人，微讶异片刻，两人自然也看清了他，神色各异。

月陇西来不及回答卿如是的话，先迎上去施礼唤了声："长老。"

月世德微微点头，看向一旁默然看着别处并不打算与自己见礼的小辈卿如是，含着淡笑，语调无不讥讽她不识礼数："小姑娘傲气得很哪。"

卿如是睨着他，回应道："下午在书斋的时候，您不是已经知道了吗？"

不等月世德再自恃身份说什么，月陇西挡在她身前，插话道："长老是要出府？"

"……随意转转。"月世德的目光从卿如是的身上挪开，"陇西，今晚没什么事的话来我这里，我有事情交代你，是关于你提到的那个萧殷的。"

卿如是微凝神看他一眼，收眼后忍不住心中揣测着。这么快，月陇西就把萧殷介绍给了月氏长老这等人物？

"好，我先送卿姑娘出府。"月陇西与他告退，稍侧眸示意卿如是跟着他走。

待走出月世德的视线，卿如是正打算一吐为快骂上两句。

然则，她还没开口，身旁这位月氏子弟先她一步笑说道："族中不曾出世又上了些年纪的人大多都虚伪得紧，没见过些世面，却总喜欢端着架子。你受罪了。"

卿如是："？？？"

这突如其来的同一根绳上的蚂蚱感是怎么回事？他在说什么？身为月氏得意子弟，他竟然能跟自己说出这种话？

这话直接把卿如是说蒙了，她没脱口的脏字尽数憋了回去。

不是，她怎么就忽然受罪了？

卿如是稀里糊涂地想了片刻，最后只能回道："哦……还好。"

月陇西笑吟吟地侧眸去瞧她。她拧着眉头苦苦思索的模样，和当年别无二致。

年少初识情滋味，那时候，他最喜欢的就是看着少女听自己讲解完月家宗亲关系后不明所以，只好咬着笔头苦苦思索的样子。

如今依旧，他依旧很喜欢。

卿如是是骑马来的，去时月陇西吩咐人给她牵马，让她乘着他的马车回去，免得天色黑了骑马危险。

卿如是回到卿府时，天黑得只剩下几点星子在漏光，门口的灯笼也点上了，映照着一个熟人的面庞。

他笔挺地站在那里，对门口的侍卫说着什么，并递去一张类似于名帖的东西。

卿如是走过来瞧了一眼，疑惑地"嗯"了一声。

果真是一张名帖。

萧殷听见她的声音时身子似乎僵硬了，抬眸看向她，毕恭毕敬，低声唤："卿姑娘安好。"

"小姐回来了？"侍卫笑道，"老爷夫人正等着您呢。"

卿如是"哦"了声，往府中走去，走了几步又转过来看向门口讷然看着她，等她说话的萧殷。

她挑眉问："你来我府上做什么？"

萧殷淡笑了下，恭敬回道："替国学府的诸位学士给卿大人送帖子，并讲解一二。明日卿大人须得住进国学府去了。有些事宜都写在帖子上的，需要事先熟悉。"

听完，卿如是恍然，又想起刚刚在国学府时月世德也提到了萧殷，不禁弯了弯唇角，却不像是发自内心的笑。她挑着眉头随口说了句："萧殷，你爬得挺快啊。"

她无心之言，却因语调上扬，听着就像是讥讽。

萧殷愣住了，半晌没有说话。

卿如是示意侍卫放他进去，他就跟在卿如是的身后走着，保持适当的距离。

快要到正厅的时候，他忽然轻声问了句："卿姑娘……现在是把萧殷当敌人来看了吗？"

"嗯？"卿如是在门口停下脚步，转过来看他。

但萧殷似乎并不是要个答案，见卿如是驻足，他垂着眸，轻道："我的心口，真的有条疤。不曾骗你。"

说完，他抬眸看向卿如是，欲言又止，终究什么也没说。

卿如是探究地看着他，不明白他为何突然提起心口那道不存在的疤痕。

正厅的门被打开，两人不再交谈，一前一后走进去。

卿母将卿如是拉到一边，低声说话，萧殷则站定在他们几步之外拱手施礼。

卿父示意他不必客气，说道："我下朝时听国学府的几位学士说会派人前来，却没想到是你。"

萧殷恭敬回了，余光却见卿如是跟着卿母离开了正厅，似是不想扰他们谈话。他微垂着眸，默然立在那里，一瞬，又被卿父的声音拉扯回神。

这边，卿母将卿如是引到自己的梳妆台前坐下，抬起她一只手瞧那只玉镯，说道："这玉镯上缠裹的银丝好看，可惜就是银丝上有点儿瑕疵，细看的话就不大顺眼了。上回着人给你那个好，明儿个戴那个吧。"

卿如是另只手撑着下巴，抵在桌上，慢悠悠点了点头："嗯。"

"除了镯子，珠钗发簪也得学着戴。"见她神情郁郁，卿母肃然道，"如今不比从前了，谈婚论嫁，你不支棱起来谁提亲哪。"

卿如是依旧点头。

卿母握着她的手，在她身旁坐下来，长叹一声，道："你能嫁个好夫君就成，官大不大的无所谓。"顿了顿，又啧声摇头，"不，官还是得稍微大些，没个家底也不行。好歹成亲以后，衣裳首饰、胭脂水粉不能缺了你的。你能嫁个像娘这样没事就喜欢给你买这买那的丈夫就好了。最重要的是，一定得是心甘情愿买给你的，若是你哭着求着才给你买，那也没意思。"

卿如是的神思早不知游离到了何处，此时听卿母说停，才附和地点点头："哦哦……好。"

卿母一巴掌敲她脑袋上，不满地说："啧，听见没有你就'哦'？"

"听见了，听见了。你说让我寻个如意郎君，喜欢拾掇我，也愿意买好看好用的让我拾掇的那种。"卿如是忙复述，侧眸瞧了眼卿母，又笑说，"娘，我跟你商量个事。"

"什么事？"卿母挑着盒子里的发钗，在卿如是的脑袋上比划来比划去，随口回。

卿如是想好措辞，郑重道："父亲明日不是要住进国学府去，参与招收人才这桩差事吗？因为陛下安排给国学府的差事里恰好有修复崇文先生遗作这一条，世子知道我对这方面颇有研究，所以邀我自明日起也住进国学府，帮他一起批阅文章进行选拔。您看……这等把不准就能光宗耀祖的大事，我是不是应该去一去？"

听及此，卿母停下了比划的动作，狐疑道："世子不是已经住进国学府里去了吗？你们怎么见着面搭上话的？"

卿母不愧是卿母，一击就击中关键。

卿如是掏出玉石给她看，说："他给了我个信物之类的，说拿着就能进去，我就去找他了。"

卿母赶忙放下手中珠钗，接过那枚玉石打量着。卿如是则漫不经心地对镜自照，发现不知何时脑袋上已插满了珠钗簪花，步摇丁零，碎玉相击，花里胡哨的。

"他怎么说的？"卿母忽然拽了拽卿如是，又急又笑。

"什么怎么说？"卿如是致力于将满脑袋的发簪一根根地拔下来。

卿母追问不止："就是世子，给你这玩意儿的时候，总说了些什么吧？"

卿如是皱起眉，认真回想了一番说："就说可以进国学府，别的没什么了。"

听完，卿母脸上的笑意收敛了，满不高兴地嘀咕："也是个急人的。跟你爹似的。"她把玉石还回去，补了句，"拿着吧，给人收好了，丢了的话人家挺遭罪的。"

"这什么东西啊？"卿如是接过来，往怀里揣。

卿母找到空当，又把桌上卿如是刚刚取下来的簪钗一根根地给她插回去，动作漫不经心："世子的令信。八成是他觉得你在国学府里会受人欺负，旁人看见这个就得待见你。"

卿如是恍然地点点头，顿了顿，她又笑道：“意思是，娘你同意我明儿个去国学府了？那我现在去跟爹说？”

"你爹嘛，你若这么去跟他说，他怕是不会同意，还会以为是世子故意这么说，为了把你诓骗进去的。"卿母思忖着，轻声道，"这么着，别跟他说了，娘做主，你明儿个一早就去吧。等住进去了，娘再告诉你爹。"

卿如是一喜："好嘞！"

卿母摇头，一脸不知该不该欣慰的表情，说道："傻闺女，重要的一点儿没明白，别的反应倒是挺快。"

次日，卿如是鸡鸣时就爬了起来，穿戴好衣裳，按卿母所言，唤皎皎给自己简单拾掇了一番，戴上玉镯和簪花。走时搬了些常看的书，其中包括叶渠给的《史册》，一并装进马车后，她启程了。

虽然近日月陇西精神方面不太正常，但这人的风度仍是有的，一早吩咐小厮等在门口，看见她的马车便有人进去通禀，等她的马车在府门口停下时，月陇西也正好走了出来。

"伯父伯母没有责骂你吧？"月陇西领她往院子里走，"你带了什么东西来？我让小厮帮你搬。"

"有几本书，锁在一个箱子里的，就搬那个箱子好了。"卿如是跟着他走，"我跟母亲说了，她不会责骂我的，还说帮我转告父亲。对了，我母亲说你给我的那块石头是你的令信。我琢磨着你是担心我得罪了月长老，住进来以后没准儿还会起冲突，被他欺负什么的。但这令信挺重要，你拿回去吧，我不顶撞他就是了。"她说着，拉起月陇西的手，将玉石放在他的掌心。

月陇西状似不经意般回握了下，即刻松开了。他捏着玉石，觑它须臾，抬眸时笑了笑。"好吧，那你平日里跟着我。"稍一顿，他低哑着嗓音补充，"要一直跟着我，跟紧。"

卿如是望着他熠熠生光的眸子，鬼使神差地点头，过后又恍然摇头，惶恐道："更衣如厕什么的就不了吧？"

月陇西："……"心好累。

怅然叹了口气，他收好玉石说："走吧，带你去看看你住的房间。"

卿如是的房间被安排在月陇西的隔壁，说是隔壁，其实只能算作隔间。因为月陇西的房间内还有一道门，打开之后就能通向隔间。

卿如是没来之前，那扇八面门是全部连着门框卸下来敞开的，会让人以为两间房是一间。这会儿门合上了，只开了一小扇，能看到他住的地方。

卿如是走进去，打量了番，方看明白："我记得昨日我就坐在这一边喝茶的。原来你一直占着两间房的大小，难怪我觉得你的房间那么大。"

"喜欢吗？"月陇西随意拉开一把椅子坐下，边喝茶边等她转悠完。

"嗯……挺好的。不过，这房间的东西好像太齐全了些？"

卿如是走到书桌前扫了一眼，笔墨纸砚无一不缺，且她瞧得出来，皆是上品。

走到梳妆台前，打开妆奁一瞧，胭脂水粉也不缺，随意闻闻便知是细细研磨过的珍品。

打开匣子瞧，珠宝首饰琳琅满目，其中最多的当数镯子，金银玉的都有，且无一有瑕疵。

她想起昨日月陇西说给她买衣裳，便又走到衣橱处，打开看了看……她倒吸了一口气。

卿如是斟酌了下，狐疑地问道："虽说你的贴身丫鬟是有补贴的，可这……是不是补贴太多了？斟隐也有这么多？"

月陇西放下茶杯，反问："多吗？"

"我觉得，能和我府上已有的相比了，甚至可能比我府中有的更多。"卿如是仍追问，"斟隐也有吗？"

"那就好。我一开始，还嫌少。"月陇西笑了笑，"斟隐没有，他不需要。"

卿如是拿起书柜上一柄玉如意，摩挲把玩，然后说："我也不需要啊，补贴嘛，不都是意思意思就好了？一个月而已。"

"不，你需要。"月陇西给她倒了杯茶，起身递到她面前，"女子不一样。你先住着，总有用得上的。用不上的带回去，以后也能用上。"

卿如是接过茶，颇为欣赏地望着他，说道："我觉得，你是真的很懂事了。"

月陇西微蹙了蹙眉，说道："懂事？为什么会叫作懂事？不应该是体贴吗？你应该说，月公子你温柔体贴，善解人意，吾心甚欢。"

卿如是："……"

见她不再紧追着这些物什不放，月陇西嘱咐道："你今日起得这么早，想必还困得很，白天也没什么事，你再睡一会儿。我就在隔壁，睡醒了来给我添茶吧。"

他伸手要关门，被卿如是拦住："我爹什么时候来？一会儿不用去见我爹吗？"

"晚上见，白日你就好好休息。"月陇西不等她反驳，径直关上门。

周遭霎时安静，卿如是心觉异样，也不愿多想，在床边坐下来。一股淡淡的香气萦绕着鼻尖，她侧身闻了闻枕头，是用香熏过的，且应该是唤专人一点点熏染过去，味道浓淡合宜。

好像……过分细心了些。

卿如是躺着，睡不着，又在房中转悠。

她这才发现，那锦帐上面绘着的是玉兰花，刚好是她最喜欢的花样。用的深蓝的帐底，白玉兰用金线描边，华丽不失风雅。被套和枕套都是适合春睡的软绸，同样的玉兰花色，一床被褥厚实，一床软和蓬松，换着用，午睡不会热，夜间也不会冷。

书架上除却玉如意、青瓷等摆件，还有许多崇文修复本，奇怪的是每本都挺厚。在卿如是的认知中，崇文的作品多而精简，一本书一般不会这么厚，就算是修复本也不该有这么厚。

好奇之下，她随手拿了本翻开，发现每一页里都卡了一页空白的纸，还打了竖着的格子。她以前也喜欢这么做，留一页空白方便旁批和修改原文，没想到月陇西也有这个习惯。

梳妆台上还落着一鼎小香炉，烧着安神香，仔细闻能嗅到淡淡的薄荷叶的味道。

刚刚进来的时候游走一圈没看太仔细，被忽略的她很喜欢的细节实在太多。

当个丫鬟当得这么高贵，无以为报，她想了想还是过去给月陇西倒茶吧。

敲门，那边唤了声"进来"，她推门过去，看见月陇西正在换亵衣……

卿如是："……"

她想了想，怕月陇西不好意思，便很给面子地侧过头去不看。

月陇西却朝她走来，轻捏住她的下巴将她转过来，笑吟吟道："怎么，瞧见男人的身体有什么好羞的？你不是还要给我铺床叠被吗？难道每次叠好被子之后不包括替我更衣？晚上铺好床也不包括替我宽衣？"

卿如是竟然无言以对，心说：男人的身体我早看惯了，我是怕你害羞好吗？

"我换好了，睁眼吧。"月陇西松开她的下巴不再逗她，"怎么不睡觉？"

卿如是睁开眼，他只穿了一件素白的亵衣，腰间系带松松系着，衣襟交领太低，露出他的锁骨，锁骨下也有一颗痣，跟他侧颈上的一样浅。

她收眼，回道："睡不着，想着还是过来给你端茶递水。话说，你这刚起床，青天白日的，怎么又换起衣裳来了？"

"我晚上常做噩梦，昨晚又梦到不好的事，出了汗。早上怕你久等，起来后便没来得及换。"他引着卿如是走到书桌边，给她也搬来一把椅子，"我看书，你就坐在旁边陪着我吧，若我的茶水少了，就添上。"

卿如是点头，他坐下，她也跟着坐下，抱紧茶壶，捂在怀里，害怕水冷了。而后便盯着他的书和他的茶杯，模样认真极了。

月陇西转头瞧了她一眼，唇角翘起，低头看书时，余光里都是她，眼角皆是笑意。

他读的是话本子。卿如是不爱好话本，但能看得进去，此时也没别的事可做了，他看一页，她就跟着读一页。

不知不觉十页过去，故事是一贯的男欢女爱，卿如是觉得很没有意思，越读越困，打了个哈欠，迷迷糊糊地合上眼，缓缓地垂下了头，下巴轻落在月陇西的手臂上还不自知。

月陇西一怔，侧头看她。

她竟已睡过去了。她的头偏倚在他放置于桌沿的手臂上，从月陇西这个角度，能看见她半边脸的轮廓，以及柔顺的一头青丝。

月陇西低笑了下，缓缓地凑过去，用唇轻轻触碰她的发心。

清风翻乱话本，停在扉页那句："我曾把酒问山河，情字为何？情字为何，山河亦问我。"

怕是山河太壮阔，不懂这世间痴男怨女柔情片刻。

日过晌午时卿如是才醒，是被饿醒的。皱了皱眉，她睁开眼后才觉得后颈有些酸，扭了扭脖子。

身前的人慢悠悠翻过一页，笑道："醒了？你这茶倒得好，我一上午就没喝上一口热的。"

卿如是："……"

她赶忙抬手要倒茶，发现怀里的茶壶也不见了："嗯？"

"茶冷了，抱着凉手。我拿走了。"月陇西看她在揉脖子，"脖子酸吗？"

卿如是点头道："过会儿就好。"

月陇西笑道："下午换一边靠，争取掰回来。"

卿如是："？？？"

有了上午的经历，卿如是下午侍奉茶水再不敢坐下，自己捧着一本书站在窗边读着，但凡看到他杯中的茶水空了，就上去添好，如果水冷了，就到院子里的小火炉上烧。

一直到晚上，用过膳后，有小厮来通禀说卿父与几位学士以及月长老都一一见过了，此时空闲，可以去见上一面。

月陇西带着卿如是往卿父的住所走去，一路上卿如是不断提点他："一会儿我爹问起我的事，你别回答，我来说。"

月陇西一怔，颇有种上辈子头回去她家见岳父的错觉，但还是应允了。

然而他们见到卿父时的情况，和卿如是预想的有点儿不大一样。

她以为卿父会怪她不说一声就跑来国学府掺和，没承想卿父压根儿没打算跟她算账，全程顾着和月陇西商讨正事，其间几次说起她也是"给世子添麻烦了""还望世子费心指教""小女不堪重任，世子抬举"云云，这就有点儿尴尬了。

"如是，"临走时，卿父终于唤了她，"你住在哪儿？"

卿如是道："世子的院子。"说完，她也隐约觉得有些不对。

是啊，她怎么莫名其妙住到了月陇西的院子里？当丫鬟不一定得住那么近吧？

再想了想……哦，贴身丫鬟或许不一样。

卿父凝视着她，转而又看向月陇西，说道："世子一向稳重，这般安排，怕是有失妥帖。"

月陇西倒是不紧不慢，看了眼卿如是，说道："我有些话要和伯父说，卿姑娘，你在外边等一会儿吧。"

卿父也朝她点头，她只好出门去。一同站在门口的还有两名小厮，她也不好意思当着人的面听墙根，关键是那门隔音太好，似乎也听不到。

等了两刻钟，月陇西出来了，唇畔还噙着淡笑，招呼道："走吧，明日要开始审批文章了，早点回去休息。"

"你……你怎么跟我爹说的？他没怪我跟你住一个院子啊？其实我也觉得不太妥……"卿如是喃喃着，"不过屋子都准备好了，也没什么可挑剔的，而且，离得近些方便你使唤我。以前我练鞭子，不还是跟一些粗爷们儿住一个院子的嘛。"

月陇西看向她，别有深意地道："那时候你还未及笄，不必太讲究这些。如今你已及笄，往后就只得和夫君住一个院子。"

卿如是点点头，说："也对。"

月陇西低头轻笑，道："嗯，也对。"

两人回到院子，斟隐还在练剑，远远瞧见他们走过来，上前施礼，对月陇西道："世子，热水烧好了，您吩咐的东西拿来了，放在桌上了。"

月陇西点头，示意他回去休息。

进屋后，卿如是直奔内室，月陇西拿起桌上的东西，喊住她："这是活血化瘀的膏药，你在脖子上抹一些，明早就不酸了。"稍一顿，他又勾着笑道，"抹不到我帮你抹。"

卿如是直接忽视他后面那句，伸手拿过膏药："多谢。"

"谢我的话，你可以帮我一个忙吗？"他说着，转身在书桌的抽屉里拿出一根纤细的红绳，"我晚上睡着了会做噩梦、发热汗，如果知道有人陪着我的话，就会好许多。"

卿如是盯着那根线，问："你该不会是要把我绑在你床边吧？"

月陇西示意她伸出手，道："系着就好。我睡醒了知道你还在我身边，就好了。"

卿如是想起清晨时他说自己做噩梦浑身都湿透了，又想到他悉心地布置自己住的房间，勉为其难地答应了，伸出手腕，让他将红绳系上。待他系好，又帮他把另一头系在他的腕上。

"这样可以了？那我回房间梳洗了，梳洗时我且先暂时解开。"线足够长，足够细，卿如是关上门也能活动自如。

月陇西不紧不慢地在茶桌边坐下来，面朝着她房间的方向，一手端起茶杯，慢慢抿着茶，一手搅弄着腕上的红绳，嘴角勾起一抹浅笑。

那红绳被他的指尖越搅越短、越卷越紧，直到长线绷直，能够感受到卿如是在门那边的动作。

他仿佛找到了乐子，悠悠地卷线玩，一会儿松，一会儿紧，望着门上倒映的影子，循着她的走向放线。

有水声，应该是在屏风后面沐浴。烛台在外边，映照不出影子。

月陇西撑着下颌望着那扇空荡荡的门，等她洗完。那边的撩水声一直在响。

小半时辰后，水声泠泠，卿如是从屏风后出来了，撩了撩青丝，耷拉在肩膀上的头发就都披散到了她身后。有几缕发丝在她脸部卷曲，纤细而柔美。

后来他又看见卿如是在房间兜圈子，似是在找什么东西，转了好几圈之后，她开始脱沐浴后随意搭着的那件薄衫，月陇西感受到手上的细绳轻微地抖动，应该是卿如是又重新系好，随后看到她躺下，似乎是要睡了。

月陇西垂眸笑了下，起身吹了几盏灯，留下一盏后便也沐浴休息去了。

这晚，他梦到了些不同的，依旧是那些过往。

那是秦卿还没进府的时候发生的事。

秦卿在采沧畔认识了一个叫作常轲的男子，与她同样崇尚崇文先生的思想，也是由崇文引见才得以相识的。

那个男子与崇文不同，他和秦卿年纪相当、志趣相投，每每见面，两人不是称兄道弟，便是公子长姑娘短。秦卿看见他会笑得很开心，双眸都亮起来的那种开心。

他也是那时候明白，原来吃醋这件事，不是书里总爱形容的如坠冰窖、天寒地冻。恰恰相反，那是一种从心口蔓延出来的灼热，浑身的热意都在为她沸腾叫嚣，烫得他心口胸腔都在痛，满腹的酸意被点燃，最后将最珍贵、最滚烫的东西逼至眼眶，迟迟落不下来。

偏偏眼中的她啊，还是风轻云淡的，只对着别的男人笑得很灿烂。

月一鸣自诩不是个心眼小的男人，不会胡乱吃醋，任何不可能的男人的醋他不会吃。偏就是这个，他明知道秦卿对常轲亦无男女之情，还是会很酸。

有回月一鸣推掉下级的邀约，专程空出时间来约秦卿吃茶，秦卿推说有重要的事给拒绝了。后来月一鸣赴了那群下级的约去小楼，他被众星捧月般簇拥在中间，将要走进厢房时，无意一瞥，竟瞧见了她。

她坐在靠窗的位置，天光倾泻，将她的眉眼肆意渲染。

月一鸣勾起唇角，尚未来得及将一个笑容展开，又瞧见与她对坐的人，是一名俊美而富有书卷气的男子，穿着与她相似的青衫。

两人不知说到什么好笑的，她捧着两腮，笑得眉眼弯弯，是她这般年纪里应有的少女模样，天真无愁。

秦卿从不曾这般对自己笑过，或者说，她看到自己时，从来都没有好脸色。那一瞬，他好嫉妒。

他吩咐几人先进厢房，随后自己朝窗边走去，堪堪在她身旁的位置坐下，自顾自地倒着茶，倒完茶，笑吟吟地挑眉看她，说道："不是说今日有急事吗？"

秦卿看到他也吓了一跳，指着对面的男人介绍道："你没看到我对面坐着人吗？这就是我的急事，他叫常轲，也是采沧畔的墨客，崇文先生的追随者。"顿了顿，又指着月一鸣向常轲介绍道，"这是……"

尚未说完，常轲起身施礼："是相爷，知道的。"

月一鸣扫了他一眼。

秦卿伸手拎起桌上茶壶，兀自将对面常轲的茶杯拿过来，给他斟茶。

月一鸣抬手将自己杯中的茶水喝尽，放在她面前，挑眉示意。

纵然不情不愿，秦卿觑他一眼后仍是倒了，抬眸见常轲还站着，维持施礼的动作，便说："你坐啊。"

常轲看向月一鸣，眸底波澜几经后，恍然明白了什么。

月一鸣不说"免礼",他就得站着。至于为何让他站着,再清楚不过。

秦卿皱眉道:"那个厢房里是不是还有人在等你?不用过去吗?"

"让他们等着,"月一鸣笑,"先来说说你。你借口急事,拒绝了我这个熟人的邀约,跑来和一个无关紧要的男人相会也就罢了,还好意思和我约在同一个地方。你和他什么关系,值得你抛下我?"

"关系比你要紧多了。是知己,你不会懂的。"秦卿撑着下巴,咬了口糕点,囫囵咽下后起身,"我又不知道你在这儿。那你慢慢坐着,我们不和你约在同一个地方了。常轲,我们走。"

她决定得十分果断,拍了拍手上的糕点屑,绕过他往门外去。

月一鸣则始终抿着唇角,目光落在她身上,跟着她起身的动作。

最后,他收过眼,脸上的笑意没了,稍缓,他低唤了声:"卿卿,我也可以和你做知己。"

半响,无人应答,他转头望去,秦卿已走至门口,毫不迟疑的步伐,想来一刻也不想与他多待才走得那么快,以至于最后不曾听见他说的话。

落在秦卿后面的常轲听见了,迟缓着驻足,转过来凝视了他一眼,最终,只是朝他施礼告辞。

桌上的茶微微泛凉,青色的茶水,茶叶渐沉。月一鸣抿了一口,满嘴都沾染了苦涩。

"不太好喝。"他挑眉,兀自评价,用折扇敲了敲桌沿,无奈地笑了,"月一鸣啊月一鸣,先动心的你,怎么就这么惨啊。"

他举起茶杯,朝秦卿方才坐的位置拱手邀饮,恭谨地笑道:"秦姑娘,在下月一鸣,愿与姑娘成为知己,恳请姑娘给点儿面子,不吝赐教。"

空荡荡的位置,无人回应他,唯有一缕光映照出万千尘埃,别无其他。

他叹了口气,放下茶杯,起身时用折扇敲翻,茶水顺着桌子淌下来,他头也不回地离去,轻声道:"真的惨。"

后来没过一个月,常轲为求学离开了扈沽,遣人告诉秦卿。彼时秦卿正在刑部翻看卷宗,面前坐着来视察的月一鸣。

"他这么快就要走了?不是说年后吗?"听到常轲的消息,她的眼睛都亮了,又在得知他要走的消息后暗下去。

月一鸣看在眼里,只觉酸意倒了牙。落书时没个轻重,几乎是反扣着砸在桌上的,那响动不禁惹来同屋的小吏们回头观望。

秦卿被他落书的声音吸引,看向他说:"你做什么?"

月一鸣挑眉。"失手了。"顿了顿,他问,"你要去送他吗?什么时候?"

"明天早上。"秦卿不太高兴地开始收拾桌案上的书，惦记着，"我得给他带点儿什么。"

月一鸣睨着她正灵活整理着书籍的纤细指头，忽然俯身，伏案过去，伸出两根手指夹住了她的一根，止住她的动作后，笑道："上回见面不太愉快，明日我也打算去送一送他，算是卖你一个面子，你看怎么样？"

秦卿没有异议。

次日清晨，月一鸣乘着马车来接她一同去送船。他远远瞧见常轲站在河边，冷风喧嚣，他的手里还捧着两本书，书上有个方形小匣子，冻得打战，也没有避风的意思。

月一鸣先下马车，偏头朝他别有深意地淡笑了下。

常轲："……"

他手中的书和匣子里的玉簪都是要送给秦卿的，现下又不太敢送了。

好在秦卿先开了口："这是我昨日为你挑选的笔，你要走的消息实在太突然，我只好随意选件东西赠你，算是留个念想。你手里的，是要留给我的吗？"

常轲点头，下意识看了眼旁边站着的月一鸣。后者浅笑着，不说话，场面一度十分尴尬。

常轲掂量了番，将匣子收到怀里，把书递给她，说道："这两本书我做了旁批，你上回问我的问题，都在里面做了详细解释。"

秦卿狐疑地看了眼他揣回怀里的匣子，没顾上问，接过书后两人又是好一番交流。

临走前，常轲朝月一鸣施礼道别："相爷……望您如愿以偿。"

月一鸣微怔，随即颔首道："一路顺风。"

船只远去，秦卿在原地目送了许久，依依不舍的模样让月一鸣无可奈何。

除了无可奈何又能怎么办，常轲并非倾慕她，她的不舍也并非眷恋。

那时候他连"不准"的资格都没有。后来有了资格，又舍不得管束她。

秦卿能为在意的人事物肝脑涂地，万死不辞，可惜她在意的那么些人事物里面没有他。真教人无可奈何。

梦醒了，他盯着锦帐愣了许久，转头看向窗外，要天亮了。

这是他自上辈子失去秦卿之后，头一回没有做噩梦的夜晚，没有梦见她双手被废看向自己时怨恨的眼神，也没有梦见她将要死去时煞白的唇色和无声的呢喃。

月陇西拽了下腕上的红绳，绷紧了，就好像真的能感受到她的脉搏一般。

他笑了笑，坐起来披了件外衫，轻推开门走到她的房间里。

卿如是还安然熟睡着，但似乎感受到有人在抚摸她的头发，微蹙起眉，翻身转向床外。

月陇西蹲下身来，稍凑近了些，屏住呼吸与她鼻尖相抵，感受到她和缓的气息在自己的侧脸拂过，携着暖意，是她安静下来时惯有的温柔。

卿如是做了一个很长的梦，梦到前世的自己死后的事。她看见有个人一直坐在西阁，在她的床前望着已经永远沉睡过去的她，抱着一摞纸，无措地捏紧了笔，再也不知道该写些什么了。

后来，那个人翻了翻那摞纸，指着一个地方平静地说："秦卿，这里我不懂。"

死去的秦卿分明没有回答，可那个人却能兀自接上话："嗯，我念给你听。"

于是，那人念了很久很久。

没有人打断他，他就一直念下去，直到入了夜，夫人进来送晚膳，看见喋喋不休的他和已经睡去的秦卿。

夫人很疑惑，走上前为秦卿掩好被子，无意中摸到了她的脖颈，骇了一跳，捂住唇险些跌坐在地。

"相……相爷……秦姑娘是不是……"她哽咽了声，没忍心说出口，但终究拆穿了那个人。

那人沉默了须臾，缓缓俯身抱紧秦卿，与她鼻尖相抵，红着眼眶，轻声说："不是。她睡着了，别吵。"

然而距离那么近，根本无法感受到她的呼吸。

那人终于崩溃了。

卿如是好似浮在半空中，看见了这一切，不禁皱了皱眉，疑惑地呢喃道："月一鸣……"他怎么会在她的床前哭得那么惨呢？

卿如是感觉好像真的有人抵着自己的鼻尖，在轻声地说话，脸上有淡淡的痒意，惹得她不禁睁开了眼，眼前无人。

她坐起来，看见茶桌边正吃着糕点的月陇西，问："你怎么在我房间？"

月陇西没有回答，示意她过来吃早点，待她穿好鞋走过来坐定后，笑吟吟道："我方才进来的时候，听见你唤我祖上的名字了。"

卿如是瞪大眼，当即矢口否认："不可能！"

再一回想……好吧，似乎确实在梦中唤了一声那名字。

"你别不承认，我亲耳听到的。"月陇西勾着唇，啧声道，"什么'月一鸣我倾慕你''月一鸣你怎生得如此好看''月一鸣，我生不逢时啊'……"

不待他说完，卿如是拍桌打断："不可能！"

月陇西不疾不徐地接着上句："……诸如此类，我替我祖上感谢你的厚爱，下回上坟的时候顺便帮你转达一下。"

卿如是冷嗤："你说唤他名字倒也罢了，其余这些乱七八糟的东西我肯定没说过。"

月陇西笑了，反将一军："所以说，你是承认在梦里唤了他的名字了？"

卿如是这才反应过来被他下了套，只好不说话，捏了块糕点慢慢咬着。

"你梦到什么了，为什么唤他？"月陇西似乎心情不错，给她递了茶，"说出来听听。"

卿如是直接赶人："我要换衣服了，你出去吧。"

月陇西没有强求，顺意走出房间。

临关门时，又听她问："我昨天搬来的那个箱子放在哪儿了？里面装了不少我要看的书。"

"一会儿我命人给你抬进来。"月陇西合上门，站在院中等她。

今天是选拔人才审批文章的头一天，入国学府参与一选的人不计其数。

一选的试题是由陛下亲自出的：讲解任意一篇崇文先生的文章。

这题不难，自由发挥度高，不至于在一选时就滤掉太多人，毕竟后面还有二选、三选……直至十选。

三天一选，十选完毕，为期正好一个月。一选作好的文章上交后，所有人都不得出府，均在国学府中住下，三天后公布淘汰的人，剩下的人进行二选，依此类推，最后一天仍剩下的人，便可以进入国学府，并为他们安排稳定住所。

一选的难度不高，所以其要求是当场作文，一炷香的时间上交。这就便宜了经常流连采沧畔的人，对他们来说，不需要翻书查阅就能任意引经据典，当场赋文不过是信手拈来。

萧殷是所有参与选拔的人中来得最早那批里的，几乎是天没亮就等在府门口，零星几人，站在冷风中翻看崇文的文章，还念念有声。

府门打开后，立即有小厮引着他们往考场去。考场分为十室，早在前一晚就分配好了监考的人选。

月陇西和月世德同管第七室。

卿如是谨记着月陇西的嘱咐，一路都跟紧了他。拐进七室后她寻到两把椅子，一把给月陇西坐，另一把自己坐。

月世德意味深长地看向卿如是，嘴角挂着极其勉强的笑。

卿如是恍若未见。

月陇西低笑了下，吩咐小厮再去寻一把来，月世德这才作罢。

"陇西昨晚说要预留两个名额是何意？现下没有旁的人了，可以告诉老夫吧？"一选的人尚未入场，月世德便与月陇西闲聊。

"我有一个合适的人选，我担保那人无须选拔，绝对有资格直接进入国学府。"月陇西如实道，"尚未确定那人身份，也不知那人愿不愿意到国学府来，所以想多预留一个名额。还有一个……情况也差不多，但身份暂且不合适，须得我先问过陛下。"

卿如是狐疑，凑近他低问道："不是萧殷和乔景遇吧？"

月陇西摇头道："不是。"

"你说要推荐萧殷进国学府，不是担保他一定能进，而是要他自己参与选拔？"卿如是低声问。

"嗯。不过，他没有问题。"月陇西凑到她耳边，轻道，"我带他引见过国学府的人了，无论谁审批到他的文章，只要不是太差，都会放他。"

卿如是听完，看向他，冷冷道："狗官。"

月陇西挑眉笑道："我是。"

"那你说的那人是谁？"卿如是好奇地问，"为什么能确定那人无须选拔？"

月陇西想了想，轻声道："我看过那人的文章，也与那人交谈过数次，很是钦佩。若要按照你的想法，招收深知崇文思想的人进国学府，那这个人，就是不二人选。"

"真的？"卿如是微睁大眼，"那要如何请到这个人？"

"不知道，我还在交涉。"月陇西沉声道，"等国学府的事毕，应当会约出来见上一面。"

在尽可能的情况下，他不愿意卿如是暴露她自己来修补崇文遗作，最好还是让别人来。

因为若是按照卿如是背下的原文进行修复，或者说那根本就是默写，最后修补好的遗作肯定不会合陛下的意，毕竟陛下找来月家人，就是为了以胡乱撰写的方式销毁遗作，所以，陛下看到不合意的遗作时定会降罪于修补的人。

这个人是谁都好，反正不能是卿卿。

"若是见一面之后谈不拢呢？"卿如是追问。

月陇西默了默，说道："若百般讨好之后还谈不拢，那就只好用些手段了。"

他所说的手段，不用想就很肮脏。卿如是鄙夷地看了他一眼，不再多言。

辰时，小厮按照名单划分将参与选拔的人依次带进考室。萧殷被分在七室，进来的时候看见卿如是并不惊讶，稍领首，算是与她见过礼了。

每人的桌上都备有笔墨纸砚，并且早有小厮帮忙铺好纸、研好墨，只须参选者动笔即可。

待所有人就位，提笔铃响，同时，小厮点燃炉中香。

真要这般坐一炷香，卿如是自认坐不住。她见月陇西在看书，便也凑了过去。她歪着头瞥了一眼半立起来的书封，赫然写着"月氏百年史"五个字。

卿如是狐疑地看向读得津津有味的月陇西，自家的历史他还不清楚吗？有必要看？

月陇西看懂她眼中的疑问，压低声音，如实回道："族中一位有真才实学的先辈写的，遣词用句十分有趣，我多读几遍而已。不如一起看？"

卿如是思忖了下，估摸着这本书就和叶渠给她的《史册》大致无差，此时左右无事，她点头，将椅子搬近了些。

为照顾她刚起头的进度，月陇西将自己看的那页折了痕迹，而后翻到第一页，陪她从头读起。

既然是百年史，那倒数回去，起篇差不多又是讲月一鸣的。卿如是心下无语，但也耐着性子看。

果然，第一页写的是月一鸣娶妻的事情，夫人进门时月一鸣方满十八。第二年月一鸣奉旨纳秦卿为妾。纵然一妻一妾，却不承想，直到秦卿去世月一鸣也未有子嗣。

秦卿去后第二年，夫人有了身孕。当时有人说秦卿是妖女，压了月家的福，秦卿一死夫人就有了。

卿如是没想到月一鸣的子嗣是她死后第二年就有的，更没想到还有她压了福气这说法，兀自一笑，顿时对下文来了兴致。

说是这些流言传入夫人的耳中，夫人不是很高兴，禀了月一鸣后，吩咐下去，将乱传谣言的人统统送进衙门打了板子。坊间欲跟风传谣的人都老实了。

后来夫人难产，险些没保住孩子，月一鸣花重金聘了最好的稳婆，又找来宫中御医才得以保住母子。

因夫人产后身体羸弱，月一鸣就将母子二人送到一处僻静的宅子将养身体，差遣了好些可靠的老嬷嬷老管事，还有些天生哑嗓的丫鬟仆人给夫人使唤。

卿如是又生疑惑，问："为什么要天生哑嗓的？"

月陇西凑到她耳畔解释："少说多做。有些东西，看到归看到，不能传出去。当然，这是我的解释。书中的解释是，将养身体的时候，少些碎嘴的人，宅子里能清净些。"

卿如是似懂非懂，倒是更愿意相信月陇西的解释。月一鸣不是那么没有分寸的人，将正夫人送出府里将养身体这种事，不像是他能做出来的。

她思考了番，凑近月陇西的耳畔，低声问："你的意思是……或许当时月府里有什么不可告人的秘辛？"

月陇西敛了敛眸中得逞的笑意，回道："我可没说，接着看吧。"

接着看下去的重大事件就是，惠帝的势力被架空，朝中出了潜伏极深的反贼，女帝里应外合顺利推翻惠帝登基。

"反贼？"卿如是皱眉，苦思冥想当时朝中的局势，想不出来，她凑过去低声问，"你祖上身为宰相，就没察觉出一点儿猫腻吗？"

月陇西在她耳畔道："书中说，在秦卿被禁足西阁的那段时间里，反贼应该就已经开始谋算，这人在朝中凝聚叛党势力，搞了不少小动作。祖上没有察觉，可能是因为反贼潜伏期太长了吧。"他说完，嘴角翘起些弧度，故意在她耳尖处轻轻呼了下气。

卿如是怕痒，当即捂住耳朵，红着脸看他，后者满脸无辜，似乎并不知发生了什么事。卿如是以为是自己太敏感，也没说什么。

回味着他的话，卿如是觉得许多地方都不太对劲。上次叶渠告诉她，女帝十分欣赏月一鸣，甚至给出依旧以相位待之的承诺……连个搞小动作的叛党都察觉不到的宰相，女帝会欣赏？

是月一鸣无能，察觉不到，还是说……月一鸣其实也在背后纵容叛党？

卿如是不明白自己为何会这么想，可莫名觉得这事没这么简单。一句潜伏期太长就成为理由，她是绝对不会相信的。

她还想要再看下去，急于在字里行间寻找答案，月陇西却将书合上了。

"好了，今天就看到这里吧。"他淡笑着，凝视她道，"看书这件事，得慢慢消化，才能悟出东西来。"

卿如是蹙眉不满，想了想自己可以晚上回去看叶渠那本史册，也就作罢。

一炷香的时间已过半，月陇西吩咐小厮端来茶点给她吃着打发时辰："先垫垫，一会儿带你去吃好的。下午要开始审批文章了，兴许要撑到夜半，你先尝尝看哪个糕点好吃，我让人多做些，免得下午饿。"

她瞧着碟中各色精致的糕点，心中莫名异样，拿起一块咬了口，轻声道谢。

底下几名考生闻到刚出炉的糕点香气，忍不住抬头看过来：我们做错了什么，要这么虐待我们？

思及诸位都是清早就起，早点根本来不及吃的人，卿如是十分愧疚地将食盒盖上了。

一炷香的时间很快过去，落笔铃响，最后一截香灰掉落。

但凡没有停笔的人将直接被小厮请出府。这个规则在动笔前就交代了，因此格外珍惜来国学府这个机会的参选者都不敢违反。

卿如是帮着一起收卷，走到萧殷面前时，他已将笔墨纸砚归位，又排好文章的用纸顺序，呈给她，说道："有劳卿姑娘了。"

卿如是点点头，垂眸偷看他的文章。

他的字迹就像他这个人一般，灵秀而消瘦，然则笔锋处带着刀。

起头是崇文的字句，紧接着阐述他自己的观点，角度新奇，但主旨不离崇文的核心思想，他的论述亦十分精彩，常拿戏文作引，又爱举出戏中人物的生平以解释观点。文思一流，这篇文章实乃佳作。

卿如是颇为欣赏地看了萧殷一眼，后者抬眸看向她，眸中有淡淡的笑，仿佛在说："我就知道你要偷看我写的文章。"

"卿卿，走了。"月陇西的声音从门口传来，那声"卿卿"喊得余韵悠长，仿佛是故意的。

卿如是收回眼神，不与他多说。

此时由小厮将参选者带到厢房通铺安排住下，这些文章也将交由小厮统一分发给审批者。

第八章 心上烙印

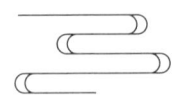

月陇西带卿如是回院子里等午膳。

"我看见萧殷写的文章了。"卿如是蹲在火炉边看顾快要沸腾的水,"写得不错,但市井气太重。就像我们前几日说的,他的出身决定了他以后就算在官场如鱼得水,走的也还是野路子。"

"皇帝不会介意出身。"月陇西想到了采沧畔,怅然叹了口气,"皇帝介意的是会威胁到他的一切。"

卿如是拿棉垫将开水壶从小火炉上取下来,起身后正巧看见朝这边走来的斟隐。他皱着眉头,神色凝重。卿如是预感不是什么好事。

走到月陇西跟前,斟隐也顾不得行礼了,凑到月陇西耳畔,低声说了句什么。

顷刻,月陇西的眉也皱起来,他的脸色瞧着比斟隐还要严肃。

卿如是瞧见,他的指头又在桌沿边敲起来,斟酌少顷,他吩咐道:"通知衙门,就说那处遭了匪徒洗劫,请衙门派人前去,务必保证里面的人都安全。调查清楚,背后这批人和前几日乱传谣言构陷崇文党的是不是同一批。派人潜伏在那里,总能等到那些人再下手,揪出来,留几个活口我亲自审。"

斟隐迟疑了下,回道:"可是,世子……月长老听说了这件事,已经派他的护卫去了。"

月陇西敲在桌沿的指尖停了,抬眸看他,似笑非笑:"这么快?"

"暗杀的事发生在卯时,待消息传出来已是辰时,月长老听说后当即就派人去了。"斟隐皱眉,"说是拼了一把老骨头也要护住那地方。"

月陇西笑了,笑意不达眼底,无不讥讽道:"果然是开智了。去,通知刑部,把长老他老人家的护卫都给我拿下。"

斟隐:"???"

"他派护卫的速度比我得到消息的速度都快,只能说明,派人去行刺的就是他老人家。

"那些护卫显而易见一早就潜伏在那边,等着一到卯时就进行刺杀行动,结果行动失败,如今脱不了身,月长老只好再派些护卫过去,和原来的护卫混在一起,杀人的瞬间都变成了护人的。"

月陇西笑，抬手示意站在不远处用扇子给茶壶降温的卿如是坐过来："卿卿，饿了没有？"

卿如是迟疑道："你先好好谈你的正事吧。"

她听出了这件事的严重性。月世德要杀人，恰好要杀的这个人是月陇西要护的。

"我的正事结束了。"月陇西回道，转头吩咐斟隐，"去把那些护卫都给我关起来，我要让月世德来求我放人。"

说完，他轻笑了声，翘起唇角的模样慵懒又撩人。

待到斟隐离去，卿如是才问："倘若我方才理解得没错，月世德和他的下属就是前些天造谣构陷崇文党，企图引起陛下怒火的那批人？"

月陇西点头，补充道："他想要杀的人，是采沧畔的主人。你知道采沧畔的主人是谁吗？女帝旧臣，叶渠。"

卿如是震惊，急问："那他有没有事？"

"暂时没事。"月陇西道，"叶渠为人有趣，有机会介绍你们认识。"

卿如是愣了愣，随即点头。叶渠把珍贵的画借给月陇西，月陇西要护的人是叶渠，这般看来，他们两人的关系非比寻常……可是，叶渠是崇文党啊。

月陇西不帮族里的人，反倒偏帮崇文党，甚至说出"要让月世德来求我放人"这种话。

最关键的是，他当着自己这个外人的面说这些真的没问题？

卿如是琢磨着他："你那日不是提点我这院子兴许隔墙有耳？怎么今天你自己说话又这般肆无忌惮？"

"怕你这一个月不慎说了不该说的，会受罪，周围的人我已经处理了。"月陇西说得风轻云淡，仿佛处理几个人就像踩死几只蚂蚁。

顿了顿，他看向她，笑道："我的话，肆无忌惮还算不上。月世德不犯我，我就不犯他。他一来扈沽就掀起流言，刻意引导陛下，如今又对崇文党起了杀心，我不欺负欺负他，他会以为扈沽城真能随便玩。"

卿如是听后，垂眸沉吟："如果崇文党真的死了人，陛下是不是也不会说什么？叶渠是前朝旧臣，本身活着就是陛下的眼中钉，死了自然更好。你们长老就是仗着这一点才敢去下狠手。"

月陇西凝视她，说道："卿卿对这个皇帝很失望是吗？他看似放任崇文党活动，看似经营着言论自由的晟朝，其实心里却更偏向月家皇权至上的思想。"

卿如是捧着两腮抬眸看他，看了一会儿，忽然笑起来，眉眼弯弯，说道："还好，至少对你不失望。"

月陇西怔然。

她说什么？她笑什么？她在跟我笑？答案在一瞬间轰然灌入脑中，他想起昨晚那个梦，前世她坐在窗边的那个笑——捧着两腮，眉眼弯弯。

这次是对他笑的。

月陇西以为自己看错了，愣了许久，方找回动作，端起茶杯小啜一口，他的眼睛也浮起笑意。

两相对视，凝神许久。

忽地，卿如是拍着他的肩膀，语重心长地道："你在月家长大，却能明辨是非，很不容易了。如果你能再多了解些崇文的思想，不要被月家禁锢得那么狭隘卑鄙的话就会更好。"

月陇西皱眉，这语气什么意思？

尚未想明白，有小厮端着饭菜来，两人用了午膳。

饭后月陇西劝她小睡一会儿，自己也在榻上小寐。审批文章枯燥又烦琐，若没个好精力，撑不到晚上。

审批的流程分为三轮，先统一划分给各审批者进行一审，并在纸上画上是去是留的痕迹，一是去，二是留。二审时将文章相互交换，重审一审的结果。三审由月世德和卿父两人把控，确定最终一选通过的人选。

卿如是午睡醒来时小厮已将摞摞的文章送来了院子，月陇西在书桌后逐一审批，她走过去坐在旁边，拿起桌上早给她备好的朱砂笔，一同审批。

其中不乏上等佳作，每每看见，卿如是就十分愉快地在文章下面写一堆评语，愣是将审批搞成了思想交流与学术研讨。

月陇西看了几眼，依旧是她端正秀气的簪花小楷，好多好多年未见过了。他笑了笑，斜眼去看她，提醒："文章并不会再发回到他们手中，你写了他们也看不见。"

"……"那你方才看我写得那么兴起都不提醒一下？卿如是只得作罢。

一审花费的时间不多，重要的是次日的二审，重审别人审过的文章会更挑刺一些。

二审时，卿如是拿到了萧殷的文章，扫了眼下边的痕迹"二"，是留的意思。在考场上时她看过这篇，但没来得及看完。此时读至结尾，看到一句"骂名无畏，人言可畏"，莫名有些熟悉。

让她想到了叶渠那日的话："背上骂名不可怕，可怕的是千夫所指。"这话是云谲对叶渠说的。

云谲……卿如是狐疑地皱起眉，回忆叶渠的那段话。

叶渠一再强调云谲这人不简单，能从采沧畔盗走《论月》，还很会洞察人心、揣测心思。

卿如是的目光逐渐涣散，思绪回到沈庭案。

半晌，她的思绪合拢，目光也凝聚起来，最终汇于一点。

低头看向手中的文章，卿如是轻声叹道："萧殷啊萧殷……够可以的啊。"

能从采沧畔偷走东西，他的身份真的只是照渠楼的戏子？凭他一己之力，如何能从采沧畔盗走《论月》？最重要的是，他怎么知道那书在叶渠的手里？他为何要偷那本书呢？卿如是百思不得其解。

罢了，她在文末画上"二"，搁置到一边去。

明日三审，夜间月陇西出门办事，卿如是独自待在房间里，捧着《史册》在桌边读。这本和月陇西那本稍有不同，且她这上边有叶渠的注解，因此，她没有跟着月陇西给她看的那本的进度，而是翻到头回看的那一页，简写月一鸣生平的地方。

灯火跳动，凉风习习。卿如是在衣橱中寻了件兔绒毛披风，把自己团起来，缩在椅子上看。

刚归置好披风，忽然有人敲门，是从隔壁月陇西的房间外门响起的。

她唉声叹气，将书页折了痕再合上，拖着鞋子去开门。

卿如是微讶："……萧……萧殷？"

萧殷的惊讶不比她少，恍惚半晌才反应过来施礼。

待施完礼，他迟疑着，仍是忍不住问道："卿姑娘……你怎么在世子的房间里？"

卿如是指了指里面，说道："我睡这儿啊。你来做什么？"

她随意一指，萧殷当真顺着她指的方向看了过去。看见中间隔断的门时，他似乎松了口气，眉尖又微蹙起，好半晌，恢复了平静，拱手对她道："听说我的文章到了世子这里，我来拿，今晚便要给月长老和卿大人过目。"

卿如是挑了挑眉："你进来一起找吧。今日我看过之后随手搁置在一边了，兴许是夹在书里，或者是在送来的那摞二审的文章里。反正，要找的话，有些麻烦。"

萧殷并不推辞，走进房间，不忘将门大开，而后跟着卿如是走到她那一间，不动声色地扫过这间房，他的眸中几丝恍然。

收眼，垂眸。

"你找找这一摞文章里面有没有，我翻翻桌上的书什么的。"卿如是说动就动，不待他犹豫拒绝。

萧殷很听话，安静地在那摞文章中找着。他翻得很快，用四指压住一摞纸的边沿，拇指翻滑，翻过后就能确定一小摞中没有他的文章。

他伸手拿旁边另一小摞，不慎碰到了一本有折痕的书，书轻弹了下，合上了，露出封面。萧殷只瞥过一眼，不予理会。

卿如是似乎弯腰累了，斜坐在书桌上，一边翻看书中夹页，一边开口问："萧殷，你真的是在照渠楼里唱戏长大的？"

萧殷的动作滞了滞，又继续翻，并回道："是，不骗你。"

"在照渠楼里唱戏就能学到那么多阴损手段？"卿如是直言道，"有时候会觉得你那样很卑鄙，但有时候又忍不住欣赏你这样的人。你是为了活下去，不杀沈庭，迟早也被沈庭给折磨死，所以你反过来利用他。这样说的话，好像也能理解你。"

"卿姑娘会欣赏我？"萧殷反问，稍作一顿，他回答道，"在照渠楼唱戏不能学到那些手段，但想要与那些低贱卑微的人不一样地活着，自然而然就学会了。还有，心口有道疤的人，也能很快就学会。"

卿如是凝视他的心口。

萧殷被她盯得耳梢有些红，但这回他没有躲避，思考过后，他伸出手，从自己衣襟处向下扒，直到露出胸膛。

这几日白天不冷，穿得少，不用解开腰带也好扒。

萧殷一手握着自己的衣襟，保持胸膛露出的样子，另一只手缓缓去牵卿如是，小心翼翼地拉起她的手。最终，带着她的手放在了自己的心口。

卿如是狐疑地看向他。

萧殷见她没有排斥，这才放心地将她的手掌整个捂在自己心口处。

怦怦的心跳声，掌心接触的皮肤也是光滑的。

他的手覆在她手背上，须臾，抬眸看向她，问："摸到了吗？你掌心的那一块，是没有温度的。"

卿如是微讶，仔细感受了番，似乎是真的，问道："为什么？"

"幼时在牢里，被烙印烫了一个'贱'字。出去之后我就自己拿刀剜掉了那块耻辱的疤，找专门的师傅做了块假皮蒙上了。"萧殷轻描淡写地说，"现在假皮长进肉里，连为一体了。撕不下来，不然的话，可以给你看看。"

卿如是震惊。她在刑部的时候，听说过这种手艺，能做到和人原本的肌肤无异。不过那些师傅一般都和死尸打交道，因为要用死尸的皮。他怎么认识那些人？三教九流，他似乎都认识一些。

死尸的皮……她想了想，猛收回手，睁大眼盯着掌心。

"得罪。"萧殷低声道,"所以,我没骗你。"

"你幼时为何入狱?"卿如是问道。

萧殷淡笑了下,婉拒道:"这是下次要和你讲的故事。这回讲完了,下回没得讲了。"

卿如是:怎么,说书呢,还按章回分?

她不强求,低头继续帮他找文章。

萧殷却忽然从一摞文章中抽出一页纸。"我其实刚刚就找到了。"他向卿如是道谢,随即又告辞,临出门时,忽然别有深意地说,"卿姑娘,你桌上那本《史册》,我好像在采沧畔里见过。"

卿如是并不惊讶,她既然知道萧殷就是云谲,那云谲在采沧畔里见过这本书也无甚奇怪。让她疑惑的是,萧殷为何要故意说出这句话。

这般说出来,岂不暴露他也在采沧畔有化名且认识叶渠的事实?

稍顿,卿如是恍然,看向萧殷说道:"你是在根据我的反应试探我?"

萧殷道:"当我看到那本《史册》的时候就知道,你和叶渠相熟,或许叶渠跟你提过我,而我也刚好在某些方面符合叶渠口中的描述,当我说出方才那句话暴露自己也去过采沧畔,甚至去过叶渠那间书房,你却丝毫不惊讶的时候,我便能确定,你已经知道我的身份了。"

他很认真地坦白自己在采沧畔的身份,倒让卿如是有些无所适从。

萧殷说完才意识到自己还没有整理衣服,当即又有些脸热,低声道:"我先走了。"

卿如是点头,在他转身时,忍不住补了一句:"萧殷,你的文章写得很好。"

萧殷礼貌地笑了笑,不再接话。他将文章折好放进袖口中,然后边往外走边捋衣襟。

他脸上还留有一抹极其端正的浅笑,却在抬眸看见来人那刻缓缓收敛了。一瞬,眸底涌起些不明的情绪。

月陇西的目光落在他整理凌乱衣襟的手指上,逡巡片刻,负在身后的手微微握拳,面上却风轻云淡地笑着。

萧殷赶忙交叠好衣裳,俯身施礼:"世子,草民是奉几位学士的意思来拿那日写成的文章的。现下拿到了,不敢多作停留。"

"不敢多作停留"几个字一语双关:方才拿到文章后就急着走,没有在房间停留;现在得快些走,不能停留。

月陇西的视线越过他,看向房间,那里的门还大敞着,卿如是坐在桌前翻书的影子也落在窗上。

须臾，他收回视线，说道："好生作为，收收心，莫要浪费我的推选名额。"

"收收心"三个字，亦是一语双关。

萧殷低头道："萧殷不敢，必当全力以赴。"

月陇西盯紧他的衣襟，继续道："还有，以后来我的院子，须得有我在，若我不在，你就站外边候着。去吧。"

萧殷颔首答应："是，这就去了。"他垂眸再施礼，待与月陇西错身过后才缓缓直起腰。

月陇西觉得，屋子那扇门开着，里面有明亮的灯和捧书的人，就像在等他回家一般。他的兴致提起来一些，走了两步，回头看了眼刚捋完衣襟放下手的萧殷，收眼时兴致又下了去。

尚未走进门，月陇西已抬手将银狐氅脱了。

踏进门，解开扣子将外衫脱了。

站定于她的房间门口，敲个门等开的工夫，他单手挑了腰带，又脱了一件。

待卿如是打开门，赫然在前的就是只着了一身亵衣的月陇西。

上下打量一番，卿如是的目光拂过他身后一地的衣服，最后抬眸看他，皱眉狐疑：这……这么早就睡？

"来我房间喝杯茶吗？"月陇西挑眉问。

"嗯……好吧。"卿如是紧了紧自己的披风，跟着走过去，待坐定，指着他单薄的亵衣问，"你……不冷吗？今夜风挺大的，我都裹上袄子和披风了。方才萧殷也是，晚上穿得那么少。你们男人是不是身子都要扛冻一些。"

"我不冷，我现在很热。"月陇西抿唇淡笑，伸手扒了扒自己的衣襟口，"方才我遇见萧殷时，他正好在整理被扒开的衣襟，想来他也是热着了。"

卿如是摇头，如实道："他跟你不同，我看得出来，都脱成这样了，你是真的热。他好歹穿了三件春衫，扒衣服也不是因为热。"

月陇西状似好奇地问："不是因为热，那是因为什么？"

卿如是心想，萧殷幼时坐过牢以及心口烙印的事应属私人秘辛，不说为妙，斟酌后便道："他说他们戏子也是要练身段的，该健壮的地方一点儿不差。我一时好奇，就让他扒开领口给我摸一下胸。"

月陇西："你摸了？"

卿如是理所当然："摸了，他都脱了我为什么不摸？"

月陇西挑眉道："结果呢？"

卿如是撑着下颌，回道："结果，我也没个对比的，不晓得他那算不算健壮。"

月陇西沉默半晌，忽然单手扒开衣襟，另一只手丢了张锦帕给她："来，宽衣，你不是好奇吗？我正好热了，你帮我擦汗，我让你摸个够，然后你再比比看他算不算健壮。"

卿如是受宠若惊，说："真擦啊？"

"你不是看得出来我真热吗？"月陇西松开亵衣的系带，"背上有些润，瞧不见汗珠子，只得麻烦你挨着擦了。"

"行吧。"他都不介意，卿如是也不忸怩，接过锦帕，站到他身后去，抬手帮他扒开衣襟，手还没碰着，她说，"哎，我忽然想到一个法子，不必那么麻烦。我去找个蒲扇来，给你扇风不就好了吗？"

月陇西："……"

顿了顿，月陇西慢吞吞道："我忽然觉得又没那么热了。"

这句话落得轻，卿如是已将锦帕搭在他肩上，转身找扇子去了。她房间里的东西齐全，月陇西一早就给她备好了团扇蒲扇一类。

她挑了把蒲扇，走过来扒开他的衣裳，挥手扇起来。

今夜夜寒，月陇西晚间出门的时候还披了件银狐氅，而今蒲扇起落间，四面八方的风都朝他兜来，那真是钻入骨髓的冷意。

究竟是谁欺负谁呢。

幸亏他体魄好，能让她随意折腾一阵。

"你手酸吗？"月陇西的青丝被扇得凌乱不整，在空中飞舞，他有些惆怅，还算淡定地执起茶杯抿了一口茶，气定神闲道，"这么晚了，不如早点儿睡吧。"

再扇一会儿他就要折腾不起了。

卿如是声称自己不累。

月陇西默然须臾，道："我累了。"

夜凉如水，他究竟在遭些什么罪。

不知又过了多久，卿如是终于手酸了，问他："你还热吗？"

月陇西放下茶盏，乖顺回："不热了，谢谢你。"

走前，月陇西不忘将红绳给她系上。

"那好，我去睡了。"卿如是无知无觉，放下蒲扇往自己的房间走，关门前转过头来笑道，"你常年习武，好像是要健壮一些。"

语毕，她关上门。

月陇西望着那扇门，垂眸低笑了声。

弯腰捡了件衣裳起来穿好，月陇西又唤小厮准备沐浴。

次日晨起，卿如是闻到一股子药味。她梳洗后出门去看，斟隐正蹲在院子里煎药，用来扇火的那把蒲扇正是她昨夜用的那把。

过去一问，斟隐道："世子说晨起时有些冷，兴许有轻微的风寒之症，害怕真的患上会过病气给旁人，便先吃上一服药预防着。"

卿如是蹙了蹙眉，狐疑地思考了下，随即点头："他人呢？"

"月长老找世子有事，一早就出门了。"斟隐说完，揭开盖子，热气扑鼻而来。

卿如是抵住鼻子，说道："这么苦啊？没确定风寒的话就别喝了吧，懒得受这个罪。"

"世子吩咐说一定要煎的。"斟隐见她闻着味不舒服，便又将药盖上了。

卿如是不再扰他，回屋收拾好桌上的文章，准备去找月陇西，将剩下的文章交给月世德和卿父。

一名小厮带卿如是到月世德的住所，通传后，她等了一会儿，由小厮领着进屋。

她瞧见月陇西坐在正厅里不紧不慢地喝着茶，嘴角还噙着若有似无的笑意，看到她来，招手示意她到身旁来坐。

待她坐下后，才回答月世德："长老的护卫又不是陇西扣下的。长老有何不平之处，须得先亲自去刑部报案，立案之后刑部会着手调查，事关重大，我一定让他们认真彻查。待刑部审核清楚之后，若有冤枉了那些护卫的，自然会立即放人。流程给您摆在这里，别的事，陇西也爱莫能助。"

月世德的脸色不太好看，有两颗核桃在他手中转来转去，越转越快。

卿如是撑着下巴吃糕点，好笑地盯着这僵局。

看了一会儿，视线挪至旁边的长桌，她凝神望去，那桌上似乎叠放的是有待三审的文章。她手里刚好还有一摞，便径直走过去叠在上面，放齐整。

两摞待三审的纸堆旁，一摞已经被选定为淘汰的文章，以及一摞选定为通过的文章。

卿如是随意浏览了几张，眉头便蹙紧了。

后方两人的谈话似乎又到了瓶颈处，暂时揭过话不再说。月陇西朝她走过来，大致也明白她在为何皱眉。

卿如是随手翻了翻那堆被选定为不留的，忍了心气，转身问道："长老的选定策略莫非是但凡崇文党所作便一定不给留？"

月世德觑着眼睛看她，反问："那姑娘的选定策略又是什么？我瞧但凡被姑娘批过的，皆是崇文党所作。说到底，我们都一样。"

"修复的是崇文的书，我留下崇文党所作文章有何不对？"卿如是压低声音，"想来陛下让长老进行三审，一定是看中长老德高望重，而不是为了行方便使些龌龊手段。若长老偏要如此大张旗鼓地选些歪瓜裂枣，岂不是在影射陛下其心不纯，下旨修复遗作只是个幌子？"

事实就是如此，修复遗作本就是幌子，但月世德手脚做得未免太明显，将崇文党统统排斥在外，这才一选就要把崇文党筛个干净，那后面该如何是好？

"卿姑娘牙尖嘴利，老夫说不过你。但你要知道，无论如何，最后遗作修复的成果都会拿给陛下过目。陛下若是不满意，仍会让编修者重头再来，直到陛下达成目的。"月世德起身，走到桌前拿起那摞被筛掉的文章，递给她，"你尽管拿去重审，留住你想要留的崇文党，结果并不会发生改变。"

他如此直白地说出皇帝和他早已预定好的结果，卿如是咬紧牙，竟觉无法反驳。

就算选出崇文党来进行修复，最后修补出来的遗作陛下也不会满意，那这一切就都是白费。

卿如是凝神紧盯他，情绪翻江倒海。

最后，月陇西抬手接过月世德手中的文章，说道："长老所言极是。她不懂事，想必是不到黄河心不死，那就如长老所言，给她一个机会留下这些崇文党，看看结果究竟会如何。"

语毕，月陇西又将那摞文章交给卿如是，缓缓道："拿着，我倒要看看，留下这些崇文党，结局是否真的不会有改变。"

卿如是抬眸看他。行吧，给了她一个台阶下。

她伸手接过，又抬头去看月世德，极度轻蔑的一眼。

收回视线，卿如是转头往门外走。

身后，月世德浑浊的眼微微眯起来，说道："卿姑娘随意翻看便能迅速分辨哪些是出自崇文党之笔，想来，姑娘对崇文的著作颇有研究。"

卿如是并不理会他，抱着文章回到房间。她要在一天之内重审这些被淘汰的崇文党之作。

这厢她离去，那厢月陇西还在正厅里吃茶。

"陇西，这个姑娘一看就与崇文党的关系密切，你父亲母亲那边就罢了，族里要是知道你看上这么个姑娘，不晓得要怎么说你。你莫要再与她混在一起了。"月世德语重心长地说道。

月陇西淡笑道:"长老费心。她早与我相看过了,若父亲母亲不同意,也不会安排她与我相看。至于族里,据我所知,月氏如今已不能干涉出仕者的婚配联姻一类。我和她两情相悦,已私下说订终身,过几月我便会去卿府提亲,此事已成定局,长老多说无益。"

"两情相悦?说订终身?"月世德嘲,"我怎么就没看出来她对你有别的心思。"

"她比较内敛。"月陇西气定神闲,"总之,长老知道她迟早是我月家的人就行了,莫要再找她不自在。刑部那边我会替您打好招呼,尽快将采沧畔的事查清。"

月世德敛起嘲意,肃然看向他:"陇西,我的护卫被关进牢里,不会是你在从中作梗吧?我让你动用职权放几个人,你迟迟不肯答应,莫非是在与我虚与委蛇?怎么,我一个月氏长老,还要我来求你不成?陇西,你可莫要……做出背叛月氏的事情来。"

"长老言重了。"月陇西似笑非笑,"'虚与委蛇'四个字晚辈不敢当,晚辈怎么可能敷衍您呢?实在是兹事体大啊。采沧畔已有上百年的岁数,您找人去拔这么大个根,怎么可能不栽跟头?"

月世德凝视他,等他说下文。

月陇西接着道:"那采沧畔的主人虽说足不出户,但其号召力不容小觑,如果教旁人知道是您这位德高望重的长老派的人去杀他,那包括崇文党在内的所有墨客还不一支笔杆子写死您?若非我嘱咐刑部将此事压下来,您以为您杀人的事兜得住吗?长老非但不感谢我,反倒还怀疑我,真教人心寒。"

"我们同族,我身为你的长辈,你自然应当助我。"月世德安抚了他,紧接着,又用掌心的两个铁核桃重重捶了下桌,"既然你帮我压下了,又为何这般紧抓着不肯放人?"

月陇西失笑道:"长老在说笑?而今不过是关押了几个人,您只要自个儿不栽进去,管那些护卫的性命做什么?若是怕他们将你招供出来,我倒是有不少办法可以让他们永远闭嘴。反正是无关紧要的人,您非要揪着我放了他们,求来求去的,自降身份。"

月世德紧绷着脸,不吭声了。

"长老其实也早已对那些成事不足、败事有余的护卫起了杀心,不过碍于您德高望重的身份,不便对陇西开口,陇西都明白。"月陇西的手指敲在桌沿,思虑一瞬,道,"长老若是信得过我,不如把这事交给我来办。人我帮您处理,只要长老也帮我个小忙。"

"什么忙？"月世德皱皱眉头。

"陛下交给国学府的差事里还有一桩，搜罗坊间胡乱编撰的野史杂谈、闲书话本，全部销毁。"月陇西道，"做出这个决定，陛下偏激了。陇西深思熟虑许久，仍不知该如何劝陛下重新考虑。"

月世德颇为奇怪地看他一眼，狐疑道："你是要我去帮你劝？但你管这些闲事做什么？不过是些搬不上台面的话本子，烧了就烧了，你以为烧了之后那些拿笔杆子吃饭的人不会再写吗？何必还要出面劝阻陛下，惹陛下心里不痛快？"

月陇西莞尔道："闲事？不是闲事。于我来说，是很重要的事，是非常非常重要的人交给我的任务。还望长老出面帮忙，若是长老去劝，陛下应当不会不痛快。"

语毕，两相沉默。月世德起先以为他要借机求自己办什么要事，如此听来，倒还真是小忙。不过是去周旋一番罢了，身为长老，资历摆在那里，留住几本书的本事他还是有的。

当即，月世德应承下来。

"一言为定。明日一早，陇西就会备好送长老去皇宫面见陛下的马车，这事越快越好。毕竟，那些护卫的性命也拖不得，拖久了，他们说出什么不该说的，那可就遭殃了。"月陇西起身，淡淡一笑，拂了拂衣袖，"二选我来监考便是，长老且放心去。我等着您的好消息。"

话音落，月陇西施礼告辞。

月陇西算着时辰，差不多该用午膳了，吩咐小厮去准备，自己回到院子。

斟隐的药已煎好，在小火炉上慢慢热着，见月陇西回来，赶忙盛了一碗。月陇西走过去，端起碗看也不看，一口饮尽，眉都不曾皱一下。

斟隐的脸拧了下，说："世子，这药属下闻着都苦。"

月陇西挑眉看他，"是吗？这药不算什么。"顿了顿，他想起从前秦卿喝的那些药，默然片刻，吩咐道，"下回煎药拿远些，莫熏到屋里去了。"

斟隐颔首。

"明晚去刑部，把那几个护卫处理了。"月陇西眸中狭光微敛，"等月世德从宫中回来，办成了事，就把护卫的尸体运到义庄。三日后，再遣官差去义庄清点尸体，验明身份，把月世德的护卫死了的消息捅出来。"

斟隐迟疑着问："世子，好歹也是月氏族中长老，这么做会不会牵连月府？"

"不会，不过是捅出他的护卫殉职殒命，只要他花点儿时间费点儿钱把这事压下去，谁也不会知道他那些护卫为何而死。"月陇西垂眸，玩味地笑道，"总要让他忙几日，省得一天到晚指手画脚。"

斟隐应允。

抬手示意斟隐下去，月陇西朝房间里走去，屋子中间的门没关，他稍偏头，瞧见卿如是正认认真真地重审。

月陇西走过去，抽了她手中的笔，笑道："看了多久了？朱砂的颜色刺眼，不想跟我玩一会儿，休息休息吗？"话音落，他俯身凑到卿如是面前，故意朝她吹了一口气。

他刚喝了药，满嘴苦涩，卿如是嫌弃地捂住了口鼻，说道："好苦的味道！"

月陇西笑得更灿烂，问道："怎么，没喝过风寒药？昨晚你拿蒲扇扇得我凉了一宿，还没找你算这账，你倒先嫌弃起我来了？"

"是你自己说热的。"卿如是站起身要去夺笔，被他的手掌按住了脑袋，头动弹不了，双手伸得再长也够不着，她皱紧眉，"你放手，别按我头！笔还给我！"

"好啊，我放手，你抢得到就还你……"余音未尽，月陇西倏地收回手往后退了一大步，举高笔在屋子里倒着兜起圈来。

卿如是紧追着他，偶尔跳起来抢，几乎与他的身体相贴。她没在意，跳了好几回都够不到。她冷笑一声，猝不及防间，猛抬起腿踩了他一脚，又勾脚去绊他。

月陇西疼得闷哼，被她一绊顺势往后倒向她的床，卿如是原本俯在他身前薅笔，他一倒下去自己也跟着摔了。她惊呼一声，猛伸手去握床框想要稳住身体，不知是哪儿来的手，故意拉了她一把，她没能握住床框，反而一阵天旋地转，最后不知怎的，自己就被月陇西压在了床上。

月陇西的手撑在她脑袋两侧，笑吟吟地看她，挑了下眉，低哑着嗓子道："我看话本子里说，一般有过这种意外的公子小姐，最后都成了一对。"

卿如是拧眉，狐疑道："不是我刚故意踩你把你绊下去，你又故意报复我拉我下来的吗？这也算意外了？少哄我，我看得明明白白的。"

月陇西："……"

两相沉默，月陇西凝视她的眼神认真了许多。

往往语言传递不了的信息，眼睛可以。他的眼底有汹涌的情绪，自然流露出来，如何也压不住。

鬼使神差地，卿如是没有反抗，与他对视，莫名而来的无措感，让她的心微微一悸。

奇怪的情绪惹得她蹙了蹙眉，偏过头去推他，低声说："你还不起来？"

月陇西低笑着，一手撑住床，另一手的指尖挽了个笔花，假意起身时在她脸上画下一道，故作惊讶，作势要帮她擦干净："哎呀，一不小心失手了，抱歉抱歉。"

说着，又立刻俯身把她压下去。

他这般压过来，刚爬起半截的卿如是便再次跟他撞了满怀，往下倒时双手无措地钩住了他的脖颈。眼看着他的脸朝自己砸来，卿如是当即偏过头去，却不想，躲开了脸没躲开脖子，侧颈处被什么柔软温热的东西紧贴住，一丝酥痒登时扩散开，喉咙里都冷不丁地涌上些麻意。

卿如是蒙了。

反应过来那是什么后，卿如是顿时大喊道："你先给我起来！"

月陇西低低一笑，挪开唇，连忙应允起身。

卿如是坐在床边，捂住脖子瞪他一眼，站起时一把抢过笔，一声不吭地坐回位置上，埋着头继续审批。

她双颊通红，偏装出一副毫不在意又风轻云淡的模样。以为月陇西瞧不出来，哪里知道羞愤已经烧到耳梢了，从月陇西的角度看下去，正好一览无余。

此时此刻，正当尴尬之时，月陇西反倒舒了一口气，道："幸好我反应快，偏头亲到了脖子上，要不然你可得受委屈了。"

卿如是眉心一跳。

又听月陇西正经问道："怎么啦？为何不跟我说话？就因为我亲到你脖子了？"

卿如是咬了咬后槽牙，头埋得更低了些。

月陇西的声音如同魔咒，围绕在她耳畔："还是因为我亲到你脖子，你就不好意思了？"

卿如是皱紧眉，侧过头去。

"大家都是有过相看经验的人，不过是亲了个脖子，怎么定力这么弱？"月陇西一口一句"亲到脖子"，三句不离"亲到脖子"，张口闭口都是这四个字，愣是打着窒息三问的幌子存心让她羞臊。

卿如是仍不说话。

月陇西微一挑眉，状似恍然，随即温声教导道："你别担心，亲一口是不会怀孕的。"顿了顿，见卿如是瞪大眼看过来，他才慢悠悠说完了下句，"洞房才会。"

卿如是一支笔甩过去砸他胸口，羞愤不已道："月陇西？！"

月陇西笑，接住她砸到自己胸口的笔，递过去，答应道："嗯？陇西在，卿卿？"

"亲什么亲！别提这事儿了！"那笔的笔尖被砸乱，卿如是气急败坏地接过来往朱砂碗里蘸，又在碗边捻毛尖，一抬头就见月陇西握拳抵在唇边笑。

被他一笑，卿如是好不容易稍缓下来的脸色又滴血似的红，好半晌也没消下去。

卿如是让月陇西麻溜离开这个房间。

月陇西笑了笑，拖着字音，懒声道："遵命，卿卿。"转过身时，他眼中的笑意更盛，抬手抚过自己的唇，他挑起眉，轻舔唇角：嗯，卿卿味的。

还没正式剖明心意，他就已经开始期待今生的洞房了。

彼时喝了苦药进去的月陇西，此时又春风满面地出来。斟隐叹了口气，看破一切。

日头逐渐下去，房中挑起灯火。卿如是将重审好的文章整理出来，抬眸见外边天色已晚，自月陇西离开房间后就没回来过，饭菜倒是给她备好了，她却顾不得吃饭，拿着两沓文章，往卿父的院子去。

这文章她来重审虽是经过月世德口头同意，但这名单不定下来，就随时有被更改的可能，她得先去找卿父将选定的人名记下来，明日公布。

累了一整天有些困，卿如是打了个哈欠，迷迷糊糊走到院口，隐约听见里面有人说话，似乎除了卿父，还有卿母？甚至……月陇西？正揣测着，一阵欢声笑语传出来，着实惊醒了她。

卿如是匪夷所思，守院门的是卿父从家里带来的侍卫，看见她直接就放进去了。

她走到房门口，那笑声愈发明显，明显得都有些过分了。

卿如是敲了两下门，立刻有丫鬟来开，是卿母的贴身丫鬟，看见她就惊喜地"呀"了一声，当即施礼请她进去。

那丫鬟脸上也带着尚未退散的笑意，显然方才他们一群人在讲什么有趣的事，惹得哄堂大笑。

见她走进来，卿母一把拉过她的手，将人拽到身旁坐着，拍着她的手笑道："如是，世子刚说起你呢。"

她拧着眉，疑惑地去看月陇西，后者也在看她，眸底是收敛不住的笑意。

他垂眸，若无其事地抿了口茶，唇角还扬着，眸底潋滟之状比之茶色还要明亮。

"你跟你爹不在家的这三天里，为娘整天挂念着，担心国学府条件艰苦，把你个女儿家给累瘦了。"卿母凄凄地说，话锋一转，又笑逐颜开，"还好世子在，为娘就放心了。"

卿如是："？？？"

卿父也笑："你担心什么，陇西言行稳重，处事妥当，能委屈了她吗？我看年轻的这一辈里，就属陇西最有才干，堪当大任，前途必定不可限量。"

卿如是："？？？"

"伯父谬赞，陇西愧不敢当。"月陇西放下茶盏，淡笑着回，"陇西以为，卿姑娘才是年轻一辈中的翘楚。身为女子，卿姑娘文武双全、德才兼备，上尊先贤名士，下敬文人墨客，甚至心系家国，明晓大义，实乃我辈楷模。深思一番，这必定是伯父伯母二人悉心教导所致，陇西只恨幼时与卿府所交不深，不能得两位真传。"

说着，他面露遗憾之色。

卿如是：我看你那根舌头上是能开出一朵花儿来。

月陇西稍顿之后，神色一转，眸露欣然，又接着笑道："所幸如今也为时不晚。那日登门拜访，与伯父讨教朝事，获益匪浅。回去之后反复思索伯父所言，终悟出其中道理，不禁感慨，伯父不愧是前辈，陇西望尘莫及，若无这番教导，将来不知还得摔多少跟头。难怪陛下器重您，以后陇西跟着您还有得学。"

卿如是："……"

卿父被他夸得自己都觉得过了，但好话谁不喜欢听，当即乐道："你若有空闲，尽管来府中，我必倾囊相授。"

月陇西讶然，欣喜道："既然如此，那便恭敬不如从命，伯父届时莫要嫌弃陇西叨扰频繁就好。"顿了顿，他又松了口气，妙言赞道，"朝中前辈众多，但像伯父这般不藏私，愿意尽数言传身教的委实不多，可见伯父的德行也值得陇西多加学习，日后年老了，也好如伯父这般造福后人。"

卿如是面无表情地盯着他，须臾蹦出一句："你快别当世子了吧，你该去说书。"

月陇西垂眸低笑，不疾不徐道："承蒙卿姑娘看得起，以后若有机会，定然说与你一人听。"

卿如是：有毒。

他俩但凡有个什么交会，卿母就觉得是眉来眼去，在一旁瞧得乐不可支。

瞧月陇西瞧得愈发顺眼，并觉得家中花名册里那一溜儿扈沽才俊都不过是庸脂俗粉。可怎么看着，都觉得自家的闺女有点儿傻啊，人家一句话是在暗里调情，她若一回话就必定要明里拆台，两个人的眉来眼去，怎么看都只有来，少了点儿去的意思。

她心里打着算盘要给卿如是点拨点拨，便拉着她道："如是，你用过晚膳没有？"

卿如是摇头，这才在月陇西的主场里找到空隙，将自己的来意说了，呈上文章后，对卿母道："不过房间里备好了饭菜，母亲若是也还没用过，就跟女儿一起吧。"

"我用过了，走吧，陪你过去，看着你吃也好。"卿母拉着她，不由分说地将她带出了卿父的院子。

两人挽着手，远远看去好似一对姐妹。卿母跟着卿如是绕过竹林，赞了句清幽，又看到月陇西的院子，又赞道："品位不错，低调高雅，又不曾缺什么，瞧着大气。"

卿如是点点头，说道："嗯……是吧，我不太懂这些。"

走进自己那间房，发现走时已经凉了的饭菜，而今又是热好的，整齐摆在桌上。卿如是坐下来，给卿母倒了杯茶递去后方动筷。

卿母拿着茶杯，在房间里打转，眸子里的笑意渐浓。她打开衣橱和妆奁看了番，终于不转了，坐定在卿如是对面，盯着她说："如是啊如是，我的蠢闺女，我怎么就生了你这么个没脑子的闺女？"

像是在反问自己，卿母唉声叹气的，却不见得是真的愁，卿如是瞧着，觉得她其实挺开心的。

"母亲如何有这番感慨？"卿如是喝了口茶，"难道方才月陇西卖弄了文采，母亲觉得我的文采对比起来太惨烈了？不会吧，我不至于输给他。"

卿母这回真的惆怅了，叹了口气，啧声摇头道："除了文采学识，你就不能想到些别的？"

卿如是不吭声，默默夹了一筷子肉，心道：难道我守护人间正道的事这么快就被发现了？

"你就不觉得，这个房间为你布置得实在合心合意？"卿母挑眉。

卿如是笃定地点头，回道："这我知道。"

"你刚在你爹那边就跟我说屋里摆了饭菜，想必是一早就备好了的，可你这么出去走了一圈回来还是热的，你说为什么？"卿母用眼神示意了一下她那桌子饭菜，见她无语，便挑明了道，"你不觉得，人家堂堂襄国公府世子，月将军和郡主的独子，皇后娘娘的亲外甥，却对你千依百顺，十成十地好？"

"嗯……"卿如是深以为然，随即点点头，仿佛意识到了事情的重要性，肃然道，"我明白了，娘。"

送走了卿母，卿如是这饭用得食不知味，收拾了碗筷，迎来了刚从卿父院子里回来的月陇西。

方才月陇西回来的途中遇见了卿母，卿母拉着他通了些气，跟他说："我点拨过她了，她也说她明白了，我瞧她那神情挺认真的，应是真的明白了。我就帮你到这儿，剩下的路你们自己走。"

这句话实在太熨帖，得到丈母娘的首肯，并为他伸出援手，且还起效果了。月陇西怀揣着激动的心情，几乎是踩出六亲不认的步伐走回来的。

一开门，卿如是就站在门口等他。

卿如是这辈子、上辈子，都没在门口等过他。

他一个兴奋的笑还没来得及扬上去，卿如是一把将他拉进屋，关上门，然后严肃地望着他说："我觉得，以后我们还是得保持一点儿距离。我娘说，你对我太好了。"

月陇西脸上的笑僵住：咱娘的意思难道不是想让你发现我的温柔体贴？

他无奈地低笑，又挑起眉抬眸看她，一时不知该说什么好。发现她也有些局促，月陇西便凝视着她，想听听这位从来让他头痛不已又心痛不已的小祖宗还有何高见。

气氛霎时有些微妙。

前世秦卿从小到大接触的男子不少。文人墨客之间本应该讲究君子之交淡如水，可因为那时候追随崇文的大多都是男子，她一个女子掺和在里头，惹人偏爱些，崇文党都对她好，她都一直当作兄弟处着，她也知道，那些对她偏爱的细枝末节都是风度使然。

原本换到月陇西身上也没多大个区别，月陇西一直很有风度她是晓得的，纵然最近有些不正常，可细节上也还是保持一贯的风度，对她很是不错。

而今听过卿母的话后，她忽然又觉得月陇西对自己好，自己很是别扭奇怪。心底不知为何有些难以言喻的情绪在涌动，她自己也有些手足无措，没应对过这种情况。

大概这就是跟孙辈处着的弊端吧，她没法儿像看待从前那些对她好的男人那样看待月陇西，她再怎么看都忍不住要生出慈爱。

月陇西还把她盯着，卿如是只好硬着头皮说下去："我明白我娘的意思，你确实对我不错，因为你有涵养，和你们月氏其他人，包括跟你祖上都不同。

而我吧，我一直都把你当……反正，既不是当兄弟，也不是当……"

月陇西狐疑："当什么？"

卿如是局促半晌，终于下定决心道："不知道你能不能接受，我也莫名其妙的，可能是我自视甚高，所以就一直把你当小辈，类似于……孙子那类。你能理解吗？我……我也不知道为什么。"

月陇西险些吐出一口血来给她看。

暗自思忖了番，他终于明白这结果是怎么个逻辑得出来的。

小祖宗，真当是祖宗，她是逻辑鬼才啊。

他忍住哭笑不得的神情，尽量淡定地绕回方才的问题："可你方才说，我对你不错，你明白你娘的意思？"

卿如是点头道："是啊，我明白了。你对我不错，我也把你当小辈处着，愿意和你玩儿，可我娘觉得我们这样的关系是不正常的，他觉得你对我太好了些，她想说些有的没的。所以，我们得保持点儿距离，不然被我娘这么一说，我也别扭。你呢？"

"小祖宗，你觉得这个辈分一出来，我现在别扭还是不别扭？"月陇西咬牙微笑：丈母娘啊丈母娘，她明白了？她明白个鬼啊。

饶是此时谈话到了瓶颈，气氛低压，卿如是仍然觉得他这声"小祖宗"喊得人浑身舒爽，她情不自禁地抿唇笑，甚至有点儿不好意思。

月陇西瞧着她，墨色的眸子倒映着桌上的灯火，霎时有光芒流转。忽地，也莞尔一笑："看来，小祖宗比卿卿好听？"

卿如是收敛了神色，忙道："可不敢……这般光明正大地占世子便宜。"她郑重其事望着他，分明眼角还有压都压不住的笑。

月陇西挑眉，看破她微弯的眼角。他抬眸往天花板看了看，轻笑出声来，随即又低头凑近她："光明正大的不敢，那便私下占占。这便宜，我让你占个够。小祖宗，还有什么要盼咐的吗？"

他竟也不生气，卿如是有点儿茫然，低头拿食指抠了抠眉角掩饰，煞有介事地道："反正，你以后别对我太好，我也尽量不和你说话，就划清点界限，别让我娘再跟我讲那些别扭的事情了。"

月陇西垂眸把玩衣袖上的流苏，没吭声，也不知是同意还是不同意。卿如是等了一会儿，便当他默认了，兀自转过身想要回房，手腕却又被拉住。

许是刚从外边回来的缘故，他的指尖微凉，卿如是回头递他一个询问的眼神。

"就是想问问，划清界限之后，小祖宗晚上还管我噩梦不噩梦这事呢？"

月陇西含笑凝视她,分明是没把"划清界限"四个字放在心上,只不过陪她玩罢了。

卿如是却认真思考了一瞬,笃定道:"管的。"

"哦?"他故作讶然,仿佛得了个惊喜般,笑了笑,拱手施礼道,"那多谢小祖宗了。"

语毕,他走到床畔,从枕下拿出红绳,牵过一头给她。卿如是接过系上,这才回了房间。

月陇西慢悠悠坐到茶桌边,给自己倒了杯茶,唉声叹气地撑着下颌,凝望门上的影子,嘴角却未曾落下来。喝了口茶,只觉唇齿留香。

她在房间里看书。他便也起身去书架上找了本书,坐回来慢慢翻着。

过了一会儿,她起身走到茶桌边倒茶喝水。他余光感觉到人影晃动,抬眸看了眼,也执起杯浅抿了口。

待她坐回去,左手托腮,右手提笔写字。他也拿了支笔过来,左手执笔,在珍贵的书本上随意圈点旁批,用的是她的簪花小楷。

岁月悠悠,能一直瞧着自己心底中意的人,并和她做同一件事,好像一切都不是太坏。

一夜清风,锦被帛衣,悠悠浅浅的一眠。

卿如是惦记着今晨要二选,二选前还要花时间公布留下的参选者,起得很早。

推开门,见月陇西就坐在院子里,斟隐在一旁用蒲扇扇药。

她想了想,跟他道了声早,然后自顾自去打水梳洗。月陇西没有回应,或者说她就没给他回应的机会,便已经走到井边打水去了。

斟隐皱了皱眉,低声嘀咕:"卿姑娘怎么忽然这样……"

"你懂什么。"月陇西风轻云淡地执杯抿茶,眼尾还蕴着些许笑意,用教训的口吻吐出四个字,"情趣而已。"

斟隐:"……"他默默奉上药碗。

这边的卿如是没听见他们的对话,打好水端进屋里,忙活来忙活去,进进出出愣是一句话没和他们说。

月陇西的视线在她身上流连,那一碗药直喝到她梳洗完毕也没喝完。最后喝不下去了,就等着看她梳洗完后想做什么。

斟隐在一旁轻声催促:"世子,这药太凉了的话影响药效……"

"拿走吧,不喝了。"顿了顿,月陇西又吩咐,"你也跟着药碗一块儿走,你挡着我了。"

得嘞！生活不易，尌隐叹气。

院子里有一道水渠，上面引了几截翠色的竹筒，竹筒中也有溪水缓缓流淌下来，清澈的流水带着竹叶的芬芳。卿如是梳洗后走出屋子，用那水淋湿手，不疾不徐地清理自己有些毛糙的发尾。

这几日忙活着审批，没有太多时间打理，方才梳洗才发现有点儿难看。

她将头发撩到左肩，用银篦子沾了水一点点润着。

从月陇西的位置看去，她右侧少了头发遮挡，露出白皙纤细的脖颈，可爱莹润的耳垂在光的照耀下愈渐剔透，耳垂上挂着水滴状的玉耳环，轻轻晃着。

她这是在做什么呢？月陇西忍不住想去问，去之前不忘她不喜这药的苦味，含了颗蜜饯。他走过去，一手撑在石台上，一手撩起她一缕发，问："需要我帮忙吗？"

卿如是摇了摇头。

"你在做什么啊？"月陇西不记得以前见过她用水篦发，心下很好奇。

与其说好奇她此时在做什么，不如说好奇她打扮自己、拾掇自己、清理自己时会做的一切。因为这些私密的事情，他也想学会，想帮她做，显得两人亲密。

从前她沐浴后，都会拿出个瓷盒，用里面的凝脂涂抹小腿。他头回见到时，很好奇那瓷瓶里装的是什么，就问她。

秦卿刚被他作弄完，从傍晚到现在，晚饭都没吃，沐浴完回来，不是很愿意搭理他，于是在床上转了个方向，背对着他，一边抹一边爱搭不理地回道："玫瑰油凝成的脂膏而已，身子干燥就用来擦擦。"

"我觉得……你身子不干燥啊。"月一鸣笑，笑得极痞，他拈了拈指尖，回味着方才的柔软滑腻，用懒散的语调说，"我帮你抹。"

秦卿不要："你睡吧你，我要出门了。"

月一鸣挑眉，敛了笑意，状似不经意地随口一问："这么晚了，去做什么啊？"

"不是你傍晚答应的，我帮你了，你就允我去见崇文吗？"近期崇文的雅庐被歹徒带人砸了，没准儿今夜又有人闯进去，她得去看看，"你……你别给我跟上回一样，刚完事就装失忆说不记得了……这回我不依的。"

"合着……你说的是今晚去，不是明天？"月一鸣伸手把她拉到怀里来，给她揉腿按腰，心底回想着这个承诺，觉得自己仿佛被她摆了一道，他也不气，笑问，"夜都深了你还去？"

"去啊。"秦卿皱眉，"你该不是要反悔？"

他是想反悔来着，顿了顿，侧头轻笑，垂眸看着她茫然的模样，语调轻快地问她："我现在装失忆还来得及吗？"

真要反悔的话，那她这一晚上不是白给他纾解了。秦卿推开他，弯着腰往床下爬，口中说道："来不及。"

她这般火急火燎，对他避之不及，看来是无法挽回了。

"好吧，那你去吧，带几个侍卫去。"月一鸣一把握住她的足踝不准她往下爬，拽回来，带进怀中，拾起被她随意扔在一边的瓷盒，单手挑开盒盖，用手指钩了一点儿脂膏，悠悠笑道，"抹完再走，我给你抹。以后，我都给你抹。"

她的背有一半抵在他胸膛处，稍偏斜在他怀中，蜷着腿方便他抹。月一鸣把她的头发都捋到一侧去，下颌抵在她无发的那边肩膀上，掌心在她腿上滑动，很细心地涂抹着，担心没有涂匀，用手背贴住细细感受了一番。

明明涂完了，他却不愿意松手放她走。

那脂膏有淡淡的玫瑰香气，极润极腻。月一鸣俯身去闻落在锦被上的瓷盒，因为怀里还抱着她，所以他弯腰时也将她压弯了腰，一起俯身下去。

他稍偏头深吸了一口气，又直起身，问："还有什么东西吗？这种……类似的。上次看你绾头发用了一种很香的露，沾在篦子和木梳上。"

秦卿抬眸狐疑地看他，说道："多着呢。你……不会是也想用吧？这些东西，男人最好不用的，用了整个人都有点儿娘，你朝中下臣见了你就更得起歹心了。"

他一凝，解释道："我不用，我是想给你买，也想帮你弄这些事，好像还挺有意思的。"

时间来不及，秦卿没同他细说，一边穿外衫和鞋，一边给他举了些例子，后来就跑了。

月一鸣只好去问了正夫人。

此时看见卿如是用银篦沾水梳头，又勾起月陇西好学的心，问："为什么沾水，不沾那些露啊脂啊的？"

卿如是抬眸怪异地看他一眼，又垂头继续梳，回道："那些太腻了，洗了头发用还差不多。我现下头发干，先用水随意梳梳就好了。"

"挺简单的，我帮你吧。"他伸手要去拿那篦子，被卿如是拂开。

"你今天少跟我说话，我娘还没走呢。"卿如是严肃地告诫，随即放下篦子，"好了，我梳完了。走吧，去七室。"

月陇西被拒绝得干脆利落，果然还是娶到手之后更好说话，如今想做什么都得被拒。他心底盘算着是不是得把提亲的日程再给提前些。

原本想着两个月的时间俘获芳心，然后顺势上门提亲。如今看来是做什么梦呢，成婚之后给不给碰都成问题，还两个月的时间，不晓得自己哪儿来的自信。

月陇西低笑了声，跟紧她。

七室里，参选者已等候多时。没看见月世德的身影，卿如是的心情都愉悦了些，因着她的告诫，月陇西也遵照盼咐没有开口跟她搭话解释。

小厮看见他们来，便打开一张卷轴，开始念被留下的人的姓名。没被念到名字的人，便直接回到住处收拾东西离开，念到名字的就要坐下来静等提笔铃响。

二选的规矩和一选一致。考题是"如何评断重新编修先贤著作一事"。

无疑，这几乎是不需要考虑的，因为重新编修书籍是皇帝下的旨意，往上吹就行了。

卿如是对这回的考题不是很满意，回头想问月陇西是谁出的，却见月陇西跟没看到她似的，低头吹了吹茶水，面不改色。

好吧，还挺记仇。卿如是今早对他视而不见一次，他也视而不见她一回。然而，卿如是并没有放在心上，满不在意地捧着书坐到一边去。

这一炷香意外地漫长，没了上回两人一同看书低声讨论的趣味，十分难熬。

这般下去不行。月陇西唤来小厮耳语了几句，小厮点点头离开了七室。不一会儿，捧着一本书回来，交到他手里。

卿如是被他的动静影响，抬眸看了眼。是那本《月氏百年史》，他不说话，翻开看了起来，表情极为丰富，翻一页，"唔"地沉吟了下，再翻一页，疑惑地蹙眉"咦"了一声，再多读几行就恍然般"哦"地拉长了语调。

简单的几个字音被他咬在唇间百转千回，勾起卿如是极大的好奇心。

于是，她也顾不上自己先告诫人家不要和自己走太近，没出息地搬着椅子坐过去了。

月陇西笑睨她一眼，见她埋着头已经装模作样地读了起来，也不拆穿她，把书挪过去，偏向她那边，并翻到上回两人读的地方。

这本书并非全然按照时间顺序写的，有些地方会跳一些，为了让这史书带有叙述的色彩，或者说，带入写作之人本身的看法和情绪在里面。因此，书上没有接着记载女帝登基之事，而是在叙述过朝中有叛贼后，先说了女帝邀请月一鸣继续为臣，并以相位优待之。这般安排，无疑是引人猜想，与女帝里应外合灭了惠帝的叛贼是不是月一鸣。

上回卿如是有过一些猜测，这回接着看下去，更加笃定了这个猜测。她侧头看向月陇西，想问，却发现他稍侧眸扫过自己之后依旧视若无睹，并没有要像上次一般边看边给她解疑答惑的意思。

小气的男人。卿如是蹙了蹙眉，她又没有完全不理他，问什么她不都回答了吗？就是让他保持一下距离，如今这般倒像是她的不对了。

怎么跟月一鸣一样，身居高位还小家子气。

卿如是向来吃软不吃硬，他赌气，她也赌气，两人就沉默着，谁也不开口。

月陇西翘起唇角，垂眸去看她气鼓鼓的脸，收眼，又敛了笑意，故意翻过那一页。

"我……"卿如是想说那页自己还没看完，单音发出来后又咽了回去，抬眸看他，发现他像是不知道她方才口中流泻出了一个字似的，面无表情地继续读。

于是，向来不服输的卿如是憋着一股劲，势必要读得比他快。她再也不当看闲书那般读，陡然认真起来，且拿出自小一目十行还不漏字句的本事。

书中接着记载，女帝不光做出"以相位待之"的事，还在月一鸣死后，将他和明珠夫人葬在一起。写这书的人猜测女帝是为了用这种方式让秦卿光宗耀祖，毕竟死后能与当年月氏最杰出的人同穴是莫大的荣誉。

然而这"死后同穴"四个字，委实刺了卿如是的心。

他们合葬于扈沽山下，正夫人的陵墓另修在一处。

不晓得月一鸣死的时候知不知道这事，还是女帝在他死后才这般安排的，卿如是不得而知，却在心底冷笑了番。她猜月一鸣知道的话，也不见得怎么情愿，但或有些许得意，毕竟还是多了一房在阴间供他逗闷找乐子的小妾。

小妾。她忽地想起自己进门时那八抬大轿，愣怔过后，又毫不在意地笑了笑。

卿如是正看得起兴，月陇西又翻页了。她恼怒地用腕骨拍了下桌沿，轻微短促的一声撞击，不至于吵到下面写字的人，但绝对足够传进月陇西的耳朵里。

谁知他仍是与刚才同样的一副神情，不过是挑了挑眉，眼尾还有一丝不易察觉的笑意。

卿如是皱眉，生气地歪过头去，偏是不开口跟他说话。沉默了一会儿，她忽地冷笑一声，直接趴在左半边书上挡住了他的视线，这回她就慢悠悠地看着。

月陇西挑了下眉，这个角度看见她脑袋上插着的簪花有些歪，他不动声色地抬手给她正了正，没有惊动认真看书的卿如是，却被抬起头思考的萧殷看见了。

两人对视，萧殷先错开了眼，隔着前面几排考生略一施礼，然后低头继续写。

月陇西嘴角衔着淡淡的笑，不知何意。

垂眸见卿如是还在看那页，半边身子还压在右边，他不假思索，翻了左边那页，被翻的那页直接就覆盖在了她的左脸上。

卿如是：还以为你真读那么快呢，存心作对的是不是？右边你还没看直接就翻页了，当谁傻子呢？

她气狠了，抬眸瞪他一眼，随即又了然地笑笑，也不说什么，低头接着看。

这倒让月陇西惊诧于她的忍耐力，似乎比从前要强太多。

谁知道心底刚夸完她，垂眸要跟看时，卿如是用倒肘抵住他的胸口，不让他靠近，紧接着，她看也不看那页的内容，伸手"啪"地按在纸上抢先翻了页。

动作之迅速，翻页之熟练。

月陇西忍不住垂眸笑出声来，落在卿如是耳中那就是赤裸裸的讥讽。

她咬牙，已经做好了跟月陇西抢翻下一页的准备。

月陇西看出她想抢翻的心思，乐意陪她玩。他毫不费力地掰开她的手肘，单手就可以摁住她的两只手，而后优哉游哉地去翻页。

不料还没有碰到书，卿如是踩了他一脚，趁他疼时的那一顿，身子扑到书上，用下颌压住了右边那页纸。

月陇西睨着几乎是在自己怀里的她，半晌，淡淡一笑，气定神闲地将右边的那一页翻了回来，轻覆在了她的右脸上。

她压了左边无法压住右边，月陇西竟然不往后翻，反倒将右边翻回去了。

卿如是讷然：输了，我输了。

她的脑子里顿时满满当当都是这句话。

猛地直起背，卿如是很没有面子地起身：不看了，太丢脸了，和孙辈玩这种幼稚的游戏还输了，太丢脸了。

她转身要走，手腕被拉住，回头，月陇西笑吟吟望着她说："接着看，我不戏耍你了。"

戏耍？不是他们之间公平的游戏吗？

卿如是睁大眼，从游戏输了的状态中调整出来，转而觉得自己受到了羞辱。

"怎么了？"月陇西觉得她怕不是真的生气了吧，忍了笑问，顺便轻捏了捏她的手腕。

有点儿痒，卿如是极为敏感，猛地挣脱开，下意识反捏住他的手腕，用力往后一掰。

月陇西不防备，霎时倒吸了一口凉气。

卿如是赶忙放开，谁知那手被掰到极限松开后就猛地弹了回来，撞到桌沿上，"砰"的一声。

月陇西："……"

动静太大，下方一众考生全部抬起头来看他们："……"

二选结束后，两位监考官在七室里打起来的事就在国学府中传开了。

待传得风风雨雨，卿母才从丫鬟的口中知道，彼时正在喝羹汤的她轻轻放下汤匙，用锦帕缓缓擦了擦唇角，优雅淡笑道："打情骂俏，多大个事。"

卿如是无意伤他，却见他手腕生了些瘀青，想来这位世子自小娇贵，没受过这等委屈。她低声跟月陇西道歉，月陇西望着她，须臾，倔强地要了面子，板着个脸，吐出三个字："我不痛。"

卿如是知道他这是赌气的话，毕竟那手腕都青了能不痛吗？

可她还记着方才月陇西戏耍她还故意不理她的仇，就没再管了，默默低头挪开了椅子，轻轻吐出两字："行吧。"

落笔铃响后，卿如是兀自起身去帮小厮收卷，没再和月陇西说话。

萧殷依旧排好试纸顺序递给她，想说什么，终是忍住了。

收好卷，卿如是交给小厮，自己出门往卿父的院子走。她打算清洗头发，正好让卿母带来的丫鬟帮着打理一番。

走了几步，月陇西紧跟上来，以为她要回房间，刻意从她肩侧擦身而过，且没有唤她。

卿如是被擦肩，下意识回过头，发现是他后便皱起眉，在进竹林之前拐了个弯，亦不作解释。

月陇西停下脚步，转过身望去。心底明白她是要去卿父的住所，思忖了一番，他跟过去，与她并肩，且依旧没有唤她。

卿如是狐疑地盯着他，势必要走在他前面，将步子跨得大了些。好在月陇西身高腿长，无须用力迈开腿就能轻松赶上她。

实力悬殊，卿如是自知这般走下去必输无疑，趁着月陇西不注意，她撩起裙摆干脆跑起来，留下月陇西怔愣在原地。她就料定堂堂世子爷大庭广众之下要点儿面子不会跟着她跑。

果然，他顿住脚步，望着她迈开腿跑起来的背影，低头笑了。

临近晌午的阳光照在他的侧颈上，那颗清浅的痣被青丝拂过，别样温柔。他垂眸揉了揉手腕，慢悠悠地跟上去。

这厢跑到卿父院里的卿如是终于停下，俯身撑着膝喘气，她气喘吁吁的模样引得门口侍卫狐疑地看过来，问："小姐，有人追你吗？"

卿如是摆手，直起身子往房间里走。

二选结束意味着卿父又该忙起来了。此时唯有卿母坐在正厅的窗边，面前摆了一排瓶瓶罐罐，都没超过巴掌心的大小，皆是瓷器。她挨个地打开闻，又挨个地涂抹在手背上试。

卿如是坐过去，随意拿了一个打开闻，问："娘，这是什么？"

"昨儿胭脂铺子里买的，都是些不寻常的香露脂膏。新进没多久，还没闻过这些味道。"卿母随意涂了一点儿在手背，伸到她面前给她闻，"喏，说是几种花香调制出来的，好闻吧？"

卿如是嗅了嗅，点头，顺便就将借用她丫鬟打理头发的事说了。卿母拿了几瓶递她手里："拿去。洗完了出来，我给你绞头发。"

卿如是：得嘞。

她领着丫鬟进到里屋。丫鬟打热水来调和水温，她便坐在梳妆台前解开发带，取下簪花，又脱掉外衫以免被水沾湿。

卿母给的几瓶百香露正好是润发的，丫鬟手艺了得，娴熟而又不失谨慎地为她涂抹头发，那味道淡雅，像是花茶。

她头发又长又多，足洗了半个时辰。丫鬟也不嫌手酸，一直悉心搓揉，最后清理干净，又在她发尾抹了脂膏。

卿如是让丫鬟带上两张巾帕，自己也拿了一张，边走边绞。

走到正厅，她看见月陇西正坐在卿母对面谈笑风生。细听发现，卿母在和他讲解那些瓶瓶罐罐的用处。细心的模样，活像是这位儿子明天就要嫁出去了。

一时间，卿如是脸上的笑意凝滞住，默默走过去，说道："娘，我好了，不是要给我绞头发吗？"

她方从后院撩起帘子出来时，月陇西的余光就在她身上，此时她说话，才得以抬眸瞧她。

因为刚洗完头发的关系，她的上衣湿漉漉的，那般被水浸透衣衫，隐约可以瞧见里面那件衣裳的花色，脑袋上的水随着成股成股的青丝往下落，有些小缕的发丝贴在她白皙的脖颈上，发尾的水滴蜿蜒而下，落入锁骨之间，没入衣中。

淡淡的香气侵袭着他，仿佛要钻入四肢百骸。

月陇西收回视线，淡定地低头抿了口茶，喉结微滑。心口悸动，他很清楚这是什么感觉，兀自定了定心神，视线落在瓷瓶上，随意拿起一瓶低头闻了闻。

"坐过来。"卿母唤她，让丫鬟拿了把小矮凳放在自己面前，卿如是就坐在那儿，正好合适擦拭头发。

如此，月陇西都不需要抬眸便能一眼看见她。她低着头，任由卿母拿巾帕轻轻绞着，自己则捡了几根头发编辫子玩。反正是一眼都不看他。

"伯母，您刚说的那些陇西都记下了。"月陇西忽然开口，淡笑道，"却不知扈沽城中哪些脂粉铺子做活精细，备受好评？这些东西涂抹在脸上、身上，肯定要用最好的，免得伤了如是。"

听到自己的名字，卿如是手一顿，终于扭过头看了他一眼。此时月陇西反倒不看她了。

卿母笑得和蔼，细细与他说了，半点儿没觉得提到卿如是哪里有不对劲的地方。

问完脂膏凝露的买处，还要问各自的用途，以及平时如何存放、存放的时间等一应事宜，生生拖到卿如是的头发被绞得半干，卿母笑着催促她赶紧跟月陇西回去。

卿如是：月陇西是个什么祸害，竟然分了我的宠爱。

她默然，又拿了一张干燥的巾帕，裹着发丝轻轻搓着，还有些润，边走边擦。

两人都憋着，一路无话。

回到院子，斟隐迎上来，俯身对月陇西说了几句话，后者点头道："去找颗夜明珠。"

斟隐退下，月陇西再抬眸看去时，卿如是已经进了房间。他没有跟进去，反倒走出院子。

天逐渐暗下去，没等到月陇西回来给她系红绳，卿如是便不管他了，兀自洗漱好，把《史册》带到小榻，盖了张银狐小毯，卧在美人榻上读。

《史册》里记载女帝登基等要事，而后又说起女帝登基后没过多久，坊间就有人将所谓的秦卿重新修编的崇文遗作拿了出来。

不知是从何处传出的谣言，说秦卿在西阁那时并没有被废掉十指，才得以完成此作。

后来月家出面辟谣，说秦卿被关在西阁的十年里，周围都有惠帝派去的侍卫把守，窃听且监视一切，并且每隔几日上报陛下。若是十指没有被废，怎么可能瞒得过惠帝？

卿如是看到这里，微微一愣，她自己都不知道西阁竟一直有人把守着。她每日几乎就只卧在床上，反正不能出去，那间屋子也无甚好转悠的。月一鸣也从来没告诉过她，外面还有人把守。

想来是觉得，若再把她被监视窃听，完全不得自由的事情告诉她，她可能会崩溃，进而作出什么妖来。

卿如是接着看。书上说，月家这般解释后，坊间谣言稍微平息了一些。却不料没过几日又接连有几本崇文遗作被"秦卿"修复完成，传入市井。瞬间，坊间的谣言风向就从"秦卿根本没有被废掉十指"变成了"秦卿根本就没死"，月家都压不住这些流言蜚语，可想当时传得有多厉害，说是满城风雨也不为过。

这么一闹，就有人追根溯源，想知道这书究竟是从何处传出来的，却是遍寻无果。不少人揣测是不是哪位权贵在背后操纵，否则怎么可能查不到。

谣言一多，什么揣测都有。于是有人站出来说扈沽最大的权贵还能是哪个，这事八成就是月家人在做戏，秦卿没死，十指也没被废，就躲在月家。

月氏对崇文党的厌恶和对名誉的看重可想而知，怎么可能容忍这等谣言来诬蔑他们百年清誉。当即，派了族中长老出面，说愿意挖坟开棺，检验秦卿的尸体是否十指尽断。

据说，这个提议是月一鸣想出来的。月氏族人都夸他明晓大义，于是最后放手让他去安排了。

可不知为什么，这个决定忽然就惊动了女帝，险些叫人把月氏一窝给端了。

刨坟挖尸是对死者不尊，纵然那是个曾经为世俗所不容的女子，而今也是被御封为"明珠夫人"的女子，真让他们给刨了那岂不是在打女帝的脸。

最后，女帝冷声一笑，安排了几位煽风点火的长老的后事。

月氏是个注重颜面的家族，寻常死一个长老，都够月氏办个轰动整座扈沽城的丧事，且接连吹三天唢呐，曲谱还能不带重样。如今死一排，整个月氏险些因为办丧事垮了。

还是月一鸣掏钱补上了窟窿，帮他们办得体体面面。据说，月一鸣在几位长老的丧宴上哭得撕心裂肺，说那主意是他出的，事情是他细致安排的，长老们就跟着吃喝了几声，怎么都比他先入了土，他悔恨不已。

他哭得比长老的亲生子女都要悲恸，哭得几位长老近亲都反过来安慰他。

女帝发了怒，坊间的流言渐渐地就都停了，没人敢再对秦卿修复的遗作刨根究底，也无人敢不要命去追查那谣言究竟是谁放出去的。

顶事的长老下葬后，不顶事的就不敢顶事了，剩下的英才要么还没出生，要么还没长大，要么年事已高随时可能入土为安，月一鸣毫无疑问地拿下了月氏的掌控权。

此后月一鸣做的第一件事，就是寻人在扈沽最好的地段造一间地下密室，且要保证密不透风，存放在里面的东西能够百年不腐朽。

《史册》里绘制了密室的大致格局，有气孔，并不是完全不透风，只是那些气孔都由机关来控制开合，以保证搬东西进去的人不会闷死在里面。可是没几人知道机关在哪儿，甚至没几人去过那间密室，据说在地下很深的地方。

是否有这么一间密室，还有待考察，毕竟百年之间，也没人去过。《史册》上的这幅图，还是从当年月氏初步设计密室的一些残卷上誊下来的。

卿如是很好奇那间密室里放的是什么东西。月一鸣能藏什么？他一向很喜欢她的那些瓶瓶罐罐，难道……他应该也没这癖好吧。

她敛下疑惑，继续看下去，书上说月一鸣派人将许多箱子从相府的普通密室搬进了那间独一无二的密室。至此，那间密室再也没打开过。或许有人下过地道，但苦于找不到开启密室门的机关，只好作罢。

于是，至今仍然无人知道他造密室是用来做什么的。

看到此处，她听见隔壁有人推门进去了，想必是月陇西回来了。等了一会儿，竟没有别的动静，卿如是好奇地掀开毯子，穿好鞋去倒茶，顺便往那方看了一眼，依稀看见他坐在书桌后面，好像是在看书。

卿如是揉了揉眼睛，有些困意，便藏好《史册》，往床那边爬。

躺了许久，没睡着。

隔壁咳嗽了一声。她听见了，没理会。

紧接着，传来一阵翻箱倒箧的声音，然后是珠子滚落的声音，珠子厚重，至少是鸡蛋大小的。

卿如是倒真的好奇他在干什么了，复又从床上爬起来，推开门，疑惑地看向他。

他刚用锦绳高束起他的青丝，绳尾坠着几颗血玉珠子，与他的玄衣相衬，端的是丰神俊朗。

平日里他不怎么束发，都是披散着，拿玉簪或者玉冠绾起一些。唯有初次见面时，卿如是记得他束了发。

此时他要做什么？把她惊扰了，竟也不解释，果真是个小气的男人。

卿如是走过去，也不吭声，低头看了眼他的书桌。

猛地睁大眼，她以为自己看错了，拿起书反复看书封上的字。

她是瞎了吗？

这竟然是崇文遗作的修复本。

卿如是翻了几页，上边竟然还有勾画圈点的痕迹。

他在看崇文的书？

上回他给自己送来一本崇文的原作已足够令她吃惊，她一直没有组织好语言问他遗作的始末。没承想，这位重孙再一次给自己带来了惊喜。

他身为月家人，居然捧读崇文的书？！

卿如是对自己的认知产生了怀疑。面前这位月家人，怕不是个假月家人吧。真给你们月氏丢脸，但同为崇文党的你是好样的。

她抿了抿唇，忍不住揪了下他的衣角："哎，你……这本书是你的？你在看崇文的书？"

月陇西挑眉，学着她惯常爱做的表情，狐疑地睨着她。

那眼神仿佛是在说："你不是不跟我说话吗？你不是要跟我划清界限吗？"

睨了一会儿，他的眼尾满是揶揄的笑意。

卿如是也是要面子的，被他用这种眼神一看，当即不乐意地瞪他，转身就要回去睡觉。

月陇西拉住她的手腕，朝她走了几步，正好贴着她的背，俯身在她耳畔轻声道："小祖宗，我认输，我错了，我坦白，是我先忍不住想和你说话才故意引你过来的。今晚别闹了，我带你去个地方。"

"什么地方？"卿如是觉得每次他凑近来说悄悄话的时候，耳朵都很痒。可母亲、乔芜她们凑近就不会。她偏头躲了躲，严肃教导他道："不可以离这么近说话。"

月陇西挑眉，不置可否，心下轻笑。

"你还记得来国学府前我给你送的那本崇文的原作吗？不是想知道我在哪里挖到的吗？跟我走就知道了。"他牵起卿如是的手，借口地势复杂须得跟紧，与她十指相扣，紧紧握住。

第九章 密室真相

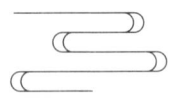

月陇西带卿如是离开庭院，卿如是发现他的手心微微出了些汗，问道："你又热吗？"

月陇西沉吟了下："可以这么说，或者，贴切地说，我这是紧张。"

卿如是当即戒备起来，压低声音道："有看守会抓我们？还是说会有巡逻队？"

月陇西思考一瞬，手指无意识摩挲到了她白皙的手背，他慢吞吞道："我的紧张，是心底紧张，和你现在的紧张不一样……算了，是有看守和巡逻，所以你更得抓紧我，不能松手。"

卿如是郑重地点头。

她以为是多远的地方，结果绕了会儿还是在国学府内，相对于他们住的庭院稍远些罢了，在后门那片竹林里。她的期待瞬间变成了失落，倍感无趣，觉得月陇西在耍她，于是挣脱了他的手。

月陇西掌心一空，他伸手再去握时，什么也没抓到，只有冷风从他温热的掌心拂过，凉意丛生。

那种失去的感觉瞬时翻江倒海般袭来，月夜清风，他甚至分不清如今是否还在前世，因为他方才那一握，没有抓到卿如是。如同曾经的夜晚，他惊坐起时也抓不到，推开窗去捕风捉影，也抓不到，在梦中时，同样抓不到。

他环视四周，竹林戚戚，一豆灯火都无，和曾经那些夜晚无甚不同。他没看见她，哑声唤："卿卿？"

恐是大梦一场。

没有人回答他。

"卿卿？"喉咙中的酸涩堵得他嗓音喑哑，唤不出声。

"嗯？"卿如是发出一字单音，从几根成林的竹子后边走出来，"怎么了？"

她走回月陇西身边，抬手在他眼前挥了挥，尚未开口解释她方才去做了什么，就猛地被抱住。她骇得惊呼一声，但淡雅的香气席卷她，她便又安稳下来。怀抱很温暖，很紧。

她有些莫名紧张，想挣脱，没能挣脱得开。思考片刻，她想到月陇西做噩梦这事，当即反应过来是此处漆黑无光，他兴许害怕了，她便不再挣扎。

如此这般，清风月影都在怀中。

须臾，月陇西松开些，垂眸凝视她，好半晌，低声问："不是让你握紧我吗？"

"我见那边土壤处似乎有光，就走近瞧了瞧。"卿如是指了指几根竹子后边，坦然道，"抱歉，我方才忘记你晚上容易做噩梦，让你害怕了。"

月陇西重新握紧她，逐字逐句交代："是，我很害怕，所以你别再松手了。怕得狠了，我便会以为自己还置身噩梦之中，永世脱身不得。"

这说得有点儿严重啊。卿如是谨慎地点了下头，跟着他走了几步，低声道："回去找个大夫治一下吧。想来是忧思过度睡得不好，又或者是得了失眠多梦的病，反正不能拖的。"

她虽说得一本正经，却似随口的关心。

"好。"月陇西答应她，牵着她继续往前走，走过方才那片她说发光的土壤时，跟她解释，"这里面撒了磷粉，我让人撒的。我找了好久才又找到这个地方，未免我们花费太多时间，来之前就吩咐斟隐做了记号在此处。"

卿如是以为他说的"找了好久"是指上一回挖到崇文的书送给她后至今。

月陇西蹲下身说："建造国学府的时候，这里翻修过，许多入口都被破坏了。所以，现在我们要跳下去。"

卿如是震惊地望着他，半晌找回语言："高吗？"

"不高，用轻功很轻松。下面的地方没有被破坏，而且我让斟隐垫了东西。你放心，一会儿我们跳下去之后，斟隐会来将此处堵上，不会有人发现。"月陇西让她闭眼。

她觉得哪里不太对，但仍然听话地闭了眼。

不知过了多久，她感觉到有潮湿阴冷的风从下方吹上来，携着一股黄泥的味道，不太好闻。她皱了皱眉，待要开口问些什么，腰间被揽住。

月陇西抱着她纵身一跃。

在往下跳的一瞬间，卿如是终于反应过来哪里不对劲了："那我们一会儿怎么上去啊？！"

月陇西紧环住她，足尖点在壁上借力好几次，稳落之后终于松了口气。

他垂眸凝视着她，笑道："小祖宗问得好，这的确是个问题。你难倒我了。"

卿如是："？？？"

他不搭话，扣住她的手，一边往更深处走去，一边从怀里掏出夜明珠，递给她："你来照明。"

卿如是接过夜明珠，手有些抖。说不激动是假的。她方在《史册》中看到有关密室的记载，便跟着月陇西到了这么一处地方。心底有个答案呼之欲出，被迷雾缠住的种子也逐渐破土，她深吸了好几口气，稳住心神，紧紧拧着眉头。

不知走了多久，月陇西似是感受到了她的紧张，慵懒一笑。"说起来，这里只有我们俩，夜黑风高，孤男寡女的，你的确是该紧张。"顿了顿，他又低笑道，"这么一说，我忽然也有点儿紧张了。"

卿如是："……"

被他插科打诨地一闹，卿如是心底反倒没那么紧张了。她举着夜明珠，悉听月陇西的吩咐，眼看他循着夜明珠的幽光，驾轻就熟地按下一处处机关，她的心都提到了嗓子眼。

"这里是扈沽城最好的地段。"月陇西忽道，"一般来说，能在这个位置修建府邸的，要么是皇亲国戚，要么是朝中权贵，根基稳，所以建在这里的府邸被彻底翻修的概率很小，不彻底翻修就不会动这片土，下面的密室格局也就很难被毁坏。若不是陛下要建造国学府，这里就算再过一百年，也不会被破坏。"

"再过百年？"卿如是轻易抓住了他话中关键，"你的意思是，这座密室已经过了一百年？"

月陇西坦然道："是。不知你有没有听说过，当年我祖上修建密室的事。时过百年，坊间都快要忘了有这么一回事，几乎成了传说。"

卿如是没吭声。

她看到《史册》里记载得有模有样，心底就相信是有密室存在的。如今月陇西这个月一鸣的后人亲自带她到了此处，那么毫无疑问，月陇西带她来的地方，就是百年前月一鸣修建的密室。可他方才在房间里的时候告诉她这间密室和崇文遗作有关。月一鸣修建的密室，为何会与崇文遗作有关呢？

她心底已有答案，但难以置信。若换作从前，她是拒绝深想下去的，而今认识了月陇西，她竟对月氏有了些许改观，拒绝深想下去变成了难以置信。再然后呢？事实会逼着她相信吗？

两人一路无话，月陇西也不再诱她开口，再往深处走凉意会更重，吸入肺腑对身体不好。

机关重重，他一步未错。卿如是有些怀疑，想问他为何会对此处这般熟悉，尚未开口，月陇西搂住她的腰说："还要再跳一次。"

卿如是瞪大眼，来不及反应，只见月陇西指尖拈着的石子飞出去，砸在头顶石壁上。瞬间，两人脚下一空，双双坠落。

月陇西一手按在她的腰上将她揽紧，另一手护在她的后脑勺。分明是下落的危急时刻，他在石壁四处借力，微喘着气，却还有心思同她说："腰真的细。"

卿如是不想说话，要不是对此处不熟，害怕借力时踩到什么致命机关，她宁愿自己跳。此时附在他胸膛，环住他的腰，阴冷的风划过侧脸，像冰刀子似的，她把脸埋进他的衣襟口，挡挡。

再次稳稳落地，月陇西垂眸看她，轻笑道："那晚让你摸你不摸，原来喜欢埋着。"

卿如是退开些，不说话。

月陇西握住她的手说："现在可以走梯子了，下面都完好无损。"

"这离地面不知多远了。"卿如是喃喃着，"藏这么深，是因为对你祖上来说重要吗？"

月陇西"嗯"了一声，说道："想来是吧。他建造密室那时候，已经没多久可活了，耗费心血，就为了将里面的东西藏起来，让它百年不朽，得以留存。如果对他来说不是很重要，何必这么做呢？"

她垂眸，没有搭话。

通道幽暗，向下望去，石梯的颜色好像也愈渐加深，最后形成一个深邃的无底洞，尽是黑色。

但她知道，黑色的尽头就是希望和不可预期的一切。

道路漫长，她心跳如鼓，竟不知沸腾的血究竟是为了那些原本该在火海中覆灭的一切，还是为了当年的真相。

这是头一回，她的认知出现了一丝裂缝，像是冰冷瓷瓶上龟裂开来的轻细蛛纹，随着往后磋磨，会愈渐加深、扩大，最后盘根错节，一击即碎，彻底被瓦解。

一片幽静中，水滴落下的滴答声传来。卿如是蹙眉，回神抬眸，眼前是一堵墙，走到头了。

月陇西不知触碰了哪处的机关，几个弹指过后，石墙缓缓打开。他毫不迟疑地带着她往里走，急切地要将事实真相摆在她面前。

石门一入则合。

密室也不过就是一间房的大小，里面摆放着书架、箱子、香炉，还有床榻、书桌……与崇文曾住的雅庐格局大致无差。

卿如是恍若置身前世的梦中。

好几个大箱子堆在墙角，没有上锁，她走过去直接跪坐在地上，急不可耐地打开。

陈旧到泛黄的书籍文稿就像是一朵朵枯萎凋零的花，静躺在祭奠它们的棺椁中，她有多喜爱这些曾一度傲然枝头的娇花，又有多怜惜化作一抔黄土的它们。还好，不过是凋零，失去了颜色，其骨犹在。

一箱箱打开，她已乱了方寸，几乎是要扑倒在书堆中，一本本地翻，一本本地确认字迹、火烧的痕迹。最后只能紧抓住箱子，指甲陷在有些腐朽的木头中。

她浑身都在颤抖，咬紧牙关不让自己发出声音来。夜明珠的光足以照明整间密室，衬得她泪珠晶莹，折射出动人心魄的光芒。

时隔十年，或者说时隔百年，她又见到了崇文所有的著作，所有。

"月一鸣……"她喃喃着，内心深处的某些认知摇摇欲坠。

惠帝下令焚书那日，月一鸣把她从牢中保释出来，风轻云淡地笑说："秦卿，不想去看看吗？我给你在雅庐外边留了绝佳的位置。"

监察焚书整个事件的官员就是他的下属，他说绝佳位置，秦卿自然以为是讥讽，是为了让她去亲眼目睹自己一整年的心血、崇文一生的心血尽数覆灭。

"月一鸣，我以为你……我看错你了……"她恨死了月一鸣，却没有时间与他多说。几乎是牢门打开的一瞬间，她就冲了出去，鞋都来不及穿，拼了命地往雅庐跑。

路上遇到太多人，太多曾经与她笑脸相迎的崇文党，如今却都避她如蛇蝎，无一人助她，眼睁睁看着她光脚朝郊外的方向去。她抢了别人的马，一路疾驰。

可是等她到的时候雅庐已经被官兵包围了，密密麻麻的人在外层指指点点，外围的官兵把她放了进去，里层的官兵却不许。他们所站之地已离雅庐足够近，再近怕会有危险。

月一鸣口中的最佳位置，也就指外围和里层官兵之间。

但她不是来看焚书的啊。

她来得快，月一鸣来得也快，仿佛就一直跟在她身后。几乎是她扑到内层官兵阻拦她的刀柄上那一瞬间，月一鸣从背后把她给拎了起来。

他拎住她的那刻，监察官员命人点了火，火起得很猛，轰然卷出的火舌几乎要舔舐她的脸，可她不停挣扎，执意要冲进雅庐。为了让她冷静，月一鸣让人打了两桶水，将她从头淋到脚。

纵然她全身湿透，却不见得会清醒，她还是冲进了雅庐。

这回月一鸣没能拦得住她了。

她想凭借一人之力救书根本就不可能，但她没有别的办法，困兽犹斗，抵死挣扎，除了这些她什么都做不了。

外围的人中不知有多少是与她称兄道弟过的崇文党，可是崇文死后，没有一个人敢站出来帮她。

从始至终只有她一个人。

火势愈来愈猛，她也不知是哭得眼前模糊了，还是烟雾太大遮住了视线。

无论官兵还是平民，纷纷冷眼瞧着，像是在讥她异想天开。

湿透的衣衫正好保她没有被烧伤，但烟雾一旦吸入口鼻，终究撑不了多久。

最后她的身体不堪重负，径自晕过去，耳边只剩下一片嘈杂。

醒来后见到的第一个人是月一鸣。

他说，是官兵将她救出来的，崇文的书并着雅庐，全都被烧毁了。

骗她。为什么骗她？

卿如是忽然想起《史册》中说，自月一鸣将她囚于西阁开始，她一直在惠帝的监视之下，一举一动，一言一行。

想必不是从她被囚禁西阁开始，而是从她闯进雅庐救书开始，一直有高手潜藏在暗处监视。

这也就解释了为何她刚修复好第一篇文章，还没踏出门就被月一鸣逮了回来。倘若她当时踏出了那道门，监视她的人会直接杀了她吗？

卿如是不清楚，但她还记得月一鸣逮住她后就直接撕毁了那篇文章，禁她的足，三日后又废她的手。由此可见……她若真跨出那道门槛，监视的人真能杀了她。

来到晟朝之后，所有人都跟她说，是月一鸣亲自进雅庐将她救出来的。

如今又让她晓得，当年的书没有被烧毁，全被月一鸣保了下来。

所以，当时他在狱中对她说的"最佳位置"，是指最方便她闯进去救书的位置，他就是故意要她冲进雅庐救书，然后再趁势救她。官员不顾及秦卿的性命，却要顾及月一鸣的性命，那么他的手下灭火就有了合理的解释。

她醒后身上没有一处烧伤，没有一处，所以那桶水也不是为了让她清醒的，或许掺了药，又或许是别的。当时她无暇顾及，如今想来竟处处都是细节。

月一鸣为什么要保下书？为什么要保下她？

卿如是死抠着箱子，有些从未有过的情绪在心底疯狂滋生。从未涉足过的领域她想不明白，她不关心风花雪月，但好歹人心都是肉长的。

她隐隐有一个猜测，可她从未循着那样的轨迹去想过，不知如何想下去。更何况如今认识月一鸣的人已死，她也不知道如何确定那些风月。

月陇西蹲在她身旁，笑吟吟地拿袖子给她擦眼泪："怎么还哭上了？我祖上背着月家藏书的事情感动到你了不成？那……你想到了什么，为何为他哭？"

他最后几个字音色压得很低，轻哑不可闻，倒像是亦有几分哽咽。

良久，卿如是平缓了情绪，逐字逐句地对他道："我没有为他哭。的确是他藏书的事，感动到了我。我没想过，当年叱咤风云的月氏娇子，意气风发的月相爷，会是崇文党。"

月陇西："……"这回逻辑倒是通的，救书救火救你，是因为他是潜伏已久的崇文党，说得过去，他竟然无法反驳。

须臾，月陇西不甘心，又问："除此以外呢？你知道他是崇文党了，没想到别的吗？"

卿如是沉默了。

就算她心底隐约浮起的猜测都是真的，但要如何跟月陇西这位后人说出口。

卿如是缓缓摇头，思绪很快被另一桩事占满。

洞房花烛夜，月一鸣笑吟吟地攫住她的下颌，俯身要吻。秦卿愣了愣，不等他靠近，猛地推开，慌张道："你做什么？"

见她被吓住，月一鸣也蒙了，喃喃问："不给亲？"

这是给不给亲的问题吗？

秦卿捂住嘴，退到床角，拧眉说道："妾室不是只要帮你解决那方面的需求就好了吗？我做好我妾室的本分，其他的，既然没有感情，为什么要去做？两个没什么情分的人相处，要解决体欲我可以理解，吻……不能理解，我嫌别扭，也讨厌那种……濡湿的感觉，为什么要啃别人的嘴巴，太奇怪了吧，且……且我们之间根本没有必要。"

她回的倒也坦然，条理清楚，自觉没有问题。

但月一鸣挺不高兴的，伸手想将她拉回怀里，她不过去，态度坚决地瞧着月一鸣。

沉默须臾，月一鸣终是叹了口气道："好吧，你说得有道理。这种事，不该被强迫。"

那晚，月一鸣就没有再去碰她的唇，可他的吻落在她身上，痛极了。

后来月一鸣常亲吻她的下颌线，细密而轻盈的吻，像是清风拂过，而后又在她下颌和侧颊反复流连，不经意移到唇角。

秦卿被弄得迷迷糊糊的，还晓得要偏过头，用手背挡住唇不要他碰。

异常倔强。

月一鸣也就晓得她是真的一丁点儿都不喜欢自己吻她的唇，因为他是月一鸣，所以秦卿就是不喜欢。

以至于前世两人如此纠葛，亲密的事做尽了，月一鸣也没能吻一吻她。

她从来想的都是自己对他没有情分，所以不要他吻，却没有想过从一开始，月一鸣想要吻她究竟是什么意思。

情绪逐渐汹涌，卿如是莫名地慌乱起来。她发现从前被她忽视的那些东西，都在顷刻间涌入脑海，她禁受不住。

兴许是情绪波动得太厉害，她忽觉胸闷气短，脑子也昏昏沉沉的。身形微晃，身旁的人立刻接住了她，将她揽到怀里，关心地问："怎么了？"

"头晕……好像是因为密室封闭，有点儿窒息。"卿如是蹙眉，双目顾盼间浮起莹亮的水光，在夜明珠的映照下潋滟着，不自觉便成了媚眼如丝的模样，淡淡的红晕染过她的眼角和两腮。她捂着胸口微微喘息着，神情间还有些许慌张无措。

月陇西将她此时类似于欢爱后小女儿娇羞又疲累的神态尽收眼底，眸子几不可察地幽深了。

臂弯里躺着的是他的挚爱，还朝他摆出这副撩拨人心的姿态，现在究竟是谁更难受，该觉得胸闷气短的人分明是他才对。

在正人君子和无耻小人中挣扎了须臾，他选择了折中。

半晌，他挑起眉，微俯身关切地问："要不要我渡点儿气给你？见效很快。"

卿如是拧眉瞪大眼，《史册》中不是说这间密室有气孔的吗？她急迫摇头道："这里没有机关可以控制的气眼吗？"

月陇西不疾不徐，正色道："好像是没有的，有我也不知道机关在哪里。"

得他这么一句，卿如是真要窒息了。来不及思考更多，她一边使力要坐起来，一边催促着："那我们回去吧……"

"嗯？你在说什么傻话？"月陇西扶住她，只轻轻一拽，就又把她拽进了怀里，他语调极缓，仿佛是刻意要使她着急，"你忘了我们走了多久才来到此处？我怕你还没走完石梯就晕过去了，届时我抱着格外沉重的你，道路艰虞，外头空气也稀薄,恐怕最后我们两人都得昏死在这里。"

卿如是脑子里仿佛灌了糨糊般不清醒,无法悉心去分辨他话中漏洞。

她越是焦急,就越是想要冷静,但她一听月陇西那一句话缓出三句话的调就冷静不了,更焦急了些:"那怎么办……你先打开密室我透透气,稀薄总比没有好啊。"

"密室里控制开门的机关我找不到,兴许是没有。"月陇西幽幽叹气,"所以我们一旦进入这间密室,就须得外边的人来给我们打开才可以。更何况,就算我们能找到机关,也不知要耗费多久。你这情况,撑不到那么久。"

听他说完,卿如是的喘息更重,脸上的红晕便也越发娇艳了些。她钩住月陇西的脖子,拼命坐起来,无力地半依靠着箱子,说道:"你先找再说,我尽量撑着,若是不行了再唤你。"

月陇西:这算是崇文党在月氏子弟面前最后的倔强吗?

月陇西面无表情地沉默了下,忽然抓住她要离开自己颈间的手腕,强势地把她搂回臂弯,抱在怀里,什么多余的解释和胡乱编造的谎话都不想再跟她说了。

累了,他只想吻她。

想得太久了。

骗吻也好,欺负她也罢。

捏住她的两腮,迫使她张口。月陇西毫不迟疑地俯身低头,含住她的唇,轻吮了下,不动声色地厮磨着。

卿如是傻了。

心中有根久按不拨的弦,忽然"铮铮"作响,霎时宫乐奏起,急调而上,画面恰如疯马疾驰,在一望无际的旷野啼嘶,倾覆而来,难以收势。

紧接着,场景一转,是城墙上轰然炸裂的烟火,盛放出绚烂与迷离,倒映在她的眸中,耳畔传来虚无的轰鸣声。她陷入混沌,整个脑袋都嗡嗡作响。

月陇西时而睁开眼观察她的反应,时而还要装模作样地轻轻呼一口气渡给她。见她动也不敢动,身体僵硬,他心底不禁觉得好笑,将她搂得更紧了些。

月陇西松开唇,鼻尖抵着她,呼吸与她交缠在一起,低声问:"感觉怎么样了,好点儿了吗?"

卿如是木讷地摇头道:"更……更晕了。"

"嗯?"月陇西挑眉,舔着唇角,慢悠悠一笑,"那,再来。"不等卿如是推拒,他又覆压上去。

卿如是的手臂还搭在他的肩膀上，此时忍不住缩紧指尖，不自知地掐着他，心神恍惚。

男人的气息就在自己口中流窜，鼻尖都是他的味道，也不知是这个男人周身摄人心魄的香迷了她的魂，还是因为密室不透气，她觉得自己已经窒息了，好半晌也没呼出气来。

偏生胸腔一颗心还七上八下地跳着，鼓捣得她头晕目眩，整个人都不好了。眼珠子机械地挪动，她看见月陇西的长眉和墨眸，他的眸子倒映着自己的虚影，卿如是晕得看不清自己的影子，却能看清他的睫毛，一根根的，好长啊……

她怕是已经神志不清了。月陇西仍然没有松唇，趁她不清醒，在她的领地上肆意攻城掠池，吸吮着她的口津，一边痴迷地吻着，一边抬手摸到墙角的机关，按了下去。

气孔开了。

卿如是还没反应，只觉心口好受了些。

半晌，唇间濡湿的感觉缓缓刺激着她。忽地，她反应过来，猛推开他，自己没坐稳，向后倒去撞在了箱子上。

她急切地用袖子擦干唇上湿痕，羞恼地拧紧眉，拿手背捂住唇："你……你还骗我说这里没有气孔？！"

月陇西的拇指拂过自己的唇角，那里有一点儿湿意，他压抑着笑，正色解释："不好意思，我刚刚忘了，原来这里是有气孔的呀。方才不经意抬手摸到，歪打正着。"

卿如是自己已然羞红了两颊，见他的神色竟还是风轻云淡的模样，登时气得委屈了，羞愤地瞪着他。

瞪了一会儿，目光落在他长长的睫毛上，不知想到了什么，心怦怦地跳，她就偏过头去不看他了。

心底很奇怪，胸口好像有什么难以捉摸的东西缓缓地蔓延开，对陌生感觉的未知让她有点儿害怕。她只好把这一切归咎为自己对唇口濡湿感的嫌弃与厌恶，连带着上瞧下瞧月陇西也感觉不顺眼。

她莫不是真的很生气。月陇西的脸基本是不打算要了，凑过去，勾起唇慵懒地道："斟隐很快就要来开门了，我抱你出去。"

眼看他的手要碰到自己了，卿如是捂住唇猛转过身去，扒着箱子，倍感别扭地拧起眉道："我自己走，你别挨着我！"

"你自己走得了？"月陇西眨了下眼，收回手，调侃她道，"方才不是还胸闷气短有点儿窒息吗？我渡的气当真见效这么快？"

难道不是因为开了气孔？！卿如是被他嘲得面红耳赤，不愿意搭理他。

为什么渡气是要嘴碰着嘴，两个人嘴碰嘴也太奇怪了吧？何况……他们之间还隔着辈分，不是专门硌硬人吗？

她不愿意说话，月陇西偏要逗她说话："站得起来吗？要不要再渡几口给你？"

卿如是剜了他一眼，愈发羞愤，垂下头躲开他的视线。

"不用为我担心。"月陇西被她剜惯了，只做视而不见，继续嬉皮笑脸道，"我不晕，我气多。"

卿如是彻底不理他了，自己默然歇缓了会儿，扶着箱子站起来，走到石门前静等着，背对他。

似乎操之过急了？月陇西舔了舔唇角，仿佛刚汲取的甘甜还附着其上，他走过去，与她并肩。

半晌，他低咳了声，轻问道："冷不冷？"

卿如是不搭理她，跨开几步，站得离他远了些。她以为他要脱外衣给自己穿，卿如是已经做好了准备，一巴掌给他打掉，教他做人，让他后悔方才的轻薄无礼。

谁知月陇西优哉游哉地跟紧她，用手指戳了下她的肩，正色道："我冷。小祖宗要是不冷的话，脱件衣裳给我穿吧？你不管你孙子了吗？"

卿如是："……"

他们沉默地站着，并没有等来斟隐。

卿如是微蹙眉，转头看向月陇西。后者一脸无所事事，随意瞟着密室的陈设，不看她，就等着她开口唤自己。

卿如是自己摸着墙开始找机关。

站在她身后望着她背影的月陇西滞住，垂眸叹气，也装模作样找起了机关，顺着墙摸到书架，他将手伸进书架和墙的缝隙间，一阵摸索后，石门开了。

听见响动，卿如是回过头看他一眼，后者见她瞧过来，便轻声笑了。

卿如是躲闪着视线，径自往门外去。

她走得快，月陇西这下知道她真的生气了，伸手拉住她的手腕，好声好气地笑道："别走那么快啊，我跟不上了。"

没有回话。

被触碰的手腕也似被火灼烧一般发烫，卿如是挣脱开，垂着眸心虚地不敢看他。

两人一直沉默到他们掉下来的那个地方。

"抱着我吧。"月陇西低头凝视她，分析她细微的表情变化，"我带你上去。"

卿如是不认为光凭轻功能跳那么高，自然知道别有玄机。她缩着脑袋，双手揪住月陇西的衣角，心底那种奇怪的感觉自刚刚渡完气开始就没消下去，此时因着触碰愈来愈烈。

"你这叫作抱？"月陇西的手覆在她手背上，握住后亲自将她的手臂圈到自己腰上，然后垂眸瞧她偏过去的头，"抱紧。"

语毕，他自顾搂紧了她，一手按在墙上，与地面有一段距离的石壁上便有铁砖伸出来，他腾身而起踩过铁块时又按下壁上机关，再往上一段距离就又有铁块伸出来。反复借力，不消多时就到了地面。

脚一沾地，卿如是就松开他，慌忙往房间跑了。月陇西心底有些懊恼自己操之过急，但又觉得不过是生他几天气，不理会他几天，想来想去似乎又是自己赚到了。一时不察，她已跑得没影。

回到房间，月陇西打算当面诚恳地给她道个歉，敲了敲房门，里边蹦出三个字："睡着了！"

月陇西："……"

他还没开口说什么，又听到一阵匆忙的脚步声愈来愈近，房门陡然被打开，卿如是埋头避过他，几乎是从他的腋下钻过去的，噔噔噔跑到他的床畔，牵过枕边的红绳，又噔噔噔跑回去，"砰"地把门关了，愣是没给他说一句话的机会。倒是趿拉着鞋子着急忙慌跑个来回的模样惹得他低头轻笑了声，都这样了还管他做不做噩梦，小祖宗真是亲祖宗。

月陇西心觉卿如是应该也没那么生气，于是放心地去睡了。剩下的半宿他都翻来覆去地回味着那两个吻，晨起时嘴角还勾着笑。

晨起睁开眼却发现卿如是的房间门开着，他犹豫了下，起身走进去。里边空无一人，甚至感觉少了些书本，红绳那头落在床畔，昨晚她穿过的衣裳也叠得整整齐齐置于枕上。

什么意思？月陇西怔住，蓦地有点儿心慌。

这厢，卿如是在卿父院子里选好了房间，随意铺好床，爬了上去。卿母打着哈欠问她怎么过来睡了，她也不回答，只说道："我昨晚没睡好，娘你记得今儿个晌午用膳了再叫我起来，我……我晚上再过去。"

卿母随她的意，自己又回去睡了。

然而卿如是终究低估了自己，她不仅晌午没能起得来，下午也依旧躺着，睡足后夜晚不困，爬起来和卿母用晚膳，顺便聊聊那些瓶瓶罐罐。

"你睡了之后没多久，世子就来找你了。"卿母一边给她涂抹凝脂，一边道，"我告诉他，你说你在这边睡一觉，晚上会回去，他才离开。所以，你回去吗？"

卿如是狐疑地凝视她，抱怨道："娘，你是我亲娘吗？你应该挽留我，哪有你这么往外赶的？"

"奇了怪了，你自己说要回去的。我见你起来这么久也没要走的打算，这天都黑了，再不走就得睡了。"卿母抬眸打量她。

"不去了，"卿如是心虚地低声道，"我就睡这里。娘你记得劝劝我爹，让他把二选的文章也拿给我瞅瞅。"

卿母感到怪异，仔细琢磨了会儿，仍是点头了。

没聊几句，丫鬟通传说月陇西来了，还让人带了不少礼。

一听名字，卿如是拔腿就跑，边跑边说："娘，我睡去了。"

她跑得快，卿母没拉住，示意丫鬟去请月陇西进来。

"昨日与伯母摆谈了那些瓶瓶罐罐，陇西就吩咐人出府买了。现下特地送来，伯母和如是各一份。"月陇西讨好得十分自然，紧接着就笑问，"不知如是她在何处？我给她送过去，顺便把她接回竹院。"

收了礼，自当要帮他，但卿如是那模样瞧着又像是事有隐情，真不愿意回去。卿母面露为难，淡笑道："如是她睡下了。我瞧她缠着我那样，应该是想念我，打算在我这里赖几日。世子不如早些回去休息，等她赖够了，我就把她送过去。"

月陇西默然。这下真觉得自己昨晚操之过急，冒犯了她，惹得他的小祖宗生气了。

沉默片刻，他笑着施礼，与卿母告退。

他不知卿母口中的"赖几日"究竟是几日，是卿如是亲口说的"几日"就回去，还是卿母随口说的。

然而事实证明，卿如是的确是铁了心不愿意回来。一直到三选，月陇西都不曾见到她的人影，但凡去卿父的院子，都只从他们口中得到"她睡下了""她午休了""她在房中练字不让人打扰"的客套话。

就连斟隐都明白过来：世子玩的情趣翻船了。

三选当天清晨，月陇西起得极早，心里盘算着，卿如是平日里生他的气不见他，好歹三选还是要来监考的吧。

然而，他坐在位子上许久，考生都入场坐定，卿如是仍然没有来。

月世德被他算计，忙活着打点侍卫的事，也没空来监考。

偌大的七室静悄悄的，月陇西的目光在书上逡巡，分明看不进去。白皙的指尖反复摩挲着纸面，又将那几页翻过来翻过去，不知想到什么，他忽地轻笑了下，随即又敛起笑容，望向门外。

直到落笔铃响，卿如是都没有出现。

玩脱了。那晚委实冲动，怕是吓坏了她。月陇西抚着额，蹙眉吩咐小厮收卷，自己缓了口气，起身往卿父的院子去。

这回他尚未走进院子，方绕过走廊，便瞧见了坐在院外荷塘边的卿如是。

她的鞋袜都搁置在身旁，白皙的双足在水里晃悠来晃悠去，裙摆也不撩起来，一小截儿浮在水面上。几尾锦鲤绕过她的足踝，她没空搭理，手里捧着一本书，读得津津有味。

明亮的光勾勒出她清致的轮廓，青丝披散在一侧，有些许垂落于纸面，她的指尖拂开一些，继续念着。

看见她，月陇西浮起的心气沉下去，心神安定了些。走过去，他轻巧地夺了卿如是的书，抬高手，唇角微翘起。

卿如是吓了一跳，下意识去抢书，那人抬高手她够不着，便回过头轻叱："还给……"

定睛一看竟是月陇西。

于是她最后一个字没能脱口，低头错开眼，慌忙伸手去拿一旁的鞋袜，却被月陇西眼疾手快地抢先夺过，并扔到一边。

卿如是气恼地垂下脑袋，偏过头不看他。一看到他，关于那晚被渡气后心底出现的奇怪感觉又涌上来，惹得人心浮气躁，且还硌硬。

沉默了一会儿，月陇西唤她："小祖宗？"

卿如是缩着脑袋不理会。

他撩了撩袍角蹲下身，凑近她的耳朵，语调都染上笑意："小祖宗，我知道错了。"

卿如是躲了下耳朵，有些痒，她便抬起手捂住了那只耳朵。

月陇西绕到另一边，依旧贴着她的耳朵，笑道："饶了我吧，你孙子买了你喜欢的瓶瓶罐罐，专程给你赔礼道歉。"

卿如是两只耳朵都痒起来，当即上岸，赤裸的脚丫就这么踩在地上。想去拿鞋袜，刚走几步，月陇西再次抢先把她的鞋袜拎起来，背到身后去。

卿如是："……"

"我不是有意冒犯你的。"月陇西慢悠悠地叙述着,"我害怕你闭过气去,才出此下策。保证没有下回了,以后绝对不给你渡气了还不成吗?你不在的这几晚,我翻来覆去做噩梦,睡都睡不着。你看,我这么好看一张脸被磋磨成什么样了。"

说着,他歪头挡在卿如是眼前,偏要给她看。

卿如是缩着脖子表示自己不想看。

"跟我回竹院吧,你在这里多打扰伯父伯母啊。"月陇西把书还给她,不待她反应,一把将她抱起来,在她的惊呼与挣扎中蹲下身,让她坐在自己怀里,"小祖宗,这么踩脚都脏了。"

说着,他伸手在荷塘里撩了撩水,轻抚过她的足底。

"你做什么?!"卿如是被刺激了下,险些一巴掌连书带手给他覆脸上,拼命才克制住了,手紧紧握住腰间长鞭,试图恐吓。

瞧她这激烈的模样,月陇西笑出声,说道:"又忍不住理我了?我给你洗干净,穿袜子啊。"

"你放下我!"卿如是呵斥他。

月陇西埋头继续洗,嘴角斜斜抿着笑,并不理会她。

荷塘边一树枝叶剪碎了光,光影斑驳,在他的青丝和绾发的发簪上轻轻摇晃,发丝缕缕滑过他的侧脸,于眉梢拂过。

那发簪是淡紫色的,风涡纹,与他今日深紫色的锦裳相衬。簪尾似乎还刻着字,但光影来回晃悠,她瞧不清楚上边刻着什么,一时愣怔住了。

他的手指修长,指腹沾了水,细细抚过足底。一股奇异的感觉从足心发散开,酥酥麻麻的,逐渐传到心口,卿如是忍不住蜷缩了下脚趾。

月陇西注意到了,指尖故意轻捻过她的脚趾,莹润粉白的脚指头再次无意识地蜷了蜷。

他觉得有趣,抬眸看她,发现她的目光落在自己的头发上,以为她喜欢这根簪子,便稍低头说:"拔下来,送你了。"

卿如是挺想知道那簪上刻着什么字,便没客气,伸手拔了下来。拔下来后又担心他的头发会散掉,握住簪子,她悄悄瞧了眼,没散,随即摸到自己头上的簪子,也拔了一根下来。

她脑袋上的簪子多,倒是不怕散。随意拔了根,恰好是淡紫色的,琉璃珠子串成,她给月陇西插上,固定住。

月陇西微挑眉看她,瞬间明白后,眼角的风情都快要溢出来。

"看什么看,要还给我的。"卿如是不解风情,一本正经道。

月陇西：好吧。

卿如是方瞧过簪上的字：噎噎其阴，虺虺其雷，寤言不寐，愿言则怀。

她思忖着，忽觉足底被暖意包裹住。垂眸去看，月陇西正用衣摆给她擦拭双足，她噌地脸红，别过头推他，低叱道："放我下来。"

月陇西笑道："别不好意思，伺候小祖宗是我应该做的。"他不为所动，待仔细擦完，遂又细心给她穿上袜子，站起身抱着她，手中还拎着她的鞋。

没给她穿鞋，以免她挣扎下来直接跑了，届时又躲着他。

"你往哪儿抱啊？"卿如是见他径自绕过卿父的院子，拧眉羞愤道，"我不跟你去竹院！"

"嘘。"月陇西压低声音提醒她，"前边的人可多起来了，你这般大吼大叫，是要惹人围观的。"

卿如是一愣，掀起眼帘果然瞧见廊上迎面走来一群考生，正互相摆谈方才的文章。她微恼，焦急地打开青皮书挡住自己的脸，心中默念着"别看我，别看我"。

"请世子安。"有人迎上来请安，后面的不甘示弱，接踵而至，于是整齐划一的问好声在卿如是耳畔响起。

"世子好。"

还一批接着一批。

卿如是缩着脚，身体僵硬，动也不敢动。生怕一有动静便招人问候到她。

"世子。"是萧殷的声音，依旧是波澜不惊的调。

"嗯。"月陇西开口，"这几日长老怕是没空处理三审，文章就不必先拿去给他了。你跟我来。"

萧殷颔首。

两人往竹院的方向继续走，待到周遭冷清了，月陇西继续道："我与父亲商议过，待你入国学府后，便由刑部尚书余大人教导。这几日若是无事，你可以多去与他交流。他和你很有些渊源。若你受不了这个罪，同我说，我给你换。"

萧殷没有说话，似在斟酌。

卿如是缓缓将青皮书拿下来，望向萧殷。所谓的渊源是何意？这位刑部尚书余大人已在刑部任职二十年，萧殷幼时入狱，难道和这位余大人有关？

半晌，萧殷笃定道："多谢世子，草民感激不尽。当年余大人秉公执法，清正廉明，实乃晚辈楷模。况且是非恩怨已过去多年，草民既然选了这条路，就不会被私怨左右，辜负世子的栽培。"

一声轻笑入耳，卿如是抬眸看向月陇西。

他微勾着唇，别有深意地说道："萧殷，若一个人平日里能完完全全地控制住自己的情绪，那对这人来说，压抑自己就是小事。可若是压抑太久，情绪总会崩溃，等控制不住的时候，杀人放火就算小事了。你清楚地知道，自己不可能完全不在意当年的事。"

萧殷明显愣了下，有种被看破心思的怔然，一瞬，又收敛起来，低声道："所以，世子的意思是？"

"如果清楚地知道有一件事自己一定会去做，那就不要等控制不住的时候下手，没了理智的你，一定会输得很惨。要下手，就要趁着自己还有理智，能清醒布局的时候下手。"月陇西话锋一转，"否则，就远离那件会让自己失控的事。"

顿了顿，他的手紧了紧怀里的人，笑着补充道："还有，人也是一样。"

萧殷一顿，目光几不可察地从卿如是脸上扫过，当即施礼："多谢世子教诲。"

"余大人的事，我多等你几日，考虑清楚，五选时再告诉我你的选择。"月陇西收敛起笑意，肃然道，"至于另一个，就不必选了，直接远离。"

"是。"萧殷颔首告退。

卿如是望着他离开的方向，好半晌回不了神。

她忽然想起和萧殷一起查案回城，坐在马车上时他说的话。他说自己有个不好的习惯，睡觉前还有洗澡时都会忍不住去抠心口的疤。当时听来只觉好笑，此时想来，竟有点儿辛酸。

幼时的疤痕必定早已结痂脱落，覆盖其上的死人皮也早就和他的肉长在一起，不会再生出任何痒意招惹他去触碰。他总在闲时触碰，并不是因为痒，而是因为有些难以忘怀的东西扎根在心底，有意无意挠着心口的伤痕，每挠一下，满手的血，净是痛楚，那感觉容易让人上瘾，也会让人永远无法忘记。最终，他会永世铭记曾经的难过与仇恨，带着这些阴暗的东西慢慢往上爬，往上爬……直到所拥有的权力能让他肆无忌惮地杀人，毫无顾忌地去摧毁他记忆中毁灭了他的那一切。的确是个不好的习惯。

卿如是微蹙起眉，不知道自己已被放在了石凳上，待回过神时，月陇西攫住了她的下颔，将她的脑袋掰正，说道："小祖宗别看他，看我。"

卿如是撇开他的手，垂眸睨着蹲在自己面前的他，没说话，默默去拿他手中的鞋，被他轻巧躲过。

月陇西的手肘抵住膝盖，撑着下颔朝她笑："还生气呢？小祖宗若是觉得吃了亏,那就把我给你的气渡回来吧?我绝对不生你的气。"

卿如是拧眉,经他提醒,那种濡湿滑溜的感觉仿佛又搅弄在口中。她一想到那晚两人口对着口,唾液都能流到对方嘴里去,整张脸都忍不住皱起来,颇为嫌恶地别过眼,再想一会儿简直就要吐出来。

"小祖宗,你这表情活像是我那晚喂你吃了满口的苍蝇。"月陇西有点儿扎心,难道就只有他自己乐在其中吗?

他两辈子合在一起也是头一回,虽没有经验,但也算不上青涩,都是正常男人。那种书也不是没看过,洞房前有关于那方面的所有细致描写他都专程读来学习了的,所以吻她的时候自认为吻技也不是那么糟糕,反正,不至于一点儿美好感受都没有给她吧?

好了,就算没有……也没这么恶心吧?卿如是的表情可以说是很嫌弃了。

他唉声叹气,佯装无奈道:"那不如你来说,要如何才肯原谅我啊?"月陇西拿了把小凳子坐在她面前,保持能望着她的角度。

瞧他都说到这个份儿上了,卿如是再不给点儿回应似乎也不大好。她倒不是生气,就是觉得奇怪,莫名地不想理会他,此时看他这般,又想卖他个面子:"你这两天别跟我说话,我就原谅你了。"

他滞涩片刻,慢吞吞地问:"没有第二条路了吗?"

卿如是说:"那你别看我,我暂时也不想看见你,我们避几日就好了。"

月陇西果断道:"我选一。"顿了顿,他举起手,发言道,"那你能搬回来住了吗?"

卿如是勉为其难地点点头。

"最后一个问题。"他淡笑着,好奇问道,"我若实在忍不住想和你说话,该怎么办?你就住在我隔壁,我岂能忍住不跟你讲一个字?"

卿如是十分纠结地拧着眉。"到时候再说吧。"她摊手,"把鞋子还给我。"

月陇西递给她一只,在她狐疑的眼神中,抬起她的脚,帮她穿。

这回卿如是没有排斥,自己穿好另一只,自顾自回到房间,关上门看书去了。

站在门外,月陇西松了口气,很快又浮起笑意。

经历过这一回,月陇西算是长了教训,不敢再随意逾矩耍流氓。他认为,策略应该是这样的:先尽快把人给娶到手,再随意逾矩耍流氓。

他"唔"地沉吟,兀自点了点头,坐在书桌后,默默地琢磨要如何让卿如是答应这门亲事。

他不希望像前世一样，在她对自己没有任何感情的基础上就接她入府来。纵然当时是为了让惠帝不杀她，自己向惠帝提出的"良策"，但总归算是强迫了她。

不知不觉入了深夜。月陇西想得脑仁疼，对他来说，没什么是不好解决的，偏生就是沾上卿如是的事情，就什么都不好解决。只要卿如是不喜欢他，无论如何都不可能在不被逼迫的情况下答应嫁给他。

他皱着眉，抬眸望向窗外，灯火幽微，竹风轻漾，前世也是在这样一片寂静中，他独自度过了七年。耳畔没有她的吵嚷，没有她的叫嚣，眼前没有她上蹿下跳整日只想着往府外跑的身影，也没有她气狠了拔出鞭子狠狠笞地的模样，都没有，一片寂静。

忽地，他反应过来，卿如是已在房中待了一整个下午，什么声音都没有。

他赶忙起身去敲门，唤她。门内无人回应，他便自己开了门走进去，发现卿如是躺在榻上，银狐毯子连着书本滑到了地上。她的眉头皱得很紧，浅发被汗水打湿，贴在额边和颈间，蜷缩着身子，双手捂着小腹，以一种极其别扭的姿势睡着了。

月陇西蹙眉，蹲身摸了摸她的额头，有点儿烫，又去摸她的手，却是冰凉的。

"卿卿？"他一边尝试唤醒她，一边将她抱起来放在床上，用两床被子盖住，又出门吩咐小厮去叫大夫，自己打了水，拿巾帕沾了给她降额头的温，顺便擦汗。

小厮跑腿快，知道西爷着急，拉着大夫跑得也快，不消片刻把人带到。

大夫的说法和月陇西猜测得无甚差别，风寒碰上月事，身体比平日里虚弱些，便发起高烧。

月陇西让大夫去开药，并唤小厮去抓药来煎，又吩咐大夫明日一早再来一趟。

他关了兜冷风的窗，坐在床边，脱下卿如是的鞋袜，把她的脚放在自己腹部暖着，暖一会儿又起身给她擦汗，换过冷帕子，继续敷在额间。

不知过了多久，有人敲门。月陇西微蹙眉，有些不悦，仍是起身去开了。

斟隐站在外边没有进屋，神色凝重，施过礼后，他低声对月陇西禀道："属下奉世子之命一直紧盯着月长老，原本这几日长老忙着处理侍卫的事，无暇顾及其他，但不知怎么的，今日去了一趟月府，与将军长谈许久，出府时将军便派了几名丫鬟过来，现在……应该快要到门口了。"

"丫鬟？"月陇西的眉皱得更深了些。思忖一瞬，他便想明白了，绷紧唇线，沉默着，视线越过斟隐看向院外。竹林深处影影绰绰出现几道人影，浅桃色的衣裙，挑着水红的灯笼。

他颇感无奈，问斟隐："长老可有和你说什么？"

斟隐缓缓点头，回禀道："长老说，世子将侍卫的事捅出来，是世子先不仁，就休要怪他不义。月氏族中虽不再插手出仕子弟的姻亲婚配，但女帝覆灭不久，如今月氏刚重新站稳脚跟，岂容崇文党混入月氏血脉之中？要属下转告世子，趁早将卿姑娘送回去，莫要纠扯不清……"

月陇西冷声笑了，极浅的笑容，墨色的眸子逐渐深邃阴沉。

几名丫鬟走至院中，领头的瞧见站在门口的月陇西，便上前施礼，正色道："请世子安。将军让奴婢来伺候世子，并转告世子，若是缺丫鬟，尽可以从府中带些调教好的来。卿姑娘金枝玉叶，世子再如何玩闹也不可坏了规矩，遣人当丫鬟使唤，欠了礼数。还请世子早些将卿姑娘送回去，以后也少些往来。"

语毕，另有一名丫鬟站出来。那丫鬟生得花容月貌，体态丰腴，桃色的衣裙更衬得她冰肌雪肤。她似有些羞怯，吞吞吐吐道："将军还说，世子可先……先收……收房，待世子的心定了，再娶妻不迟……"

斟隐不动声色地抬眸剜了那丫鬟一眼：花里胡哨的，就这般庸脂俗粉也好意思说什么让世子先收房。

相比较而言，月陇西的反应淡定得多，他抬眸扫过几名丫鬟，问道："母亲可知道此事？"

"郡主不知。"领头的丫鬟又说道，"奴婢们都是将军遣来的。"

正此时，小厮的药煎好，递了过来。月陇西眼皮都懒得抬，垂眸把玩药碗："父亲不过是让你们来伺候我，你们三言两语就想勾引我收房。我出身矜贵，为何要和你们这些卑贱的粗使丫鬟行那夫妻之事？回去问过母亲再来吧。"

他平日里稳重谦和，从未对下人恶语相向。此番出言恶毒，又摆出身份来，倒惹得领头的丫鬟愣了愣，但好歹受过月府的调教，也见过些世面，斟酌一番后当即带着人施礼告退，回去上报郡主。

"世子？"斟隐望着几名丫鬟的去向，有些担忧。

月陇西低头浅抿了口药，有些烫，还有些苦，吩咐："去拿些蜜饯和果糖来，顺便把我的折扇也拿过来。"

斟隐：世子，您分个轻重缓急先？

见他不急，斟隐心中也安定了些，兀自去拿物什。

月陇西坐到茶桌边，接过折扇轻轻扇着药。淡淡的草药味在鼻尖萦绕，实在不好闻，他蹙了蹙眉，想起从前的事。

秦卿在西阁那十年几乎天天吃药。药很苦，她不喜欢吃药，总是蹙着眉，望着窗外拖许久，久到药凉了也不想喝，最后都是他一口口喂的。

原本他喂的她更不想喝，但一旦跟她玩游戏，用药跟她赌，激起她的斗志，她就愿意喝。常常都是她输了喝一口，他输了喝一口，来来回回，她喝了多少，他就喝了多少。

没办法，他要是不输、不喝，秦卿就会看破他的计谋，更不愿意喝。

后来他发现，只要与她争辩有关崇文的一切，总能燃起她的斗志。为了他们悖世的思想，她愿意活下去，愿意主动去喝药，但往往坚持不了多久，又会被现实打败，丧失信心。

他很想告诉她，有名女子与她一样有悖世的想法，他正在帮那名女子，告诉她惠帝的命数不长了。她坚持一下，再多坚持一下，就还她自由。

可是当时被监视的西阁没有任何空隙让他对她说出这些话，连写都是奢侈。

他想尽一切办法燃起她的斗志，也想尽一切办法从她口中套出崇文传授给她的一切，只是想帮她修复好遗作。

要不动声色地掩过惠帝的耳目做这些事情，真的很难。他每日风雨无阻地以教化她为掩饰，记下争辩时她所说的一切，心底就会有些许得意，想象着女帝登基后，他修复好遗作，光明正大地拿给秦卿看，她会是什么模样。

可她没能等到那一天。

吃再多的药终究难医心病。

秦卿死后那些年，他不止一次对女帝说："如果你能明白我跟你讲的那些故事，那些关于我和她的故事，就帮我完成最后的夙愿吧。"

"你知道……我撑不下去了，好想去找她。"

月陇西手执勺子轻轻搅着药碗，眸色渐渐清明。

无论如何，这辈子他要明媒正娶，再不让她为月氏不容，不教她吃那些苦头。

汤药不可太凉，月陇西小扇一会儿，又浅抿一口，感觉不烫了。

端着药碗，揣上蜜饯果糖，他走到床畔，将卿如是扶起来，轻声唤她："小祖宗，喝药了。"

卿如是睡得迷迷瞪瞪的，听见月陇西的声音，她勉强睁眼，自己借力坐起来，倚靠在枕上问："刚刚好像听见外面有女子说话的声音，谁来了？"

"不打紧的人，已经走了。"月陇西舀起一勺药，喂到她唇畔，"你连自己的小日子都不记得？来月信还坐在池边玩水？"

"这几日忘了。"在男人面前提起这个，卿如是耳梢浮上些羞意，讪讪低头，下意识抿了那药，忽觉不对，伸手接过药碗，"我自己来。"

"那以后我帮小祖宗记着。"月陇西笑吟吟地瞧她，眼角流淌着温柔。

卿如是直接忽略他说的话："你出去吧，多谢你的药。"

他不动，伸手夺回药碗，挑起眉教她："小祖宗，这个时候你应该说'外面风好大，人家一个人好害怕，你留下来陪我吧。这药好苦，人家不想喝，你喂我喝吧'，这样才可以。"

"你是不是又犯病了。"卿如是抢回药，为了不让他再有任何说骚话的机会，她抬手仰头一口闷了。用手背擦了擦嘴角，卿如是把药碗塞回到他手里，接着道："这下你可以出去了。"

月陇西挑了挑眉，无奈地起身。

"哎，等下！"卿如是又唤，她见月陇西转过头，期待地凝视着自己，颇为不好意思地说，"就想提醒你，把我的簪子还回来⋯⋯"

月陇西深吸气，瞟了眼她这间自己精心布置的房间，愣是憋着没动弹，反问道："我喜欢你这根簪子，小祖宗开个价，我买下来还不成吗？"

原本以为话都说到这个份儿上，她惦念着自己对她的好，也应该顺水推舟把簪子送给自己了。

万万没有想到，清奇如她，果真顺水推舟说了句："那行吧。这簪子我从家里带来的，买时二钱银子，戴了有一阵子了，算便宜点儿卖给你，一钱银子就好了。"

月陇西不可置信地瞪她：卿如是，你等着爷娶了你，每天欺负不死你。

他无奈，麻溜地从怀里摸出一个钱袋，也不打开看一眼，直接全丢到她的床角。紧接着，三两步走回她床畔坐下，一声不吭地摘下她发间所有的簪子，动作那叫一个迅速。

簪花拿了满手，他掀起眼皮一看，卿如是笑得还蛮开心，可以说是很气人了。

月陇西凝视她片刻，也低头笑了，抬手使劲揉乱她的发："敢情是寻我开心？"

卿如是拂开他的手，伸手钩住钱袋，在掌心掂量了下，自得道："行了，你退下吧，你小祖宗要看书了。"

听她丝毫不觉得怪异地自称小祖宗，月陇西垂眸轻笑，拉过她另一只手，将锦帕包起的物什放在她的掌心："小祖宗，我遇到难处了，想请你为我做主。"

"什么难处？"卿如是摊开掌心，剥开锦帕一看，发现是蜜饯和糖，她的心登时软了一半，含了颗糖在口中，她正色看向月陇西。

"家中催婚，逼我跟不认识的女子成亲。"月陇西压低声音，试探道，"你知道我与那些女子相看拢共不过半刻钟，都是尚未了解清楚就将人打发走了，哪里晓得她们的底细，如今却要我在这群不知根底的女子中择人成婚，不算难处吗？"

卿如是咬碎糖，又吃了块蜜饯，边嚼边道："这不是你们月氏子弟都要经历的一遭吗？你放心吧，据我所知，你们月氏挑选儿媳妇的眼光还是很不错的。按照史书上记载的来看，无一不是端庄贤淑、品貌不俗的女子。就拿你最崇敬的祖上月相爷来说吧，他娶的那位夫人真的，我要是个男的我都想娶她，简直没得挑。"

月陇西默了默，轻声安抚她，示意她先别急着下定论："我知道，我知道，但那是百年前的事了，如今的扈沽城哪里还有那等风尚的女子。就算有，我也看不上。我不喜欢端庄贤淑的，我喜欢那种……能闹的，不爱理事的，与众不同的。小祖宗，可有什么人选推荐？"

卿如是一听，顿时皱了眉："世间女子千千万，哪个敢说自己与众不同？你这可就难办了，能闹，怎么才算是能闹啊。远的不说，就说我知道的那些，包括我在内，一水儿地文静秀气啊。"

月陇西一怔，慢吞吞道："你是不是对文静秀气有什么误解？"

卿如是瞥他，回道："反正我觉得，你爹娘肯定不会害你，选的人你就算不喜欢，也定能相敬如宾，百年好合。人家在朝为官的都巴不得后院清静，你倒好，娶个能闹的，不整日里给你寻麻烦吗？那种女子我就很不喜欢，要不得的，我也不建议你娶。"

月陇西：好嘞，祖宗，您都亲自把自己贬得一无是处了，我还能说什么。

"你还有什么事吗？"卿如是诚恳地问。

月陇西拂了拂衣袖，起身往外走，颇为心累道："没了，您歇着吧。"

他关上门，卿如是咬着糖，准备睡下，但她已经睡了一整下午，方和月陇西聊了会儿又有些睡不着，便爬下床去，拖出床下的箱子打开，把《史册》拿出来读。

卿如是寻了个舒服的姿势，倚着枕头，翻开书接着上回看。

书中讲了月一鸣死后，女帝翻修采沧畔，又招募贤士管理，让采沧畔脱离皇权控制的事。

　　这件事本没什么稀奇,但叶渠旁批说,女帝将采沧畔从上一任主人手里交给他时告诉他:"这是朕的一位故友倾尽半生心血保下来的,上一任主人将它保护得很好,朕希望你也不要辜负朕。"

　　由此看来,女帝说的故友就是月一鸣。

　　惠帝时期的采沧畔已被皇权侵蚀,崇文党散尽后,斗文会无人敢去,采沧畔岌岌可危,却被月一鸣保下来了。

　　卿如是想起从前月一鸣对自己说:"采沧畔那么有趣吗?改日也带我去玩一玩如何?"

　　"你去作甚?发表你们月氏那些迂腐到烂进骨头里的思想吗?"秦卿嫌恶地瞥他。

　　月一鸣撑着下颔,笑吟吟道:"我去给你捧场子啊。你们那儿有打赏的吗?你作一篇文章,我给你打赏一百两银子,无论你作得好不好,你都是全场最亮眼的,我们一起联手嫉妒死他们。你看怎么样?这样的话我能去了吗?"

　　卿如是莫名哽咽了下。

　　他是真的不稀罕什么崇文党,也不稀罕那种造就新思想的地方,但他稀罕她日日流连的采沧畔。

　　这段话下边还有一长段叶渠的批注,字迹的颜色鲜艳,似乎是不久前才补充上去的,书写内容亦是女帝曾对他说过的一些话。

　　叶渠在旁边解释说,自他知道某件事后,从前许许多多本该遗忘的女帝曾说过的话,他都渐渐想起来了,零零散散,也不消整理,便都写在此处吧。

　　女帝说:"世间痴情者众多,哪个有空闲将他们逐一记下来供后人晓得?你看看这些傻子,死了也就死了,后来也再没有人说道,说道他们究竟惦念个谁,被惦念的人又知不知道。

　　"还记得初次见月一鸣的时候,他就坐在画舫里,隔着窗望天上的星星月亮,跷着腿,清辉落了满身,他头也不回地和旁边的人笑说:'我月一鸣定能福寿绵延,长命百岁,就和她一起。你和这月亮给我做个见证。不,我要这月这风这百年廊桥,这世间万物,统统给我们做见证。'

　　"我气他没本事,没本事保住心中惦念的人,没本事让惦念的人也惦念上他。又气他太有本事,能藏那么久。

　　"我看过他哭的样子。那月那风那百年廊桥,还有那世间万物,都没能见到他们一起长命百岁,只见到他一人租了艘画舫慢慢渡着,哭得肝肠寸断的狈狈模样。真是令人同情。"

卿如是浑身颤抖着，指尖蓦地捏紧了，不经意间弄碎了纸边一角。

她想起曾经自己站在画舫窗前作词的时候，看见碧波被风拂起涟漪，随口埋怨："风过应无痕，何苦要去惹碧波呢？"

月一鸣的手指慢悠悠打着窗，清浅一笑："因为喜欢啊，喜欢哪里控制得住呢。有些风啊，它就是不老实，非要惹得碧波也荡漾了才好。"

有一滴滚烫的东西砸下来，落到纸面上。卿如是自己也惊着了，怔怔地伸出指尖抹过，目光跟着指尖看去，正落在"福寿绵延，长命百岁"几字上。

他们去族中那回，月氏的长老就提点过他："莫要栽了。"

他那时便笑着说："我月一鸣福寿绵延，定能长命百岁，一生无忧。"

到头来，说长命百岁的是他，活到三十七就死了的也是他。卿如是忽然冷笑了声，合上书，藏在枕下，翻过身睡去了。

忽而轻咛，手指揪紧枕面，低声啜泣起来。

不知怎么，她终于想起了十四岁时廊桥和他见的那一面。

清风过处，那个少年讷讷地盯着她，也不晓得被毽子砸到了头，站定在原地，一句话不说。她转身就走，再未将此事放在心上。

可那个少年，为何就记了这么久。

卿如是自认对月一鸣没有任何男女之情，可此时的崩溃与难过也不知从何处起。约莫是他做的事太多，处处想惹她春心荡漾，却处处不得，最后碧水流逝，他这风也就停了。令人唏嘘，令人惋惜，她作为故事里的人，便格外觉得唏嘘与惋惜。

兴许是她的哭声不自知间传到隔壁去了，门被敲响，月陇西的声音传过来："小祖宗，你……在哭？"

卿如是深吸一口气，尚未回答，门就被推开了，伴随着他的自言自语："我进来了。"

"果真在哭？"月陇西坐在床畔，有些无措。他是不常见她哭的，一般来说，她哭只会因为崇文，那晚为他帮她保下书哽咽了番已是天大的恩赐，此时他想不出任何卿如是会哭的理由。

只好将她扶起来，捧着她的脸，用拇指给她擦眼泪："小祖宗，你怎么哭得这么惨？为什么？你也被家里催婚了？"

卿如是没忍住，埋头又笑出来。

见她笑，月陇西也笑，顺着说道："你看我怎么样？若小祖宗真的被催婚了，我就借给你顶一阵。我们先假成亲，解了燃眉之急之后再慢慢……以后的事以后说。"

他胡说一通，卿如是没那么难受了，自己拿袖子抹了眼泪，倚着床，忽道："我只是想到了那些被你祖上保下来的崇文遗作，有些感慨。"

"哦？"月陇西笑得更猖狂了些，"小祖宗一个人的时候，也会想起我祖上吗？"

卿如是目光涣散，不知想到了什么，她费解地想了好一会儿，终是叹道："如今市井中流传的修复本，是你祖上借秦卿的名义修复的吗？"

既然这些被毁了一部分的遗作都藏在月一鸣那里，那就没有其他任何人能接触到了，修复者自然不做他想。还有叶渠拿给她看的那幅画，画上那几句"卿卿"。况且，卿如是很清醒地知道，这世上最熟悉她的簪花小楷的人，除了崇文，就只剩下月一鸣。她只是一直很难相信，月一鸣会去修复崇文的东西，她一直找不到理由。如今，理由找到了。

"你相信了吗？"月陇西极认真地盯紧她的双眸，反复问道，"你相信是他修复的吗？"

卿如是与他对视，良久，点了点头说道："我相信了。可你上回说，你得到的那幅画，上面的字迹与你祖上的草书相似，为何是相似，不是一致？"

"你先让我消化一下，你竟然愿意相信他。"月陇西深吸一口气，缓缓吐出后，垂眸笑了笑，思忖一瞬后道，"据我们月氏族中一些说法解释，说他当时右手受伤了，所以写出来的字会更潦草些。不过后来他练了左手字，练的是秦卿的簪花小楷，因为要修复遗作，所以专门描着秦卿的字练的，最后写出来自然也是她的字迹。这是我从密室一本札记里知道的，你可不要外传。如今没谁知道这些事，那本札记我也烧了。"

卿如是点头答应他，垂着眸不说话。

月陇西斟酌再三，最终也没忍住，试探着问："你知道我在札记中还看到什么吗？我祖上他呢，心底那位姑娘是秦卿……你相信吗？"

卿如是抱紧自己的双腿，把下巴抵在膝盖上，抬眸看他，又躲闪着目光低下头，好半响后才道："或许吧……"

月陇西挑眉道："你就这反应？你这样让我毫无说出这个秘密的兴奋感。"

卿如是故作吃惊："哦，哇，那坊间的话本子传的都是真的了？"

月陇西心中一叹，算了，跟个心里没他又在感情上缺根筋的人计较什么呢。

"心里好受些了吗？"月陇西凝视她郁郁的神情，仿佛回到西阁那些年，心中一疼，握住她的手，"要不要我借你个怀抱再为遗作的事哭会儿？"

月陇西：说出这句话为什么感觉自己好生气……到头来也是为遗作的事哭，终究不是为他。

他幽幽一叹，正欲将她抱进怀里，卿如是却抵住他的胸口，拒绝道："不用了，你去忙你的吧，我已经平静下来了。"

本就因为那晚渡气教卿如是心底奇怪，如今知道了月一鸣心底那人就是自己，再看月陇西这位后人，就更奇怪了。再怎么说也隔着好几层辈分，就算是为了安慰她，搂搂抱抱地太亲近也不合适。

"我代表我们崇文党感谢你祖上，以后我会尽最大可能对你好的，就当是弥补你祖上……"卿如是拍着他的肩膀，郑重其事，"反正，你有什么吩咐尽管跟我说，我能做到的都满足你。"

月陇西狐疑一瞬，又挑起眉笑道："真的？有任何需要你帮忙的，你都能帮我？"

"嗯。"卿如是笃定地点头。

月陇西笑道："好，那我可记着了。"我的婚事可太需要你帮忙了。

他这厢在心底把事情安排得明明白白，月府那厢却为卿如是和那几个丫鬟的事争执起来。

郡主坐在窗边，神色淡淡，不疾不徐翻过手边一页纸，道："崇文的书我不也正看着呢嘛。我觉得没什么大不了的，那姑娘我见过，在寿宴上给我耍了一段鞭子，倒是有趣。原本我以为是个只会舞刀弄枪的，没承想她还对崇文的书颇有见解，能文能武你还想要怎么样？"

说着，她轻蔑地看了一眼月珩。

"看崇文的书和是崇文党，那根本就是两码事。"月珩皱紧眉，"我月氏绝不容许有崇文党踏进门槛来。小女帝就是崇文党，她的命是我亲手拿的，我若找个儿媳是崇文党，那不是在打自己的脸，在打陛下的脸吗？"

郡主风轻云淡地道："我就看不惯你们月氏端着架子的模样，分明是件小事，非要顶破了天地说。只要你口中那位长老不嚷嚷，谁知道那姑娘是崇文党？如今天下太平，哪儿还分什么崇文党不崇文党的？多得是看崇文书的人。哪家闺秀入学的时候没请先生来启蒙过崇文的思想？说白了，不过是你们那位长老不喜欢那姑娘，才跟你窝了鬼地说她不好。"

月珩笑道："这话你倒是去陛下和皇后面前说。"

郡主自得道："就是当着我妹妹和妹夫的面，我也是这么说。"

"夫人，你为何非要跟我争这一回？"月珩费解地拍桌。

郡主将书往桌上一扣，也费解道："为何？我倒是想问问夫君，未经我的允许，谁教你将这四五个丫鬟送去国学府的？我儿说得没错，这般粗使丫鬟，配不上他矜贵的身份。就算要收房，也得找个模样周正，身份过得去的。你们月氏不是最讲究的吗？怎么这会儿为了拆散人家就不讲究了？"

"我是为了让他收心。他不过是正当年龄火气旺盛的毛小子，未必就是真的看上了那丫头，随便一个女人丢给他，收了房，他也就不惦记了。"月珩皱眉，"把人家姑娘捆身边来，不就是为了做些不干不净的？这事是个女子就能做，何必和崇文党纠缠。"

"夫君在军营里待得久，所以看问题想事情都免不了往歪处想，我不怪你。"郡主拂了拂衣摆，气定神闲道，"但夫君可知，我儿掌心有道割伤？"

见月珩皱眉，似是不知，郡主便淡淡一笑，接着道："他在寿宴上看见人家小姑娘耍鞭子，看得痴了，生生捏碎了茶杯，那碎片划进肉里也没能让他挪眼片刻。你说他正当年龄火气旺盛，我瞧见的却是我儿他正当年龄，动了真情。

"把人家姑娘圈院子里的做法的确不太妥当，可人家姑娘的父母都没说什么，只能说明我儿在他们面前拿出了十足的诚意，而非轻薄之人。我儿倒是既有真情，又有诚意，你却要送几个上不得台面的丫鬟过去硌硬人，你教人家姑娘的父母怎么想？"

月珩思虑一瞬，又啧声道："我不管他们怎么想，反正崇文党就是不能入我月府的大门。"

郡主敛了淡笑，坚持己见："没救了。那我们就这么僵着，你且看着吧，那姑娘定会入月府的大门。我也懒得在这里和你争，明儿个我就去国学府看我儿子和儿媳去，顺便再跟亲家聊几句。本就是人家小两口之间玩的情趣，你堂而皇之送丫鬟去，别人以为他们卿府行为浪荡，就这么教女儿，你非搞得卿府下不来台，我还得上门跟人道歉，没空搭理你。"

月珩冷笑："你看看没有我的准许，那姑娘怎么踏进月府大门！"

郡主站起身，径自走了，轻飘飘落下一句："你的意见不重要。"

三选后的一审，卿如是照例掺和进去，分走月陇西一半待审批的文章。

听说经过几位学士的商议，原定的审核方式被修改了。本来三审的两人——卿父和月长老握有最终去留权，但思及这种决定权会使得最后剩下的人更偏向三审二人的主观选择，不够公平，所以如今改成：但凡一审二审皆给通过的文章，三审就不得轻易将其划出名额，须得共同协商后再做决定。这意味着，月世德不能一手遮天。卿如是审批的积极性又高了许多。

郡主来国学府之前专门盼咐不得惊动任何人，就连月陇西都没收到消息。当郡主出现在眼前的时候，月陇西正和卿如是坐在同一张书桌后审批文章。

月陇西先看见，微微一愣。

郡主娘浅笑着做了个噤声的手势，而后缓缓走到卿如是侧后方，贴身嬷嬷候在院里，低眉顺眼。

上回审批，卿如是被月陇西提醒说这些文章不会再发回到考生的手中，便罢笔不再写评语，今次看到好文章，又忍不住在下面批一大段一大段的文字。

这会儿被郡主瞧见，轻声给她读了出来："好个'不求近宁，但求远安'，字也好看，簪花小楷。"

突然从背后传来的声音吓了卿如是一大跳，她倏地转头。"郡主？参见……"郡主离得太近，她站起来施礼也不是，继续坐着也不是，一时跨踌。

郡主安抚地握住她拿笔的手，朝她笑了笑。

陡然被握住，卿如是愈发坐立难安。按照皎皎讲的话本子里的剧情来说，这位郡主娘是不是要怀疑她在勾引世子企图攀附权贵了？这念头一闪而过，卿如是又反应过来，自己如今也算是权贵之女，不需要攀附别人吧。

"昨日送那些丫鬟来，是你月伯父担忧你们在这里忙活公务，照顾不好自己，没有别的意思，你莫要放在心上。"

"丫鬟？"卿如是莫名，抬眸疑惑地看向郡主，又看向月陇西，眼底已有求救之意。

月陇西在旁边看她的笑话，此时见她实在不知如何应对了，才敛了笑，起身施礼道："母亲怎么过来了？也不通知一声，好去接您。"

"我来看看你们。"郡主拉过他的手，看他的掌心，担忧地问，"擦药了吗？怎么还没好？"

"已经不痛了。"月陇西瞧见卿如是在下头伸长了脖子盯着他的掌心看，便把手挪到她面前，继续对郡主道，"母亲可要住几日？陇西这就去为您准备房间。"

"我晚上就回去了。"郡主垂眸看了眼卿如是，又望向月陇西，笑道，"这国学府我好不容易来一趟，想逛一逛，但找不着人陪，又不好耽误你们批审文章……"

月陇西顺着道："卿伯母在国学府中好几日了，不知今日有没有空闲，倒是能和母亲结个伴。如是，伯母她可得空？"

卿如是赶忙道:"得空,得空,我娘一直挺闲的,正愁找不着人说话呢。"

"那正好。如是,可以麻烦你为我引见吗?"郡主柔声道。

卿如是点头,月陇西低头轻笑了声,紧着她们的脚步同去。

三人同行,月陇西刻意慢一步走在后面,郡主走在前边,拉着卿如是的手嘘寒问暖:"我听陇西说了,让你搬到院子里来住是为了方便批审文章,交流讨论,至于当什么丫鬟都是他说着玩的,你也别当真。这还有大半月的时间,你们同心协力办好差事就好,别被旁人左右,谁要是跟你说个什么不中听的,你就当耳旁风不去理会。陇西要是有逾矩的地方,你跟我讲,我收拾他。"

卿如是一直稀里糊涂的,不知道郡主拉着她的手摆谈这些什么意思,但总归是好意,她低声谢过,又想着说两句月陇西的好话:"世子待我很好,我们每日的确一心都在办好差事上,没别的事了。"

郡主一听笑意滞涩住了,稍作一顿,低声道:"心思也不用全然都在差事上,可以……适当有点儿别的。"

卿如是狐疑地看了她一眼,低声道好,又解释说:"除了批审,我们也会各自在房中看看书写写字什么的。反正,如是绝不会耽误世子做正事,郡主放心吧。"

郡主淡淡一笑,颔首道:"其实,耽搁了也没什么。方才见你为文章写的简评,字里行间隐有崇文先生描绘的盛世气象。想必你平日里也喜爱看崇文的著作?"

她用的"也",卿如是讶然反问:"郡主也看吗?"

"嗯。"郡主颔首,清浅的笑容瞧着让人亲近。

"可是,郡主不是……"卿如是想说她嫁进月氏,怎么还敢看崇文的书,话到一半又担心这么说会有冲撞月氏之意。

郡主自得道:"自古以来,从未有规定说月家人不得看崇文的书。只不过二者思想冲突严重,月家出仕者过于谨小慎微,明着并不敢认同崇文的思想,口中只嚷嚷着'皇权至上',但这并不代表他们不希望看到'天下为公'的大同景象。"

卿如是认真听她说。

郡主拉着她的手,道:"女帝也是帝王,月氏若是秉着'皇权至上'的信条,这百年就该尽心侍奉女帝,而非在女帝时期日渐式微。说到底,月氏不是不愿意'天下为公',只是不认同'男女平等'罢了。

"如今的月氏族中也存在一部分半崇文党,一方面向往崇文所描绘的盛世，另一方面又割舍不下男权至上。这些人会偷偷看崇文的书，背地里试着按照不同的理解修复崇文的遗作，甚至会与族中那些思想还活在百年前、几十年前的迂腐老辈争辩。

"只不过，有些人不似我有身份，不能光明正大地了解崇文的思想，毕竟这天下是陛下带领着月氏，从女帝手里夺下来的。一旦发现月氏子弟和崇文的东西搞在一起，陛下会究责，月氏也会严惩这些人。但总的来说，只看看崇文的书的话，没什么大不了。"

卿如是听进耳中，心底别有滋味，不是月氏还活在百年前，而是她还在拿百年前的眼光看待月氏。

如今的月氏在经历过女帝时期后，也有所不同了。好比月陇西，好比郡主，月家人没有她想象中的那么与崇文党针锋相对。大多是迫于月氏"斩女帝，清君侧"的荣誉，不敢让陛下晓得月氏里有的人思想产生了背叛。

可是，全新的生命在诞生，待那些迂腐的人携着他们腐朽的思想死去，新的生命接受的就是新的思想，一次次更迭后，哪怕是月氏，也会变得完全不同。

这就是崇文当年所说的"百年之后，天就容得下我们了"，原来如此。

卿如是稳了稳心神，反握住她的手，迫切道："可是，郡主知道陛下修建国学府是为了什么吗？陛下公示要招揽人才重新编修崇文遗作，却让月氏长老坐镇国学府，难道不是为了……"

"为了销毁？"郡主轻笑一声，"你年纪轻轻，为何跟月长老似的，偏用百年前的眼光来看待晟朝？月氏都变了，晟朝的皇帝为何不变？陇西难道没有告诉你，那只是月长老的臆测，并不完全代表陛下的想法？月长老不过只是陛下手中的一颗棋子罢了。"

卿如是稍沉吟，似有些了悟。

郡主接着道："陛下张贴告示招揽人才是为了什么？我来告诉你。崇文党和月氏子弟看到这则重编遗作的告示，与此同时，看到月长老大张旗鼓地入了国学府。他们都会猜测陛下用意何在，是否要销毁遗作。

"猜测过后，崇文党会觉得这是再次宣扬崇文思想的契机，是属于崇文党的荣誉，应该去国学府放手一搏，尽力争取；偏腐朽一派的月氏子弟或者信奉月氏思想的人会觉得，这是销毁崇文遗作的大好时机，是复兴月氏皇权至上思想的机会，也应该去争取。

"崇文党和月氏子弟都会为了自己的信仰拼尽全力，不论结果。这才是陛下想要看到的。这是属于月氏腐朽一派和崇文党之间的较量，陛下想让二者全力以赴，用自己的方式和力量证明给他看，这百年的难题，究竟孰对孰错。"

稍作停顿，郡主拍了拍她的手背道："你知道崇文先生当年为何要赴死吗？他不光是为了用性命换取保住那些书的机会。我认为，在他的设想中，就算最后没有保住那些书，他也已经为了他的信仰全力以赴过了。既然全力以赴过，那就不要在乎结果。如今过了百年，不就是新的景象了吗？你们只需奋力一搏，不必在乎陛下最后会选择哪方胜利，再过百年，就又是新的景象。"

她话音落下，卿如是没有回神，沉浸在她的字句中，仿佛回到那些年听崇文讲学的时候。如果将今朝比作往昔，如今的结果是百年前造就的，那今日种下的因，再过百年也会结出果。

所谓"今日之势，方兴未艾"，崇文诚不欺她。

卿如是停下脚步，俯身一拜道："字字珠玑，郡主真乃妙人也。"

"快起来。"郡主扶起她，颔首浅笑，"那以后，你多来月府中与我走动可好？我的夫君偏就不是那等明智之人，他迂腐得很。我自己在府中看崇文的书也烦闷，若有人能来与我探讨一二，会有意思得多。"

卿如是欣然答应："我一定常去！"

郡主悄然回头看了月陇西一眼，眸中含着自得与笑意。

他们正说着，不远处迎面走来一人，虚眸瞧着他们这边，眼神饱含深意。

是月世德。搀扶他的小厮似要避让，他却硬要迎过来："不知郡主到访……"

尚未说完，郡主打断道："昨日我也不知长老到访。夫君待客不周，未曾请长老用过晚膳，就让长老独自回了国学府，实在失礼。"

"无碍。"月世德略一抬手，虚指了指月陇西和卿如是，"郡主这是？"

"两个孩子批审多时，陪我一时半刻，有什么问题吗，长老？"郡主的唇角扬着，微睥睨着月世德，淡淡的反问也颇有迫人意味。

"昨日老夫与将军长谈之事，将军不曾告诉郡主？"月世德面有冷色，"还是郡主并不把月氏族令放在眼里？"

"族令我不曾看见，只知道长老昨日来过月府，不曾用饭就走了。来去匆匆，我以为是商议什么族中大事，心焦得不行，向夫君一打听才知道，长老不过是来我月府告了次黑状，被告的对象还是个年纪轻轻的小姑娘。夫君愚钝，被长老三言两语哄得不轻，惹得我与他争执一通，双双气伤了神，至今头还晕着。"郡主轻抚了抚额，又兀自放下手，端站着，"如今在两个孩子陪同之下，好容易缓了些心神，长老又要迎上来对我施压。我这厢若是就地晕过去，长老还敢管什么族令不族令的吗？"

她一通话半个字都不带脏，却将月世德噎得不轻。

她径自笑了下，又道："长老年纪也大了，那些小孩子才玩的把戏就不要再搬上来，省得丢了脸面。虽然我不知道您究竟哪一点德高望重，但总归这四个字给您立了个碑摆在那儿的，那么长老就请做好德高望重之人应做的事，免得我将您上门讲别人小话的事捅出去，反倒是您落个笑话。陇西、如是，给长老请安，身为小辈，礼数还是得周全，请完了我们再走。"

月陇西和卿如是面不改色，齐齐请了。

待走过一阵，卿如是由衷佩服，低声叹道："郡主，你好生厉害。"

郡主淡笑道："不过是寻常的交际往来，嫁为人妇之后总得应对夫家背后一水儿的亲戚，必须能说会道，才镇得住场子。待你为妇后，我会多教你些其中的门道。"

卿如是点着头，总觉得哪里不对劲，但仍是稀里糊涂地答应了。

如卿如是所料，卿母清闲得不得了，晨起后就站在窗边摆弄花草，听到郡主一行人到访，忙放下手中的剪子，亲自去迎。

郡主的来意卿母心底大致明白，昨儿个她隐约听到风声，说月府往竹院送了几个丫鬟，外边不知道是什么意思，她是知道的。卿如是说自己是给月陇西当丫鬟才借住到竹院去，月府转脸就送了丫鬟过来，暗讽他们行事轻浮。

她昨晚气得不轻，派了嬷嬷过去想把卿如是接回来，嬷嬷前脚踏出门，她后脚又得知那些个丫鬟都被月陇西三言两语打发了，后来月陇西还专程找了个妥帖的小厮来跟她告罪，她这才舒心了些。而今郡主亲自领着月陇西和卿如是上门，态度明显是友善的，卿母心下明了，昨儿个那出多半只是月将军的意思。

几人见面，郡主先示意身后的嬷嬷送上一早备好的见面礼。按照身份来说，郡主亲自上门送礼已是不妥，卿母当即要拜谢，却被郡主拦住，拉着往屋里走去。

卿如是看了眼月陇西，低声问："你娘这……不像是兴致使然来找我娘玩的吧？"礼都备好了。

月陇西眸中含笑，道："我娘有个习惯，无论上哪儿都会先备一份礼，以免失了礼数。"

"哦。"卿如是恍然，不疑有他。

卿母唤卿如是给郡主倒茶，卿如是莫名其妙地看了卿母一眼，又看了一眼她身后的丫鬟和嬷嬷，心里想着怎么也轮不到自己来倒茶，但话已吩咐，自己也不好推辞，乖巧地走上前去倒了一杯："请郡主用茶。"

郡主接过，浅抿一口，心念微动："陇西，你和如是不是还要审核文章吗？你们快去吧，我和你卿伯母随意聊聊。晚上我就直接走了，你们自个好好的。"

"好。"月陇西带着卿如是一同施礼告退。

新的审核方法虽对待选拔更慎重了，但同时也加重了审核者的负担，他们的确不便多留，赶紧回竹院继续审。

第十章 提议成亲

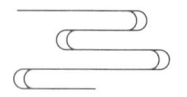

一连几日繁忙。

三选和四选皆是按照同一套方法审核的文章，筛出来的人水平已没有太大的差别，再要细选，考题难度就得增加。因此，五选时，卿父带着几位学士一同钻研了数本崇文遗作，最后挑了崇文早期的作品下手。

天光明媚，五选后从七室出来，卿如是的心情不错，哼着小调绕路走，并不打算直接和月陇西回竹院。难得能一起散心，月陇西当然陪着她一起走。

拂竹风从两人周身穿过，他们不说话，就这般一前一后随便晃悠着，行过走廊就是府门。

卿如是驻足望去，看到一抹熟悉的身影。

女子穿着鹅黄色的衫裙，身后跟着侍卫和丫鬟，随意一瞥也瞧见了他们，忽而睁大眼，朝卿如是招手："如是……"她不敢放声，压低了嗓门。

卿如是皱眉，回头看了月陇西一眼，后者也在看她，问："怎么？"

"是乔芫。"卿如是微睁大眼告诉他。

月陇西挑眉："我不认识。"

"就是在寿宴上跳第二支霓裳舞的那个姑娘。我们在你府中那座石桥上的时候她还跟你打过招呼，"卿如是边往府门走，边认真跟他介绍，"是乔景遇的妹妹。你们相看过的，你还送了她上等料子。"

"唔……"月陇西细细回忆了番，盖棺定论，"没有印象。你的朋友？"

"算……吧？"卿如是不太确定这是不是原主的朋友，含糊说罢，已走到门口，"你怎么在这里？"

"我……"乔芫羞怯地抬眸望向月陇西，施礼问好，待月陇西颔首示意后，她才轻声回道，"母亲让我来给堂哥送东西，可是他们不准我进去，说只能他们去告知堂哥，叫他过来取。"

"那他们去通知了吗？"卿如是问。

乔芫摇头道："还没呢。我这不是看到你了吗？我还奇怪，怎么在这儿看到你了，你怎么还……怎么还跟世子一起？"顿了顿，她压低声音问，"你是不是又瞒着我做了什么小动作，把我撇下了。"

"国学府的事暂且归我爹管，我是跟着我爹进来的。"为避免麻烦，卿如是眼都不带眨地撒谎,随即岔开话题道,"要不然你把东西给我,我帮你拿去给你哥吧？"

乔芜正要点头,瞟了眼月陇西,又拉着她的衣袖低声道:"我娘还吩咐我带几句话,所以最好还是亲自送过去为好。你能让我进去吗？"

卿如是抬眸看月陇西,后者点头,示意门口侍卫放人。

她羞涩轻笑,谢过月陇西,转头让丫鬟和侍卫都进来,又挽住卿如是的手腕问:"我头回来国学府,找不到我堂哥的住处,你知道在哪儿吗？"

"听说所有考生都是随意分配住处的,四五人挤着通铺,无一例外。我也没去过他们那边,"卿如是指了指月陇西,"要不然你让世子带你去吧。"

"好啊好啊。"乔芜抢着答应,生怕慢一步就被拒绝,答应后又小心翼翼地问,"世子可有空闲？"

"行。"月陇西拎住正打算自己拐弯回屋的卿如是,顺便掐了把她的后颈,"你也一起去。"

卿如是:"？？？"那我费这个劲让你带路做什么？

无奈,卿如是只好同行。

三人行,一时间竟无人说话,卿如是颇觉尴尬,幸好地方不远,不消片刻就到了。

考生住的几处院子大致无差,说是挤着通铺,实则条件不错,屋内宽敞明亮,院里花鸟相闻。

月陇西也不会将考生的住处逐一记下,只不过乔景遇也是他要举荐的人,他便将乔景遇和萧殷安排在同一处院子,常有往来。

卿如是和乔芜是女子,不方便进去,月陇西也不打算亲自去唤人,乔芜的侍卫还算机灵,立刻进门通禀。

须臾,乔景遇匆匆出门来,还忙不迭整理着衣冠,见到月陇西,俯身施礼道:"世子光临,未有远迎,真是失礼。方才回顾考题,有几处疑惑,正打算去竹院询问世子。不知世子可有空,能否在此稍作歇息,喝口茶,为景遇解疑答惑？"

月陇西把人送到后,本不打算再作停留,如今乔景遇开口挽留,他只好同意,在院中的石桌前坐下来,乔景遇紧挨着他坐在下首。

乔芜跟着坐在月陇西另一方,亦摆出要参与讨论的认真姿态。

然而卿如是并没有兴趣听他们探讨考题,尤其是有乔芜掺和的探讨,请问那究竟还有什么探讨的价值？

不是她瞧不起乔芜的学识,而是……好吧,她就是瞧不起乔芜的学识。

卿如是摸了摸鼻尖，说道："你们聊，我去这附近逛逛，晚点儿再回来找你们。"

月陇西想喊住她，欲言又止，她溜得快，几步就没了影。

卿如是也没走远，心里惦记着一会儿还得回竹院洗头沐浴。自郡主走后，她已经好几日不曾打理自己了。

卿如是顺着阳光照耀的方向往院后走。

隔着围墙，有梨花一枝压着一枝伸出头来，淡粉蕊，纯白瓣，和清风缠绕着。风中隐有念书声送入耳中，似是哪个少年在轻声低喃。

她从月亮门穿过去，果然瞧见一名少年捧着书倚在树下，低垂着眸。

"萧殷？"她看见萧殷听到唤声后微一怔，抬眸时被疏影处漏下的光晃了晃眼，微蹙起眉头往前走了几步，到她面前站定。

"嗯，是我。卿姑娘怎么在这里？"萧殷抬眸看了眼月亮门，并未看见后面还有人，他松了一口气。

卿如是走到他方才倚着的地方，幽幽道："随便逛来着。"

"刚才你没有收我的考卷。"他忽然低声说。

声音轻细，卿如是没听清，他已换了话题："这回的考题颇有意思。刚刚看见你拿着那摞收好的考卷在翻，你后来看到我写的文章了吗？"

"没有，好像是世子在看。"卿如是道，"我昨日就知道你们五选的考题了，是关于崇文先生说的'绝对平等'。你有不同看法？"

萧殷点头道："我在想，何为'绝对平等'？方才苦思许久无果，觉得这世上其实并不存在'绝对平等'一说，且若是'绝对平等'，那将会是一件十分恐怖的事。半炷香的时间，我都在想这个问题，剩下的半炷香，我写的东西全然驳斥了这个观点，且没有写完。幸好，我能过。"

最后一句似是自嘲。因为他奉承了月家，所以月陇西定会保他入国学府，无论他的文章有没有写完，写得好不好。

卿如是不与他探讨"能不能过"的问题，只问道："为何你觉得这世上并不存在'绝对平等'？"

期盼绝对平等的观点是崇文早期提出的，那时候崇文深囿于"平等"二字，认为皇权是因为"不平等"而诞生的，而皇权的诞生，也让这世间愈发"不平等"，所以他追求绝对平等，崇文也告诉过她："只要有绝对的平等，就不会有皇权，那么'人人平等''男女平等'就很容易实现。"

当时的秦卿觉得这个推论没毛病。可是后来崇文又自己推翻了这个观点，只因为一件小事，便很草率地推翻了：有日，他去集市买菜，看见一位妇人被小贼偷走了钱袋，最后小贼被官差带走了。

这一件事，让他的思想受到了冲击。

所谓的"人人平等"，究竟是哪方面平等？

如果"平等"是指"权"的平等，那官差凭什么就高于妇人和小贼一等，有权代表"法"来抓捕小贼呢？

如果"平等"是指"利"的平等，那为何会存在有些人一出生便不愁吃穿，有些人一出生就受不到良好的教育，最后沦落到行乞行窃为生呢？

如果"平等"是指"思想"的平等，那为何信他崇文所思所想的人会完全排斥另一派别之人的所思所想？而皇权至上的月氏子弟以及皇帝为何又容不下他崇文的思想呢？

这个问题崇文想了很久，最后告诉秦卿："这世上没有绝对的对错，既然没有绝对的对错，那就不应该有绝对的平等。"

卿如是的思绪停在此处，萧殷正好开口："因为，如果有绝对的平等，那谁来告诉我们做的某件事究竟是对的，还是错的呢？就好比……"

他顿了顿，抬起手指，指向卿如是头上的发簪，伸手拔了下来，在卿如是狐疑的目光中红了耳梢，挪开眼，拈着簪花道："就好比我拔下你的发簪。"

他道："倒回至惠帝时期，没有人会觉得有什么问题，因为女子的地位本就卑微，男子似乎可以随意亵玩，是没什么错的。但放到如今，这应属于调戏女子的范畴，就是错的。归根究底，是我朝的法制和百年前不同，而制定'法'的那些人，不正是比我们平民百姓更有'权'的人吗？

"或者再举例，我出身贫寒，世子出身富贵，如果追求绝对平等，那难道要让世子分一半财物给我？如果不分给我，他就是错的？分给了我，天下人就会夸他，认为他是对的？显然不是，因为这样做的话，对世子来说就不公平，就又造成了一种不平等。

"更或者，我们每个人的想法和观念不同，有些人认为被踩一脚然后对方道歉就不必计较，有人就觉得被踩后对方道歉也不可饶恕，如果要绝对平等，那被踩的人是不是一定要踩回去？有些人偏生就需要一个道歉罢了，难道他们的想法就不该被尊重吗？难道他们不踩回去就是错的吗？"

语毕，他将发簪递回去，朝卿如是淡笑了下。

卿如是接过簪子插回发间，笑道："你说得不错。所以后来崇文先生将'绝对平等'改为了'应该人人平等'。朝廷法制、人的出身，太多差异限制了'平等'，绝对的平等永远也不可能做到，但正是因为'绝对平等'不能做到，所以'人人平等'才会被期待，才更应该被倡导。如果把'平等'理解为尊重，就好说得多了。出身我们不能决定，法制我们也不能决定，但人与人之间互相尊重，男女之间互相尊重，'所有人'都觉得舒服，觉得这样'更好'，就行了。可是皇权、君臣，就是让很多人都不舒服的存在。"

稍作停顿，她赞许地看向萧殷："你很有意思。"

萧殷垂眸，侧颊也染上些红晕，好半响憋出一句："彼此彼此。"

卿如是盘腿坐在树下，示意他也坐下来，说道："那今天，你能跟我讲讲那晚没说的故事吗？"

"嗯。"萧殷盘腿坐在她身边，把手中的书递给她，"有些热，你拿着扇风吧。"

待卿如是接过后，他徐徐道："也不算什么了不得的大事，恐怕要让你失望，就当听着玩吧。我的父亲是前朝旧臣，诈降后被余大人发现处死，于是我们一家老小统统入了狱，他们死了，我年幼，逃过一劫。没了。"

卿如是微睁大眼，转头端详他，许久说不出话来，直盯得萧殷脸红透了错开视线，她才找回语言："你父亲诈降是想要做什么？"

"不知道。"萧殷摇头，"那时我年纪还小，他没对我说起过。后来想了想，不管他想做什么，为人臣子，总要保住最后的气节，好歹做点儿什么，全了对小女帝的忠义。"

"所以你才会知道采沧畔的主人是叶渠？你父亲告诉过你？"卿如是想到他对采沧畔了如指掌，原来有渊源。

萧殷点头道："他死前把采沧畔的密道机关图给了我，让我去找叶渠寻求庇佑，我当时刚死里逃生，信不过降于新帝的人，就没去。反倒是在照渠楼旁边跟乞丐扎堆混了些时日，后来就进照渠楼找活干了，但也没和那些乞丐断联系，有时会接济他们，有时让他们帮我做事。"

原来如此。卿如是沉默片刻，又费解地问："可你家好歹是从小女帝时期走过来的，你为什么要去巴结月氏？"顿了顿，她觉得"巴结"两个字似乎重了，又说，"我的意思是，月将军斩杀女帝，间接害得你家破人亡，你为何还去亲近他们？"

"因为月氏的权大，我能爬得更快。"

他用"爬得快"，让卿如是想起前些时候自己那句似有讥讽的无心之言，原来他心底还是在意这说辞的。

却听萧殷从容道："况且，女帝被杀是必然的结果，就像惠帝被女帝推翻是必然的结果一样。如果把这罪算在月氏头上，未免牵强。刑部的余大人才是下令之人，我父亲跪下来求他放过一家老小，他拒绝了，这才是我恨他的理由。但同时我又觉得他不够心狠，因为如果我是他，我可能连我这个幼子都不会放过。处置叛贼，他竟然心软，我有点儿看不起他。"

分明讲的是悲伤的故事，卿如是竟因为他这句话忍不住笑了出来，当即捂住嘴："抱歉。"

萧殷抿了下唇，说道："没事，是有些好笑。"

语毕，两人竟忽然陷入了一种近乎于尴尬的沉默中。

"我想不明白，你为什么要去偷《论月》？"卿如是问道。

她这厢话音刚刚落下，墙那边一道清脆的女声响起："世子，你等等我啊……"

再抬眸时，月陇西就出现在了视线内。

他站定于月亮门处，瞧着他们这边，眸色渐沉。

卿如是愣神的工夫，萧殷已从地上站起身，朝月陇西施礼，低声唤："世子……"

"你们探讨完了？"卿如是也站起身，拍了拍裙上的尘土和杂草，伸手把书递给萧殷，"喏，你的书。听你讲得太入神，我都忘记扇风了。"

萧殷没有接，稍侧头看了卿如是一眼，又垂下眸，说道："卿姑娘的论述亦十分精彩。"

论述？她论述什么了？不基本都是他在讲吗？卿如是有些莫名，但仍顺着他的话道："哦，谢谢。等过些时候我来找你，刚刚的问题你还没回答我，不对，是还没为我论述解答呢。"

萧殷默了片刻，轻"嗯"了声。

卿如是笑道："那我们这就算是约好了？"

"约好什么了？"月陇西淡声问，"什么问题要解答？"

"你不能知道的，这是我和萧殷之间的约定。"卿如是怕萧殷为难，毕竟云谲盗书的事说出来不光彩，她便为他抢答道。

萧殷却赶忙回："没什么是世子不能知道的。不过是卿姑娘那日听到余大人的事，一时好奇，方问了一句，还没来得及告诉卿姑娘罢了。"

他晓得避重就轻，因为倘若说了卿如是问到云谲的事，也就向世子暴露了卿如是和叶渠相识的事实。

月陇西瞧着他，又将视线挪到卿如是手中那本书上，并不作声。

正此时，乔芫追了过来，气喘吁吁的，拍着卿如是的肩说道："原来你在这里，我和世子找你半天了……告诉你个好消息，方才我得到世子的准允，可以在国学府里住几日。你看，我们这下又可以做伴了。"

"真的?"卿如是蹙了下眉,莫名地很关心一个问题,"你……睡哪儿?"

"嗯……跟你睡,你觉得怎么样?"乔芫怕她不同意,又连忙道,"平日里,我不会扰你的。只是你看我来得匆忙,要重新为我布置一间房多麻烦,而且我住几天就走,懒得折腾了。更何况,我……我就是为了和你玩才想要住在国学府的,不然我待在这破地方做什么,都是男人。"

卿如是心道:行了吧。我难道不知道你那点儿小九九?到底为了谁当大家都是傻子不成?

她没说话,一时间竟有些不愿意,没来由地不愿意。

"好不好啊?"乔芫摇着她的手臂,"就让我跟你住几日嘛,看在我们玩得那么好的分儿上?"

须臾,卿如是点了头,抬眸看向月陇西。后者挑眉,不露痕迹地看了眼萧殷,思忖一番后,便也没多说什么。

卿如是心底就更不愿意了些:行吧。你都丝毫不避讳,我还不愿意什么。

因着月陇西和萧殷还有些事要谈,卿如是就先带乔芫回了竹院。

卿如是将小榻收拾出来,银狐毯为铺,寻了床厚被褥和软枕,看向在她房间里走来走去,不停地惊呼咋舌的乔芫,问道:"你要睡床还是睡榻?"

乔芫走过来看了眼床和榻,说:"榻吧,不好意思占用你的床了。"

顿了顿,她拉着卿如是在榻上坐下来,继续道:"方才世子跟我说你就住在他的院子里,我以为好歹是两个厢房,却没想到,你们住的一个房间。你怎么……怎么这么能耐呢。"

卿如是撇开她的手,扭了扭手腕:"你想干净点儿,我是为了审批文章。"

"你不是说你爹管这事的吗?"乔芫拧起眉,一副被欺骗背叛的神情,"你怎么没和你爹娘住一个院子?"

"我是想跟着我爹来的,但我娘说我爹八成不会同意,让我先进国学府住下,到时候木已成舟,她再帮我给我爹说。"卿如是走到梳妆镜前取发簪,随口跟她解释。

乔芫噘了下唇,满眸艳羡,连珠发问:"世子就这般轻易让你住了?这房间……世子怎么就对你那么好?你说你和他没什么,谁信啊?"

"我身边的人都信啊。"卿如是理所当然道,"我爹娘和他娘都知道我是来审核文章的。那天郡主还跟我说,让我好好审批就是,不要关注别的事。这不明摆着告诉我别起什么歪心思嘛。"

乔芫恍然,心底这才好受了些。

她们随意闲聊着,忽然房门被敲响。

乔芜打开门，杏眸眨巴了下，才叫出声："世……世子……"这种隔着一道门住一间房的感觉未免也太好了吧。她抿紧唇，想笑不敢笑。

月陇西颔首，视线绕过她看向梳妆台前的卿如是，问道："有什么需要吗？"

"没有，没有……如是已经帮我铺好榻了。什么都不缺。"乔芜见他往里面看，连忙退开一步，"世子，您要进来坐会儿吗？"

月陇西兀自走进去，站在卿如是身后，俯身凑到她耳边，不疾不徐道："今晚我要出府，不住这里，过来跟你说一声。"

"出府？！"卿如是猛回头望他，眸光微亮，"去做什么？我正好也想出府一趟。"几天前她就想去采沧畔看望叶渠，顺便将遗作修复者是月一鸣的事告诉他。本以为一入国学府就得等到十选后才能出去，没想到这么快就有机会。

月陇西挑眉道："好啊，带你一起。"

乔芜皱眉："那我呢？"

"你今晚可以睡床了。"卿如是指着床，"不过别动我的东西，尤其是我的书。"

乔芜不乐意地说："我也想跟着你们一起去。"

"哎，奇怪了，说要住国学府的是你，而今要跟着我们出府的也是你，你到底要哪样？"卿如是散了头发，微侧头梳起来。

"我住国学府不是为了跟你们玩吗？你们都出去了，我一个人待着有什么好玩的。"乔芜拧眉，"你们要去哪儿？带上我好不好？"

采沧畔当然不能让乔芜跟着去，卿如是果断拒绝："你非要去的话，跟着世子吧。我和他不同路的。"

不等乔芜说话，月陇西亦道："乔姑娘，我也没空照看你。你还是待在国学府中吧。"

他一句话彻底给乔芜断了撒娇求好的路，乔芜不敢反驳他，讪讪地应声。

原本因为乔芜住进竹院而有些不舒坦的卿如是瞬间舒坦了些。沐浴梳洗后，天色暗下来，她带了些银子，以便一会儿在街边随意买张面具以及男装换上。

府门外停着三匹马，卿如是赶到门口时没想到月陇西身旁还站着萧殷。

她刚想跟萧殷打个招呼，月陇西就走到了她面前，截断她的视线，兀自将他那块极丑的玉石拴在她的腰间嘱咐道："想来你拒绝乔芜是不方便告知她要去何处，那我也就不送你了。你自己去，把我的令信带好，没有人敢动你。"

卿如是垂眸看向自己腰间，他纤长的手指灵活地在她腰带上系着绳，收眼，又望向他，问道："你去哪儿？一会儿我们什么地方见？"

"廊桥下边第一个客栈见，我已经开好房间了，你若是先到就睡吧，不必等我。"月陇西低声道，"我要去个危险的地方。"

"危险？"卿如是不便多问，点了点头，又恍然明白，"所以你不带乔芜是怕她跟着你会犯险吗？"

月陇西一怔，不明白她为何会这么问，思忖了下，他拧眉道："唔……也算是吧。"

一瞬间，卿如是舒坦些的心又有些不舒坦，盯着他看了须臾，她又忽地回神，自己也恍惚了下，随即转身一拉缰绳，利落地翻身上马，低咳了声："那我走了。"

月陇西抬手打算跟她告别，手还没完全举起来，卿如是连人带马绝尘而去，扑了他半身灰。

月陇西："……"他拂了拂袖，一边在心底回忆着自己方才是不是哪句话说错了，一边也骑马往那方向去。

这厢，卿如是在采沧畔旁边一间裁衣店停下来，先在街边随意买了张面具，而后进裁衣店取了件合身的男装换上，顺便将马拴在店铺后院。

待她进入采沧畔时，小厮告诉她，叶老去见贵客了，请她稍等片刻。

无法，卿如是只好在房间里自己转悠看书。

那厢茶室中，因着不必换衣而先卿如是一步到达采沧畔的月陇西和萧殷正与叶渠摆谈起修复崇文遗作的事。

"陛下那边我自有办法让他同意，国学府我倒是已经打了招呼。"月陇西的手指敲在桌沿上，"如今把位置给你空在那儿，看你自己愿不愿意。"

叶渠啧声皱眉，说道："你口口声声看我自己愿不愿意，手指头却在那桌上敲敲敲不知道在想什么损招，分明是要为难我，教我非去不可。前些时候我被月世德袭击的事，陛下能不知道是谁在做手脚？不还是放任他去了？我进国学府那就是兔崽子入了狼窝，随时可能没命。"

"有我在，不会让你没命。"月陇西从容道，"近日我已经在想法子让月世德回族里去，不再掺和这件事。倘若在回去之前，他敢再动你，再动采沧畔，我会要了他的命。这样的话，你可以放心了？"

"我放心个屁，你说得好听！"叶渠按捺不住情绪，爆了粗口，"为了我，你敢杀你的族人？"

月陇西淡笑："我不是为了你，我是为了人间正道。若崇文的书不能按照崇文党的意思修复，岂不遗憾？你来国学府，必能鼓舞崇文党的士气，且以你的资历，府中学士多半还得看你几分薄面，这就加大了崇文党的胜算。叶老，你不会是贪生怕死的人，何必畏畏缩缩的呢？不过是走不出心中阴影，怕被人指指点点罢了。"

如月陇西所言，叶渠不是怕背负骂名，而是怕背负的骂名总是被人拿出来说道。就好比一个人的身体有缺陷，这个特质一直存在也没什么，怕的是总被人戳着脊梁骨谈论这个缺陷。再厉害的人也受不住舆论与流言的磋磨。

何况叶渠这么个上了年纪的人。

月陇西挑眉，对之投以同情的目光。

"干什么，干什么？你那是什么眼神？"叶渠沉气，"是，既然你晓得我不喜欢被人戳脊梁骨，那你就别逼我去了。我不去。但是吧，我这里有个人选，倒是可以推荐给……"

"我知道，青衫兄的位置，我也留着的。"月陇西风轻云淡道，"你跟他，一个都跑不掉。"

叶渠的脸霎时扭曲，不可置信地喷道："你心真黑啊。我还以为你是不忍心让你兄弟去蹚这趟浑水，才上门找我的。敢情两个你都要往火坑里推，你真不要脸啊你。"

"彼此彼此。"月陇西气定神闲地一笑，"您方才不也正想把他推出来挡刀吗？既然我们都有此意，那又何必说我的不是。我正想跟你讲他，要让他入国学府，恐怕需要你的帮忙。"

叶渠背过身去，佯装生气道："我不听，我不跟你们同流合污。"

月陇西自顾自地讲："我在进国学府前给他写了一封信，试探过他的态度，昨晚我拿到了回信，他在回信中含糊其词，说容他考虑。在我这里，但凡不是果断答应，那就是拒绝。可是，他不可以拒绝。我不准。所以，我打算正式约他出来见面，但若是我来约，以他一直对这方面含糊不清的态度，恐怕不会同意。"

"我不会帮你约的。"叶渠义正词严地拒绝。

月陇西权当没听见，接着道："你就告诉他，有月氏子弟向你寻衅，要同你辩论崇文思想，以求他帮你应战为理由，约他在小楼见。时间你随意选，我来迁就你们即可。"

叶渠皱着眉头，反问："要是人家不同意去国学府，你打算怎么办？"

"会同意的。"月陇西笑，"只要我与他见了面，我就能有一万种制伏他的办法。不过你放心，初次见面，我定然会十分客气。先礼后兵的道理，我是懂的。他若不识好歹，再用些手段也不迟。"

叶渠想了想，缓了口气，看了眼坐在一旁默然许久的萧殷，又问月陇西："你把云谲带来做什么？"

"你上回不是问我他为何能在机关重重的采沧畔盗走《论月》吗？你答应去帮我约人，我便告诉你为什么。"月陇西抿了口茶，别有深意地道，"他与你可大有渊源。这世间能与你有渊源的，还剩什么，你自己想。"

叶渠蓦地愣住了，好半晌没动。

烛火摇曳，窗花剪影，院外凉风吹入房，卿如是翻完了一本记录女帝盛世的画册，嘴角扬着的淡笑久久落不下。

不知又等了多久，叶渠的脚步声传来，一并而来的还有他的询问："哪个见我？"

侍墨小厮低回："青衫公子。"

叶渠：你们搞死我吧，一前一后上赶着来是安排好了的吗？

他刚想着月陇西那番话，还不知要不要做违背良心的事，转过脸就迎来了青衫，良心即将直面谴责。

他深吸一口气，推门而入。

卿如是站起身，朝他颔首示意，递去一张字条。

接过一看，是问候他近日来可好，听说他受伤了，他是专程来探望的。这是个什么好小伙子，这么一搞他还怎么坑人家。

叶渠也朝他颔首，关上门，来回踱了两步，最终，他一手握拳捶了下另一手的掌心。

叶渠拍了拍卿如是的肩膀，一咬牙，语重心长道："青衫啊，我近日遇到了些麻烦，希望你能帮我解决。就是不知道……你对和月氏子弟辩论这方面，有没有兴趣？"

卿如是狐疑地蹙眉。

换作以前她一定想也不想：能有啥兴趣，月家人我见一个打一个。那群没脑子的，与他们辩论不过是浪费口舌。

现今看在月陇西和郡主的薄面上，她觉得也不是不可以打交道。

尚未回答，叶渠又补充说明道："很枯燥的那种辩论，辩题也没什么意思，但那人非要找我辩，狗皮膏药似的，我推都推不掉。你要是有兴趣跟人辩论的话，我把这机会给你？不过，你可得想好……"

思及叶渠近日受伤，再花不得精力去应付这档子事，卿如是决定帮他，于是欣然点头。

叶渠没想到他答应得这般果断，道："孩子，你不再认真考虑一番吗？我建议你多考虑下。"

卿如是摇头，拿纸写下："可以戴面具去吗？若是不必出声，那就去。"

叶渠希望他拒绝，于是想都不想，回道："不能戴面具，必须得露面。"

卿如是一怔，微叹了口气，颔首写道："好吧。"

他这般仗义，叶渠都不忍心诓他了，可如今话已出口，再要挽回也不见得明智，届时两边都讨不了好。

卿如是把修复者是月一鸣的消息告诉了叶渠，并叮嘱他不得外传，只说感谢他为解她的惑忙里忙外这么些天，如今她知道真相，便也应当如实相告，以免他再为此事费心。

叶渠心想：多么善良的孩子啊。

自那日月陇西从他手中拿了画后，他就知道这秘密，却没有告诉青衫，现在人家得知了消息却赶来告诉他。

一时之间，叶渠愧疚得都不想看见他，催促他探望完了就赶紧走，留在这里太折磨人了。简直是人品之间的惨烈对比，高低立见。

卿如是被赶得莫名其妙，走前还特意询问他何时何地与月氏子弟相见。

叶渠略一沉吟："三日后的午时，地点小楼，顺便还可以一起在小楼用个膳。"

卿如是颔首。

卿如是从采沧畔出来，先去换了衣裳，牵上马，沿街边慢慢走着，无意识地摩挲起腰间的玉石。

前世月一鸣也将自己的令信和私印给她保管，说什么不打紧的破烂印子。那些被自己错过的风月，如今回想起来，空余叹惋。

痴情错付，情深不寿。月一鸣要是早告诉她，她也……她好像也不会给他什么好脸色。

倘若说月一鸣把私印交给她保管，是打着与她坦诚，愿意将身家性命交予的心思。那月陇西把令信给她是为什么？

卿如是忽觉心怦，尚不得深意，抬眸一瞥，看到了蹲在街对面正与一些乞丐交谈的萧殷。

一身白衣蹲在街边运筹帷幄的气度委实突兀，卿如是一眼就看到了他。

那些乞者衣衫褴褛，蓬头垢面，他却毫不介意，时而附耳低语，时而偏头沉思。虽然知道他在算计，但他半分不显阴鸷之色，仿佛不过是在从容筹谋。

萧疏淡远，湛然若神。顾盼间灯辉落了满身，他拂了拂衣衫站起，仿佛拂去了清辉，隐匿在暗色中。

略一侧身，萧殷也看到了她。微怔后，那从容顷刻间就成了讶然。

他飞快地朝几人低语，几人散去后，他朝这边疾步走来，招呼道："卿姑娘，好巧啊。"

"是啊，我也觉得巧，怎么走哪儿都能遇到你。你不是跟着月陇西去的吗？"萧殷要帮她牵马，卿如是想拂开，不得后只能任由他。

他整了整缰绳，示意卿如是站在街边内侧，边走边道："西爷骑马去扈沽山了，吩咐我做些事。"

"扈沽山？他回族里吗？"卿如是心生好奇，"那你又是做什么事？怎么又走野路子？"她指的是和那些乞丐打交道。

萧殷坦然道："嗯，西爷说他很快就能回来。至于我，可能，还是野路子办起事来趁手吧。"他稍侧眸看向卿如是，微有不解，道，"你……刚从采沧畔出来？"

这附近就是采沧畔，而她又与叶渠相熟，倒是不难猜。

卿如是点头道："叶老不是受伤了吗？我来看望。"

萧殷便陷入了沉默。

几番交谈，他知道卿如是对崇文的思想了如指掌，而方才他们在采沧畔时，月陇西和叶渠提起的那位"青衫兄"似乎就熟读甚至熟背崇文遗作。

叶渠不是那等轻易会与人结识，且将真实姓名告知外人的人。一个青衫，一个卿如是。卿如是可以随意出入叶渠的书房，青衫也可以。

叶渠将姓名告诉卿如是，那一定是出于对卿如是的信任。

月陇西无法约到青衫，叶渠却可以，说明青衫信任叶渠。

最重要的是，萧殷忽然想起一句词。此"青衫"为彼"青山"，就好确定多了。

他垂眸轻笑了下，抬眸时忽低声道："卿姑娘，你知道我为什么化名'云谲'吗？"

卿如是回头看他一眼，回道："想来是说这扈沽城'风云诡谲'，想要往上走并不容易。"

"嗯。"萧殷道，"有心事的人，化名会格外有深意。没有心事的人，化名就简单多了。"

他留下这意味深长的一句话，卿如是有些莫名。

萧殷想让她上马，可以快些到客栈休息。

卿如是却没什么睡意，说："反正今夜还长，我们就这么走回客栈吧。好像也不是太远。"她轻嗅深夜的味道，有些许自得，唇角微扬着。

萧殷侧首看她，眸光潋滟，轻喃道："很羡慕……卿姑娘总是活在清风里。"

卿如是笑："我活在沼泽里那会儿，你没看见罢了。女帝之后的晟朝，处处是清风。"

"是吗？"萧殷低头，"对我来说，晟朝是块沼泽地，扈沽就像是心口那道腐烂发溃的伤，外表拾掇得再平整，也难掩恶臭。"他一顿，停住脚步，转过身来，微挽着唇角，哑声道，"难得卿姑娘这一处风清，能借我喘口气……还能为我濯濯心。"

还挺会说话。卿如是竟有种被他勾动心绪的错觉，一时怔然，看进了他的双眸中去。

难怪他总给她一种剔透之感。他的眸子太清澈，分明是个手段龌龊的人，眸底却不见半点儿浑浊，濯濯如春月柳。

萧殷先移开视线，有些慌张，侧颊登时红了，被光映照出颜色。

卿如是瞧见了，便也挪开视线，接着向前走。

气氛没来由地有些尴尬，卿如是想缓和，正好瞥见街边有卖面人的，便想起他给自己做的面人，提议道："萧殷，我们买那个吃吧。"

萧殷顺着她手指的方向看去，脸霎时更红了些，唇角却微抿出弧度。

手艺人靠这些小把戏过活，不容易。卿如是一口气要了五个，待要付钱的时候，萧殷拦住了她，规矩地从自己的荷包里掏出银子付钱，又安静等着小贩找钱。

小贩说扈沽话还带有些口音，像是外地人。卿如是想起萧殷曾说过，他家乡那里才有许多卖面人的，扈沽这边少，想来这小贩可能和他是老乡。

她边吃边好奇问："你说话怎么就不带口音？"

萧殷嗫嚅道："幼时带些，父亲来扈沽为官后，我也慢慢纠正过来了。你要是想听，可以说几句家乡话给你听。"

卿如是很期待。毕竟萧殷这种一板一眼的人，若不能字正腔圆地说话，想必会十分滑稽。

萧殷已经看出她眼底绷不住的笑意了。他垂眸，细声说了句："明知清风休去惹，不晓何时误慕卿。"

念的什么字。卿如是蒙了，细细回想一番，反应好半晌后问："你们家乡话这么拗口啊，和扈沽话差别挺大的。你说的什么？"

萧殷浅笑，耳垂血色渐深，道："我说，今夜，卿姑娘是不是斩了几寸月光披在身上？怎的，我只看到你一人独明明，四周皆是幽暗暗呢。"

骗谁呢，这句话多少字，刚刚那句才多少字。卿如是觉得自己机灵得不行，但也没拆穿他，只当真垂眸看了眼自己的衣裙，恍然笑："哦，我穿的鹅黄色，这颜色是要鲜亮些。"

"难怪。"萧殷状若明了，点了点头正经回道，"但其实我刚刚说的不是这句。"

卿如是有些讶然他自己拆穿了自己，稍敛神色，只好接过话问："那是什么？"

"我念了一首诗的后两句。现在，给你念前两句。"萧殷从腰间荷包里掏出十几个铜板，堆在一起，拇指弹起铜板，那铜板在空中翻转，时圆时线，圆时斩断月光，线时又漏下清辉。

最后十几个铜板叮叮当当落在地上，响如清曲。

"——若为今夜赋歌吹，斩下月光一段音。"

他语毕时，落得最慢的铜板刚好掉下来砸到他的鼻梁。他不察，被砸个正着，似是有点儿疼，就见他愣了一下，然后慢吞吞地捂住鼻梁，蹲了下去。

卿如是没憋住，一点儿没客气"噗"地笑出声，然后扭着憋不住的笑容蹲到他面前去，戳了下他的肩膀，问道："你没事吧？"

因着这一戳，就见他埋着头，侧颊与耳梢红成了一片。缓了缓，他抬起头来看向她，被他白皙的手指遮掩住一些的鼻梁上，浅浅一道红印愈发醒目。

"你……"卿如是指着他的鼻梁笑，安慰道，"可能，鼻子生得太好看，被上天嫉妒了吧。"

萧殷抿了抿唇，垂眸道："嗯。"算是给她不着调的安慰赏个脸。

须臾，他站起身，继续牵起马，却见卿如是还蹲着，正在捡他散落一地的铜板。

她边伸手捡，边点头自顾自地絮道："云幕幽暗，鹅黄独明。马蹄哒声更静。若为今夜赋歌吹，斩下月光一段音。"

捡完了，卿如是翻手递给他："喏。"

萧殷接过，低头看了眼，好生收进了钱袋中。

墙角微有黑影动，他警觉地觑了去，人影却迅速避闪不见。

萧殷微皱眉，回眸道："卿姑娘，上马。不早了，我们快些回去吧。"

卿如是也感觉到了不对劲，点头，迅速翻身上马，又朝他伸出手，示意他上来。萧殷不敢耽搁，握住她的手，坐在她身后，打马奔走。

萧殷不敢骑得太快，毕竟两人同骑，又是夜色中走，稍有不慎就会有危险。骑得不快，又架不住一开始耽误了些时辰，到客栈时，竟刚好与月陇西飞驰的马撞上。

月陇西反应极快，拉住缰绳错开，稳稳停住了。

转还视线，落在两人身上，忽而又落在卿如是手中没吃完的面人，和她被面人沾花的脸上。

须臾，勾起一个挤出来的淡笑，挑眉道："兴致这么好？"语气酸牙。

萧殷捏着缰绳的手指微一蜷缩，立即从马背翻身下来，施了一礼，道："世子吩咐的事情已经安排妥当了。"

月陇西不答，居高临下地看着他，神情难以捉摸。

萧殷想到他让自己远离卿如是的指令，心底微紧，当即补充道："路上偶遇卿姑娘，又似是有人尾随，情急之下，方乘马同回。"

"有人尾随"四个字一出，月陇西便不再追究其他，转而看向卿如是，用眼神反问示意。

"我们没看清尾随的人，就赶忙回来了，好在那人也没有追上来。我平日里不招这些事，想来是冲着萧殷，或者是冲着你去的。只不过把你跟丢了，才将视线转移到萧殷身上。"卿如是下意识咬了一口面人，也从马背上下来。

月陇西沉吟片刻："我知道是谁了。你先去休息，明日一早还要回国学府。"

他们有事安排，卿如是不再多言，自顾自往客栈里走，走了两步又回过头来看萧殷，笑道："方才我已经把上阕填好念给你听了，你有空填好下阕的话，记得也拿给我看。"一顿，她又挥舞手中的面人示意，"还有，多谢你。"

语毕，她的人已跨入门。

门外气氛霎时低沉。萧殷心底微叹，不敢再多言。

月陇西抿紧唇，忽地轻笑了声，状似宽容大度地问道："什么词？也念给我听听，我帮你填。"

萧殷赶忙道："回世子，卿姑娘填的上阕只念过一遍，草民不记得了，也不会再想起，更别说去填下阕。"

"是吗？"月陇西下马，往客栈里走，语调顷刻慵懒，"最好是这样。"

萧殷紧跟着他来到房间，将一些想法和盘托出。

月陇西斟酌着，没有回答。

萧殷便继续道："如果这件事在扈沽城里传开，身败名裂是必然的，但恐怕也会让月氏的名声跟着受损。所以，要做就做绝，在风声走漏之后，立即将他从月氏除名。陛下也不会器重一个备受非议且拖累氏族的人。"

月陇西摩挲着桌沿，轻敲了下，颔首道："虽说氏族里的长老无非是活得久些，熬资历熬到了长老的位置，但归根究底也是长老，想要将他除名，恐怕还没几个压得住他的。你的法子只能让他身败名裂，但不能让他被除名。况且，月氏向来饱受非议，一些流言蜚语对月氏族人来说，根本无关痛痒。若是真的危及氏族，族里的人自会上书给陛下，请陛下将他赐死。显然，你说的法子，也不足以让他被赐死。"

萧殷有些疑惑："世子不是说，暂且不想要他的命吗？"

"但我要他滚回族里去，且要用朝堂上的手段，而非市井中下三滥的手段。"月陇西看向他，"陛下不会介意手段龌龊，但会介意最后的效果。你是要为官的人，就该学会让陛下亲自裁决你做的事，而非让别的官员来裁决你做的事。如果效果甚微，随意一个官员就能为你裁决，惊动不到陛下，那这格局未免太小，浪费了你的精心布置。

"你杀掉沈庭，不就是很好的例子吗？纵然闹得满城风雨，陛下却并不在意，沈府也没有因此被撼动，处理这件事的是刑部官员，而非陛下。你杀掉沈大人之子，虽使我父亲获得一时快意，可如今，沈大人在朝堂上该如何与我父亲斗，依旧是如何与我父亲斗，无甚差别。我是何意，你明白了吗？"

萧殷心领神会道："明白了，多谢世子指点。"

月陇西颔首道："于陛下而言，月世德不过是颗辖制崇文党且激励崇文党的棋子，若要让陛下在意这颗棋子的死活，就得先让他跳出陛下所掌控的棋局。"

"萧殷明白。"稍顿，他问，"世子先前与草民说过，陛下是为销毁遗作才请来月长老，企图以胡乱编撰的方式混淆视线。如今为何又说陛下也拿月长老来'激励崇文党'？"

"我依旧认为，陛下更倾向于借此机会销毁遗作。但与此同时，他也想看看经历过女帝时期的崇文党，要如何在晟朝绝处逢生。"月陇西淡笑，"崇文党就像是被玩弄于股掌之间的提线傀儡，虽说'蚍蜉撼树谈何易'，但也有'千里之堤毁于蚁穴'的可能。陛下很期待结果，所以要适当给他们些甜头，让他们觉得有希望，才会有人继续坚持，尽管陛下八成会赐死那些真把遗作修复出来的崇文党。"

萧殷默然。他忽然就明白了余大人当年为何要放过他，不是心软，也不是妇人之仁。

如同皇帝不想看见崇文党这方势力消逝一样，余大人也不想看着一个生命消亡。陛下更想看见与天斗还能苦中作乐的势力崛起，但他偏要一方面打压，一方面由着它崛起；余大人也想知道，再无人可依的弱小生命被放逐，究竟还有无活头。

萧殷心想，就像幼时他将蚂蚁在指间拈来拈去，看着它奋力挣扎的样子，心生恶趣那般，但它若是真的死了，蓦地又会有些失落。最后看着奄奄一息的蚂蚁顽强地在指尖活过来，触角与数足轻动的那刻，他忽叹神奇，惊叹于它不辍的毅力，最后就会真的放过它，不再玩弄。

因为，恐怕没有任何东西，比满怀希冀奋力拼搏更值得人动容。

倘若崇文党一直挣扎，那么就算修复成遗作的那批崇文党被赐死，也还有别的崇文党会为之拼搏，甚至赌上性命。最终结果如何，谁也说不清楚。

萧殷默了须臾后，俯身施礼，恭顺道："上回世子让草民考虑要不要跟着余大人做事，草民想明白了，草民愿意。"

风声悄过，谈话完毕后，萧殷回到自己的房间。

室内幽静，唯有一豆烛灯在桌上轻曳着。

萧殷在桌前默立许久，最后徐徐展开一卷纸，提笔写了"上阕"二字，紧接着写道："云幕幽暗，鹅黄独明。马蹄哒声更静。若为今夜赋歌吹，斩下月光一段音。"

稍一顿，他陷入沉思。笔尖的墨滴下来打在纸面，他方回神，接着写"下阕"二字："一灯未眠，满室空寂。笔墨落处动情。明知清风休去惹，不晓何时误慕卿。"

字是清瘦的字，卷风拂墨。

他将词牌添上，赫然三字：鹊桥仙。

搁笔，卷起纸笺，他去睡了。

次日清晨三人准备回程，卿如是咬着云片糕，低头系腰间长鞭，待长鞭系好，嘴里的云片糕也下了肚。抬眸看见萧殷正在解拴马的绳结，月陇西尚未出来，她跑过去跟他打招呼。

萧殷的余光早觑到她，倒是没被她的拍肩吓着，回头轻颔首："早。"

"这绳结好奇怪，很复杂的样子。"卿如是指着他刚解松的绳结，"和普通系法不一样。"

"我自己想的，这么系很结实，轻易挣脱不开，且只有我会。"萧殷拈着绳子示意，"可以教你。"

卿如是点头，跟着认真看过去。

萧殷慢慢示范给她看，又手把手教她。纤细的手指异常灵活，几番穿绳来去间巧妙地打好了结。

"会了吗？"萧殷问。

"好像会了。"卿如是见他又解开了绳结，便接过绳子兀自按照他方才的手法系起来。动作稍缓，但最终系成。

她笑了笑，自夸道："我果然聪明。"

萧殷轻"嗯"了声。

卿如是牵了自己的马出来，月陇西也正好从客栈走出。三人前后同回国学府。

今日是五选后一审的日子，卿如是惦记着早些审批好文章，六选当日要去小楼赴约。

她也不知如何跟月陇西解释出去做什么。回程的路上她就一直在盘算如何把采沧畔的身份跟月陇西坦白。

然而跟月氏子弟说起这个，是否又有些突兀。万一人家不想知道呢？卿如是正纠结着，抬眼时才发现已到了国学府。

本就举棋不定，在回到竹院看见乔芜蹦跳着出来迎接他们那刻，她想坦白的心思瞬间没有了。

乔芜倒是好兴致，说道："如是，我在小厨房做了些精致的糕点，快来尝尝。"

卿如是拿起糕点咬了一口，侧眸去看月陇西。

他负手站在茶桌前，也正凝视着她，此时瞧她偷偷看过来，便莞尔一笑道："怎么？"

卿如是迅速摇头。

"摇头是什么意思？"月陇西拎起她的后领，把她后脑勺拢进了领子里，他被这滑稽模样逗笑，挑眉问，"你看看你把我冷落成什么样子了？昨晚见到我，愣是一句话都不跟我讲。萧殷萧殷的，什么好兴致，还作词呢？"

"你别拉我领子！"卿如是的脑袋还缩在衣领里，嘴里还有咬了一半的糕点，此时吐了也不是，继续吃也不是，登时双颊涨得通红，含糊不清地喊，"你放开我！"

"你作的什么上阕，不念给我听听吗？"他仗着自己高出卿如是一截，抬高手吊起她，顺势将她口中咬了一半的糕点拿过来接着咬，恬不知耻地勾唇道，"我月陇西此才只应天上有，人间难得几回闻的，哪点配不上给你填个下阁了？……这糕点味道还不错。"

乔芫愣愣地瞧着他们，看直了眼。正局促不安地不知如何进退时，陡然听见他夸自己糕点做得不错，赶忙谢过，随即又怯弱地问："世子，如是吃过的，你……你怎么能吃呢……"

卿如是原本还不在意，经她一提，亦觉不妥，脸色愈发艳气起来，红得快要滴血。随即想起那晚两人相濡以沫时的感觉……好罪恶，这可是跟她重孙同辈分的人。她当即咬牙，满脸扭曲。

卿如是的表情实在太扎心了，月陇西险些在一瞬陷入抑郁。他松开手，瞧着同样无所适从的她，踌躇片刻，最后默不作声地转身走了。

"唉……"卿如是欲言又止。她不知说什么，可见月陇西方才神情有些许落寞，又想解释一下。想开口说自己不是那个意思吧，又碍于乔芫在场，不好多说。

卿如是一时踌躇，月陇西已经走出了竹院。

乔芫似乎意识到自己说错话，拉住卿如是的衣角，说道："我……不是故意那么说的。但是，你不觉得真的很奇怪吗？你还说跟世子没什么……这都，这都同吃一块玫瑰糕了。"她嗫嚅着，声音愈来愈轻细，仿佛不敢戳破，心底又有些妒忌，忍不住拈酸又不敢让她发现。

听懂她语气中的酸意，卿如是撇开她的手，莫名厌恶起她来。最后却什么都没说，自己默然回到房间，把乔芫关在门外，而后翻出《史册》想要读书静心。

静不了。她满脑子都是方才月陇西一手把她拎起来的事，心底烦躁，闭上眼清了清脑子，再翻开书。

半个时辰过去了，她翻来覆去地开合书，想的却是那日清晨坐在七室里跟月陇西抢翻《月氏百年史》的场景。想着想着，不经意间，脸上浮起了笑意，她不自知，侧过脑袋趴在书页上回忆。

又是半个时辰过去，她忽然想起被自己关在门外的乔芫。叹了声气，她合上书，又打开门，没看见人，她也就不再管了。

到夜间乔芫方回竹院，说自己去乔景遇那里坐了一下午。

卿如是意兴阑珊地听着，一门心思落在院外。如今已然入夜，月陇西还未回来，难道真是被自己厌恶的神情刺伤了心，以为自己讨厌他，所以不打算回来了不成？

怎么，孙子大了还闹小脾气了不成？她都还没怪他吃掉自己那半块糕点呢，怎么还先跟她使小性子了？多大个事。

卿如是也生气，没空再操心那么多，心觉月陇西这么个不会委屈自己的人，到晚上睡觉时肯定就回来了。

谁知最后竟一连三日都不见月陇西的踪影，卿如是有点儿心虚……不会真因为她当时厌恶的神色生气了吧。想来月陇西确实很"孝敬"她，对她很不错，自己那嫌恶的意思是有点儿明显。

被扈沽城的闺秀们惦记着的君魁平日里活得众星拱月似的，骤然被他小祖宗给打击了，合该他闹些脾气。

卿如是想跟他道个歉也找不着人。

六选当日，卿如是得出府赴约，只好让乔芫帮忙转告月陇西："他要是回来了，你就说我去小楼跟朋友赴约，用完午膳应该就能回来了。"

乔芫打量着她，问："你穿男装赴约？"

"嗯。"卿如是揣好月陇西的令信，转身走了。

有月陇西的令信，府卫直接放她出门。

卿如是骑马去的，一翻身上马就跑了，没注意到门口一名鬼祟的小厮，在看见她离去后便闪身往月世德的院子赶去。

约好的午时，卿如是跑得极快，到的时候距离午时还有两刻钟。忘了跟人约具体的房间和见面暗语，她只好自己开一间厢房，又叮嘱站在正门口招呼人的小二，若是有月氏子弟来问，就把那人带到自己的雅间去。

小二点头笑道："好，客官先上楼，小的等会儿让人来给您添茶。"

小二站在正门，一般不会离开那处，也不会漏过任何客人。卿如是便放心地上楼等着了。

两刻钟过去，仍旧无人来敲门，她打开房间张望了番，走廊上无人，她心生奇怪，拐过走廊，走到楼梯口，才看到厅堂内的情形，座无虚席，生意红火，小二们穿梭在饭桌间，愣是没在人群里瞧见一个像是在找人的。

她叹口气，继续回去等着。

又过去一刻钟，卿如是没了兴致，待起身要走时，有小二进门来给她倒茶了。

"客官久等，堂中生意太好，看顾不过来，这才有空来给您上茶。"小二态度不错，哈着腰笑，"您要吃点儿什么？"

卿如是摇头，她渴得不行，端起茶便一口喝尽，说道："我的朋友还没来。你在厅堂里看见月氏的人了吗？那人应该也在找人或者等人，很好分辨的。"

小二垂眸微敛狭光，笑道："扈沽城里月氏的公子哥那么多，这要怎么分辨？要不您再安心等一会儿，我出门帮您问问。"

卿如是垂眸，视线落定在他拿茶壶的手上，一顿，猛地一把握住他的手反扣住他的喉咙："你不是这里的小二，你是谁？想做什么？！"

那小二陡然被挟制，吓了一跳，但她的手指就扣在自己颈间，一时不敢妄动，安抚她道："你放心，我不谋财，也不害命……"

卿如是微蹙了蹙眉，不谋财害命？她脑子转得极快，想到一种可能，霎时气恼，刚想动手把他打晕，手还没抬起来，自己却先晕了。

一阵天旋地转，她所有的力气在一瞬间被抽离，猛跌在地，还崴了下脚，疼得她眼眶通红。

她的脑子愈渐昏沉，眼前一切有些模糊，她却坚持要从地上爬起来，往门口跑。

小二已不见踪迹。她用残存的力气扒门，却发现外边被人按住，她角力不过，只好放弃，看向一旁紧闭的窗户，试着推，推不开。

她皱紧眉，背倚着墙滑下来，坐在地上，额上的汗濡湿了鬓发，颈间和后背的汗也冒出来浸透她的衣衫。

一股融融的热意在腹部打转，她上辈子跟月一鸣欢好那么多次，很清楚身体这种感觉意味着什么。

她手脚并用，几乎是爬到门口，有气无力地喊："救命……救命……"

猛地，有人推开了门，房门把她撞倒在地。她还以为这么快就有人来救她了，也顾不得计较许多，然而下一刻，她隐约发现另有一人也被摔进房间，就在她身边。

混沌一瞬，她反应过来，想也不想，立刻往门口倒去，想要趁着房门未关时伸手卡住门，终究慢了一步。她拧紧眉，指尖都在颤。

最后又只能借着门坐起来，转过头看去，发现那名男子也正坐着，动也不动地凝视着她。

"萧……萧殷？"卿如是脑中绷紧的弦放松了些，熟人就好多了。她苍白的面容上愣是给他挤出一个笑来，"我们还真是有缘分……"

笑意尚未敛起，萧殷看她的眼神渐深，他徐徐道："卿姑娘，别放松警惕……我也中了药。"这句话的深意不难琢磨。

卿如是的笑意滞涩住，眉头皱得更紧，问道："那……现在怎么办？不对，你怎么会在这里的？会有人来救我们吗？"

她说出这句话的时候，脑海中浮现的人是月陇西。月陇西……他会来救他们吗?

卿如是自责,早知道那天就多控制一下表情,再恶心跟他嘴对嘴,也忍一忍,好歹不能把人给气走。若是没把人气走,月陇西应该会来救她的。

她后悔不已,本就通红的眼眶愈发艳丽。

萧殷已尽最大努力保持冷静,但看见她泫然欲泣的模样,鲜艳欲滴的唇还微微翕动着,便觉一股邪火在腹部烧着。他干脆别过眼去不看她,闭上眼哑声道:"我本要和世子出门,但我先行一步,看见你被人跟踪,觉得事有蹊跷,还没来得及通知世子,就被打晕了。想来我不见了,世子会起疑,可是,能不能找到此处就难说了……"

他一席话,让卿如是如堕深渊。

她喝下那杯茶已有些时候,此时正是发挥最大药效之时。她的脚也疼,头也晕,还得忍受动情的痛苦。

抬眼,她发现萧殷比自己还难受。

他颈侧和额间的青筋暴起,盘错着,将汗水映衬得愈发明显。他埋着面,侧过头去,卿如是依稀可以看见他不断滑动的喉结和起伏的胸口。

他本就容易脸红,此刻脸侧和颈绯红一片,像熟透的虾。

卿如是竟笑了出来,低声道:"看到你比我还辛苦……我觉得好受多了。"

萧殷:"……"

被她盯着,萧殷的余光里也都是她,感觉自己快要克制不住了,想要聊天转移话题,却不想自己脱口便是最想问的那句:"你……若是清白被毁,是不是就……没办法嫁入月氏了?"

他的声音幽深又低哑,颇像是别有深意。陡然出口,他自觉失言,却无可挽回。

幸好卿如是愣了下,倒没想那许多,咬紧牙恨声道:"原来是打的这个主意,我当为什么他们要设计我,毁我的清白……可我也没想嫁进月氏啊。"她难受得趴在地上,冰凉的地面能缓解一些。

萧殷不言,垂眸看了她一眼,又迅速收眼不敢再看。他支撑着身体往离门最远的地方走去,最后靠着床边坐下,看不到她心底才好受些。

卿如是又坐起来,坚持不懈地敲门,呼救。可一想到方才打开门就是空旷的走廊,她又觉得都是徒劳,还不如省点儿力气。

不知过了多久,兴许是太过难熬,卿如是有种外边的天已经沉下来的感觉。

她受不住了,泪盈于睫,鲜艳的唇被她紧咬着,眸中添了几丝不自知的妩媚。

她跪着爬到萧殷身边去，揪住了他的腰带，几乎是伏在他的身上，气息游走在他的颈间，两人的身体濡湿一片，她低呼着，已经神志不清："萧殷……解……解开……"

萧殷震惊地盯着她，又倏地闭紧眼偏过头去："卿姑娘……你……你再坚持一会儿……至少，不要来动摇我的信念……"

卿如是的胸口剧烈起伏，急得说不出话，只一个劲地解他的腰带。

因着解腰带的动作，她的手在他腰间摩挲来摩挲去。萧殷咬紧后牙，握住床脚，手背的血管都显现出来。

须臾，腰间一松，卿如是将他的腰带取了下来。

萧殷闭着眼推她，思想剧烈挣扎："卿姑娘你！"

卿如是紧紧靠着他，额头就抵在他的肩上，不住地喘气，说道："萧殷你别怕……"

她吐出这么一句引人遐想的话。萧殷怎么不怕，他怕自己和她的前程统统都断送在这里。

然则，他转过头凝视着面色酡红的她时，思想又倾向于妥协。

他颤抖着手紧抓住她的肩膀，就在他的信念快要被完全动摇的那刻，他只觉手腕一疼，似是被人紧捏住后敲在了床脚上。

再转眼看去，卿如是趴在他的腿间，把他的手腕死死抵在床脚处，拿着他的腰带，一圈圈地绕过他的手腕和床脚，将二者紧紧绑在一起。紧接着，她又解下自己的腰带，把他另一只手给绑在了床沿镂空处。

萧殷："……"

最后，打了个他十分眼熟的结——他那天早晨手把手教她的，轻易无法挣脱的结。

原来她解腰带是……萧殷闭上眼，沉了口气。

待绑好后，卿如是才有气无力地从他身上爬起来，跪坐着，抓住他的领子，想起身却不得，只能把额头抵在他胸口前喘气歇息："这样就……不怕了……"

她说着，浑身又颤抖起来，迷迷糊糊间眼泪就出来了，扒着他的衣领，不自觉与他耳鬓厮磨，嘤咛道："萧殷，我好难受……"

萧殷的喉结一滑，用嘶哑的嗓音轻声说："卿姑娘……你把我绑成这样还撩拨我，我觉得，我更难受。"

卿如是低低笑出来，趴在他肩膀上，手指陷在他的衣衫里，紧紧捏着，委屈得鼻头也酸红了:"我没力气,动不了了……我……我好想月陇西……想他来……来救我……"

她几乎无声的话语落下。

房门猛地被人一脚踹开:"卿卿!"

恍惚以为自己神志不清听岔了,卿如是眉尖紧紧蹙起,有些错愕:"月……"话音未落,身子陡然轻盈,她下意识揪住月陇西的衣襟,抬眸才敢确定真的是他,她莫名哽咽,"月陇西……"

"我在……卿卿,别怕。"月陇西拧起眉,见她衣襟松散,垂眸又瞥了眼被腰带紧绑的萧殷,示意斟隐把他也给带回去,自己抱着卿如是疾步往外走。

待走出小楼,卿如是才知外边其实天光明媚,并非傍晚,兴许刚过午时不久。是她和萧殷被困在房间太难熬,错以为已经过了很久。

月陇西骑马带她回国学府等解药。

侧坐于马背,偎在他怀里,她玲珑的躯体紧靠在他胸膛,一手环绕着他的颈,一手胡乱伸进他的衣襟里,抓着他的肩膀。

被他周身弥漫的男人的味道包裹着,卿如是愈发燥热难耐,咬紧唇不敢让喘息声从口中泄露出来,却不知不经意间轻吟的声音更撩人。

"月陇西,我好难受啊……"卿如是将被汗水濡湿的脑袋埋在他的怀里,几乎带着哭腔。

"我知道,我知道……等会儿吃了解药就不难受了。"月陇西安抚着她,紧盯着前路,他挥鞭策马,跑得更快了些。

卿如是曼妙躯体的热意传递到月陇西的身上,他浑身也被带得燥意翻滚,腹腔一股温热慢悠悠地烧着,酥痒扩散得越是慢,他策马的速度就越是快,表面上目不斜视,手却不自觉捏紧了缰绳。

不消多时,国学府到了。

月陇西把卿如是抱下来,却不往竹院走。

直到被放在床榻上,卿如是才发现这不是竹院。月陇西坐在床畔,她就骑在他腿上,抱紧他的脖颈,没有撒手的力气,也不愿意撒手。她边喘息,边喃喃问:"这什么地方……你这几天就住这里的是不是……"

"嗯。"月陇西一手紧搂着她,免她摔下去,另一手则帮她拂开脸侧汗湿的发丝。

卿如是觉得有点儿委屈,任由温热的身子瘫在他怀里,自己趴在他肩膀上:"……那你为什么不回来?"

月陇西一怔,低声在她耳畔讲:"等乔……乔什么来着,等她走了,我就回来。我不愿意和她住一间屋子。"

卿如是没说话，点了点头，勉强回他："好，听你小祖宗的话……就好。"

说完这句，腹部的火热感烧得更浓，不自觉地，她难受得只得用下巴和耳朵摩挲他的颈和侧颊，耳鬓厮磨带来的舒缓让她尝到了甜头，便愈发紧贴月陇西的胸口，用鼻尖嗅着他的颈，又沿着颈向上，最后用微微沁汗的鼻尖抵住他的唇，闻他唇瓣呼出气息的味道——有淡淡的梅香，还有仿佛春雪刚消般残留于梅骨的凉意。她心生渴望，把唇覆了上去，轻嘬了一口，凉丝丝的雪水就在她干燥的唇上蔓延开。

月陇西险些被她一通操作勾丢了魂，垂眸不可置信地盯着主动把唇覆在他唇畔的卿如是，感受到她软软的舌尖轻滑过了自己的唇缝。

他喉结微滑，试图转移她的注意力，跟她讲话："我……"一出声便是暗哑的嗓，他便闭嘴了。

须臾，她的手也逐渐不老实，开始解他的衣带。

看来是被药得神志不清了。月陇西垂眸盯着解自己腰带的她，无奈地轻笑了声，目光逐渐幽深。

他见卿如是解着费劲，稍一挑眉，心下轻叹，帮她解开了，又自己乖乖脱了衣裳，丢到床下去，只留下素白的亵衣，而后将她的腿盘在自己腰间，把她紧抱在怀里，用手抚顺她的头发，低头在她耳畔轻声道："抱吧，想怎么抱怎么抱。"

卿如是眉尖轻轻颤着，似要克制而不得，微一仰头，在他颈间钻着。月陇西知道她想作甚，稍抬头："咬吧。"卿如是便轻咬住他的喉结，又挪开，鼻尖沿着他的下颚，细细嗅过。

她紧抱着他，左耳贴住他的心口，听他一颗心在胸腔中怦怦跳动，她便觉得安心许多。手在他身上胡乱摩挲，时而捧住他的脖颈，时而又穿过他腰间紧抓他的背。

过了会儿，光是抱不解意，隐约有啜泣声从唇畔溢出。她自己听着也心慌了，用脑袋用力蹭他的脖子。"还是难受……我想……我想……"她说不出口，又难受得很，最后眼眶一红眼泪就下来了。

月陇西早吩咐人去跟月世德要解药方子，这会儿虽已拿到方子，但解药哪能说配成就配成的。

他低头凝视着卿如是迷离的眼睛，妩媚又平添朦胧，他俯身吻了吻她的眉心，压抑着渐急的呼吸，唇线摩挲她的脸颊，轻滑到她耳边，轻声问："你省些力气，免得晕过去了。我先用别的方法帮你一下，要不要？"

卿如是咬了咬下唇，想知道他说的别的办法具体指什么，便抬起水盈盈的眸子望他。

月陇西悄声在她耳畔说了一句。

卿如是一边讶然，一边羞恼，指尖蓦地将他的肩膀抓紧了，内心挣扎，不这样她又忍受不住，这样了又……又……太难为情。可无疑，她若想保住清白，又立时舒缓，这是最好的办法。

她的鼻翼轻轻翕动，纠结得心尖有酸意上涌，她抿紧唇，忽觉干涩，又伸出舌轻润了下。这般摩挲，她更煎熬了些。

汗水不觉间早已将她整个人包裹，浸润了月陇西的素衣。

她抓着月陇西腰侧的衣线，埋在他锁骨处，抽噎了下，连同声音一起轻颤着，低喃道："嗯……"

月陇西便单手托着她的身子，将她放倒在床上，自己也半躺倚在她身边，一手垫着她的后脑，一手掀来被褥将他们盖住，轻声对她道："你可以抱着我，以免……受不住。"

卿如是咬了咬唇，她几乎没有考虑，就侧过身去抱住了他，双手搭在他肩上。闻到他身上似有寒梅的清香，她分不清是他身上的，还是窗外的风送来的。

她感受到后脑被月陇西的手轻扶着，又看见他另一只手也盖进了被子里。忽然觉得心尖一阵怦动，她盯着月陇西墨色的眸，迷迷糊糊地想："方才的清香怎么可能是窗外来的，现在是盛夏，哪儿有寒梅……"

那窗外有什么？她转过头去看，原本明媚的天此时竟下起了细雨。

一朵芍药颜色正盛，细雨轻柔地抚过花瓣，不消多时花瓣上便积起晶莹的雨珠来，缓缓顺着层层叠叠的花片滚落，轻弹在地上。

忽而雨势渐盛，芍药无心，不明白细雨为何就成了倾盆暴雨，原本应属于细雨的温柔轻抚也就成了摧残折磨，有些受不住雨点的攻势，芍药的花瓣和枝叶摇晃着，花蕊的积水不住地往下落，洒了满地，和雨水混在一起。

雨势又趋于温和，穿林风和着细雨拂过芍药花，便释放出淡淡的梅香来，雨水透出梅花的寒意，清新自然。卿如是闻到了，涣散的眸子逐渐聚合，抬眸看向月陇西，哑声问："你身上是什么香？"

月陇西一直观察着她的神情，唯恐她不舒服，此时陡然听见她开口说话，还颇为惊讶："舒服了吗？还有闲心和我聊天？"

被他一说，卿如是又羞又气，咬着唇望向另一边不看他。

他的床对着窗，另一边看过去就能看见院子里的芍药和轻盈飞舞的细雨。

她觉得看着舒服，便一直没挪开眼。很舒服，的确很舒服。

细雨在轻柔地安慰刚被暴雨弹压过的芍药花，它很会安慰，一会儿拂过蕊心，一会儿拂过花瓣，动作小心翼翼，唯恐芍药生闷气。

卿如是瞧着瞧着，忽然浅笑起来，又眼睁睁看见窗外雨势渐大，比方才还要汹涌的暴雨砸下来，将芍药极尽踩躏。

仿佛是为其紧张，她的眉尖蹙起，汗珠都急出来了，顺着脸侧滑下来，掉到月陇西垫在她脑后的掌心上。

卿如是揪心不已，也不晓得暴雨何时停，她紧张得抓住了被褥。

突然，暴雨瓢泼突袭，花群之中，最为亭亭玉立的那株芍药也猛垂下来，折下时那猝然之感仿佛坠落于无底深渊，芍药中蓄满的雨水霎时流泻而出，拂过花瓣，最后又和一地的雨混在一起。须臾，芍药还在和风细雨中轻轻颤着。

她看着窗外的景象，脑子里是月陇西方才带她骑马回来时的景象，刺眼的光将她周身都笼罩起来，热意融融。她的后背汗湿，浑身酥麻，脚底仿佛一直空踩着。

又想到他晚间会跟自己系的红绳，牵丝般提着她，不管她是沐浴，还是看书，或是躺在床上，他总喜欢搅弄红绳，让她的手腕轻轻一动，心也轻轻一动。

最后，她只是想到了第一次见到月陇西时的场景。廊桥上，他踏着碎石走来，清风拂着发丝，衣角翻飞，凤目微狭，一开口，却不是如他容貌这般的浪荡纨绔，而是温润端方的谦谦君子。

好累。她不再想，虽还有些热意，但显然看过细雨清风后就好受多了。

她合上眼睡过去，希望解药快些到，不想等自己醒来时还要再受罪一次。

月陇西把手从被子里抽出来，另一只手也从她脑后抽离，缓缓坐起，越过她的身子去拿床头的锦帕，一边擦拭掌间，一边低头在她眉心落下一吻。

他勾着唇角笑了笑，眉眼风流，坐起身打量自己的掌心和指间，忽而挑眉，尽显好奇。垂眸凝视着卿如是，细细端详她酡红的脸。

一刻钟后，有人敲门来送药。

月陇西坐直身，整理了下衣襟道："进。"

是斟隐。他目之所及，卿如是安静地躺在床榻上，月陇西只着了素白且汗湿后微透的亵衣坐在旁边。

陡然看到这么一幅令人咋舌的画面，斟隐愣住了，一时不知该不该把手里的药碗递过去，这恐怕……不需要了吧？

踟蹰片刻，他仍是慢吞吞地走过去："世……世子，这还要喝吗？"

月陇西瞥了他一眼，接过药，道："出去。不许和任何人提这件事。"顿了顿，他又问，"等下，萧殷呢？"

"喝完药就回院子了。"斟隐微蹙眉，"月世德好像盯上了他，打算把他弄回族里去栽培。"

"回族里，他没那机会了。"月陇西抿了一口药，不烫也不苦，随即将卿如是扶起来，"你出去吧。"

斟隐：得嘞。

卿如是是被月陇西唤醒的，她睁开眼的时候还有些迷糊，不知今夕何夕，脑子里只剩下窗外那些颜色过于具有冲击性的芍药花。

"喝药了。"月陇西把碗递给她。

听清月陇西的声音，她逐渐清明，慢吞吞伸手接过碗，又慢吞吞低头嘬着。一整碗喝得干干净净，她用手背擦嘴，然后把碗放到床头的柜子上。

好半晌，两人维持着各自沉默的状态。

卿如是屈腿抱膝，别过眼不看他，一颗心扑扑通通地跳。好像有些尴尬，不知道该怎么面对他了。

月陇西佯装不悦，说道："怎么，又要把我用完就丢？"原本是无意，但一句说完，他倒真有些不悦了。

想起前些时候她一直和萧殷打得热闹，根本不把他放在眼里。后来自己不回竹院，她也没找过他。且方才他进屋的时候，分明看见她还攀在萧殷身上。

倘若不是自己来了，那她方才对他做的那一套，是否也会用在萧殷身上？反正，她自始至终也没打算嫁给自己。

想着想着，月陇西真有点儿生气了。

卿如是听出他话语中的不悦，心生愧疚。那日不就是这么把他晾着，又做出厌恶他的神情，才把他气着的嘛。

她自知理亏，伏过去，一手撑着床榻，另一只手拉住他的衣角，埋下头，嗫嚅道："我……对不起。"

月陇西背脊微微一僵，顷刻又松懈下来，垂眸，将视线落在她的皓腕和指尖上。

从前她也常会因为愧疚或者感激，这般拉着他的衣角。每每她稍低头，他的心就化成一片柔水，都不用道歉，他的所有气恼就全然分崩离析，哪儿还敢生她的气。心底痒了，就只想要抱着她，一起欢愉才好。

但似乎这回卿如是还有话要说,他不动声色,等着听。

卿如是收回手,她还是头次这么跟男人道歉解释,有些别扭,只得埋着头与他说:"那天我的表情不是那个意思,没有嫌弃你,就是很不喜欢跟人亲近。是我的问题,无意伤到你,我很抱歉。我其实不讨厌你的,真的。你是我所知道的月家人里,最讨喜的一个。"

讨喜?她说讨喜?

月陇西挑起左眉,埋头轻咳了声,咽下了喉咙里要滚出来的轻笑,也掩饰住了眼角要堆起来的笑意。

卿如是顿了下,接着絮叨:"你对我很好,但我对你没那么好。你被我气走了,我还觉得挺愧疚的,今日又赶来救我,我就更愧疚了。所以想跟你道歉,希望你不计前嫌,回竹院来……但你说要等乔芜走之后再回来,不知道为什么,我就觉得心底舒服多了。可能一开始以为你不回来是因为生我的气,现在知道其实是因为乔芜太烦人了,我就放心些了吧。"

月陇西的墨色眼珠微动,斜睨着她,唇角泄出一丝笑,见她埋着头没看见,他的笑意又深了些。

顷刻收敛住,他抿紧唇,沉声道:"说是道歉,也没个诚意。"

卿如是抬起头,望着他:"我很有诚意,是真心和你道歉的。"

"什么都不送,致歉礼都没有,便叫作真心诚意?"月陇西挑眉,"说起来,我赶过来救你,你也不谢我?"

卿如是一噎,立即道:"谢谢你……是不是也要备谢礼?"她微蹙起眉,"那行,我先走了,等我过几日精心挑好了礼再来找你。"语毕,她准备往床下爬。

月陇西一怔,把她拉回来,欲言又止,斟酌后才问道:"你这便说完了?你向我道歉,向我致谢,便只有这短短几句说辞,就没了?"

卿如是愣了愣,低头看向他拉在自己腕上的手,月陇西收手,她也坐直了身子。磨蹭片刻,接着方才的话继续说:"还有,虽说以后我会对你好些,尽量弥补你对我的好,但是我们彼此之间也不能对对方太好了。毕竟我还要嫁人,等出了府兴许要继续跟人相看,你小祖宗管不着你一辈子,而你也该娶……"

说到此处,她自己愣了一下。想起方才他为了帮她纾解,跟她做那么亲密的事,最后还要去娶别的女子,心底蓦地空了下,又被莫名的情绪填满。

月陇西垂眸轻笑追问:"怎么不继续说了?我要娶妻,然后呢?"

"然后……然后我在想……"卿如是低头,闷声道,"刚刚我们那样,你可千万别告诉别人。"

月陇西盘腿坐着，撑着下颚偏头看她，笑吟吟问："我们哪样啊？"

卿如是的脸噌地红透，嗫嚅道："你让我苟且了。"语毕，她慢吞吞地捡起自己的外衫穿戴好，爬下床，说道，"我走了。"

"等等。"月陇西握住她的手腕，低声道，"你先转过来。"

卿如是红透的脸不敢给他看见，转过身，依旧埋着脑袋。

月陇西望着她，压下满眸的脉脉情意，故作漫不经心道："既然你要嫁人，我又刚好要娶妻，我们彼此都一心卫道，不愿为这些俗事困扰，那不如……由我陪你一起苟且，正好也算是因为方才的无礼，对你负责。"

窗外清风渐起，细雨拂过，花丛霎时斑驳迷离。

卿如是微睁大眼，反应了下："你的意思是……我们先假成亲，等崇文遗作的事情定下来了，再和离？"

"嗯……差不多是吧。"想了想，月陇西仍是重新说，"我的意思是，反正你对我无意，我也……也差不多。你就，姑且嫁给我，我们应付过这一阵，再说和不和离的事，如何？"

随着整句落下，他声音渐轻，最后两字已近喑哑。

院中芍药花轻轻颤着，浓抹艳色。雨过天晴，光照耀到的地方，花影在动，心也在动。

如何呢？卿如是心底不排斥这个提议，甚至觉得这提议其实正中下怀。

毕竟，比起流水似的相看那些不知根底的纨绔公子，能直接嫁给月陇西这个相熟的崇文党是再好不过了。

他这人虽在相熟之后偶尔不着调，但总得来说还是十分妥帖的。她若嫁过去就可以只为崇文遗作的事操心，无须有后顾之忧，且他的身家抵得上十个高门显户，卿父卿母也不会不满意。

最重要的是，他的郡主娘也算半个崇文党，为人通透，对她又那般热情，还大方邀请她去月府玩耍，想必往后相处起来也不难应付。

最重要的是，应付过这阵之后还可以和离，全身而退。

但……月氏？又让她嫁进月氏？卿如是总觉得哪里不对劲。

"这事，不是我们说了就算的吧？"卿如是把想法折合到一起，暗示道，"就……我是崇文党啊。"

"我也是啊。"月陇西的鬼谎撒得眼都不带眨。

卿如是点头道："我知道，我的意思是……你家里的人，都知道我是崇文党吗？"

月陇西微蹙眉，颇为不解。

卿如是见他不明白，也不好意思直说，只嗫嚅道："你自己好好想想吧，我先走了。"

月陇西这回没有拦她，任由她去了，心底琢磨着她的意思。是担心自己嫁进月氏之后会如同前世一般不得善终，所以拒绝了他吗？

他微拧眉，目光落于窗外，看着卿如是渐行渐远，心生彷徨。

上辈子被他伤得太深，于是今生连假成亲的机会都不愿意给他了吗？

月陇西的眉头皱得更深了些，倒在床上，木然望着帐顶，须臾，用手腕遮住了微酸的眼。

他微叹气，心底还惦记着小祖宗的另一桩事，没那空闲伤春悲秋，躺了会儿又立时起来，穿戴好衣裳出了国学府，往采沧畔去。

叶渠听说了小楼被月陇西带人砸了的事，也不知具体是个什么情况，担惊受怕地等了他许久，此时好容易盼着他来，赶忙迎进茶室。

关上门，叶渠急忙问："你不是跟青衫公子会面去了吗？好端端的，怎么把小楼给砸了？"

月陇西沉声道："没砸，我找不到她人，就吩咐侍卫把楼上的门都给踹开。后来有个小二反应过来我要找的是谁，才出来指路。"

"找不到人也不能这么干啊！你这把我吓的……"叶渠抹了把虚汗，坐定后又问，"那你们的事情谈成了没有？"

月陇西摇头。

"没……没谈成？"叶渠霎时又紧张起来，握紧茶杯，"你听我说，若是还有转圜余地，就别跟人家年纪轻轻不谙世事的小公子动手动脚，好歹……"

"不是没谈成，是不谈了。"月陇西的指尖敲在桌上，轻笑了声，无可奈何道，"我没有料到……青衫，就是卿如是。"

今日晌午他方要走时，发现萧殷不见了。临着要走，萧殷这般妥帖的人绝无可能不顾指令随意乱跑，且他派人在国学府寻了小半个时辰也没寻见萧殷。

月陇西意识到事有蹊跷，放心不下卿如是，便唤斟隐去竹院看一眼，结果却从乔芜的口中得知卿如是去了小楼，要与人赴约，且已经去了将近一个时辰还不曾回来。

霎时间他什么都明白了。一个时辰不回来本也没什么，可萧殷也一起消失，就令人匪夷所思了。既然月世德不顾情面做到这地步，他便也顾不得撕破脸，当即挟剑去月世德的院子里逼问。后来急忙赶到小楼找人，幸好来得及时。

既然青衫是卿如是，那他自然不能去说什么请她修复崇文遗作的事。

叶渠却不解："卿如是是谁？她怎么了？姑娘家？！不不，我是不相信你会因为对方是个姑娘就心慈手软的。"

"卿如是，她是左御史家的小姐，曾与我相看过。虽然她没有来，但是……"月陇西撑着下巴，忽笑道，"我很满意。"

叶渠："……"

虽然这无懈可击的理由把叶渠招得够呛，但他仍是为青衫松了口气。月陇西若真要害她，自己也算是从犯，无论如何良心也会不安。现如今不用担心了。

"没想到啊……那般狂狷的字迹和文风，会是个姑娘家写出来的。"叶渠啧啧称奇，又忍不住想调侃他，提起茶壶，边倒茶边悠悠道，"这么说，你们这算是相看成了，准备何时开始筹备婚事？"

"我……"月陇西眉尖轻蹙，"我和她……她看不上我。"

叶渠端着茶杯笑出了声，他一笑手里的茶杯跟着一抖，洒出一些茶水来。

月陇西淡然觑他一眼。

他便敛起笑，说道："你们年轻人怕什么，你跟她谈谈。她都到成亲的年纪了，怎么着也得嫁出去，你想办法先把人拐回去再说别的。"

"我也是这么想的，可我问过她了，她不愿意嫁给我。将就着与我假成亲都不愿意。"月陇西想起这事就颇为心酸。

难得看到他吃瘪，叶渠笑道："你怎么问的？她又是怎么回答的？我帮你分析分析，看看你的问题出在哪个环节上。"

月陇西想了下，便如实将来龙去脉讲了一遍。

叶渠没说话，兀自拈着胡须斟酌了一会儿，随即谨慎地问道："她的意思……难道不是在暗示你，让你上门提亲？"

月陇西一怔："？"

稍一顿，他眸中微有希冀，追问道："何以见得？"

"还何以见得，这不是很明显吗？"叶渠匪夷所思，"你这脑子今儿个怎么回事？"

月陇西皱眉，紧盯着他，等他解释。

叶渠道："她不是说了嘛，这事你们说了不算数，言外之意就是得你们父母说了才算数。她的父母她自己有底，但你这边就不一定了，因为什么？因为她是崇文党啊。所以她问你，你家人都知道她是崇文党吗？如果都知道，且都认可,那你提亲不就完事了。若是你家有人不认可,她就算答应了,你也提不了亲啊。"

叶渠说得明明白白,月陇西却仍是不敢置信,敲桌的手微微颤抖。

他抿了抿唇,回味着卿如是说的话,又结合叶渠所言仔细分析,最后盯着叶渠,再三确认道:"真的?"

"我骗你做什么?人家姑娘脸皮薄,万一你父母不同意,她把这事说破了让你提亲的话多没面子。且你们本就是打着假成亲的算盘去的,那假的她能直接叫你上门提亲吗?显得她多重要似的。你要是能说服你家上门,她自然也就同意了。"叶渠说到此处,又皱眉感叹,"不过她说得也对,她是崇文党,你家不可能同意的。"

"原来她是这个意思……"月陇西直接忽略了他后半句话,笑意涌上,如风过境般霎时堆满眉梢眼角,他起身,"我走了。"

叶渠瞥过他春风满面的模样,嗤笑一声:"走吧,走吧。我换药去了。"

听及"换药",月陇西又转过身来,告诉他:"你不必担忧,我已决定将月世德除去,保证你进国学府之后绝无性命之虞。过几日就是万华节,他会进宫面圣,我要他有去无回。"

"死在宫里?"叶渠惴惴不安,"届时若陛下追究起来,查到你的头上……"

"不会查到我头上,我会让陛下亲自赐他死。"月陇西淡笑,"走了。过些时候,给你带喜酒来。"

语毕,他拂袖转身,走出采沧畔后却不急着回国学府,反倒是往月府而去。

傍晚时进,入夜方回。

第十一章 万华节 上

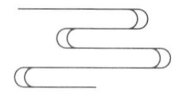

月陇西回到国学府的第一件事便是搬回竹院。

卿如是穿着一身松散的素衫，反正月陇西不在，她也就无须顾及，里面浅黄色的肚兜露出来一些，她也没管，只撑着脑袋在书桌后写字。

说是写字，却不过随意比比画画。纸面被墨汁沾满，她无心收拾，惦记着白日里和月陇西说的那番话他究竟明白了没有，是不是说得太隐晦了？要不要再跟他解释解释？

可这玩意儿要怎么解释？卿如是蹙紧眉，又陷入了两难。

乔芫早爬上榻歇着了，口渴下来喝水，见她还没睡，便问了句："你不困吗？这都深夜了。"

卿如是垂眸摇头，看见被自己搞得一团糟的纸笔，有些心烦意乱，微叹了口气，说道："我饿了，去小厨房看看有没有吃的。你睡吧。"

说完，她随手拿了件外衣，推开门，正撞上把玩着折扇往院子里走的月陇西。

一时，两人视线衔接，同时驻足，谁都没有说话。

半晌，月陇西朝她走过来，视线在她半露的肚兜上周游了下，饶有兴致地勾起唇角，笑道："晚上好啊，小祖宗？"

卿如是埋头披上衣衫，低声问："你怎么回来了？"

月陇西拿折扇敲了下她的头，而后又摸着她的脑袋俯身凑近她，眉眼俱笑，轻声问："你说我怎么回来了？"

卿如是心虚地缩了缩脖子，却不晓得为何自己忽然想笑："我怎么知道。"

月陇西笑吟吟道："我亲自回来给你个惊喜，看到我，你惊不惊喜？"

"还行吧。"卿如是拉了拉衣衫，踌躇片刻，问道，"你没有什么要问我的吗？"

月陇西挑眉道："没有了。"

顿了顿，他蹲下身来，帮卿如是系那衣衫腰部的细绳，一边系一边笑道："你走之前不是让我好好想想吗？我绞尽脑汁，思来想去，可算是想明白了。"

卿如是心底没由来地有点儿紧张，屏住呼吸等他说下一句。结果等到腰间的绳系完，他也没说出下句来。

卿如是默然。

灯火点点，浅溪泠泠，蝉鸣声竟逐渐悦耳，凉风拂过他的发梢，也吹入她的衣衫，呼吸间都是沁人的凉意。朝朝暮暮，清风与竹，若是能一直这般长久，似乎也并无不可。

她的指尖蓦地被温热的东西包裹住，低头却见是月陇西松开她腰间系绳，牵起了她的手。缓缓抬起头来望向她，就着半跪在地的姿势，他微眯起眼，哑声轻笑道："小祖宗，你真真是要了你孙子的命了……那，既然答应了，就不得反悔。为表与我合约的诚意，你先喊一声夫君来听听？"

卿如是狐疑道："不是说好假的吗？成了我都未必叫，且不说现在了。"她不屑地抽出手，自己握在心口，转过身不去看他，眼珠子却滴溜溜地在转。

月陇西站起，用折扇敲了敲掌心，笑道："何必将真的假的挂在嘴边，假的是假的，我们彼此心知肚明就好了，平日里，不戳破不是更有意思吗？"说着，他靠过去，拿折扇戳她握在心口的手，侧头低声道，"过几日是万华节，我带你乘画舫看花灯好不好？"

"又出府？那些老学究不会怪罪你吗？"卿如是心底还是挺想去的，但总想不明白自己为什么想去。灯会有何好看的？她向来觉得无趣。

"如果是为了陪小祖宗，他们怪罪就怪罪吧。"月陇西笑，"还是说，小祖宗在担心我？你放心，他们不敢拿我怎么样。我们审批好文章再去就是了。"

卿如是垂下头，手指头钩起自己腰间的流苏来玩，想了许久，最后慢悠悠地"嗯"了一声。

她要去小厨房找吃的，月陇西与她同去，待他们回来之时，乔芫已经睡熟了。

卿如是吹熄灯后方想起要找月陇西拿红线，推开门，月陇西就站在门外。见她出来，他立即将门给关上，拉住她的袖子，在她疑惑的目光下将她引到床前。

"今晚，你睡我的床，我睡小榻。"他缓缓解释道，"你若是和她睡一间，要如何与我绑红线呢？明日她起来看见，岂不是又要你尴尬？"

好像有几分道理，但似乎哪里不对劲。卿如是没想太多，微蹙眉点了点头。

待与他绑好红绳，躺下来，鼻尖都悠游着他的气息时，她睁开眼望着床帐顶，反应过来——

那明日乔芫起来，看见他们睡在同一间房里，且她还躺着月陇西的床，难道就不会尴尬了吗？

她侧过头去看月陇西，四周一片黑漆漆的，也不知他睡没睡，卿如是便一直将他细细盯着。过了一会儿，一声轻笑传来，原来他没睡，也在看着她呢。她有些窘迫，转过身不再看他。

不消多时，手腕轻轻一动。她又转过来，轻声叱他："这么晚了你快睡吧，别玩了。"

月陇西故作怅然地叹了口气道："我有心事，睡不着啊，不如……"

卿如是以为他要说什么"不如你帮我排解一番"之类的话，以此同她来个彻夜畅聊。

这想法刚起，卿如是还思索着要如何拒绝，毕竟他不睡觉，她可是要睡的。

却见他兴致盎然地提了提被子，合上眼，摆好要睡觉的姿势，然后由衷提议道："不如小祖宗唱首童谣，哄孙子睡觉吧。"

卿如是瞪大眼：我？！

月陇西是个狠人，自她当了小祖宗之后，他对于辈分骤降之事不以为耻，反以为荣，活生生把自己的格调从西爷玩成了孙子，还是认认真真地玩成孙子。

他的提议基本上没给她拒绝的机会，闭眼之快，睡觉的姿势摆得端端正正，就等着她开口了。

卿如是郁闷地翻过身，盯着帐顶，童谣她不会，但哼点儿小曲还是可以的。

窗外有淡淡的光，绸缎似的披在桌上的青瓷上，清辉幽幽，夜凉如水。她怔愣地盯着那清幽，微微一叹，慢悠悠地哼起了一段忽而萦绕在心头的小调，脑子里也不自觉地浮现出前世的一些片段。

上元佳节，赏月之夜。

夫人专程来给她送新出的成衣和佩饰，说是晚宴时要换上的。这场晚宴是惠帝在宫中举办，三品以上官员可带家眷入宫。月一鸣带了夫人和她。

原本她是不想去见惠帝的，但月一鸣说："你一人在家多无聊，宫里会放好看的烟火，会组织宫女去那条母河放花灯，可以放孔明灯，还能看你不常见的宫廷歌舞。你不是一直想知道他们是怎么把阳春白雪改成宫中乐曲的吗？一起去，有我在，陛下不会针对你。"

别的她都不感兴趣，但她的确一直想要看看那些高雅之物究竟如何被宫人改成奢靡乐曲。

可那晚让她记住的不是那些奢靡的宫中乐曲，而是一段伴着月光倾泻而出的悠然小调。

惠帝寻趣，要座下官员侍乐。

那位公子头一个自荐。

他走出来时，秦卿被夫人握住的手微微一疼，转过头看。夫人自知失态，浅笑与她道歉，随即垂下眸兀自抿茶去了。她的手捏得很紧，那茶杯颤着，波纹轻漾，映出她如水洗练的眸子。

所谓月明星稀，今夜有月，就不该有星。星月相逢，对望也无言。

公子玉树临风，气度卓绝，肃肃如松下风，高而徐引。他手执玉箫，缓缓抵在唇畔，眸光潋滟，仿佛倒映着宫中长明灯。

小调婉转悠长，但因没有填词，也没有和舞，唯一支玉箫，在这盛大的宫宴中，显得孤陋。最后那幽幽一曲和着夜风，都没在了清辉里。

秦卿觉得很好听。

夫人却低着头，自始至终没有抬眸看那人一眼。秦卿从前以为她是不喜这不堪入耳的简陋小调，后来才知道，其实是因为，有些东西一旦因为多看了一眼流露出来，那就大事不好了。

公子的曲子单调，便想邀请在座哪位同僚相和。

月一鸣笑说："陛下，内人一手琵琶弹得正妙，倒是可以一试。"

惠帝准允后，月一鸣端起酒杯远远敬了那公子一杯。

夫人微讶，压低声音急迫地道："相爷，我……"

月一鸣示意身后小厮给她拿琵琶，对她道："去吧。"

夫人有些怯弱，抱住琵琶后也不敢起身，秦卿看见月一鸣凑近她，在她耳畔低声说了一句话。夫人便释然地轻笑了下，泪光盈盈地致了声谢，又款款向众人施礼，去了。

他们无须做任何交流，一个眼神便心领神会。琵琶与箫声竟无比契合，称不上惊艳，但秦卿想，这世上最难得的应是恰到好处。她喝了些酒，悠然听着，夫人下场时她还数着拍子。

秦卿被宫中的酒催得微醺，撑着脑袋问夫人："夫人像是很熟悉这首曲子，曲子这样好，却没有词吗？"

夫人淡笑，轻声说："有词，只是不能再唱出来听了。"

"为何不得再听？"秦卿趴在桌上，捏着一块糕点，偏过脑袋看她。

夫人抚摸着断了弦的琵琶，低低地说："再听已是曲中人，恐会心碎。"

后来放花灯时，夫人不知和哪个女眷走在一起玩耍，没有同路，秦卿便问月一鸣方才在夫人耳畔说了什么。

月一鸣看着满池花灯，告诉她："我说，莫将此夜当作此夜，便当作是那年杏花微雨，初逢良人之时。"

卿如是回想着那调子，统统明白过来。月一鸣说"就当是杏花微雨时，初逢良人"，夫人说"不再听了，再听已是曲中人"。

那公子便应当如那年初见时与她说："不知姑娘可否与我相和一曲？"

这一切是卿如是的畅想，她不知那公子究竟有没有对夫人说过这句话，但想来也差不太远。公子没有和夫人在一起，最后夫人认命嫁给了月一鸣这个权贵，还为他诞下子嗣。

有些欢喜，注定止于唇齿，掩于岁月。

想来想去，又是一个悲伤的故事。

可是，夫人真的愿意给月一鸣诞下子嗣吗？她如何能从那样一段谁都没有过错的情爱中抽身呢？月一鸣分明最能明白夫人爱而不得的心境，宫宴时也愿意帮夫人和那公子圆他们的心愿，真的还忍心让夫人为他绵延子嗣？

卿如是想着想着，沉沉睡去。

醒来时发现她睡在自己的房间里，手腕上的红绳也被解下。乔芫也刚醒，还没梳洗，背对着卿如是盘腿坐在榻上穿针引线。

卿如是下床倒茶喝，不经意瞥了一眼，发现乔芫是在绣香囊。她好奇地问了句："听说临着万华节，许多考生都托人去府外买福字香囊，你这是给乔景遇绣的吗？"

乔芫一针一线绣得颇为细致，回道："当然不是。我就是瞧着那么些人出府买香囊，才想到这活儿，打算给世子绣一个，塞些香草什么的，佩戴在身上可以驱虫逐蚁。"

卿如是愣了愣，凑过去看了眼她绣的图案，是生长在崖缝中的松柏，青翠的针叶颇有凌厉之色，下方还有一个小小的"西"字，但都未绣成，不过瞧这穿针引线的架势，想来无须多时。乔芫这人瞧着傻，女红倒是不错，该女子学的都没落下。

"他的衣裳都用驱虫草熏过，还用香料腌过几遍，不必佩戴香囊的。"卿如是想起昨日抱着他时隐约闻到的冷梅香气，耳梢微红，又添了一句，"我与他相识这么久，也没见他戴过这玩意儿，想来是不需要的。你还不如送给乔景遇，我看那'西'字也未绣成，你可以改成'福'字，松柏含有延年之意，正好。"

乔芫不是很高兴，低声嘀咕道："你当然不希望我送给世子了……"说着，她轻哼了声，转过背去继续绣，不搭理她。

既然不听劝告，卿如是也就不再管她。毕竟她绣好了月陇西也是不会收的，不过是自取其辱罢了。

稍一顿，她又想到那晚月陇西认可她说不带乔芜是怕她涉险之事，一时倒拿不准月陇西会不会收这香囊。

梳洗完毕，斟隐特意过来，带她去月陇西所在的院子，一同审批。

乔芜本也想着跟去，被斟隐直言阻拦后只好作罢。

院子里的芍药花又盛，比之昨日还要绮丽妖冶。卿如是见月陇西在院里摆好了桌椅，便直接走过去挨着他坐下。

月陇西给她递上笔，笑问："怎么一大清早就是这副表情？昨晚被我折腾坏了？"

他有意说得暧昧不清，惹来斟隐侧目，顷刻离去。

卿如是羞愤难当，夺过笔趴着脑袋开始写字，轻骂道："不要脸。"

"我的意思是，昨晚让你给我哼点儿小调，你还累着了不成？"月陇西给她递了杯茶，"没睡好？"

卿如是缓缓摇头，接过茶浅抿了口，踌躇须臾，问道："你可知……今早我瞧见乔芜在做什么？"

"她还不打算走吗？怎么又说起她了。"月陇西兴致缺缺，伸手帮她挽起垂下来的袖子，"我不知道，你说吧。"

"我瞧见她在给你绣香囊。"卿如是语速稍快了些，仿佛是想要掩饰什么，"你平日里不戴香囊的对吧？我没瞧见你戴过。"

月陇西点头。"不戴。不过……"他稍一顿，笑吟吟道，"小祖宗若是给我绣一个，孙子一定日夜戴着，买根红绳挂脖子上，好看又辟邪。"

听他如今一口一个孙子，自称得极其顺口，卿如是给了他一个礼貌的微笑。

要她绣自然是不切实际的，且不说以她的脾性有没有那个耐力坐下来穿针引线，就说那针线，她能把线穿进针孔里都不错了。

月陇西也晓得她这双手是从没沾过针线活。前世想让她给他缝个没有图案的平安符都未能如愿，更别说香囊这么考验绣工针法的东西了。那太难为她了。

最终，两人都默契地不再提香囊的事。

批审过半，卿如是撑起下颌，盯着院里的芍药花出神，想到昨日的酣畅，她耳梢发起烫来。

陡然有冰凉的东西贴住了她的耳郭，她吓了一跳，扭过头别开了，定睛看去，发现月陇西的手还悬在她的耳畔。

他一笑，慵懒至极道："小祖宗怎么回事，这文章审着审着，想什么呢就羞成了这般模样？不知道的以为哪位考生写了什么不耻的东西交上来。"

卿如是恼得说不出话来，自己也觉得可耻，分明今日没有中那药，脑子里为何还会想那些不干不净的？

她这般一顿，月陇西已装模作样地拈起一张她腕下压着的考卷，抖了抖，说道："哎呀呀，让我瞧瞧，写了些什么不堪入目的话，害得小祖宗这般纯洁的人儿浮想联篇……啧，这人文采不错啊，似乎没写什么不干净的东西啊？那小祖宗为何羞恼？"

卿如是把笔往砚台上一搁，侧过头去不理会他。

他摩挲着指尖，感受方才与她的耳郭一触即分后的余热，嬉皮笑脸地凑近她，哑声问："难道是因为小祖宗背着我看了不少我祖上和秦卿翻云覆雨的话本子，方才顿下来，是在回味书中精髓？"

卿如是一张脸涨得通红，此时转过来朝他咬牙切齿道："当然不是！我怎么可能看那种俗物？"

"不是？"月陇西故作惊讶，随即风轻云淡地问，"那……难不成小祖宗其实是在怀念昨日躺过的那张床？"

"月陇西你好烦啊！！"卿如是终于恼了，拿起笔往他身上砸，笔尖不慎在他下颌处画下一道墨迹，又在他今日着的白衣上添了几笔。

月陇西却不气，低头瞧了眼墨染的白衣，又拿拇指擦了擦下颚，笑着眨眼道："看来是猜对了？"

卿如是愤然拍桌站起，一手放在腰间长鞭上。月陇西亦站起，不等她先有动作，一巴掌浸入砚台墨汁里。卿如是瞧出端倪，本欲抽鞭吓他的想法顿消，赶忙扭身要跑。

月陇西揪住她的领子，一把将她拉到怀里，笑着往她脸上抹了一把墨汁，道："你跑得过我吗？"

卿如是被沾了满脸的墨，心里嫌恶得不行，眉头一皱就想打人。不待她发作，月陇西单手绕住她的腰将她抱起，另一只手按着她的脑后，低头用自己的脸去蹭她侧颊的墨。

呼吸间，净是墨汁与寒梅纠缠在一起后的淡雅味道。

卿如是浮躁的心渐渐平静了。

厮磨间，月陇西白皙的脸也沾上了墨汁，垂眸朝她眨眼笑道："也不知是墨香，还是你香……我错了，小祖宗，这样公平了吗？"

卿如是望着他，片刻又挪开视线，别扭道："公平了。"

月陇西将她放下来，唤人打水洗脸。

柔软的巾帕浸过温热的水，卿如是用香胰膏子仔细地擦着侧颊和手指缝，然后拿巾帕一点点擦拭。

不一会儿，月陇西已经洗完了，见她还在不紧不慢地洗，颇觉有趣，双手环胸倚着桌看她，道："小祖宗这般容易害羞，以后成婚了那还了得？须知许多事都需要你我配合的。"

"你还说，要不是你提到昨日……"卿如是垂着脑袋，借着擦脸之故不去看他的眼睛，稍一顿，她又狐疑地问道，"说起来，你为什么这么有经验，晓得这些乱七八糟的法子？你是不是也帮过别的女子？还是说你和你家的丫鬟其实已经……"

月陇西：这不都上辈子跟你实战的吗？

他摸了摸鼻子，笑道："我还是清白的人，小祖宗莫要诬蔑我。须知道，博览群书，任何时候都可以立于不败之地。小祖宗不看的那些俗物，便是我喜好钻研的，以后有机会我们可以一起探讨精髓。"

"别了吧，"卿如是轻嗤，"不要脸。"

这厢笑闹着，月世德那厢却满室肃然。

月世德认真看过每篇文章后少女的批语，对比过几本泛黄且积有青苔的书籍的内容，又逐一比对过字迹与写字习惯，甚至比过几篇内容的行文风格，想起缠于少女腰间的长鞭，以及少女第一次见到他时不屑的语气与神情，思绪飘摇间，仍是无法相信。

压住内心的惶恐与激动沉吟许久，月世德对身旁小厮低语了几句。

小厮讶然，低声道了句："是。"

入夜后，卿如是和月陇西同回竹院，刚坐定，乔芫便迎上来，手中赫然就是晨起时绣的那只香囊。

她将香囊递给月陇西，满面羞怯地说："绣得不好，世子若是不嫌弃，便随意当个小玩意儿收下来把玩。"

卿如是在一旁略略伸长脖子瞧着。岩松青翠，修挺匀称，下方"西"字绣得婉约，但字迹偏清瘦，倒也与松图相合。最为有心的是题句"簌簌松下风"，五字的排布修饰了整幅图，立意便也上去了，着实是教人称赞的成品。

想来以乔芫的脑子是不晓得"簌簌松下风"的，多半是去请教了乔景遇。

卿如是心底为此生出一抹怪异的不适，瞟了眼月陇西，等着看他究竟收不收。

月陇西端起茶杯浅抿了一口，思忖片刻，而后看向乔芫，谢道："乔姑娘费心了。"紧接着，他放下茶盏，伸手接了过来。

卿如是讷然，他真要收下？不是白日里还说……

月陇西低垂着眸打量那图案和下边的字样，觑了眼一旁讷讷站着的卿如是，低笑了声，话锋一转就道："可是，我一向没有佩戴香囊的习惯，就算收下了也不过是搁置在抽屉里不再过问，倘若那样的话，岂不枉费乔姑娘的一番苦心？所以，这香囊，你赠给我，我坦然当着你的面转赠给卿卿，你看如何？"

乔芫一怔，眼眶顷刻通红，如初生的幼兔般惹人怜爱。

然则，月陇西还伸手将卿如是拉到面前来，低头给她系在腰间。

卿如是虽然觉得他这招当面借花献佛太狠了，但心底不知为什么觉得好舒坦。

乔芫委屈地盯着他们两人。她设想过月陇西不肯收香囊严词拒绝的情况，也设想过他收下香囊但随意搁置的情况，这些她内心都能承受，却不承想，他竟还有这等伤人的法子。还有什么不明白的，这一口一个"卿卿"，已教她确信了。

霎时，她的眼泪夺眶而出，她嗫嚅道："世子，你……你是不是……"

月陇西微挑眉道："我是不是什么？"他淡笑了下，眸中似有警告。

纵然乔芫脑子不好使，但看人眼色的本事还是有的。她被这眼神一吓，想要问出来的话就憋了回去，瞟了眼仍低着头闻着香囊的卿如是，她一口气闷在胸口，只得跺脚转身往房间里去。

不消片刻，卿如是转头看去，乔芫已经收拾好仅有的两三件衣裳，背着个小包袱出来了。前几日怎么着都要赖着跟月陇西接触，如今真接触了反倒要走了。

要说月陇西相看那么些姑娘真不是白打发的。有些人生来便似他这般，风轻云淡的谈笑间就伤透了别人的心，只不过是因为被伤的人有心，伤人的人无意罢了。要伤有心人，向来只需要最简单的薄情。

天色已晚，真教她自己回去，万一出了岔子，卿如是也不好跟乔家交代。她喊住乔芫："这么晚了你走回去不成？我给你唤辆马车，再带几个侍卫，送送你。"

乔芫站定在院子里，边低声啜泣着边等她。

月陇西坐在位置上自在喝茶，瞥了眼院外，问卿如是："需要我陪你同去吗？"

看来你还是没有意识到自己的操作有多伤人，卿如是由衷道："不了吧，她如今怕是不愿意再面对你。"

月陇西莞尔，笑出了几分负心人的味道："那你去吧，送到府门就回来。我让斟隐送她，你快去快回。"

卿如是颔首。

送到府门，乔芜看也不看卿如是，眼瞧着停在门外的马车便钻了进去，斟隐跟上，卿如是叮嘱了几句后自行回院。

她拐过距离府门不远的影壁，刚踏上回廊，便有几名小厮疾步走来，与她施礼后低声道："卿姑娘，月长老请姑娘入院一叙。"

卿如是微蹙眉，打量了他们几眼，厌恶地说："他唤我去我便要去？不去。"

卿如是抬腿要绕路，几名小厮却在她身前一字排开，将她的去路拦住，轻声道："事关修复崇文遗作，烦请姑娘与我们走一趟。"

"修复遗作岂是他能让我掺和的事？随意编排个理由就想哄我，还做出这番阵仗阻拦我的去路，我若真跟着你们去了才是脑子有问题。此时我若吼上两嗓子，招来了人，你们一个也说不清。"话音刚落，猝不及防间，卿如是抽出长鞭往几人脚边狠狠一答，"让开！"

小厮们果然被震慑，面面相觑后退开了些，让出一条路来。然而她刚走两步，就见月世德自己从回廊那头朝她走过来。

她微凝，瞧见了他手里拿着的一本书，顿时生出不好的预感。

果然，他将手里的书递来，一言不发。

卿如是随手翻了两页，心蓦地沉了下去。她面上半分波澜不显，镇定地挑眉问："何意？"

月世德并不答，问道："姑娘要在这里聊，还是室内一叙？"

此时若跟他去了院子，反倒是心虚承认，愈发肯定他的猜测。毕竟这种事，实在令人难以置信，所以卿如是就猜他并非已经笃定，而是想要试探一二，加以验证。此事若教他肯定了，必然被拿去借题发挥，届时谣言四起，后果不堪设想。

但若她抵死不认，月世德又有何办法？

打定主意，卿如是慢悠悠一笑，说道："你的院子里净是些手脚不干净的人，我可不敢再拿自己的清白作赌，便就在此处说了吧。"

她将自己被下药的事挑得明明白白，丝毫不避讳。月世德听着颇为刺耳，却也不与她计较，眼前有更重要的事要验证。

他并不屏退周围小厮，径自说道："倘或只是字迹与用鞭的习惯相同，我倒是不觉得奇怪，行文风格巧合也算不得数，但若是连脾性和看我的眼神也相同……这世上真有这等稀罕事？"

卿如是睨着他，眸露狐疑，反击道："长老在说什么？是在拿我与旁人比较？我看长老的眼神难道有何不敬之处，让长老心底不舒坦了，所以来找我的不自在？"

月世德见她神色无异，并不着急："不舒坦？我却觉得，自打在书斋姑娘知道我开始，倒像是我从前惹得卿姑娘不舒坦过。不对……"

他顿了顿，压低声音道："此番不该再称呼你为卿姑娘了……是否该唤你一声表婶？毕竟，当年女帝已下达旨意，将你从侍妾追抬为妻，入了月氏族谱，受一声表婶也无不可。"他的声音逐渐凌厉，沙哑的声线也磨不出一丝温和，分明是在试探，却端着不容置疑的态度。

卿如是气定神闲地笑了笑，说道："月长老的族亲关系我不了解，但这史上被女帝从侍妾抬为平妻的唯有秦卿一人，原来长老是在将我与她相比较？长老究竟是在怀疑什么？我听得云里雾里的，至今仍是颇为不解。难道长老怀疑……我是秦卿？"

她忽地笑了，做滑稽之色，神情间净是嘲讽，仿佛听了个笑话。

不待月世德渐惑的神色稍缓，卿如是讥道："听说上了年纪的人擅长臆想，长老想出这般令人匪夷所思的事，实在可笑。你说我像一个遗骸已在黄土中埋了百年的人，是，我自己也觉得像，但你说我就是这个人，真真笑掉人的大牙，那我是借尸还魂，还是妖狐转世？长老信奉鬼神，胡言乱语，莫要教外边的人听去，以为长老到了入土的年纪，合该神志不清。"

语毕，她做出无趣的神情，冷然哂笑后自他身旁擦肩而过，毫不迟疑地往竹院走去。

走过几步，卿如是又转过头来莞尔道："长老这声自降辈分的'表婶'我本受不起，但若是长老执意活在自己的臆想之中，那便一直这般叫着吧，我习惯习惯也就受着了。"

"你？！"月世德噎了一口气，两指头颤抖着指向她，上了年纪的人噎了气便难以纾解，好一阵头晕眼花，身旁的小厮上来扶住他才站定。

望着卿如是轻快离去的背影，月世德的眸色微沉。他应当相信直觉，但这番话的确动摇了他的猜测。并非卿如是一番嘲讽气噎了他才教他怀疑自己，而是卿如是太淡定，她的表情没有任何差错，就连刚看到这本收录秦卿文章的书后转瞬而逝的惊讶与慌乱都不曾有。

纵使这般，依旧不能打消他的怀疑。他知道卿如是不笨，顷刻间收敛并且掩饰情绪对她来说不过是脑子转得快或慢的问题。她脑子转得快，所以能迅速想通关键，继而收敛住情绪，亦是合情合理。

搅乱了月世德的思绪，卿如是自己也不见得多淡定。她心神不宁地回到竹院，走路深一脚浅一脚，整个人都陷入沉重的思考中。

当年月世德年纪还小，本不该对她有过多印象，但那场毒打容不得他忘，月一鸣的仇他不敢记，秦卿这个崇文党的仇他却能记得死死的。

后来二人不曾再见过，可既然身处扈沽，他又是月氏族人，秦卿在扈沽城中发生的一切他必定知道得清清楚楚。随着年纪的增长，他或许也看过不少秦卿的著作，知晓她的字迹和文风。

兴许，早在自己给考生的文章后面写完批语呈上去的时候，月世德就对她起疑了，于是找来秦卿从前的文章，想要验证他印象中秦卿的字和风格是不是与她一致。

还有这用长鞭的习惯，以及她的脾性。

月世德说得不错，上述任何一项疑点若只当作单独的疑点，那根本不足为奇，可若同时凑在一起，又怎能不让人起疑？

世人没有接触过她秦卿，再如何听说她冲动任性也不过是贴上性格的标签罢了，所以在这里没有别人会怀疑她。可月世德是个意外，他活得太长，见过秦卿，与她结过仇，后来的时日又把秦卿这个人给琢磨透了。

卿如是微叹，不知如何是好。她很清楚地知道，今夜这番说辞并不能完全打消月世德的疑惑，只要月世德在这扈沽城一日，就会不断找机会试探她，直到她露出马脚。

这倒也罢了，最怕的是她分明没有露出马脚，月世德却利用这一点猜测做文章，直接造谣生事。毕竟不是每个人都是君子，非要将一切查个水落石出才跟风起哄，世人大多都更喜欢捕风捉影。

她心神恍惚，进门径直撞到了月陇西的怀里，倏地回过神来，她捂着额头蒙了。

月陇西见她许久不回，正打算出门去找，却不想与她正面撞上。发现她神情惶惑，他嗅出些不对劲，问道："怎么了，在想什么，走路也这般出神？"

卿如是思考一番，告诉他："我方才回来的路上遇见月世德了。他说了些我不爱听的话，惹着我了，所以没有注意。"

她从来在月陇西面前自称小祖宗，自然不能直说月世德将她认成秦卿的事，以免月陇西也起疑。

月陇西听后微凝神看她，沉吟了下，低声道："你不必介怀，他很快就惹不着你了。"

卿如是微讶，抬眸问："他要回族里了？"

月陇西一顿，颔首道："差不多。"

卿如是松了一口气，苍白的面色终于好看了些。

她心底还惦记着万华节要和月陇西出府玩的事，既然月世德就快回族里去了，便也不值得她再上心费神，且此番境地，除了见招拆招，委实什么也做不了。

几日相安无事，七选时月世德也来到七室监考，仿佛前些时候给卿如是下药欲毁她清白以及拿秦卿旧作逼问卿如是的人不是他一般。

卿如是并不搭理他。如此正好，便当作无事发生，等他回崮沽山的路上再寻人收拾他，报那下药之仇，以免在这城内犯事被追究到头上的话会牵连卿府。

她这般盘算着，月陇西亦盘算着今夜的布局。两人各怀心思，傍晚时分才将俗事抛之脑后，只想好好过个节。

卿如是也不晓得自己为何临近傍晚时分还特意换了身衣裳，着意梳妆打扮了番。她为自己绾发点妆，插上缀着银链流苏与两颗玉珠的团花玉簪，拿近期流行的蜻蜓薄翅沾了胭脂做花钿，选了好一会儿口脂，最后抹了胭脂红色，低眸又见自己手腕空空，便翻了翻妆奁，一手戴上葡萄藤纹样的银镯，另一手戴了八宝臂钏。

月陇西从不知卿如是出趟门会这般烦琐，他已经坐着等了许久。前世央求她同行，她好容易答应了，却是连口脂都懒得抹一个。

他兀自想了会儿，颇感欣慰，随即起身敲门询问。

卿如是出来了。

月陇西蒙了。

他打量着她的衣裙首饰，目露惊艳之色后又狐疑地蹙起眉，不确定地问："你今晚有别的约？"

卿如是低头瞧了眼自己的装扮，说道："没有，不过许久不曾过这些女儿节了，便好生打扮了番。"

她穿的是淡青色的衣裙，抬眸发现月陇西穿得也正好是青色。

月陇西垂眸低低一笑，掩饰了眸中的欣然与悸动，道："那，走吧。"

他们骑马出行。一匹马，月陇西带着她，让她坐在前边，她倒是真冲着走马观花来的，他便坐在后边观她就好了。

万华节是祈福的节日，多为女子为亲戚好友或是如意郎君祈福。每逢万华节，扈沽城无数寺庙便会同时举办庙会，沿街点满花灯，映得整座城如同繁星密布的银河般，不少外地人会专程来扈沽过节，享受彻夜通明的欢闹。

不乏商人用河灯点满河道，并向来往的客人出租画舫。其实往来租客太多，画舫漂在河面上根本划不起来，且往往最后都是画舫挤着画舫，想上岸的人靠不了岸，多半要漂一晚上。

坐画舫的人都明白这道理，只是想图个渡画舫的乐子，瞧那灯火与月相映水，水与明月共赏灯，风雅罢了。

卿如是已经做好了要在画舫上漂一晚的准备，然则，他们来挑选画舫时河面上并没有别的画舫漂在上头。

卿如是好奇地问道："我们是第一个来坐画舫的吗？"

月陇西笑道："兴许是吧。那岂不正好？想选哪个就选哪个，选你喜欢的，坐一会儿就走，还可以去城楼看烟火。"

他们将马交给出租画舫的人看管，卿如是偏选了最花里胡哨的一只画舫，说与月陇西十分相称。

月陇西伸手扶她上船，她第一脚没踩稳，颠了颠，被月陇西抱着腰扶稳了。

这一幕恰被不远处许多与月陇西相看过的闺秀瞧见，三两结伴，指着他们这边低声议论起来。

"瞧得清那是哪家的小姐吗？竟正好撞上万华节与世子相看？真教人艳羡。"

"不像是在相看吧，若是相看，世子举止怎会这般逾越？这都……都抱上了！"

"看那女子的模样，隐约有些像如是？"

"啊？真的？我瞧瞧我瞧瞧……真有些像，不会吧？如是这是与世子相看成了吗？我听我娘说她不曾去与世子相看过啊。"

"我们要不要过去打个招呼？我正好想去坐画舫的，咱们看到世子，岂有不去见礼的道理，你们说呢？"

"好啊好啊……"

在她们后方捧着一盏河灯走神的乔芜回过神来，顺着她们指的方向看了一眼，当即拧着脸委屈哭了，语气酸溜溜地道："都别看了！你们都死了这条心吧！还不明白吗？咱们今儿个怎么被船家告知坐不成这画舫，偏生世子就能带着如是坐？人家世子可宝贝着她呢，带出来玩还租走了整条河的画舫，上去自讨什么没趣，有你们什么事儿？！哼。"

经她一点，闺秀们纷纷明白过来，偶遇世子的欣喜荡然无存，登时与乔芫心碎拈酸的神情如出一辙。

对一切一无所知的卿如是正撑着下颌望窗外的河灯。

盏形如莲，金粉的花瓣，蕊心嵌着红烛，许是河面风盛，一只两只被分散开来，显得火光微弱，但耐不住放河灯的人多，逐渐有三四只莲盏都聚拢在一处，抑或更盛，不消多时，河面便被映得通明。

岸边，风拂垂柳暗招摇，灯映云裳弄细腰。

她的视线被船家拦住的那些公子小姐吸引去，恍然明白了什么，转头看向与她对坐的月陇西。他正好也瞧着她。

两人看了许久，却都没说话。之后，月陇西先笑了，如凛冬初落薄雪一般轻。卿如是便低头别过眼，不知觉耳梢红了些。

他们手边一方红泥小炉上文火慢温着清酒，卿如是盯着瞧了一会儿，渐闻酒香溢了出来。

"你喝得吗？"月陇西不打算让她喝太多，前世她的体质还算能喝得了酒，遇着烈些的便顶不住，一般的酒倒是可以。这辈子就不晓得她体质如何了，但这酒实在清洌甘醇，他就想带来给她尝尝。

要把她灌醉也不是今晚。

"可以。"卿如是欣然应道，主动将他的杯子拿过来，和自己的杯子并放在一起，拿起酒壶倒得半满，递了一杯过去，"酒壶上有御封，这是宫里的酒？"

"嗯。"月陇西接过，"前些时候皇后姨母体乏，母亲去宫中探望，便带了这酒回来。她专程让我拿给你尝尝。"

郡主要他带来给她尝的……卿如是沉吟一瞬，继而想到，这是否说明他已经向家中交代了要上门求亲的事？

无意间，她端起酒杯浅抿了口，红润饱满的唇倾压在玉杯杯沿，映着酒光，唇色变成淡粉，沾着水渍。她伸出粉舌轻轻舔了一下，晶莹的水珠从唇渡到舌尖，最后浸润在她的齿间，不见影踪。

她下意识做吞咽的动作，月陇西的目光又移到了她的脖颈。她撑着下颚转过头看向窗外，细嫩白皙的侧颈上有纤细的发丝贴合着，柔软的秀发在她颈上蜿蜒，平添几丝娇媚，黑白相斥，极具冲击力。

月陇西忽觉喉头发紧，原本漫不经心执杯的手握紧了。这感觉就像多年前于廊桥与她初见时那般，毽子砸在额上，她却落入心房。

"月陇西,你知道我上一回坐画舫看到的是什么样的情景吗?"卿如是盯着泛起涟漪的河面,画舫悠悠荡着,风过一遍,又过一遍,涟漪停不下来,波光粼粼煞是好看。

她的声线和缓了些许,隐约透出一股悲凉。难得先于他煽起情来,想要吐露心扉。

却听对面这人蓦地笑了,用吊儿郎当的声音问她:"答对了有奖励吗?让我舒心合意到上天的那种。"月陇西的指尖轻敲杯盏,唇线微弯。

霎时,卿如是想跟他抒情的调调荡然无存,斜睨他一眼说:"你若猜对,我就……"

"就叫我一声夫君。"他抢答道,笑得愈发肆意了些,"我就要这个。"

卿如是转头瞪了他一眼,随即又自信满满地道:"好啊,反正你猜不对的。"

"先说好,我若是猜对了,你可不许耍赖偏说我不对。"月陇西挑眉,"啊,我忘了,卿卿姑娘最是有风骨一个人,根本不屑于耍无赖。"

他不说还好,他一说,卿如是只能附和:"你且说,若与我记忆中无差,我自然算你对。"

"好。"月陇西一顿,手指轻敲着桌面,往窗外一指,"仍是在这片河,不过并非夜景,是青天白日。因为你方才坐下开始就不断望向窗外,一会儿看水面的河灯,一会儿看头顶的明月,又看岸上成群的人,神色间颇感新奇。且你上船不知如何着力,站不稳,实乃缺乏技巧,生疏所致。所以,我料你上回不仅是白日里坐的,还是头一回坐。"

卿如是点头。那回是月一鸣带她坐的,的确是青天白日,隐约记得是去赏春景。

月陇西接着道:"方才你挑选的时候说,花里胡哨的画舫才正好衬我。而进了画舫之后你对舫中景致颇为好奇,说明你不曾坐这等花哨的。所以,我料你上回没那兴致挑画舫,是与你同行之人挑选的画舫,他挑了素净雅致的,因为也衬你。"

说到此处,他清浅一笑,抿紧了唇线,不教她看出来。

卿如是微蹙了蹙眉:他怎么又猜对了。她点了点头,示意他继续。

月陇西轻抬下巴,示意她看河面,待她转过头来,才道:"你盯着河面出神好一阵了,刚刚又想同我说上回乘坐画舫的事,说明这河面大有乾坤。我看河面波纹荡漾,涟漪阵阵,想来上回你乘画舫时也看到了不休的波纹,说明那时风盛,有风惹碧波之景。"

说到此处，他故作一顿，撩起眼帘去看她的神色。她神情微黯，也似在回忆那别有深意的"风惹碧波"。

他轻笑，接着道："但要让你印象深刻，光是景致想来是不够的，兴许你为这风这河作过诗填过词。景与物皆有了，便只差人了。我猜，与你同行之人就站在你身旁，也倚着窗随你看这景致。"

卿如是深吸了一口气，稀罕地看他："你脑子不错，难怪去刑部任职。"

月陇西笑了，又道："扈沽城常年都是冬日下雪，这片河会结冰，所以不可能出船。夏季荷花漫池，这片河也不例外，白日里多是年轻的姑娘家和少年郎乘着小船来摘莲蓬淘莲藕，画舫要晚间才得进去，所以你也不是夏时去的。秋景凋敝萧索，无甚好看，那便只剩下春日。你是春时去的。我说得可对？"

卿如是撇了撇嘴，低头抿了口酒，镇定自若地微微一颔首。

"那是不是该履行承诺了？"月陇西手执闭合的折扇，手背的腕间撑起下颚，笑吟吟地同她挑眉，用几乎可以说是引诱的声线勾她，"叫吧，叫夫君。大声点儿，让我膨胀一下，好好感受感受已婚男子的日常是个什么滋味。"

卿如是："……"

稍一顿，卿如是抬眸瞥了他一眼，理直气壮地质疑道："我只答应你会叫，却没说立刻就叫啊。"

月陇西低头把玩折扇，片刻后失望地啧声轻叹："这么赖啊。"

卿如是不说话了。那酒闻着香甜，喝起来也不醉人，甘冽浸口，过喉清爽，她抿了会儿一杯就没了。

小半时辰过去，窗外忽然迸出烟火，卿如是吓了一跳，随后反应过来，扒着窗框伸出脑袋往外看，笑指道："放烟花啦！"

绚烂的花火映得河面斑驳，也映得她双眸潋滟出零星彩光，随着她扑腾到窗口的动作，那璀璨之色也在她眸中跳了一跳，明月也稍逊一筹。

月陇西把折扇一合，拉起她的手，搜着她往画舫外走去。他示意掌画舫的人靠岸，低头对她道："我们城楼上去看。"

不似在河面，城楼上挤满了人，但并不至于摩肩擦踵，只是常有过客往来。

城楼有官兵站岗。月陇西示意一名小卒站开，随后一把将卿如是抱到围墙上坐好，扶着她的腰以免她摔下去。

如此一来，卿如是便是这城楼上最高的，视线开阔，她仰头可见烟火漫天，低头窥得万华盛宴，扈沽七分天地，统统在她的眼前。

张开双臂，她伸手触碰飘浮在空中的薄雾，那是焰火后弥散的白烟。她觉得有趣，用手搅了搅，白烟都绕在指间。

旁边有人想要像她这般坐在城墙上，被把守的官兵拦了下来，登时有些愤愤不平。

卿如是瞧见了，忍不住发笑，看在别人眼里又似有几分得意之色。她晃着脚，指向城内，对背后扶着她腰的人说道："月陇西，我看到月府了！"

其实在他这个高度也不难看见扈沽城内状貌，但是她坐得这么高比别人都高出一大截儿来就高兴，以为只有自己看得见。

月陇西笑道："那要不要站起来，再高些？"

"可以吗？"卿如是有点儿担心自己摔下去，低头看了眼城楼。

挺高的，摔下去能直接死的那种高。

月陇西双手穿过她的腋下，将她抱下来，然后拉着她往中心与城墙齐平的临风台去。

旁边的小卒看见卿如是腰间挂着的令信，又认出月陇西，不敢阻拦，自觉在临风台旁给他们围出一条行道来，以免旁人靠近。

月陇西抱着卿如是飞身登上临风台，顺势翻过背，在卿如是的惊呼中，将她的位置调到了自己身后，直让她骑在自己肩上。

卿如是起初骇了一跳，定神后眺望，只觉方才的城墙又矮了一大截儿。此时，扈沽十分都在她眼中。

高处的风吹乱了她的发，烟花炸裂声不绝于耳，好像离那月亮也要近一些。

她兴奋地晃了晃脚，轻踢月陇西的腰侧，徜徉在风中，她笑问："我看到你家内院了！哪个是你的房间？"

其实月陇西也看得见，不过没有告诉她，只笑答道："你去过的，看得出哪里是西阁吗？"

卿如是仔细辨认了番："旁边种了一片紫竹的那个？你院子里的花开了！那是什么花？"

"挺多的。这个距离你能看到的，应该只有艳色的牡丹吧。青龙卧墨池和御衣黄，还有玉楼春。"

牡丹的花期短，一般两三天就谢了，且要育好一株，须得用地龙在温室里将养着。除此之外还有芍药，前几天她瞧着国学府院里的芍药挪不开眼，他以为她喜欢，便也特意弄来，吩咐小厮摆在院中，专程在今日给她看。

卿如是由衷点评道："既然种了牡丹，那紫竹便有些违和了。不如把紫竹那一小片辟出来，搭个凉亭，旁边弄上葡萄架，还可以在凉亭上绕些紫藤萝。"

月陇西莞尔，悠悠道："行啊。那等你嫁过来了，自己吩咐下人拾掇，随便你怎么折腾。我回去就把葡萄架和紫藤萝种子给你备好。那你何时嫁来啊？"

似是被风吹散，卿如是没听太清，又指着他院子里通往紫竹林的曲径说道："去竹林那里铺了石子路，我看旁边正好摆个秋千，没事就坐在上边看书，你说怎么样？"

月陇西以为她羞于回答，也不再追问为难她："好，摆个秋千。"

卿如是笑，一心为他在府中的乐趣着想，却不察这都是女子喜欢的玩意儿。"还有你侧院的石桥边，既然临水，不如种些桃花或者梨花，初春便有花瓣落在溪水里，待到花盛时，溪水也被花瓣铺满，还可以踩着水去打桃子和梨子吃。"

月陇西挑了挑眉，构想了番，委实不错。花盛时还可以搂着她在漂满花瓣的水中……肮脏的想法感觉瞬间都被净化了。他低咳了声，掩饰自己龌龊的思想，应答道："好，都依你的来。"

意见被采纳，卿如是喜笑颜开，待要再说，忽然有侍卫在人群中张望着跑过来，到了二人面前，终于舒了一口气，猛俯跪在地，急声道："参见世子。宫中传来消息，陛下传唤卿姑娘入宫。传唤已有些时候了，事不宜迟，还请卿姑娘即刻入宫。"

卿如是一怔，笑意一扫而光："我？只有我吗？"

侍卫颔首道："陛下让卿姑娘独身前往。"

月陇西的眉亦蹙起来，想到仍在宫中的月世德，他有些不好的预感，问道："为何？月长老人呢？"

"月长老还在宫中。传话的太监说，宴会时月长老呈了东西上去，陛下看到那东西便对长老发了火。长老似乎也不知情，直呼冤枉，继而被陛下传进御书房中训话，之后就传人来唤卿姑娘了。"侍卫答道，"月长老塞了银子，让传唤的人给世子递了口信出来……"

似是不方便让卿如是听见，月陇西将卿如是抱下临风台，侍卫附身过去，低声说道："世子将月氏手札调换是有心要置我于死地，可须知，我手里也握着卿姑娘的命脉。我知道了她的秘密，若我今日死在宫里，她也别想活着回去。"

月陇西的心暮地沉入冰窖。

秘密？他想起那晚卿如是说自己回来的路上遇到了月世德，继而神情恍惚的模样，心底明白了些。

卿如是沉吟片刻，亦将前些日月世德来找她的事与今日忽然被传唤的事联系了起来，她的心瞬间揪紧。

强制自己冷静后，卿如是对月陇西道："无论如何，请世子将此事告知我爹娘。请我娘速派人将我在卿府房间里放置的所有青皮书尽数销毁，尤其是存放在上锁的抽屉里的。顺便看看我房中的白鸽回来了没有。若是有，便请我爹将白鸽一并带入宫中。切记。"

语毕，她对那侍卫道："走吧。"

月陇西拉住她的手腕，紧紧握住，凝视她许久后，逼得眼角猩红。

城楼上太冷，卿如是不禁缩了缩脖子。

两人的发丝都被风吹乱，交错在一起。

月陇西脱下外衫给她披上，稍顿，他从怀里摸出一枚玉牌，给她系在腰间。

卿如是低头摩挲着那玉牌，低声问："这又是什么？"

"你不是说我的令信丑？"月陇西浅笑，慵懒道，"我换了块好看的玉石。"

卿如是扯了扯嘴角，转身要走，又被他拉住。

他挑眉道："这都一个多时辰了……愿赌服输，还不兑现画舫里的承诺吗？"

卿如是方才的胆战心惊荡然无存，一把缩回手："呸。"生死攸关的时候，他还跟她闹。

她白了嬉皮笑脸的月陇西一眼，自顾自地跟着侍卫走。

方走十步，卿如是又停下脚步。

回眸，发现月陇西在目送她。他将外衣给了她，此时衣衫单薄，青丝临风乱舞，月光烟火把碎影剪在他的脸上。他的神色间不见嬉闹，肃然紧绷着下颚，忧心忡忡的模样。

见她转身看回来，他先微怔，随后慢悠悠地一笑。

卿如是几步跑回去，踮起脚在他耳畔逐字逐句道："月陇西，你院子里盛开的牡丹花很好看。还有……我今晚若能回来，就愿赌服输；今晚若不能回来……就明日愿赌服输。"

语句里的那一顿仿佛是在逗弄他，卿如是勾唇，挑了下眉。

恍若初见，她青色的裙，皓白的腕，纤细的腰，还有溢出明眸的心高气傲与自信从容。

余音经久不散，月陇西望着她远去的背影，脑子里和心尖上的烟花，统统绽开了。

第十二章 殿前暗斗

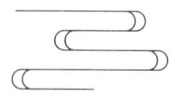

宫殿巍峨，长门凄怆。

领着卿如是入宫的太监俯首疾步，怀中拂尘随着步伐摆动，卿如是微抬眼就可以看见那厚重灰白的须子压着步子的节拍沉沉抖动。她看得出神了些，眼花缭乱间，便将拂尘和地面混在一起，一阵阵头晕目眩，心揪得紧，气息也沉了。

陛下于御书房诏见她。

太监示意她先在门外等候，他进去通禀。

卿如是微颔首，轻瞥过门窗，明黄的烛灯映得室内通亮，太过刺眼，一瞬就摄人心魄。她握紧了拳，不敢再看，埋头将双眸潜在幽暗中才好受些。

须臾，太监示意她跟着进去。

卿如是低头谢过，款步入室，一眼不敢抬，径直随着太监的脚步站定。瞥过伏在一旁同样不敢抬头的月世德，卿如是敛神，俯身跪下："臣女……"

她未说完，上边的人鼻息微沉，声音在偌大的御书房中显得尤其突兀。

卿如是的喉咙滑了滑，压低声音接着说："臣女左都御史卿铮之女卿如是，参见陛下。"

随着她的话音落下，窗台上烛火轻晃了下，她余光瞥见，紧张之感愈盛。

她忽然想起前世面对惠帝时无所畏惧的自己，顿觉微妙。都说若能去阎王殿里走一遭，便能看得开生死，如今她却晓得，分明死过一回之后只会更惜命。

皇帝没有说话，向来冷沉的眸正肃然打量着她。

还不过是打量，就教卿如是头皮发麻，分明是象征着至高无上的皇权在逼视她，在审度她，威压落在身上，她直不起腰。

越是要与天地争平等，越是害怕被皇权欺压；越想得到什么，就越害怕失去什么。

最可怕的就是你相信终有一日会掌握在自己手里的东西，此时却明明白白地握在别人手里，好比性命。

她全力控制情绪，抛却杂念，让脑子里想的东西趋近于此时对自己有利的形势。

然则，皇权开口了："抬头。"简短有力的两字，中气十足，落音时就像被敲响的金钟余音未断，回荡在耳畔，也回荡在鼓动的心脏边。

卿如是没有任何犹豫，很快抬起头，却依旧垂着眸，不敢直视。

若非余光扫至，卿如是已忘记身旁还有个肇事之人月世德。实在太过安静，他不出声，枯朽的身体在宛如金钟般的声音面前不堪一击，似被摧垮般堆在地上。

"卿如是……"皇帝沉声开口，"你在怕什么？"

卿如是俯身埋首，回道："臣女不过闺中女子，何德何能得以窥见圣颜，陛下之威足令臣女拜服，不敢直视。"

"不是。"皇帝拿起手边札记，扫了一眼，而后随意往地上一扔，轻微的响声后，他凝视着被声音吓得不自觉耸了下肩的卿如是，语气笃定，"你怕朕提到两个人。"

窗外起了风，树声沙沙。一片幽静。

"臣女不知陛下何意。"卿如是的目光快速扫过跌落眼前的手札，收眼，故作停顿，坦然道，"然则，月长老素与臣女不和，臣女见其亦于天颜之前长跪不起，心生忡忡，唯恐陛下听信片面之词误会臣女，但又即刻想到，陛下召臣女前来觐见对峙，乃是明君，遂不敢多言，任凭陛下询问定夺。"

话落，月世德伏于地的手指微蜷缩，他稍抬起身，似是斟酌了番，又俯下去，不做争辩。

皇帝将月世德细微的动作看在眼底，视线又转落于卿如是身上。

"任凭朕询问？定夺？"他微压低声，"你知道朕要问什么？"

卿如是摇头，毫不犹豫地说："不知。"

房中再度陷入沉默。

良久，皇帝出其不意，朗声道："月世德。"

月世德一耸肩，忙答道："草民在！"

"将你方才对朕说的，说与她听。"皇帝并无耐心等候，"简明扼要。"

"是。"月世德低声回，随即逐字逐句道，"女帝札记，乃卿姑娘之物。此番栽赃构陷，正因卿姑娘口中与草民'素来不合'之说。"

卿如是心底巨震。女帝手札？不是……不是怀疑她是秦卿吗？这札记又是从何处冒出来的？为何嫁祸到她的身上？

她心以为是"秦卿"一事，脱口"素来不和"，却中了月世德的计，成为她栽赃嫁祸的佐证。虽是毫厘之证，却难防皇帝敏感多思，且不知月世德心底胜算有几筹，这般笃定是她的，莫非已有铁证？

她压下心绪，面色微变，仍直言反驳道："陛下，手札并非臣女之物。臣女从未捧读过女帝手札，不知这手札有何不妥之处，又怎会无缘无故拿此物来陷害他人？月长老，空口无凭，还请拿出证据来，好教圣上看清，究竟是谁在栽赃陷害。"

札记便在眼前，月世德却不动，等候皇帝开口。

站在后方的太监在皇帝示意之下竟开始研墨。卿如是预感不妙，若是连环局，那这女帝手札就只不过是个引子。但愿她想错了。

墨锭在墨池中研磨半响，月世德的话语从滞涩难听的磨墨声中突出："卿姑娘开脱说从未捧读过手札，那为何手札末尾的批字，乃是卿姑娘的字迹？"

果真是连环局。卿如是心绪微浮，月世德要向陛下证明她与秦卿字迹相同，早已想到她会抵死不认，就算他将前些日她审批时在文章后书写的字呈上，她还是可以抵死不认，只要拿不出她亲笔书写的证据，便不足以令人信服。

于是他便将手札嫁祸给她，要她亲手书写文字，呈给皇帝看。若她书写字迹与手札里的字迹相同，那女帝手札与她的关系便说不清了；若是与秦卿字迹相同，那月世德便会借题发挥，将下一项证明她和秦卿有关系的证据搬上来。

且方才在月世德开口让她现场书写之前，陛下就已经示意身边的太监磨墨了。想来，月世德已将一切按照他的说法向陛下交代过了，包括女帝札记，以及怀疑她是秦卿这两件事。如今，只需要等一个结果。

所以陛下方才说，她怕他提到两个人：一是女帝，二是秦卿。

卿如是微合眼，平复心绪。

她不知道那本札记里的字是不是她的簪花小楷，如果是，那便好办许多，此时写草书便是，既避开了秦卿所留下的真迹，也避开了女帝札记的诬蔑。这世上知道她秦卿会写草书的人都已经死了。

如果那本札记里的字是秦卿的草书……那她还能写什么？写草书，便默认了这本手札她碰过；写小楷，那她便极可能是秦卿，月世德接下来就有得说了。

月世德一定料不到她会写草书。而这世上除了崇文和倚寒之外，也再没有人知道她会写草书。所以，女帝札记里旁批的文字，只可能是簪花小楷。

她微垂着眼，恭顺道："陛下，臣女愿意当场书写比对字迹，以证清白。"

她神情笃定，倒让月世德稀奇了几分。皇帝准允，示意身旁的公公给她纸笔。

太监将笔递给她，纸铺在地上，说："卿姑娘请。"

卿如是深吸了口气，缓缓吐出，继而提笔落字，不再踌躇。

倘若天要她死，那手札中的字迹就会是草书。可天分明要她重活一世，她不相信是一场戏弄。

白纸黑字，草书：陛下圣明，望明察秋毫。

落笔，不待月世德瞥过，太监迅速收起，呈给皇帝。

九五之尊在高座上思忖沉吟，却教下方两人都绷紧了身子，如撑到满月的弓弦，再有一力摧之，就会应声而断。

须臾，他搁置下了那张纸，并不揭开结论，只道："你还有何话说？"

他故意不带称谓，这句话便不知是说与谁听的。

但卿如是知道，此时谁若先忍不住求饶，谁就输了。皇帝在诈他们。她只能稳住心神，不得动摇。

烛火摇曳，伸出吞噬黑夜的火舌，明黄的灯罩在窗外夜色的渲染下亦显得幽深而沉重，纱布的遮掩使人看不清灯罩里的那团火，也不敢轻易去窥探，只能任由它朦胧又危险。

卿如是的腰背渐渐酸胀，双膝疼痛，腿部却已经麻木。没有人说话，她便动也不敢动。

终于，皇帝再次开口，伴着手指轻轻摩挲纸张的声音："这些文章的批语，是你写的？"

卿如是迟疑了一瞬，故作狐疑："不知陛下说的是什么文章？臣女确实有为书籍批注的习惯。"

她若直接否认，便意味着知道皇帝说的是那些国学府考生的文章。皇帝此举，又在诈她。幸而她并不上当。

皇帝便不再说，沉色逼视着她。

月世德咄咄相逼："陛下，她分明是故作不知。这些文章都是她审批好后亲自交到草民手中，草民院子里的侍卫小厮皆可做证。"

卿如是方作恍然大悟之色："原来月长老又想拿臆想之事胡诌。"

皇帝不说方才试探笔墨的结果，她只能孤注一掷，索性挑破，反来试探陛下的态度。

"陛下，那日长老拿着臣女一位友人的笔迹信誓旦旦地诬蔑臣女，竟说臣女实乃秦卿转世，语句间映射臣女是被妖狐夺舍，鬼神附身。此等怪力乱神之说，竟是从一族长老口中吐出，臣女气极，便与他争了几句口舌，没承想长老仍是固执己见，如今竟还在陛下的面前搬弄是非……

"臣女自幼在父母身边长大，若有怪异之处，家父家母及随侍仆婢自会奇怪，又如何会相安无事至今？陛下明鉴，臣女实在冤枉。"一顿，卿如是五体叩拜伏地，"请陛下为臣女做主！"

她言之凿凿，语调恳切，教月世德在一旁握紧了拳。

皇帝却注意到了她语句中看似轻描淡写提过的"友人"二字："你说，这是你的某位友人写的？"

果然注意到了这两字。总算将局面扳回自己预想中的那般，卿如是暗自舒了口气。

随即振振有词道："那日长老与臣女争论时将文章交予臣女看过一遍，臣女依稀可以确定，这的确是友人的字迹。但究竟是不是他写的，恐怕还要问到月长老。毕竟，臣女认为，这世上模仿秦卿字迹之人不胜其数，或许这是月长老为了诬蔑臣女，早托人仿照秦卿的字迹写出来的东西。"

撒谎眼都不眨，月世德心中愈发笃定她就是秦卿。但若是陛下不信，那一切就完了。

几乎是卿如是话落的瞬间，月世德紧跟着她的话道："卿姑娘空口白牙一句'友人'便想要将自己择得干干净净？却不说出那友人究竟是谁，又在何处！"他哼声冷剜她一眼，又朝皇帝俯身道，"陛下！草民绝不敢欺骗陛下！草民所言句句属实！证据确凿，方才她写出的簪花小楷不也正与女帝手札中的字迹相同吗，陛下？！"

听及此，卿如是再次舒了一口气。女帝手札中的字迹果然是簪花小楷。月世德认定她方才写的是小楷，如何能知道她写的其实是草书呢。

但她不敢松懈，唯恐皇帝生疑。且她心中也有些不明白，为何女帝的手札里面，会有她的字迹？若说是月世德寻人嫁祸，又怎会蠢笨到在百年之物上留下字迹？宫中有专人鉴定新旧字痕，这法子太容易被拆穿。

那么，女帝手札上的字迹，很有可能真的是她的字。或者……如倚寒一般，百年之前也有人的字像极了她的字。

那不就是用她的字修复遗作的月一鸣吗？难道这本女帝手札其实是月一鸣翻阅过的？那又怎么会出现在此处？卿如是想不通，隐约觉得有什么东西从脑子里迅速滑过，太快，没能抓得住。

月世德和她的话，皇帝双双不予置评，兀自琢磨着两人的神态，道："人，找来。"

简短三字，字字铿锵。

卿如是明白他的意思，微一蹙眉，她有些为难："那位友人，乃是臣女于采沧畔结识的笔友，臣女不知道他的真实身份。但是……臣女与他往来通信皆由一只信鸽传递，多日宿于国学府，不知那信鸽是否回到府中。恳请陛下召卿大人入宫，将白鸽一并带来，若无白鸽，臣女房中还留有与友人往来的信笺……亦能做证。"

话音落，外间的风稍大了些。卿如是隐约能听见门外有急促的脚步声，和领着她来的太监走的疾步相似，想来也是一名太监，不知是来传递什么消息。

门响，有公公给开了门，附耳听得外边小太监传来的消息，随即示意他稍等，然后朝皇帝走去："陛下，昱阳郡主领着世子来探望皇后娘娘。娘娘唤您过去呢。"

卿如是眸光微亮，稍抬了抬眸，偷觑那公公，无意扫到皇帝，这才真正窥见天颜。方才她一直埋头不敢直视，竟不知皇帝的长相并不似他的声音那般洪亮，皇帝阴柔且俊美。

她正瞧着，那双阴骛的眸子忽地与她相接。猛一吓，卿如是立即低头俯身，这才回味着公公的话。

月陇西来了。他在画舫时的确说过，前些时候皇后娘娘体乏病了，郡主去探望过。可分明不久之前月陇西还在城楼和她玩耍，这么快就回了月府，跟着郡主又来探望皇后？

正想着，又听那公公低声道："世子他……带了一只白鸽来。"

卿如是听得一怔，眉心微跳了跳。这么巧？难道是她方才让他转告父亲若能进宫定要带白鸽来，所以月陇西便接过这活，从父亲手中把白鸽带了进来？否则……他怎会这么碰巧，关键时候将鸽子带来呢？

她的心忽然慌张地落不安稳。也不知月陇西带来的，是不是从她房中拿走的那只。或者，那只白鸽足底有没有信？只带白鸽，不带信来，那还不是空跑一趟？

皇帝听后也不知是何神情，卿如是不敢再看，只知他沉吟许久，低问了句："你腰间的牌子，是陇西的？"

这回虽没加称谓，卿如是却知道是在跟她说，立即领首，谨慎回："是。入宫之前，世子正带着臣女在城楼玩耍，侍卫找到臣女并说明情况后，世子便将这玉牌给了臣女。"她一顿，又有些担心皇帝怪怨她私自收下这令信，便补充道，"若……欠缺妥当，臣女立刻便将令信归还世子！"

"哧，令信？"

轻呵气声入耳，卿如是不确定，皇帝竟笑了？

她有些紧张，生怕这是怒极反笑，赶忙自作主张将腰间的玉牌取下来，双手奉上，说道："还请陛下去时捎带上，交还于世子。"

皇帝不答，卿如是一颗心便又提到了嗓子眼。明明局势已经在她掌控中，此时月陇西来了，反倒让她坐立不安。

这玉牌究竟什么意思，陛下是在考验她，还是在吓唬她？或者，晟朝有规定，令信是不能给人的吗？诸多猜测，卿如是脑袋上的闷汗憋了一晚终于落下来了。

片刻后，皇帝示意身旁的公公拿走她手中的玉牌，说道："都跟着。"

皇帝拂袖起身，绕过卿如是往门外走，留下这般令人匪夷所思的话。

卿如是没时间多加揣度，在太监的催促下起身跟了上去。

饶是周遭风景再如何秀丽，卿如是也不敢抬头去看，只听到有夜巡队的脚步声和遥遥的蛙声蝉鸣。宫人提着琉璃瓦灯，前开道，后追随。

她的眼前明明闪闪，心也跟着忐忑。

皇帝倒是乘坐软轿，卿如是刚跪了许久，须得跟着走。

也不知过了多久，坤宁宫到了。有太监腿快，跑进去禀报。

月世德被皇帝抬手示意，阻于坤宁宫外，只得俯跪在地等候。

卿如是跟在身后，心以为自己能进去见到月陇西，一窥那白鸽究竟，却在入殿门时也被拦于门外。

她微微垂着眼睑，恭顺地朝殿内的方向行跪拜之礼，而后伏在地上不动了。眼睁睁看着殿门打开，一瞬的欢声笑语入耳，皇帝入内后，殿门又瞬间合上，阻断了话语。

皇帝进门，先看向了月陇西。

他正悠然逗弄着腕上的白鸽，唇畔噙着从容的笑，自在地给它喂食。

见到皇帝后，月陇西随着几人一道起身施礼，却没有坐下，站在那里，静等皇帝说话。

皇帝瞥了眼身旁的公公，示意他将白鸽拿来。月陇西浅笑着，只在白鸽的脚腕上抽出一张信笺递过去。

"姨父，这信是孩儿写的。"月陇西笑吟吟道，"与她闹着玩呢。"

月陇西在皇帝面前耍赖时，惯是只把他当亲戚唤，自幼皇帝喜爱他，从来都随他去。

皇帝却不与他说笑，肃然问："这字？"

"自然是孩儿仿照着秦卿的笔迹学来玩的。"月陇西示意公公磨墨，"您若不信，孩儿可以当场写几个秦卿的簪花小楷给您瞧瞧。"

说着，他当真动手写了几个字，让公公拿去给皇帝过目。

皇帝接过，随意瞟了眼，却并不说话。

就听月陇西接着道："前几日长老为难她的事孩儿也听说了，便猜到今日姨父召见她是长老在饶舌，搅弄是非，故而特意来跟您坦白。方才却听姨母说起宴会之上，长老要呈给您看的东西无故变成了女帝手札之事，还说手札末尾的字迹像是秦卿的簪花小楷。事关重大，姨父可要好生调查，若长老他真有叛族之嫌，月府也绝不会包庇的。想来调查此事必定烦琐，姨父莫要为了孩儿的一时顽劣再分心神去为难卿卿了。"

原本还好好的，听到此处，皇帝冷嗤了声："卿……什么？你再说一遍？"

月陇西垂眸笑。

皇帝抬手，身后的公公将刚从卿如是那里缴来的玉牌递到他手中。他摩挲着玉牌，看见月陇西绷了一晚的从容神色终于有了几分改变，终是心满意足地抿了抿唇角，将玉牌丢给月陇西。

"死乞白赖从朕手里要的，却被人当作令信，毫不留情地还回来。你混得可真不怎么样。"

月陇西怔怔的，须臾，皱眉问道："陛下，她人呢？"

"哦。"皇帝又垂眸瞥了眼纸笺，轻描淡写地道，"朕下令杀了，血溅御书房，刚命人收拾。你若现在赶去看，尸体兴许还在。"

就见月陇西不然的神情消失无踪，取而代之的是极致的慌乱。他来不及多加思考这句话的真假，甚至察觉不出话中存在的纰漏，只是在听到回答的那刻，向来笃定与她相守生生世世的坚不可摧的希望在心底轰然倒塌。

他仿佛回到前世渡着画舫孤身漂泊在清河上，望着同样孤独的明月自斟自饮溃不成军的时候，再濒临窒息，继而窒息，最后了无生息。

难道重来一世不是要他们相守的吗？

在这短短的一刹那，前生死在西阁里，躺在她睡过的小榻上，在花窗的艳阳下看到的所有斑驳的色彩尽数涌入脑海。眼角的猩红肆意蔓延，双眸顷刻爬满血丝，他忍不住这闷红，夺身往门外冲去，不顾所有人惊诧的眼神和唤声。

他竟想不明白，为何皇帝和郡主的脸上都有戏弄的笑意。他只觉得自己快要死了。

跌跌撞撞跑过去，猛拉开门，他蓦地愣住。入目的是一道青色的人影，衣角处的青霜花一朵挨着一朵，成满簇争艳的模样，他记得在城楼上背着她的时候，垂在他两肩处的裙角就是这生机勃勃的青霜花。

卿如是听见开门的响声，方抬眸去看，不待看清是谁，猛被冲过来的人一把抱住，紧得她一颗心吊起，肋骨也被撞得生疼，温暖的疼意融入骨髓，鼻尖还有淡淡的冷香，她说不清是什么感受。

她听见了月陇西冲过来抱住自己时双膝倏然磕在地上的响声，眉心微蹙，又听他拿近乎哽咽的声音说："你……"

你吓着我了！

你真是要了我的命！

你知不知道，就在刚才，我以为你真的死了。姨父说那种蠢话来骗我玩，我竟然也上当，是不是很蠢？

你或许知道扈沽城的月亮何日最明最圆，却不会像我一样知道它何时最孤独最落魄。那天坐在画舫上哭的时候，我见到明月出山，好想带你来看看，又想起，身边已没了你。

你不会明白独活的滋味……因为你心里从来就没有我。

…………

一时间想说的太多，最后，他却只挑了一句最简单的，低声说与她听。

他说："你……没事就好。"

拿她无可奈何，又为她溃不成军，还不是因为这个人自己太过中意。

月陇西松开她，低头默然凝视。

他背着光，卿如是瞧不清他的神情，却知道他在看自己，便着急问他："你为什么会带白鸽来？你带的是我房间里的那一只吗？"

月陇西颔首，似乎叹了口气，道："嗯，是你房间里那只。"

"飞回来了？"卿如是有些奇怪，"那怎么会在你手里？对了，你开门是做什么的？"

月陇西不答，扶她站起来，转身去看殿内含笑的人。殿内的人仿佛窥破天机，抓到他的命门了。回想方才皇帝逗弄他的话，分明净是漏洞，也能教他直接相信且慌了神，他一时有些无奈。

"进来吧。"皇帝示意后，月陇西领着她进去，给座上几位逐一施礼拜见。

卿如是被赐座，紧挨着月陇西的位置，她心底的不安稍淡了些。紧盯了会儿停在皇帝身后那位公公手上的白鸽，白鸽动也不动，她便跟着一眼也不挪。座上几人都在说些无关紧要的话，她无暇去听，心里只惦念着为何皇帝还不处置她的事，惦念久了，就又焦躁起来。

终于，皇后提到了她："月府喂养的白鸽向来活泼，这只倒是娴静乖巧。你与陇西通信往来有多久了？像是已将这小东西养熟了。"

卿如是一愣，有些莫名："和……月陇西？"

一顿，她自知失言，又赶忙恭谨地问道："皇后娘娘问的是世子与臣女？臣女不曾……"

尚未说完，她终是反应了过来。登时，不可置信地睁大双眼看向月陇西，后者抿着唇浅笑了下。

她皱起眉，强自压下心绪，低声道："回皇后娘娘的话，算来足有一月了。"好你个月陇西！这模样分明是已经知道她就是青衫，居然瞒着她？！

若这般说，那倚寒一手与秦卿几乎无二的簪花小楷就变成了月陇西的字？月陇西竟然会去采沧畔玩诗作文，他看崇文的书已经教人很意外了，身为月家人竟还敢去采沧畔？还在那里闯出了名头？甚至习得了秦卿的字？！

毒瘤，月陇西真是月家百年来最毒的瘤。

继而将思绪连贯起来，卿如是想到初次与倚寒见面时，他左手执笔，写出秦卿的簪花小楷，可月陇西审批文章都是右手写字的，虽然审批文章只需要写"一"和"二"来表示去留，但好歹说明他右手会写字，且平日习惯性都是右手。

他竟然两只手会写不同的字？

为何呢？若只是为了方便隐瞒自己在采沧畔的身份才学的她的簪花小楷，实在说不过去。没有五六年的时间，是不可能将她的字迹仿到非本尊无法辨认的程度的，五六年前月陇西不过是十二三岁的小童，怎会想着去采沧畔还要专门练不同字迹呢？

五六年前，还是小童的他又为何会背着家里人去练秦卿的字？

她匪夷所思，此时场合又不容她分心思索，只得暂时压住疑惑。

皇帝将纸笺揉成团，随意扔回给月陇西，沉声道："调查月世德的事交给你来办。"

月陇西唇角微抿："姨父，您真是一代明君。晟朝有您坐镇，实乃百姓之福。"

皇帝不与他玩笑，压低声音，凝视着他，语气似有警告："你也莫要当朕是傻子。私怨归私怨，你若要徇私枉法，朕一道把你给办了。还有……"

他微顿，看向月陇西的眸中隐有厉色："采沧畔的事，乃是朕授意的。你好自为之。"

月陇西神情微变。朝堂上的事卿如是似懂非懂，却也能猜出一二，心底不禁为月陇西捏了把汗。

好在当着皇后和郡主的面，皇帝并未戳破这层窗户纸，只做提醒。

月陇西很快又笑了起来,回道:"知道了,姨父。您几时瞧孩儿给您办差事出过差错的?女帝手札的事关乎大局,孩儿如何也不会当作儿戏敷衍了事。"

有他承诺,皇帝的脸色才好看了些,瞧了眼旁边被吓得不轻又稀里糊涂坐了一整晚的卿如是,道:"卿铮府上的女儿,临危不乱,倒是不差。能配。"

卿如是眉心微动,头埋得更低了些。

"至于怪力乱神之说……秦卿此人,生在百年之前,朕是欣赏的。若是生在晟朝,朕自是容不下的。糊涂也好,荒谬也罢,话就搁在这儿。"皇帝挑眉,威逼着她,反问,"你可明白了?"

卿如是喉咙一滑,低声道:"明白。"

这是看在月陇西前来相救的面子上,放过了她。

但皇帝终归是皇帝,就算再如何跟他说转世乃是荒谬之谈,他心底还是会对存在的隐患有顾虑,因此提醒她:如果你是秦卿,那你就好好地活在百年之前;晟朝是朕的天下,你若像百年前那般忤逆皇权,那朕就容不得你。你若好好做你的卿府千金,朕自然当今晚月世德所言是一番谬论。如果你不是秦卿,就算是朕糊涂荒谬,这话也得给你搁在这儿,让你莫要作妖。

不愧是从女帝手里抢过皇位的人。既有不容置疑的威信,又留有恰到好处的分寸。

"既然都明白了,就别打着探望的幌子在朕眼前晃来晃去。"皇帝拧着眉,看向月陇西,颇为不屑,"带着你的人过节去吧。"

所谓眼不见为净,皇帝很是看不惯月陇西半点儿不要面子眼巴巴地瞅着女人的模样。月陇西得令,当即领着卿如是给几人跪安,出宫去了。

刚踏出宫门,卿如是额间的冷汗就滴落下来。她深一脚浅一脚地走着,半点儿没有要搭理月陇西的意思。

来得快,去得也快,一颗心被猛吊起又稳落下,局势的转变就在眨眼之间,这一劫过得她是心惊胆战。

外边还在放烟火,卿如是已没有兴致再去城楼看了,想起皇帝说的话,她抓着月陇西的手腕问:"陛下说采沧畔的事是他授意的是何意?我瞧你脸色都变了,想必也没有料到。"

月陇西神色凝重,说道:"他说的是月世德派人去采沧畔刺杀叶渠一事。言外之意,我和月世德私底下做的小动作他其实都一清二楚。月世德进扈沽城后命人肆意传谣,陛下不仅知道,并且默许。月世德传谣本是为了打压崇文党,在陛下面前泼他们的脏水,陛下默许却是为了勾起崇文党的愤怒。

"月世德一进城就起谣言,崇文党自能联想到背后操纵的人就是他。后来陛下又授意月世德去刺杀叶渠,刚被谣言涮过的崇文党自然肯定就是月世德动的手,由此激化了崇文党和月世德的矛盾。"

"为何陛下要激化两方矛盾?月世德身为月氏族中长老,恕我直言,本就让崇文党厌恶得不轻。"卿如是翻了个白眼,说完,即刻又反应过来,"难道是因为国学府?"

国学府由月世德掌控选拔大权,陛下想要在国学府里参与选拔的崇文党和月世德产生强烈冲突。这不单单是陛下在玩蚂蚁,他很有可能是想通过废了月世德来达到某种目的。

当矛盾激化到顶点,陛下若突然倒戈,杀了月世德,月氏大义灭亲,那么崇文党会怎么想?他们会逐渐相信皇帝。就像女帝存在时那样,崇文党非常信任女帝。

陛下觉得,女帝能做到的事,他未必做不到。这才是月世德这颗棋子存在的意义,是国学府存在的意义。

月陇西点头。

"那陛下知道你的什么小动作?"卿如是又问。

月陇西道:"陛下知道我在采沧畔出事后插手相护,方才是想提醒我,他已经知道我和叶渠之间有所往来,且警告我,不要做背叛月氏和背叛他的事。寻常往来尚可,若是管得太多,惹他生气,那他也就不会管我是不是他的亲戚了。还有,女帝手札的事……陛下知道我在和月世德作对,所以故意将调查的差事交给我,想看看我究竟是什么态度和分寸,我自然是不能让月世德这么轻易就死了。"

说着,他抿紧唇,眸光凝于一点:"月世德于陛下还有用,除了试探我如何拿捏分寸以外,陛下几乎是在明示我,要让月世德活着。至于活罪要如何定,就看我是何态度了。想来也不能动他分毫。"

卿如是回味着他的话,恍然道:"也就是说,你跟月世德作对,其实是想让他直接死?那……那女帝手札是你寻人放在月世德身上陷害他的?你怎么会有那东西?"

"还是在那间密室找到的,祖上留下的。"月陇西气定神闲地解释,随后掏出怀里的玉牌,给她重新系回腰间,"这个就别取下来了,是好东西。"

卿如是不疑有他,低头看向自己腰间,问:"是什么?这其实不是你的令信吧。"

"嗯,但也差不多。"月陇西微蹙眉,"陛下育有两子一女,皆有此物。皇权贵胄哪有不犯事的时候，陛下念着亲情，允许小辈持此物免死罪三次。除军权不受外，这玉牌也算得上半个皇令了。幼时他破例给我刻了一块，我七岁时不慎摔碎了。前些时候想起来，便又死磕着问他要的。反正这东西用处多，足够你为非作歹的，左不过是身份，我有世子的头衔就够了。"

卿如是受之有愧："这么贵重你还是自个儿留着吧。半个皇令委实吓到我了……我受不起。"

月陇西按住她的手，笑吟吟道："你受得起，权当聘礼了。"

一顿，他垂眸轻笑，伸出舌尖顶住唇角，玩味道："你是不是忘了什么事？你现在安好无虞地从皇宫里出来了，嗯？"

什么事？卿如是懵懂地望向他。身后的烟花直入长空，一声轰鸣，璀璨夺目。

月陇西挑起眉，微眯着眸凑近她："你别装不记得，这套我可不吃的。我做好准备了，你不唤我能坐地上哭的信不信。到时候引来过客围观，我就说是你抛夫弃子，始乱终弃，我伤心欲绝，以头抢地。到别人嘴里就会议论说我这么风华绝代的人你都看不上，可见你这双眼有多瞎。你落个心黑眼瞎俏寡妇的名号，看哪个还能要你。"

话落，月陇西朝她的眼睛轻吹了口气，看她下意识皱起眉眨巴眼睛，觉得有趣，翘起唇角笑了。

卿如是眉心微拢，犹豫了下，轻声跟他说："我叫不出口。"

月陇西一副很好说话的样子，笑吟吟道："这样啊……那我叫你夫人也行的。我叫一声，你答应了，也算得数。"

卿如是仍是摇头："不行，我应不了。你不要叫，我不想听。"

她一口气连用四个"不"字，唯恐避之不及。

月陇西没有说话，瞧着像是不怎么愉快，低头把玩折扇。

"你想听的话，随便找个丫鬟也叫给你听了。"卿如是讨好道，"没关系吧？"

"没关系。"他回答得十分果断，瞧见卿如是松了口气的模样，又紧接着唉声道，"嘴上没关系，心里好生气。"

卿如是转过身假意看烟火，状似不经意道："那我还没怪你瞒着我'倚寒'的身份呢。你何时知道我的？怎的不跟我说？"

"我也是刚知道不久。叶老邀你出来见面其实是我的意思，哪里晓得你出了事，我从萧殷的口中明白原委来，这才知道你就是青衫。天地良心，我真是忘了，最近也忙，没来得及跟你坦白，不是有意瞒你的。"月陇西扯起谎来眼都不眨。

事实上，若非今日皇帝忽然将她传召入宫，他还打算一直瞒着这身份，同她逗闷子玩。青衫在信里多实诚啊，他想问什么就能问什么。

卿如是姑且信他，继而想起他在信中常提到的那位"故人"，心生狐疑，转头看他。

月陇西似乎也想到了这茬儿，不紧不慢地掰扯道："常跟你提的那位女子是我府中前些时候新来的一名洒扫丫鬟，生得有些像我幼时十分要好的玩伴，一时拿不准，所以向你请教。"

他恐怕忘了自己在信中已然默认那位女子是自己的心上人，还为那名女子跟别的男人争风吃醋的事情。卿如是却记得，说不出心底是种什么稀奇古怪的滋味。

她没有戳破，摩挲着腰间的玉牌，回忆起方才他在宫中抱住自己的情形，继而又回忆起他在信中费尽心思地请教该如何讨好他的丫鬟，为他的丫鬟拈酸吃醋了又该怎么办等问题。

两段回忆相互碰撞，没碰出个结果来。她神色复杂地思考了会儿其中的弯绕，竟觉得事态诡异，她想不通透，终是道："天色不早了，我们还是回去休息吧。"

"不玩了？"月陇西拉住她，"我倒是同你解释清楚了，你却还没履行承诺呢。别想一句'说不出口'就糊弄过去，我这人很务实的。"

卿如是拂开他的手，执拗地道："不叫。"她轻哼了声，扭头走掉，轻飘飘留下一句，"你寻你那个丫鬟叫给你听吧。"

月陇西以为自己最近跟她走得太近，导致自己膨胀了飘得太高，怎么着还觉出了她拈酸的味道？心道怕不是自己想得太多，他紧追上去，揪着她的衣角，笑吟吟道："丫鬟哪能叫出你那般不情不愿又娇羞内敛的感觉？我这些天做的梦里都是你唤我夫君的情形，每日晨起先回味半晌，一整日都能身心舒畅。你这要是真叫了，还不得管我一整月都身心舒畅。你要是日日叫，恐怕还能除病除灾，保我一生顺遂。"

"有病。"卿如是很是不高兴地甩开他的手，顿了下，又不满地骂他，"轻浮！浪荡！可笑！"

月陇西一愣，恍惚以为自己回到了前世，将她压在身下后被她骂"粗鲁！无耻！龌龊！"的时候。

彼时昏天黑地的记忆翻涌上来，体内蠢蠢欲动的血性照着他一顿冲击，继而满脑子都成了风花雪月，这骂也挨得舒坦。

他不禁轻笑出声，握住她的手腕道："我怎么就浪荡了？规规矩矩什么都没做就成浪荡了？"

卿如是不屑地冷哼。

月陇西出其不意，下一刻就将她拦腰抱起，而后往上抛了起来。

猛望见天边如自己一般齐齐上升，却比自己高出许多的烟火，她骇然，瞪大眼惊呼出声："你做什么？！"话音落时，烟花砰然炸开，她的人也稳稳落进了他的怀里。

从躺着的角度看那些下坠的彩色星子，好像世间千万种颜色都一并划破云翳朝她奔来，她惊住了。

瞧见她一剪水眸中倒映的斑斓，月陇西兀自笑道："好不好玩？"

不等她回答，他又将人抛了上去，依旧是随着一道烟花直冲云霄的轨迹。这回他抛得更高了些，在离地近乎两人高处。他轻笑，点地飞身去接住下落的她。

稳落入怀，卿如是只觉得心也随着一抛一落，不像是在自己胸腔里跳，倒像是真的落在他那里去了。

烟火盛景，原来从这个角度看就像是下了一场光怪陆离的雨，流漫争艳，尽入眼眸。

卿如是还未回神，月陇西又跟没事儿人似的笑问："好不好玩？要不要再来一次？"

竟然随意一个小把戏就让她忘了这人浪荡的恶行，卿如是咬了咬牙，微恼道："放开我！"

看来是还没消气。月陇西没有放开她，笑睨她一眼，脑子里的风花雪月暗暗浮上来。他吹响了口哨，片刻后，一匹红鬃马朝他们奔来。

卿如是一阵天旋地转，竟被他携着抱上了马。她这方向，能看到马尾。

她默了一瞬。

"这方向不对吧？！"卿如是皱紧眉抬腿要下，却被月陇西按住腿，制住她的同时，他借力翻身上马，与她对坐。

对坐？！！

卿如是瞪眼："月陇西你？！"

月陇西恍若未闻，单手搂着她的腰肢不让她动，施力轻轻一揽，将人抱到自己双腿上。她几乎就是骑在他腰上的。

月陇西低头去看她噌地羞红的脸，笑吟吟道："小祖宗，抱稳了啊。"

不容她片刻置疑，他挥鞭打马，以风驰电掣的速度冲了出去。

卿如是猛地东摇西摆，看不见前路，她吓得手足无措，顿时抱紧了他的腰，叫道："月陇西你……粗鲁！无耻！龌龊！"

"还敢骂我？"月陇西笑得几乎可以说是猖狂，再挥鞭打马，仿若御风而行，"快快唤我夫君，我就让你舒坦。"

"你骑慢一点儿！！"卿如是根本无暇计较他故作暧昧的话，只晓得一手抱紧他的颈子，另一只手抱紧他的腰，脑袋紧贴在他的胸膛，整个人几乎是挂在他身上，腿还盘在他的腰间，将他扣得死死的，她的声音在风中逆流，"你这是纵马闹市！万一撞着人怎么办？！快放我下来！"

"你唤'夫君'啊，唤了我就让你下来。"相比卿如是看不着前路的慌张，月陇西从容得简直过分，"你瞧你把我给逼的，好好一个承诺，非要赖这么久，赖了也就赖了，还骂我浪荡轻浮？非教你晓得究竟什么是浪荡轻浮，你才会乖乖的是不是？来，都等不及了，快唤夫君吧。我已经做好徜徉在风中听你娇娇软软唤一声'夫君'的准备了。"

"呵。"卿如是冷笑，松开一手猛拽下他的衣襟，张口咬在了他的左肩上，唇齿与肉间狠狠一通磋磨，继而朝他吼道，"夫君！夫君行了吧？！"

似乎觉得不痛。月陇西的唇角慢悠悠地延开，装模作样地挑眉反问："啊？我没听见啊。你大声点儿，我这逆风呢，耳背得慌。"

"你别得寸进尺啊！"卿如是想到什么，瞬间狂躁起来，"你们……你们月家的人怎么都那么不要脸呢？！"

"好啦好啦，我听见了。"月陇西安抚她，逐渐慢了马速，微敛起笑意，他垂眸看她。

风声渐轻，情思一寸寸地钉进骨头里。

不期然地，卿如是的耳梢烫了起来，以为他要说什么腻歪的话，便故作淡然地白了他一眼。

白眼还未完全翻过去，却听他一本正经地问："刺激吗？"

卿如是："……"

月陇西抬起头，眸子滑过漫天的烟火，唇角上扬得异常灿烂。

他用几乎可以说是在引诱的慵懒声音，轻问道："小祖宗，管你孙子叫夫君，是不是很刺激？是唤我夫君刺激，还是……像我们这般对坐刺激啊？"

卿如是羞窘不堪，一巴掌打在他的肩膀："你闭嘴！不许说话！"

"我不说话。那你听到什么声音了没有？"月陇西稍俯身，在她耳畔轻问，"凑近一些，听到了吗？"

凑近一些？卿如是把脸掖在他胸膛，果真听见了声音。听见他的心跳得怦怦的，不晓得是不是错觉，自己的心好像也在和鸣。

骑过廊桥，江面似乎传来了空幽的琴声。

卿如是不确定是不是自己听错，她觉得那琴声是越过山，跨过河，穿过百年岁月长流，还泛着令人心悸的清浅涟漪，最后随着江畔少年少女的戏水声和哒哒的马蹄声，一道入了耳中。

伶人拨动着琴弦，泛的却是心上的音，少女拂揽着清水，荡开的却是情意。

空灵的琴声后，她好像听见月陇西故作惆怅的轻叹："怦怦可在你耳边？还是在我的耳边？可你就是我的怦怦啊……我的怦怦。"

自言自语，又好似胡言乱语。絮絮叨叨，分明不晓得究竟在和谁说，却听得她心底微微起了痒。

我的怦怦啊。是什么意思？卿如是狐疑地想了会儿，肃然回他："怦什么怦？你好好骑马，仔细把我摔了，我让你砰墙去。"

月陇西悠悠叹了口气："……"

须臾，国学府到了。

饶是心中莫名生起的气已消了些，她仍是横了月陇西一眼，从马背上下来，顾自往竹院去。

月陇西挑眉，跟在她身后，边走边撩起左肩垮下的衣襟，周围三两结群的人讶然看向他们。

一前一后，衣衫不整。傍晚出，入夜归。明为过佳节，实则度良宵。如何不引人遐想？

更不要说他们本就住同一座院子。

来往的人纷纷互使眼色，凑上去给月陇西请过安便赶忙溜了。

考生几乎都是王孙公子，平日里闲得无聊就会摆谈些有的没的，谁还不懂男人女人之间的那些事。看到这一幕的人回到各自院子里一说，第二日清晨，卿如是即将嫁入月府的事便在国学府中传开了。

诬蔑姑娘家清誉之事自是不会传，毕竟已经过了七选了，留下的都是些很有文墨的读书人。逾矩的事心知肚明就好，不敢乱传，怕被追究，失了前程。